After the Storm
by Maya Banks

嵐のあとに

マヤ・バンクス
市ノ瀬美麗=訳

JN211383

マグノリアロマンス

AFTER THE STORM
by Maya Banks

Copyright©2014 by Maya Banks.
Japanese translation published by arrangement with
Maya Banks c/o The Whalen Agency, Ltd.
through The English Agency(Japan)Ltd.

5

ドノヴァンのラブストーリーが物語られるのを
辛抱強く待っていてくれたみなさんへ。
みなさんの期待にそえていること
そして、待っていたかいがあったことを願います。

ケリー《K》・グループ《G》・インターナショナル《I》　極秘任務を遂行する、家族経営のスーパーエリート集団。

能力　高い知性。鍛え抜かれた肉体。軍隊での活動経験あり。

任務　人質・誘拐事件の被害者の救出。機密情報収集。アメリカ政府が対処不可能な事件の解決など。

主な登場人物

イヴ――逃亡中の女性。
ドノヴァン・ケリー――ケリー家三男。ＫＧＩのメンバー。
トラヴィス――イヴの弟。
キャミー――イヴの妹。
ラスティ・ケリー――ケリー家の養子。
サム・ケリー――ケリー家長男、ＫＧＩのリーダー。
ギャレット・ケリー――ケリー家次男。ＫＧＩのメンバー。
イーサン・ケリー――ケリー家四男。ＫＧＩのメンバー。
ジョー・ケリー――ネイサンの双子の兄。ＫＧＩのメンバー。
ネイサン・ケリー――ケリー家の末っ子。ＫＧＩのメンバー。
フランク・ケリー――ケリー兄弟の父。
マーリーン・ケリー――ケリー兄弟の母。
ショーン・キャメロン――保安官代理。
ウォルト・ブリッケンリッジ――イヴの義父。

嵐のあとに

1

ラスティはため息をつき、アルバイトの少年を雇ったのは正しかったのだろうかともう一度考えた。この店に手伝いは必要ない。フランクが、数年前に心臓発作を起こしたにもかかわらず、働きすぎだという家族の反対を押しきって相変わらずいそがしくしている。ラスティも大学から帰省しているときは手伝っているし、必要とされれば喜んですべてをなげうって力になるという人間がケリー家にはいくらでもいる。

だけど……少年を拒めなかった。すごく必死な目をしていたせいかもしれない。その表情は——それに、その気持ちは——ラスティにはよくわかった。

「神の——それとケリー家の——恩寵がなければ、あたしも同じだったかも」ラスティはつぶやき、口角をあげて半笑いをうかべた。

マーリーン・ケリーに引き取られていなければ、いまでもおんぼろのトレーラーでまぬけな養父とその日暮らしの生活をしていたにちがいない。いや、養父とは一緒にいないだろう。きっと逃げ出していたはずだ。いつかは。そして、どこかで路上生活をしていただろう。ただ生きるために体を売りながら。

長いあいだ抑えつけていた記憶がよみがえり、震えに襲われた。つらく、屈辱的な記憶。マーリーン・ケリーは聖人だ。天使の中の天使。ラスティはマーリーンとフランクと出会えたことを毎日神に感謝していた。

彼らのおかげで、大学に通えている。一年後には卒業するのだ！　それも学位を取得して。人生。将来の可能性！　どれも手に入るとは想像もしていなかった。でも、なにより最高なのは？

家族がいること。大きくて、忠実で、熱烈な愛情にあふれた正真正銘の家族。彼女はケリー家の一員なのだ。マーリーンとフランクが弁護士まで雇って、ラスティの名字を法的に変えてくれた。出生証明書や社会保障カードなど、すべてが再発行された。ラスティ・ケリーとして。

ああ、ケリーという名字に対して彼女のファーストネームは陳腐でおかしな感じがする。けれど、法的に変更される前は、いかにもふつうでありふれたバーンズという名前だった。ラスティはすでに法律上は成人だったが、マーリーンは彼女を養子にしたがった。ラスティに、自分はケリー一族のほんとうの一員ではないと感じさせたくなかったのだ。

だが、そんな必要はなかった。ケリー家の全員に——図体が大きくて無愛想で過保護な兄たちにも——愛され、受け入れられているだけで十分だった。学校に通えて、ラスティ・ケリーとして認知されていると思うと、いまだに胸がいっぱいになるし、ときどきふいに思い出しては泣きそうになる。けれど、二度と泣かないと誓っていた。そういう人生は捨ててきた。生まれてから十五歳になるまでずっとかかえてきた苦しみや恥もすべて。

そうしたものは、マーリーンがケリーという名の毛布でやさしく彼女を包みこんでくれた瞬間に消え去った。

ラスティはため息をつき、通路にいるトラヴィス・ハンソン——それが本名であればだが——を見ながら、自分はなにをしてしまったのだろうかとまた考えた。

トラヴィスは、とにかく食べ物が欲しくてケリーの家に侵入したときのラスティと同じ年齢だった。目には同じ暗闇が宿っている。悲しみも。だが最悪なのは……恐怖だ。

ラスティにじろじろ見られているのを感じ取ったのか、棚に商品を並べていたトラヴィスが顔をあげ、不安そうな表情を見せた。かわいそうに、感情を隠そうとしても、顔じゅうにはっきりと出ている。その様子から、こういう経験に乏しいのだとうかがえた。目に恐怖をうかべてこの店に来たのは、最近の出来事が原因なのだろう。

「どうかした？」トラヴィスは小声で聞いた。

十五歳だが——自分ではそう言っていた——ずっと年上に見えた。たいていの十五歳の少年よりもはるかに背が高い。筋肉がついている。体が大きい。同じ年ごろの少年たちとちがって、成長が早い。年に似合わず大人びている。

ラスティはまちがいなく共感を覚えた。自分も、まだ十歳だったときにどうしても大人にならなければならなかった。それを言うなら、ほんとうに子どもだったことがあっただろうか？

「なんでもない」ラスティは明るく言った。疑問を抱いているのがばれないように。「品出しが終わったら、ランチにしようかって考えてただけ。数軒先にサンドイッチ店があるの。

おなかはすいてる？」

とたんにトラヴィスの目がうれしそうに燃えあがったことから、たしかに空腹なのだとうかがえた。最後にまともな食事をしたのはいつなのだろうか。だが、聞きたくなかった。そんなことを聞いたら、トラヴィスはきっと逃げ出してしまうだろう。

「ぼく、ええと、財布を家に忘れてきちゃった」トラヴィスは口ごもりながら言った。「だけど、立て替えてもらえれば明日返すよ。その、また来てもいいなら」

ラスティは顔をしかめた。フランクは日曜には金物店を開けない。教会に行って家族で過ごす日なのだ。従業員が日曜に働いていたらフランクは激怒するだろうが、トラヴィスはそのことを知らなくていい。ラスティはすでに、必要ならば自分の金からこっそりと少年に現金で給料を払おうと決めていた。

「日曜は仕入れの日なの」ラスティは言った。真っ赤な嘘だけど、神が許してくれますように。「店は開けないけど、もし来られるなら、午前中の数時間手伝ってちょうだい」

トラヴィスの目に安堵が押しよせ、肩がさがった。「もちろん。問題ないよ。八時に来て、必要なだけ働ける」

いちかばちか、ラスティは彼の反応をじっくりと観察してみた。「お母さんは気にしない？ほら、このへんの人たちは教会に行ったり、家族と過ごしたりするでしょう。あんたが働いてるせいでお母さんが怒ったら、優秀な従業員を失うことになっちゃう」

トラヴィスの表情がこわばり、目から表情が消えたが、返事をするときに一度だけ視線が揺らいだ。

「母親はいない。姉さんがぼくと妹の面倒を見てる。力になりたいんだ。イヴは——姉さんは——働きすぎだ。ぼくが数時間働いたって、姉さんは気にしないよ。お金を稼げるんだから」

ラスティはその小さな情報を頭に入れ、いそいで話を切りあげた。トラヴィスは落ち着きを失っている。彼が逃げてしまうようなことは避けたい。なぜそう思うのかはわからない。むしろ、この子にあまり長くうろついてもらわないほうがいいだろう。彼女がしていることを知ったら、フランクはラスティの頭がおかしくなったと思うにちがいない。

「そっか、わかった。なに食べたい？　クラブサンドイッチは絶品よ。でも、むせて吐くほどすごいハンバーガーもあるわ。あんたくらい大きな男の子にはプロテインが必要でしょ」

トラヴィスはにこっとした。つかの間だけ笑顔になり、目の翳りがいくらか消えた。だが、その笑みは表れたのと同じようにすぐに消え、年のわりに大人びた男がラスティを見つめていた。

「むせて吐く？」

ラスティは笑い声をあげた。「そう。でも、いい意味よ。脂とチーズがたっぷりのおいしいバーガーのことを兄たちがそう呼んでるの。手作りよ。ファストフード店の加工品なんかじゃない。このへんでは、家庭料理はプライドにかかわるの。むせて吐くほどおいしいベーコンチーズバーガーはどう？　あたしがおごるわ。あんたのおかげで仕事がすごく楽になったんだから、せめてそれぐらいさせて」

「いいね」トラヴィスは受け入れた。「ありがとう、ラスティ。その、なにもかも。ぼくも姉妹もすごく助かるよ」

ラスティは彼をつかんで抱きしめてやりたくてしかたがなかった。ハグをして、なにもかもうまくいくと言ってやりたい。だが、こらえた。彼と同じ年のころ、そういうことをされるとぎょっとしたものだ。長い時間を経て、ようやく世界じゅうのだれもが彼女を傷つけようとしているわけではないと気がついた。愛とは無条件で自由に与えられるものだと。制限はなく、しっぺ返しもない。

だが、少年を思って心が痛んだ。おびえる気持ちはよくわかる。空腹でいることも。これほど幼い人間があまりに大きすぎる責任を負うことも。自分にはマーリーンとフランク・ケリーがいてくれてよかった。みんながいてくれてよかった。

「お安いご用よ。さっきも言ったけど、あんたがその商品を全部棚に並べてくれなきゃ、あたしがやることになってたんだから。フランクだと何時間もかかるの。数年前に心臓発作を起こして、奥さんからは無理をするなってしつこく言われてるのよ。でも、めちゃくちゃ頑固だから、彼が働きすぎないようにみんなで気をつけてるの。あんたのおかげですごく助かってる」

トラヴィスはにっこりと笑うと、床の上の箱から工具を取り出し、それぞれの棚に丁寧に並べる作業に戻った。

ラスティはため息をついて横を向き、腕時計を確認した。フランクは午後二時までは仕事に来ない。彼女ひとりで完璧に店を運営できるから、フランクは二時から六時の閉店まで働けばいいと懸命に説得したのだった。それまでには、少年に食事をさせて、給料を払って、家に帰せるだろう。フランクはなにも気づかない。そうであればいいのだけれど。

ラスティは店の正面のカウンターに戻り、うしろにまわってハンドバッグを取った。前もって注文しておけば、数分で戻ってこられるだろう。少年を残していきたくはないが、レジをロックして、出るときにドアに鍵をかけて、〈閉店〉の看板を出しておけばいい。すぐに戻ってこよう。

電話でランチを注文してから、ハンドバッグを肩にかけ、トラヴィスに五分で戻ると声をかけてドアに向かった。出ていこうとしたとき、男にぶつかりそうになって立ち止まり、口から出かかった悪態をなんとかこらえた。マーリーンからつねにレディになるようにしつけられていた。

だが、彼女を吹っ飛ばしそうになった人物を見て、悪態をこらえたことをすぐに後悔した。目の前にはショーン・キャメロンが立っており、目を細めてラスティをにらみ返していた。

「今度はなんなの、ショーン？」ラスティは憤慨して言った。このおまわりにはいつも神経を逆なでされる。

「あの男はだれだ？」ショーンは問いつめた。「フランクは新しい人間を雇うなんて言ってなかったぞ」

ラスティはため息をついた。ショーンにうるさく言われるのはいまにはじまったことではない。小さな町の生活にはまちがいなく欠点がある。少年がここに来てまだ二時間しか経っていないのに、もう超人気取りのおまわりが彼を調べに来た。

「あんたが副業でフランクの人事マネージャーをしてるなんて知らなかった」ラスティは冷ややかに言った。

ショーンはいっそう顔をしかめた。いまにはじまったことではない。ショーンはラスティを非難するのが生きがいなのだ。まるで彼女が失敗するのを待っているみたいだ。そうすれば彼女を町から、そしてケリー家の人生から追い出せるから。

「ふざけるな、ラスティ」

堪忍袋の緒が切れ、ラスティはショーンをにらみつけた。「マジなの、ショーン？　もうちょっとオリジナリティのある侮辱ができないわけ？　知り合って何年だっけ？　五年？　それなのに、声が届く範囲にいるといっつも同じことばかり言うじゃない。『ふざけるな、ラスティ』って」

ラスティは頭を左右に振った。

「それじゃ、よければ、あたしはランチを取りにいって、それから仕事をするわ。あんたたって、一日じゅうあたしを監視するよりもっと大事なことがあるでしょう」

ショーンは彼女をにらみ返した。「あのガキはだれだ、ラスティ？」

「あたしを尋問したいなら、一緒に来て。自分の分と〝あのガキ〟のランチを取りにいくから」ラスティもトラヴィスを〝あのガキ〟と呼んだが、ショーンみたいにあざけるような口調ではなかった。

そのときふと、ある考えがよぎった。ショーンを押しのけ、ドアに鍵をかける。出かけているあいだにショーンが入れないようにしてから、くるりと振り返ってショーンを指さした。

「あの子に近づかないで。わかった？　あんたには関係ない。話しかけたり、もちろん尋問したりしないで。あたしはばかにされてもかまわない。何年も耐えてるんだから。でも、あの子のことはほうっておいて。さもないと、神に誓って、あんたの人生を悲惨なものにしてやる」

ショーンのまなざしが揺らぎ、一瞬、本物の後悔が見えた気がした。

「どんな子なんだ？」ショーンは静かにたずねた。

ラスティはサンドイッチ店のほうに歩きだした。ショーンがついてくるとわかっていた。頑固すぎて、事態をほうっておけないのだ。身を引く前に、少年の生活について知りたいのだろう。

「どうしても仕事とお金を必要としてる男の子よ」ふたりで歩道を歩きながらラスティは言った。

「当ててやる。フランクはおまえがそいつを雇ったことを知らないんだろう」ショーンが言う。

ラスティはうなずいた。横でショーンが悪態をつく。

サンドイッチ店のドアの前でラスティは足を止め、ショーンをきっとにらみつけた。彼といるといつも自分が小さくなったように感じるが、彼の強く威圧的な非難の前では、だれより体の大きな人間でさえおじけづいてしまうだろう。

「ええ、フランクは知らない。まだね」ラスティは言い直した。「隠しておくつもりはないわ。あんたが考えてるのとちがって、あたしはフランクとマーリーンを愛してる。ふたりを傷つけるようなことはぜったいにしない。あの子は今日来たばかりなの。おなかをすかせて衰弱してるし、姉妹の面倒を見なきゃならないんだって。心配しないで、ショーン。自分のお金であの子にお給料を払うから。少ないけどね。だけど、なにもないよりましだし、安全な仕事よ。少なくとも、あそこなら注意して見ていてあげられる」

ショーンは目つきをやわらげ、つかの間だけ黙りこんだ。

「ねえ、ショーン」ラスティは言った。懇願するような口調になっているのが気に入らなかった。ショーンの賛同を必要としているみたいではないか。大きく息を吸ってから、続けた。「あの年のころ、あたしも彼と同じだった。フランクやマーリーンやケリー家の人たちがいなかったら、あたしはいまでもまだあんなだったかもしれない。あの子は助けを必要としていて、あたしは助けてあげられる。ケリー家に会うまでは、だれもあたしを助けてくれなかった。だから、口出ししないで、わかった？　あたしを信じてくれなんて言っても、あんたはしゃくにさわるだけだろうけど、あたしを嫌う気持ちはちょっとわきに置いて、チャンスをくれない？　あたしはばかじゃない。あたしならあの子を助けられるし、あんたの賛同がなくてもそうするわ」

ショーンの揺るぎないまなざしの中を後悔によく似たなにかがよぎった。

「おまえを嫌ってはいない」ショーンはやさしく言った。

ラスティは鼻を鳴らした。

「とにかく気をつけろ」ショーンは警告した。「おまえを怒らせたくて言ってるんじゃない。だが、ちくしょう、ラスティ。気をつけろ。あいつのなにを知ってる？　おまえが店であいつとふたりきりになるのは気に入らない。おまえから金を奪おうとしたら？　あるいは、おまえを傷つけようとしたら？」

ラスティは笑い声をあげた。「十五歳の子ども相手に自分の身を守れなかったら、墓に入るわ。あたしはタフだよ、ショーン。そうじゃなきゃならなかった。そうやって成長していくしかなかった。ケリー家で暮らしたこの数年でやわくなったかもしれないけど、学校ではまだ自立してる。学校っていうのは楽な場所じゃないのよ。護身の授業をとってるし、自分の身は自分で守れる」

ショーンは目を細めた。「どういう意味だ？　学校でなにがあった？　だれかにちょっかいを出されたのか？」

ラスティはあきれて目を上に向けた。「なんだろうと、自力で対処できるわよ」

ショーンは短い髪をかきあげ、息を吐いた。「くそ、ラスティ。おれに助けを求めるのがそんなにつらいことか？　たった一度でも？」

ラスティは驚いて目をぱちくりさせた。「あんたに助けを求めたらどうなるの？」

「助けてやる」ショーンは静かに言った。「おまえはおれに嫌われてると思ってるんだろうが、それはちがう、ラスティ。おれを威嚇するような態度をとらなければ、おれがただおまえに無事でいてほしいだけだってことがわかるはずだ」

ラスティはなんと言えばいいかわからなかった。

「もう行く」ショーンは言った。「だが、あのガキには目を光らせておく。なにか問題が起きたら、電話しろ。問題が起こりそうだと思っただけでも、電話しろ。なにか困ったことがあったら、知らせてくれ。あのガキがトラブルに巻きこまれたら、知らせてくれ。助けられるかもしれない」

驚くあまり、ラスティはうなずくことしかできなかった。

つかつかと歩き去るショーンのうしろ姿を当惑しつつ眺める。

ショーンはほんとうに……心配してくれているようだった。

2

寝室がひとつしかないおんぼろの賃貸トレーラーのドアからトラヴィスが入ってくると、ぼろぼろにすり切れたソファに座っていたイヴは顔をあげた。ひざの上ではキャミーが手足を伸ばし、ようやく眠りについていた。

「キャミーの具合はよくなった？」トラヴィスが心配そうに聞きながらソファまで歩いてくる。

イヴはキャミーの額をなでた。いままで何時間もその動作をくり返していた。

「熱は少しさがったわ」イヴは声をひそめて言った。「すごく心配。病院に連れていけないし、お医者さんに診てもらうわけにもいかない。危険すぎるもの。でも、どうしても完全に熱がさがらない」

トラヴィスの表情が不安と疲労で曇る。イヴも同じ気持ちだった。それからトラヴィスはポケットに手を入れ、二十ドル札を三枚取り出した。

「足りないのはわかってる。だけど、明日の午前中も数時間働いてくる。ぼくを雇ってくれた女の人はすごくやさしいんだ。ランチまで買ってくれた」

イヴは紙幣を受け取った。涙でまぶたがひりひりする。ごくりと唾をのみ、気をゆるめまいとした。どれだけおびえていて不安か、トラヴィスに知られたくはない。けれど、弟はわかっていた。

「あなたに働いてもらわなきゃならないなんて」イヴは強い口調で言った。「キャミーがよくなったらすぐに仕事を見つけるわ。約束する」

トラヴィスは小鼻をふくらませた。「いや。キャミーには姉さんが必要だ。ぼくにできることならなんでもする。金物店であまり長い時間働かせてもらえなかったら、ほかの仕事を探すよ。心配しないで、イヴィ。ぼくがみんなの面倒を見る。誓うよ」

イヴはソファに座ったまま横の空いているスペースをぽんぽんと叩き、弟が座ると片方の腕をまわした。

「愛してる。きっと乗り越えられるわ、トラヴ。約束する。みんなで安全に暮らせる方法が見つかるはずよ」

トラヴィスもイヴをきつく抱きしめ返した。イヴが彼を励ましているように、トラヴィスも彼女を励まそうとしていた。

「なんとかなるよ、イヴィ。あのろくでなしのところには戻らなくていい。ぼくが姉さんとキャミーを守る。二度とあいつに姉さんを傷つけさせたりしない」

イヴはトラヴィスの頬を包んだ。はじめてあごにうっすらとひげが生えはじめているのが感じられた。とても若い。こんなに大きな責任を背負うにはあまりに若すぎる。自分がトラヴィスとキャミーを養うべきなのに。ふたりを父親のところに残していくべきではなかった。ほかに選択肢がなかったとはいえ、あのことは一生後悔するだろう。しかしありがたいことに、ふたりを連れ出せた。ウォルト・ブリッケンリッジが病んだ妄想を実現する前に。

母親が死んだあと、イヴに言いよってきただけでもひどいのに、キャミーに目をつけるようになるなんて……愛らしく、かわいい四歳のキャミー。父親がキャミーにいたずらをすると思うと、胸が痛み、吐き気を覚え、体が震えた。

殺しておけばよかった。殺す方法があればよかった。キャミーとトラヴィスが無事でいられるなら、喜んで一生刑務所に入っただろう。さいわい、命からがら逃げ出した。けれど、イヴはばかではない。ウォルトはそう簡単にあきらめないだろう。

すでにイヴは指名手配されていた。ウォルトが誘拐事件として通報し、イヴは精神的に不安定なのでつねに監視をして精神科の治療を受けさせる必要があると言ったのだ。だれもイヴの話を信じないだろう。ウォルトは金持ちだ。多大な権力と影響力を持っている。広い人脈があり、殺人を犯しても許される。実際に殺人を犯してまぬがれたことがあった。

テネシー州ドーヴァーは、イヴたちが逃げてきた西海岸からはるか遠く離れているように思えた。小さく静かな町で、ケンタッキー湖の近くに位置する。数カ月間逃げ続けたあとで、イヴはここで避難所を探した。こんなに長くとどまるつもりはなかったのだが、キャミーが病気になり、金が必要だった。計画も。次にどこに行けばいいか。どうすればいいか。どうやって生き延びるか。

一分たりとも気を抜くわけにはいかなかった。ここがどれだけ安全そうに思えても、どれだけ田舎で孤立していても、見つかることはないと期待するわけにはいかない。つまり、移動し続けなければならない。

こんなのは人間の生き方ではない。弟と妹に送ってもらいたい人生ではない。ふたりにはもっといい人生を送ってほしい。キャミーにはふつうの四歳児が当たり前に持っているものを与えてやりたい。そしてトラヴィスは……学校に通うべきだ。優秀な子なのだ。成績はいいし、生まれつきのアスリート。勉強でもスポーツでも簡単に奨学金をもらえるだろう。だが、いまでは無理だ。トラヴィスを学校に通わせてやれず、自宅教育をする方法も知識もない。

いつか。イヴは毎日誓った。いつか、ふつうの暮らしを手に入れ、トラヴィスはふさわしい教育を受けて、キャミーは父親に手を出されることを心配せずに子どもらしく幸せに安全に育つ。

「イヴィ、大丈夫?」

トラヴィスの心配そうな声に、イヴは我に返った。ちらりと目をあげると、トラヴィスがじっとこちらを見つめていた。彼女に話しかけていたようだが、イヴはもの思いにふけっていて聞いていなかった。無理やりほほ笑みをうかべ、うなずく。

「大丈夫よ、トラヴ。それに、お金を稼いでもらえたら助かるわ。キャミーにもっと薬を買わなきゃいけないし、食べ物もいる。キャミーがよくなったら、安心してあなたに預けて、わたしが働くわ。あなたにはあまり働いてほしくないの。なるべく人目につかないようにしなきゃ」

「指名手配されてるのはそっちだよ」トラヴィスは強い口調で言った。「姉さんこそ人目を避けなきゃ。ぼくは逮捕されたりしない。あのろくでなしのところに帰されるだけだ。姉さんがつかまったら、刑務所行きだよ。そんなことにはさせない」

イヴはもう一度ほほ笑み、キャミーの熱く乾燥した頬をなでた。キャミーはかすかに身じろぐと、熱でどんよりした目を開けた。

「トラヴ?」と眠そうに聞く。

トラヴィスは表情をやわらげた。「ここにいる。気分はどう?」

「トラヴとイヴィがいてくれるから、よくなった。トラヴには出かけてほしくないの」

イヴとトラヴィスは打ちひしがれた視線を交わした。キャミーはイヴとトラヴィスから引き離されることを死ぬほど怖がっている。イヴの胸は張り裂けそうだった。この子がこんなにも恐怖に満ちた人生を送っているなんて。彼女をきちんと養うべきだった人間が、最悪の方法で裏切ったなんて。

「仕事に行かなきゃならなかったんだ」トラヴィスがやさしい口調で言う。「お金があれば、おまえに薬を買って、元気にしてやれる。それに食べ物も! あったかい食事はどうだ? スープでも飲むか?」

キャミーは鼻にしわをよせた。「スープは飽きちゃった」

イヴの胸が締めつけられる。用意できるのはスープくらいだった。イヴたちは安い食事で食いつないでいた。ラーメン。缶詰のスープ。ランチョンミートとパン。

「そうだ」トラヴィスがイヴの横から身を乗り出し、キャミーに顔が見えるようにして言った。「明日また仕事に行くんだけど、その数軒先に最高のサンドイッチ店があるんだ。こってりしたものが食べられそうなら、明日バーガーを持って帰ってきてやる。すごくうまいぞ。今日食べたんだ」

キャミーの顔が輝く。「おいしそう。ありがとう、トラヴ」

「どういたしまして。じゃあ、しっかり休んで元気になるんだぞ、いいな?」

キャミーはうなずいて目を閉じた。

「薬を買ってこようか?」トラヴィスが声をひそめて聞く。

「ええ。アセトアミノフェンとイブプロフェンをお願い。交互にのませてるの。それと、咳止めの薬もいるわ。冷たい水薬がいいかも。銘柄はなんでもいい。いちばん安いのを買ってきて。食べ物は明日まで足りるわ。明日、あなたが仕事から帰ってきたら、いそいで食べ物を買ってくるから、キャミーについていてちょうだい。いまは、薬局で薬を買って、すぐに戻ってきて」

トラヴィスはうなずき、イヴの手を握りしめた。「大丈夫だよ、イヴィ」

イヴも握り返し、嘘にならないことを心の底から願いながら言った。「もちろん大丈夫よ」

3

ドノヴァン・ケリーは車を走らせながら、父親の金物店にちらりと目を向けた。兄弟全員の習慣だ。近くに来たときには様子を確認して、なにも問題がないことをたしかめる。店の正面にラスティのジープが止まっているのを見て、急ブレーキを踏んだ。すばやくUターンして戻り、ラスティの車の横に止める。〈閉店〉の看板が出ているが、中の明かりはついている。

フランク・ケリーは日曜にはけっして働かない。店で働いている人間もみな同じだ。どうしてラスティがここにいる？　今朝は教会に来なかった。ドノヴァン自身、よく行くわけではない。だが、ちょうどケリー《K》・グループ《G》・インターナショナル《I》の任務がなく、家族や仲間たちの状況も落ち着いているため、母親に引きずり出されたのだった。

たしかにこういう状態はめったにない。ふだんはつねになにかが起きている。だが、二週間前、ネイサンとジョーとスワニーとスカイラーとゼイン――または、総合格闘家時代のリングネームで呼ぶならエッジ――からなる新しいチームを率いて任務を片づけて以来、新しい事件は起きていなかった。

新しいチームはとてもよくやっている。チームが結成されてからの時間を考えると、ドノヴァンの期待以上だった。ほかにふたつあるチームのリーダーがふたりとも結婚し、すっかり家庭的になって父親業を楽しんでいることで、そのふたつのチームが引き受ける任務が減ったため、新しいチームが何度も代わりを務めていた。

ドノヴァンはピックアップトラックからおりたが、ドアに着かないうちにラスティがあわてて出てきて彼を迎えた。ラスティの表情を見て、ドノヴァンは顔をしかめた。なんだか……うしろめたいことがあるようだ。最初のころ、ドノヴァンは――それに兄弟たちも――ラスティに疑問を抱いていたが、それから何年かでラスティは自分が信用に足る人間だということを証明した。責任感のある若い女に成長し、大学ではいい成績を収めているし、ドノヴァンの両親にはきわめて忠実だ。実際、まぎれもなくケリー家の一員になっていた。

「どうした？」ドノヴァンは半開きのドアを見ながら聞いた。「親父は日曜にはぜったいに店を開けない。なにか問題か？　助けが必要か？」

ラスティは顔をしかめ、大きく息を吸ってから金物店のほうをちらりと見やった。

「ねえ、ちょっと話せる？　できたらもう少し通りの先まで移動して」

ラスティの不安そうな口調に、ドノヴァンは眉間にしわをよせた。「いいとも」

「すぐに戻るってトラヴィスに伝えてくる」

ドノヴァンは眉をあげた。「トラヴィス？　トラヴィスってだれだ？　おまえのボーイフレンドか？　もしそうなら、日曜に親父の店でなにをしてるんだ？」

ラスティはため息をつき、頭を左右に振った。「ちょっと待ってて。説明するから」

ドノヴァンがさらになにかを言う前に、ラスティはいそいでドアに戻って店の中に消えた。

数秒もしないうちにまた出てきて、ドアに鍵をかけ、ドノヴァンのほうに大またで歩いてきた。

二軒先のサンドイッチ店のほうに行くように手で合図され、ドノヴァンはラスティのあとに続いた。今度はなにを企んでいるのだろうか。ラスティは高校に入ってからずっと問題を起こしていない。あと一年で大学を卒業するし、いまさらすべてを台なしにするとは思えなかった。

ラスティは立ち止まって振り返ると、これから言うことをだれにも聞かれたくないというようにあたりを見まわした。

そして両手をポケットに突っこみ、またため息をついた。「ネイサンに電話しようと思ってたんだけど、あんたが来たから、ひょっとしたら……」

声が小さくなっていき、ラスティはためらった。問題があるときに彼女がネイサンに電話をするのは当然だろう。ケリー兄弟の中で、ラスティはネイサンといちばん親しい。ネイサンは最初からほかの兄弟よりも彼女を受け入れていた。だがその後、ネイサンをふくめて兄弟全員がラスティにははっきりと伝えた。彼女は家族であり、自分たちは家族を支えると。兄弟のだれにでも電話をしていいのだ。ネイサンだけでなく。

「ラスティ、助けが必要なら、おれたちのだれにでも電話すればいい。わかってるだろう？」

ラスティはうなずいた。「わかってる。ただ、どうすればいいかわからなかったし、ネイサンならそんなに怒らないかなって」

「くそ。今度はなにをしたんだ？」

「なにもしてないよ！」ラスティは怒って言った。「ええと、そうでもないか」

「『そうでもない』ってどういう意味だ？」ドノヴァンは冷ややかに聞いた。

ラスティはまたうしろをちらりと見やり、それから観念して肩をこわばらせた。「金物店にアルバイトを雇ったっていうか」

「ていうか？　雇ったのか、雇ってないのか？　それに、おれはそんな話ひとことも聞いてないぞ。さっき親父と話したけど、そういうことがあったら話題に出したはずだ。だから、次の質問だが、親父はその新しい従業員のことを知ってるのか？」

「ううん」ラスティはささやいた。「まだ話せてない。でも、秘密にしておくつもりはなかったの！　昨日雇ったばかりなのよ。フランクがあの子を雇いたくないなら、あたしが自分のお金から払う」

ドノヴァンはラスティをまじまじと眺めた。「あの子って言ったな。それに、その子どもにずいぶんご執心みたいだな。最初からすべて話してくれるか？」

「ネイサンに電話するつもりだったの。それは言ったよね。じつは、仕事が終わってから、あの子の家まであとをつけたいの」

ドノヴァンは目をぱちくりさせた。「なんだって？」

「あの子はなにか問題をかかえてるんだよ、ヴァン。わかるの。あんたには理解できない。まるであの年のころの自分を見てるみたいなの。ものすごくおびえてて、おなかをすかせてて、お金を必要としてる。両親はいないみたい。お姉さんと妹がいて、面倒を見てるんだって。十五歳の男の子にはとんでもなく大きな責任だよ。あの子が心配なの。それで、彼の家族を調べたいって思ったんだ。危険な目にあってるわけじゃないって確認したいの。でも、あたしはばかじゃない。ひとりで行くつもりはなかった。ネイサンに一緒に行ってくれって頼むつもりだった。そしたらあんたが来たってわけ」ラスティは弱々しく言い終えた。

「おれにその子が暮らしてるところまで一緒にあとをつけてほしいって？　それから？　こう言うのか、『やあ、どうも！　きみが地下室で鎖につながれていないか確認したかったんだ』って？」

ラスティは頭を左右に振ったが、肩からは力が抜け、唇の端には笑みがうかんでいた。

「まだそこまで考えてない。ネイサンがいいアイデアを思いついてくれるんじゃないかって思ってたから。自分でもなんでこんな気持ちになるのかわからない、ヴァン。昨日会ったばかりだけど、なにかしてやりたいの。あんたもあの子を気に入るよ。もの静かで、とても礼儀正しいし、まちがいなくお姉さんと妹を守ろうとしてる。あたしで力になれることがないかたしかめたいだけなの」

ラスティの真剣なまなざしと熱のこもった話しぶりに、ドノヴァンの心がやわらいだ。困ったことに、ドノヴァンは女と子どもにめっぽう弱い。とくに子どもに。十五歳の少年がふたりの姉妹を支えるために金物店でアルバイトをして、その日暮らしをしていると思うと、胸が苦しくなった。両親はどこにいるんだ？

「一緒に行ってやる」とうとうドノヴァンは言った。「だが、ラスティ、おれのやり方でやる。おれの言うとおりにしろ。いいな？　つまり、ずっとおれのうしろにいるってことだ。おれがいそいで逃げろとか伏せろって言ったら、そのとおりにするんだ。どんな状況に足を踏み入れることになるかわからない。だから注意してくれ」

ラスティは元気よくうなずいた。「もうひとつあるの、ヴァン。こんなことしたら、でしゃばりだって思われそうなんだけど」

「おまえが？　でしゃばり？」ドノヴァンはあざ笑った。

ラスティはあきれたように目を上に向けたが、声をあげて笑った。「わかった、そうだね、あたしはでしゃばりかもしれない。でも、ちゃんとした理由があるの！　あの子はおなかをすかせてる。あの子がおなかをすかせてるなら、お姉さんと妹も同じくらいおなかをすかせてるんじゃないかな。昨日ランチにバーガーを買ってあげたら、三口くらいでたいらげたのよ。それで、今日もバーガーを買ってあげたんだけど、食べなかったの。しかも食べなかったことをあたしに知られないようにしてた。隠して、とってあるの。たぶん、家に持って帰ってお姉さんと妹に食べさせるのよ。そう思うと切ないの、ヴァン。あたしも昔はそのくらいおなかをすかせてた。だからあんたの実家に忍びこんだの。飢えてたし、刑務所にぶちこまれる危険をおかしてでも食べ物を手に入れたかった。あの子にそんな思いはさせたくない。あの子たちに食べ物を持っていってあげたいの。なにかしなきゃ。知らないふりをして、見て見ぬふりをして、ただなにもしないで突っ立ってるなんて、あたしにはできない」

ドノヴァンはラスティの肩に腕をまわし、胸に引きよせて抱きしめた。「おまえはいい子だな、ラスティ」

ラスティは彼をひじで突いた。「あたしはもう子どもじゃない!」

ドノヴァンはくすくすと笑った。「ああ、そうだな。もう若いレディだ。ときどきそれを忘れちまう。おまえがケリー一族に加わってからもう何年も経ってるなんて信じられない」

「最高の日々だったよ」ラスティはやさしく言った。

「オーケー、それじゃ、こうしよう。その子どもを家までつける。どんな状況かたしかめる。そのあとで、どうやって必要なものを用意してやるか考える。それと、その子と姉妹のことを少し調べてみる」

「ありがとう、ヴァン。すごく助かるよ」

「かまわないさ。ただ、ひとつ頼んでいいか? これからは、こういうことを決める前に、おれかほかのだれかに電話しろ。今回はなんとかなったかもしれないし、その子は危害を加えたりしないかもしれないが、次も同じだという保証はない。おまえに傷ついてほしくないんだ、ラスティ。いつでもおれか家族のだれかに電話してくれ」

ラスティはほほ笑んだ。「こんなにたくさんの兄貴がいるって、けっこうクールだよね?」

ドノヴァンはあきれて目を上に向けた。「兄貴がいるのはウザいと思うぜ」

「そう思うのは、サムとギャレットが実際にウザいからでしょう」ラスティは笑いながら言った。

「そのとおりだ。よし、それで、何時にその子を帰すんだ？　車は見当たらないから、歩いて通えるくらい近くに住んでるんだろうな？」

「わからない。正式な申込書に記入してもらったわけじゃないから、住所は知らないの。それと、車は持ってなくて、だれも送り迎えはしてない。どのくらい離れたところに住んでるかわからないけど、まちがいなく歩きよ」

「歩きだと、気づかれずにあとをつけるのは難しいかもな」ドノヴァンは悩みながら言った。

ラスティは顔をしかめた。「うん、あの子は警戒してる。だから、ものすごくおびえてて問題をかかえてるってわかるの。ほら、子どもってまわりを気にせずに歩きまわるでしょう。とくに、こういう小さな町では。心配なんてなにもないって感じで歩いてる。でも、あの子の場合は、角を曲がるたびにだれかが飛びかかってくるとでも思ってるみたい。とても用心深くて、つねに周囲に目を配ってる」

「かなり詳しく観察してたんだな」

ラスティはうなずいた。「うん。なんとか近づけないかなって思って。どうすればいいか、頭の中であれこれ考えてたの。単刀直入に聞いてもいいけど、きっとおびえさせちゃう。わかってるの。だれかがそんなふうにあたしに近づいてきたら、一発で逃げたはずだもの。あたしはだれも信用してなかった。あの子も同じだと思う」

「大変な人生だったよな」ドノヴァンはやさしく言った。「おまえがその男の子を助けてやりたいなんて、ほんとにすごいことだ」

ラスティの頬がピンク色に染まり、ドノヴァンにほめられてうれしそうに目を輝かせた。

「あの子が不安にならないように、もう戻らなきゃ。しばらくぶらぶらしててくれるなら、あの子にはあと三十分働いてもらうわ。お給料を払うときに、わざと二十ドル少なく渡す。あの子はなにも言わないはずよ。よくわかってる。もらえるものはなんでも受け取って、感謝するの。でも、そうすれば、家まであとをつける口実になるわ。お給料を少なく渡してしまったって言えばいいし、生活状況も確認できる」

ドノヴァンは苦々しくほほ笑みかけた。「頭の回転が速いんだな、お嬢ちゃん。KGIを乗っ取って、いつか世界を支配できるかもな」

ラスティは生意気ににやりと笑った。「テクノロジーオタク向けの仕事なら断ったりしないよ。そうすれば〝ボス〟で遊べるもの」

ドノヴァンは顔をしかめた。「〝ボス〟はおれのだ。おれ以外のやつにはさわらせない。それと、おまえはおれたちのコンピューターに近づくな。おまえなら三十秒でハッキングしちまうからな」

「あたしのテクノロジーの才能があんたより上でも、それはあたしにはどうすることもできないわ」ラスティは高慢に言った。

「やれやれ」ドノヴァンはぼやいた。「すごいうぬぼれだな。おれはケリー家のオタクだよ、ありがたいことにな。女が惹かれずにはいられない、マジでホットで知的なオタクさ」

ラスティは噴き出した。「その口であたしがうぬぼれてるって言うわけ？」

ドノヴァンはにやりと笑うと、ラスティを金物店のほうに押した。「少年の面倒を見てやれ。おれは一ブロック先に車を止めて、そいつが出てくるのを確認する。おまえがいそいでおれの車まで来れば、ふたりであとを追って、状況を確認できる」

「ありがとう、ヴァン。あんたって最高！」

「それを忘れるなよ」ドノヴァンはそっけなく言った。

ラスティは手を振りながらいそいで立ち去り、ドノヴァンは車に戻って通りのさらに先まで移動した。こんな正気の沙汰ではないことをするはめになったとは信じられなかったが、そっぽを向いて知らんふりをするわけにはいかないというのもわかっていた。その少年がほんとうに問題をかかえていて、助けを必要としているのなら、無視できない。こんなに若い子どもがこれほど大きな責任を負っているなんて、もっと悪いことには腹をすかせているなんて、考えたくもなかった。

彼の慈善精神はすべて、恵まれない子どもや、住むところがなく腹をすかせた子どもを助けることにささげられ、経済的支援の大部分は虐待を受けた女性たちのためのシェルターにささげられている。ドノヴァンは、虐待関係から逃げてきた女性を支援し、経済的に援助するための財団を共同設立していた。そのことは家族でさえ知らないが、知ったとしても反対したりはしないだろう。ケリー家は総じて、社会に利益を還元している。経済的に。また、報酬を一セントも受け取らずに女性や子どもたちを援助する任務を引き受けることで。

ただ、ドノヴァンは財団のことで大げさに騒ぎ立てたくなかったので、資金を出して、ふたりの女性と共同で立ちあげた。彼女たちが日々の運営を監督し、経済的支援だけでは助けられない女性が現れたときにドノヴァンに知らせる。そういう場合は、ＫＧＩが任務を引き受ける。誘拐された子どもを救出することもあれば、女性を不健全な状況から救うこともある。新しい人生を提供し、安心できる場所でやり直す機会を与えるのだ。

子どもや女性にかかわる任務を引き受ける場合、ドノヴァンの弱点を知っている兄弟たちは、なにがなんでも進んで力を貸してくれる。みなドノヴァンの弱みをばかにするが、彼と同じように犠牲者のために悪を正すと心に決めていた。

ケリー家の妻たちも、自力で生き延びてきたタフな女たちだ。兄弟たちは運がいい。チームリーダーのリオとスティールも。みな、出会いは理想的とは言えない状況だったが、激しい恋に落ちた。ドノヴァンは彼らと妻たちの絆がうらやましかった。自分も手に入れたい。いつか。いそいではいない。時が来ればそうなるだろう。だが、自分の家族が欲しい。妻。子どもたち。自分だけの家族を持ち、その中でより大きな役割を担いたい。

いまのところは、長兄の娘のシャーロットと、弟のイーサンの双子の息子たちを溺愛するおじという役割を演じていた。また、いまではリオには十三歳の娘がいるし、スティールは娘が生まれたばかりで幸せな父親になっている。まわりの世界は変化しているが、ドノヴァンは一見すると現状にとどまっていた。同じ日常。同じ仕事。毎日変わらない。

性生活に不満はない。セックスはする。だが、安っぽい興奮やただのセックスに興味はない。女性を尊敬しているあまり、意味のない一夜だけの情事にふけったりできない。結果として、恋愛関係はきわめて乏しく、無数の女と寝てきたわけではなかった。それでもかまわない。運命の相手に出会う日が来たら、自分はだれとでも寝るような男ではないと彼女に言いたかった。彼女が特別だとわかってもらいたい。ついでに言えば、自分にとっても特別な関係を築きたかった。

そのせいで古風でお堅い男だと思われているのかもしれない。べつにどうでもいい。両親には、他人だけでなくなにより自分自身を敬うようにしつけられた。自分自身を敬えなければ、どうして他人から敬ってもらえる？

通りに車を移動させてからしばらくして、ラスティが雇った少年が金物店から出てくるのが見えた。ラスティはまちがっていなかった。少年は周囲を確認している。むしろ、用心しすぎてよけいに注意を集めていた。ゆっくりと歩き、顔を左右に向け、一定の間隔でうしろを見ている。

大柄な子だ。背が高く、筋骨たくましいが、やせている。ひと目見て、かなりの栄養不足だとうかがえた。顔はやつれ、表情は暗い。ブロックの端まで来ると速度をあげ、通りを渡っていった。

くそ。さっさとラスティが来ないと、見失ってしまう。

ひとりで少年のあとをつけようと決心したとき、ラスティがいそいで外に出て車まで走ってきた。彼女が助手席にすべりこむと、ドノヴァンはバックで車を出した。

「たしかに用心深いな」ドノヴァンはつぶやいた。少年のうしろから慎重に距離をとってゆっくりと車を走らせる。「だけど、あからさますぎる。警官が見たら、なにか隠し事がありそうだって気づくぞ」

ラスティはうなずき、顔をしかめた。「うん、そうね。でも、もっとふつうにふるまえなんて言えないでしょ？」

「ああ。そうだな」

数分ゆっくりと車を走らせたあと、ドノヴァンは悪態をついた。

「くそ、働くためにどれだけ遠くから歩いてきてるんだ？」

ラスティもドノヴァンと同じくらい不満そうな顔をしていた。

「わかんないけど、もうどのくらい歩いてる？　一キロ以上？」

「三キロ近い」ドノヴァンは厳しい口調で言った。

「この先の砂利道を曲がるよ」ラスティが座席から身を乗り出して言った。「あたしたちに気づいて、まこうとしてるんじゃなければいいけど」

「まっすぐ進んでいくように見せかけて、戻ってこよう」

ドノヴァンはアクセルを踏み、少年が曲がっていった道を通りすぎた。ちらりと見ると、子どもはハイウェイに背を向けて道の端を歩いていた。ドノヴァンはしばらく車を走らせてから、Uターンをしてさっきの道に戻った。

「やられた！」角を曲がるとラスティが言った。「もう見えないよ！」

ドノヴァンは速度をあげ、砂ぼこりを巻きあげながら道路を進んだ。

「見て！　いたわ！」ラスティが右を指して言う。

ドノヴァンは車を走らせておんぼろのトレーラーを通りすぎ、もう一度Uターンして戻った。私道に着くと――庭にある轍《わだち》を私道と呼べるならだが――ラスティが身をこわばらせた。少年が暮らしているトレーラーを見て、悲しそうな表情になる。

ドノヴァンは手を伸ばしてラスティの手を握りしめた。

「同じ年のころ、あたしもこうだった」ラスティはささやいた。「もう、ここでお姉さんと妹と暮らしてるなんて吐き気がする。ひとりでも狭そうなのに、三人で暮らしてるなんて」

ドノヴァンは顔をしかめ、同意してうなずいた。

庭は草が生い茂り、草刈りをする必要があった。だが、それは序の口だ。トレーラーの屋根は半分が青い防水シートでおおわれている。ところどころ屋根板がはげている。幅木が欠けている。窓のひとつは割れていて、ドアに通じるステップも段が足りない。人が住めるような場所には見えなかった。すでに廃棄物件だったはずだ。

ドノヴァンはエンジンを切り、ラスティを見た。

「おれが言ったことを忘れるな。安全だと確認できるまで、おれのうしろにいるんだ。ノックをしてみる。おれが大丈夫だと言ったら、給料が足りなかった件を話せ。中に入りたい。そうすれば自分の目で状況をたしかめられる」

ラスティはうなずいた。「行こう。ここにこんなふうに車を止めてたら、怖がらせちゃう。あの子の態度を考えると、きっと死ぬほどおびえてるはずよ」

ドノヴァンはドアを開けて外に出た。銃は持ってきていない。それは珍しいことだった。だが、今日銃が必要になるとは思っていなかった。いまでは、つねに車に一丁置いておけばよかったと思っていた。

ラスティにうしろにいろと合図し、ぐらぐらするステップを慎重にのぼっていく。

網戸はなく、ノックをするとドアが揺れた。これだけの力でも壊れてしまいそうだ。まったく、この家に押し入るのは朝飯前だろう。

数秒待っていると、ようやくドアがほんの少し開き、気がつくとドノヴァンははっとするような琥珀色の目を見つめていた。

「なにかご用ですか？」女がたずねる。

一瞬、ドノヴァンは言葉につまった。姉妹がいることはラスティから聞いていた。だが、これは大人の女だ。それほど年をとっているわけではない。二十代前半だろう。

しかし、衝撃を受けたのは、瞳の色と斑点の色の光をたたえた美しい目にまぎれもない恐怖が映し出されているせいだった。

4

「おれはドノヴァン・ケリーです」ドノヴァンはいそいで言った。彼女の目にうかぶ恐怖をやわらげてやりたかった。彼女がおびえていると思うと胃が締めつけられた。中に突入して主導権を握って、彼女がひどくおびえている理由を問いつめずにいるので精一杯だった。ドノヴァンは自分を抑えた――かろうじて。だが、彼のレーダーは絶え間ない警報のようにビーッと鳴っていた。

虐待に関係あるのか？　だが、ラスティの話では、少年は姉妹と三人で暮らしているはずだ。この女があの子を虐待している？　ふたたび胃が締めつけられる。いや、そんなはずはない。彼女の目に恐怖がうかんでいるのは、見つかってしまったからではない――他人からの虐待をおそれているのだ。それだけではなく、もっと暗い理由がある。何年も女性たちをおそろしい状況から救ってきたドノヴァンの目は見逃さなかった。

「なんのご用？」女の声はあまりにやさしく、無愛想には聞こえなかった。彼女の言葉は震えていて、背中を向けて逃げたい衝動をかろうじて抑えているようだった。手はぼろぼろのドア枠をきつくつかんでいて、指の先と関節が張りつめて血の気を失っていた。

ドノヴァンは唾をのんだ。なんて答えればいい？　なぜおびえているのか教えてほしいと？　なにから身を隠しているのか知りたいと？　自分は力になりたいだけだと？

するとラスティがドノヴァンの前に進み出て――彼がやるなと言ったことだが――葛藤から救ってくれた。

「押しかけてきてほんとうにごめんなさい」ラスティはやさしく、恐怖を与えないような声で言った。「トラヴィスに払った今日の分のお給料が少なかったの。それに気づいて、申しわけなくなっちゃって。トラヴィスは仕事熱心だし、店を手伝ってもらえてすごく助かってる。彼に渡そうと思って、お金を持ってきたの」

若い女の目につかの間だけ安堵がよぎったが、すぐにまた不安が忍びよってきた。どんなことも額面どおりに受け取ってはいけないと自分に言い聞かせているかのようだ。そういう教訓はつらい経験から学ぶものであり、この女は世界がすばらしい場所ではないということを身をもって学んだにちがいない。

そのときトラヴィスがドアのところに現れ、女を自分のうしろに押しやり、ラスティとドノヴァンの前に立った。ドノヴァンに用心深いまなざしを向けたものの、すぐにラスティに注意を移した。いそいで用件を片づけたいのだろう。そうすればドアを閉めて自分も姉も中に隠れられるから。

だが、ラスティはくじけたりしなかった。ドノヴァンは感心せずにはいられなかった。こうと決めたら猛烈に頑固なのだ。

「入ってもいい？」ラスティは聞いた。「一分だけよ。あんたにお金を払わなきゃならないし、今週のシフトについて話し合ってなかったって気づいたの。働きたいなら、毎日数時間来てもらえないかしら。ちょっと家の中に入れてもらえれば、話をまとめて、すぐに帰るわ」

そう言いながらラスティはほほ笑んだ。ドノヴァンでさえ、彼女の頼み事に他意はないと信じてしまいそうだった。

トラヴィスは車のヘッドライトに照らされたシカのようにパニックになった顔をして、肩ごしに振り向いた。それからラスティに視線を戻し、最後に用心深いまなざしをさっとドノヴァンに向けた。

少年は明らかにひどく迷っていたが、ラスティは少しずつ前に進み出た。自分のありきたりな頼み事が聞き入れられる自信があると言わんばかりだ。ドノヴァンが止める前に、ラスティはすでに中に入ろうとしていた。くそ、この家の中がどうなっているか、なぜ住人たちがとてつもなくおびえているかわからないというのに。ラスティを――自分自身も――危険な状況に巻きこみたくない。

トラヴィスはあとずさり、中に向かって申しわけなさそうな視線を向けた。姉か？　それともほかの人間か？

だが、ドノヴァンは彼に考え直すチャンスを与えなかった。ラスティのうしろにぴったりとくっついて前に進んでいく。なにかあったら、すばやく彼女を押し倒しておおいかぶされるように。

最初に目に入ったのは、とても幼い子ども――女の子――の姿だった。ずたずたに裂けた穴だらけのソファに座り、ひざの上には金物店の近くにあるサンドイッチ店のテイクアウト用の箱がのっていた。

口はケチャップとマヨネーズで汚れ、トラヴィスが持ち帰ったにちがいないバーガーを両手で持っている。ラスティがトラヴィスに買ってやったが、食べなかったことを知られないようしていたというバーガー。いまではドノヴァンもラスティも理由がわかった。飢えかけている妹――まだ幼い子ども――のために持ち帰ったのだ。

ドノヴァンはリビング――そう呼べるならだが――に視線を走らせ、怒りにかられた。まったくみすぼらしい暮らしだ。がさつな人間がゴミや食べ物を床に捨てているみたいに部屋が汚れているとか散らかっているとかではない。むしろ、こぎれいで整理整頓されている。しかし、トレーラーは悲惨な状態だった。

少なくとも床の四カ所にプラスチックのボウルが置かれている。たわんだ天井から雨漏りがするのだろう。二日前の晩、雨が降った。ここで暮らすトラヴィスたちの姿を想像してドノヴァンはたじろいだ。雨も風もしのげていない。

また、家の中があまりにあたたかいことにも気がついた。蒸し暑い。エアコンはない。窓は飾りにすぎず、まだ割れていないにしてもヒビが入っていて、外の空気が流れこんでいた。

無表情を保って、目の前の光景に反応せずにいるには、ありったけの自制心と鍛錬が必要だった。

「なにか問題でも……」姉が口を開いた。やさしい声だが、恐怖と躊躇がにじんでいた。

ラスティがドノヴァンを引き連れて家に入った瞬間、トラヴィスの姉はすぐにソファに飛んでいき、幼い女の子――せいぜい三歳か四歳だろう――の横に座り、ラスティとドノヴァンから隠すようにしていた。

落ち着いて冷静さを装おうとしているものの、すぐに抵抗するか逃げるつもりでいるのは明らかだった。これまで何度も経験してきたかのようだ――抵抗することも逃げることも。

「問題はないわ」ラスティが明るく言った。「さっきも言ったけど、今日トラヴィスが働いてくれた分のお給料をうっかり少なく渡しちゃったから、ちゃんと払いたかったの。それと、今週の勤務時間について相談もしたかったから。といっても、彼が働きたいならだけど」

トラヴィスと姉はすばやく不安そうに視線を交わした。

ドノヴァンは咳払いをして、口をはさむことにした。

「自己紹介をしたほうがいいんじゃないか――ついでにおれの紹介もな。そうすれば、弟がだれのところで働いてるかわかるだろう」ドノヴァンはほのめかすように言った。

ラスティは手を振った。「ああ、そうね。失礼！」トラヴィスの姉が座っているところまで大またで近づき、手を差し出す。「ラスティ・ケリーよ」

女はおそるおそるラスティの手を取ったが、黙っていた。ドノヴァンは目を細めた。

ラスティがドノヴァンのほうを向く。「あれは兄のドノヴァン・ケリー。というか、兄のひとりね」にやりと笑ってつけ加える。「ケリー家は大家族なの！　信じられないかもしれないけど、あたしには兄が六人もいるの。ほかにも、ママ・ケリーが何年ものあいだに非公式に引き取った人たちも家族だし」

女はすっかり当惑した表情をうかべていたが、当然だろう。ラスティの大げさな話しぶりに、ドノヴァンは身をこわばらせ、頭を左右に振った。愛想よくフレンドリーにふるまおうとしているのはわかるが、少しやりすぎだ。それに、部屋にいる人たちはだれも打ち解けていない。それどころか、いっそう落ち着かない様子だ。

女の子が姉の手を握り、彼女の横にぴったりとすりよった。目を見開き、手の甲で口をぬぐう。

「この人たちだれなの、イヴィ？」女の子はささやいた。「なんの用？」

イヴィ。少なくとも情報を得られつつあった。

ドノヴァンは一歩前に出た。〝イヴィ〟がおじけづいて、女の子を肩にかついで逃げてしまう可能性は百も承知していた。ドノヴァンも手を差し出したが、ラスティほど強引ではなかった。ただ手を差し出し、彼女が取るのを待った。取るだろうか。

「はじめまして、イヴィ」とやさしく言う。

しばらくしてから、彼女は細い指をドノヴァンの手のひらにのせた。ドノヴァンの腕から肩に電流が走る。衝撃的な触れ合いだった。こんなのは予期していなかった。彼女も同じだったらしく、いそいで手を引っこめ、ドノヴァンを見あげた。いっそう困惑した様子で、澄んだ琥珀色の瞳が翳っていた。

美しい女だ。おびえて、不安をかかえている。憂いが額縁のようにはっきりと表れている。だが、驚くほど魅力的だ。やせすぎている。彼女たちが生き延びるだけで精一杯なのは明白だった。だが、彼女のはかなさは美しさをより際立たせていた。それに、うっとりするような瞳。ここに立って見つめるだけで、金色と栗色の斑点のひとつひとつのちがいまで見て取れた。

「イヴよ」彼女はハスキーな声で言った。「わたしの名前。キャミーとトラヴにはイヴィって呼ばれてる。愛称よ」

ドノヴァンはソファの前のすり切れたカーペットの上にひざをつき、女の子にあたたかくほほ笑みかけた。「きみがキャミーだね。とてもかわいいお嬢ちゃんにぴったりのかわいい名前だ」

女の子は戸惑った顔をして、イヴの背後にますますしっかりと隠れた。そしてイヴの首に手を伸ばし、イヴは肩ごしにその手をつかんだ。

「大丈夫よ、キャミー」イヴはささやいた。「この人はあなたを傷つけたりしないわ」

そう断言しながらも、イヴはすばやくこちらを向き、自分を嘘つきにしないでと懇願するかのようにドノヴァンの目を見つめた。くそ、このふたりの女が――それと少年が――他人から危害を加えられることに慣れていると思うと、気分が悪くなった。単に他人というより、とくに男だろう。

ラスティが近づいたときも、キャミーはびくびくしていた。だが、ドノヴァンが近づくと、子どもはパニックになり、姉の背中によじのぼりそうなほどだった。

だれに傷つけられたのか、だれに苦しみと恐怖を与えられたのか、だれから逃げているのか、問いつめたかった。そして、自分の手でそいつをぶちのめしてやりたかった。そのあとで、このみすぼらしい家族に二度とどんな危害も加えられないようにしたかった。

なんてばかげた考えだろう。

出会って五分で、彼らの人生に飛びこんでそれを引き受け、約束をするつもりでいる。そんな筋合いはないというのに。それに、その約束を守れる保証はない。彼らがどんな問題をかかえているかさっぱりわからないのだから。

「ああ、スイートハート」ドノヴァンはやさしく言った。内にこみあげてくる猛烈な怒りに屈さずにいるには全神経を集中させなければならなかった。「ぜったいにきみを傷つけたりしない。ぜったいに。ほんとうだよ。きみを助けたいんだ。きみのお兄ちゃんとお姉ちゃんのことも。きみのお友だちになりたいな」

キャミーとイヴの目が見開かれる。キャミーは迷っている様子で、イヴは凍りついている。体は少しも震えていない。まるで氷になったかのようだ。ドノヴァンは彼女に見つめられているのを感じていた。彼が何者なのか突き止めようとしているかのように、穴が開くほど見つめている。彼が脅威なのかどうか。ほんとうのことを言っているのかどうか。

くそ、こんなに無力さを感じたのは生まれてはじめてだ。彼は行動力がある。いいかげんにあしらったりごまかしたりするような人間ではない。助けを必要としている人間がいれば、手を差し出すのをけっしてためらわない。しかし、ここではそういうわけにはいかなかった。これは微妙な状況であり、地雷原を歩くように用心して進まなければ、いまにも目の前で爆発してしまうかもしれない。

「あたしたち、お友だちはいないの」キャミーがぼそぼそと言った。「危険だからってイヴィは言ってる」

「キャミー、しーっ」イヴがさっと振り返って子どもを黙らせた。それからドノヴァンに向き直ったとき、顔には弱々しい笑みがうかんでいた。「キャミーは想像力がとても豊かなの。ほら、四歳児ってそうでしょう」

姪のシャーロットとほとんど同い年だ。シャーロットは愛にあふれた大家族に囲まれている。シャーロットは次の食事がどこから来るかと心配することはない。あるいは、来るかどうかと。シャーロットはおじやおばたちに溺愛されている。祖父母には甘やかされている。それに、彼女を守るためなら、すご腕の軍事組織のメンバー全員が戦争をおっぱじめるだろう。

ここにいる女の子は姪とは正反対だ。まるでちがう人生を送っている。そう思うとドノヴァンの胸が張り裂けそうだった。

ラスティが咳払いをして、キャミーの言葉で急に気まずくなった空気をやわらげるべく口をはさんだ。

「さっきも言ったけど、トラヴィス――それにイヴ――今週、トラヴィスに毎日数時間働いてもらってもいいわ。もちろん、週末も来られるなら歓迎よ。柔軟に対応できるから、そっちの都合に合わせるわ」

イヴの顔に不安がよぎる。それから下を向いて表情を隠したが、その前に恥ずかしさときまり悪さがちらりと目にうかんでいた。

「ありがとう」イヴは小声で言った。「でも、トラヴィスに長期間働いてもらうつもりはないの。キャミーの具合がよくなって、わたしが出かけられるようになるまでのあいだだけよ。この地でやっていけるかわからないし、トラヴィスには一時的に仕事をしてもらうだけだから、彼を当てにしてほしくないの」

「どうしてやっていけない？」ドノヴァンは慎重にたずねた。

イヴの目が曇り、金色の斑点がかすんで、表情が読み取れなくなる。イヴはなにげなく片方の肩をすくめた。「保証はないもの。ぜったい。ここにとどまってやっていけるかもしれないし、やっていけないかもしれない。現実に対処できるようにしておかなきゃ」

「やっていけなかったら？」ドノヴァンはさらに問いつめた。「そのときはどうする？」

「ここを離れるわ」イヴはあっさりと答えた。

あまりに平然とした口調から、そういうことははじめてではないのだとうかがえた。いつから逃げているのか、どれだけ遠くから逃げてきたのか、見当もつかない。だが、急に――そして何度も――引っ越すのは彼女たちにとってはよくあることなのだ。

ドノヴァンはいくつものばかげたことを考えた。兄弟たちには頭がおかしくなったと思われるにちがいない。もしかしたら、そのとおりかもしれない。落ち着かなければ。一歩さがって、深呼吸をして、全体像を把握するのだ。ほんとうにばかげたことをしでかす前に。たとえば、彼女たちをこの汚い場所から引きずり出して、何週間か前に完成したばかりの真新しくがらんとした自分の家に連れていくとか。

大家族を想定して建てた家だ。いつかは自分の家族を持ちたい。とはいえ、いますぐどうこうする予定はない。特定の女性のことを考えているわけでもない。だれかが待っているわけでもない。思い当たる相手もない。それほど親しくなった相手はいなかった。

しかし、だからといって、自分の望みがわからないわけではない。いつか。ずっと考えていた。妻。子どもたち。子どもでいっぱいの家。にぎやかで、騒々しい。ドノヴァンがふたりの兄と三人の弟とともに育ってきた家のように。

自分のためにそういう人生を送りたかった。自身の子ども時代を大人としての人生に引き継ぎたかった。フランクとマーリーン・ケリーが彼と兄弟たちに与えてくれた、あたたかく愛にあふれた揺るぎない家庭を、自分の子どもに与えてやりたい。任務で遠くに出かけたあとで、自分の妻がいる家に帰りたい。やさしく愛情のこもった笑顔で迎えてほしい。子どもたちに囲まれたい。自分の子どもたち。彼の分身。血を分けた存在。

だがいまのところ、家はただ立っているだけだ。未来に抱いている希望の象徴。ケリー家の居住地で兄弟たちが暮らしている家とは離れている。ちなみに居住地内には厳重なセキュリティーが敷かれている。それが彼らの生活と、みずから選んだ仕事の現実だ。

家にはまだ最小限の必需品があるだけだ。身を落ち着けたら、妻に装飾を頼みたいとずっと思っていた。家具や壁の装飾には女らしさを出してもらいたい。少女っぽく飾り立てた小物が並ぶのが楽しみだった。バスルームのシンクのことで喧嘩したり、トイレの便座をあげたままでいるせいで口論になったりするのも。

兄弟たちが楽しそうに文句を言っているすべてをドノヴァンは切望していた。もちろん、彼らは本気で妻たちの文句を言っているわけではない。すっかり有頂天で、メロメロで、完全にとりこになっている。彼らは伴侶と出会った。彼らを完全にしてくれる女たち。心の底からうらやましかったが、ドノヴァンとジョーだけがまだ相手を見つけていないとからかわれても、ドノヴァンは軽くあしらっていた。

肩ひじを張らず、ゆったりとかまえ、自由奔放な態度を貫いてきた。だれもがドノヴァンは自分の人生に満足しているのだと思うだろう。積極的にそれを変えようとはしていない。けれど、妻といるときの兄弟たちを見るたび、胸が締めつけられた。彼らの子どもたち。義理の姉妹、姪、甥たち。

いつか……いつか、とずっと言い続けてきた。いつかすべてが手に入る。兄弟たちが持っているものが。だが、その日は訪れず、月日は流れていく。一年、また一年。子どもたちは大きくなっていく。もっと子どもが生まれるだろう。まわりではみるみるうちに家族が大きくなっているというのに、ドノヴァンは現状にとどまっている。ひとりだけ変わらずにいる。くそ、もう三十代だ。サムは四十歳になる！　自分もすぐに追いついてしまう！

ドノヴァンは頭を左右に振り、無理やり現実に意識を戻した。これはまぎれもなく重大な状況だ。なにかしなければ。ただ突っ立って、イヴたちをこのままほうっておくわけにはいかない。

狭い部屋に訪れていた気まずい沈黙をラスティがふたたび破った。

「ええと、トラヴィスには好きなだけ働いてもらえればいいわ。役に立ってくれてるし、そういう人ってなかなか見つからないの」ラスティは熱心に言った。

しかし、ラスティがしゃべるあいだに、イヴの目に警戒と遠慮がうかび、貫くことができない盾のようになっていた。すでに身を引いて逃げ腰になっており、いますぐラスティとノヴァンに出ていってもらいたい様子だ。

イヴの無言の拒絶にも、トラヴィスが唇を結んだことにも気づいていないかのように、ラスティが執拗に食いさがった。

「とにかく、明日も来てちょうだい。あとは成り行きに任せればいいわ」ラスティは言った。「それと、ほかにあたしたちにできることがあったら、教えてちょうだい。必要なことはなんでもするから」

ラスティの声はあたたかく、ドノヴァンは感心せずにはいられなかった。部屋の緊張感に気づいていないふりと、あたたかい声のおかげで、トラヴィスと、それとイヴさえもリラックスしていた。ある程度は。

この女は完全に気をゆるめることがあるのだろうか。多くのつらい経験からこうして完璧な盾を作れるようになったのは明白だった。その事実は、それを打ち破ってみせるというドノヴァンの決意を強めただけだった。彼女の秘密を知りたい。なぜおびえているのか。それから……彼女のことも知りたい。もっと親密な意味で。

その思いがけない考えにとてつもない衝撃を受け、よろめきそうになった。苦しんでいる女性に会うのははじめてではない。どの女性の境遇も怒りをかき立てられるものだった。ＫＧＩが救出したり、なんらかの形で力になったりした犠牲者には、ひとり残らず感情移入した。

しかし、こんな気持ちは……はじめてだった。この感情がなんなのかはわからない。ドノヴァンはつねに私情をはさむ。兄弟たちはよくわかっていた。女性と子どもが彼のアキレス腱だとわかっている。隠すまでもない。だが、これは？　イヴが逃亡中の女かもしれないということとは関係ない、まったくべつの気持ちだ。もっと深い感情。ふいに、自分がとんでもない状況におちいっていることに気がついた。

簡単にデートに誘える女ではない。楽しい会話や、おいしい食事。二度目のデートを期待しておやすみのキスをするとか、もっと濃厚なキスをするとか。ゆっくりと口説いて、誘惑して、時が来たらベッドに連れこみ、ひと晩じゅう抱いて、翌朝には自分が特別な存在を腕の中に抱いていると思いながら目を覚ます。そういう女ではない。

くそ。

この状況を適切に表す言葉はほかになかった。お手あげだ。

「善意につけこみたくないの」イヴのハスキーな声に、ドノヴァンの背筋に衝撃が走った。

「お申し出には感謝するわ。あなたはトラヴィスにとても親切にしてくれた——わたしたちみんなに。でも、必要なものはあるわ」

必要なものはすべてあるとは言わなかった。必要なものはあるというのと、必要なものはすべてあるというのは、ぜんぜんちがう。

ラスティが顔をしかめる。これ以上無理強いはできないだろう。いまはまだ。けれど、ドノヴァンはあきらめるつもりはなかった。いまやこれは任務になっていた。目標を定めたら、けっして引きさがらない。イヴはまだそれに気づいていない。だが、たとえ彼女が望んでいなくても、ドノヴァンは助けるつもりでいた。ただ、どうすればいいか考えなければ。

5

イヴはラスティとドノヴァンが帰っていくのを窓から見て、ほっと大きなため息をついた。それから、ソファの前に立っているトラヴィスに向き直った。ソファにはキャミーが座っていて、目が困惑でぼうっとしていた――それと恐怖で。

もう、こんなふうに怖がらせたくはない。年端もいかない妹は、もっとも信用すべき人間がモンスターだったことを目の当たりにしていた。そのことを思うとつらかった。こんなに幼い子どもが恐怖を知るべきではない。泣きたくなったが、絶望に屈するわけにはいかなかった。少なくとも、キャミーとトラヴィスの前では。ふたりはイヴが頼りなのだ。彼女を必要としている。ふたりのために強くならなければ。恐怖も不安も見せてはいけない。どんなにつらくても、そういうものはすべてのみこんで、弟と妹のために気丈にふるまおう。

「あの人たち、どうしてわたしたちが住んでる場所を知ってたの？」イヴはやさしくトラヴィスに聞いた。

トラヴィスの目に罪悪感が押しよせるのを見て、イヴはいそいで弟に近づいて肩に触れた。彼のほうがずっと大きいので、手を伸ばさなくてはならなかった。とても背が高くて、たくましい。年のわりにはるかに大人びている。キャミーのように、まだ子どもであるべきなのに。子どもらしい無邪気さを持っているべきだ。こういう毒のような経験ではなく。

「トラヴ、いいのよ」イヴは安心させるように言った。

トラヴィスはかぶりを振った。「いや、イヴ、よくないよ。用心が足りなかった。きっと金物店からあとをつけられてたんだ。ピックアップトラックがついてくるのに気づいたけど、走って注意を引きたくなかった。ただ……同じ方向に向かっている地元民ならいいと思って、この道を曲がってから、立ち止まってうしろを見たんだ。車はそのまま走っていった。でも、きっと引き返してきたんだ。ごめん」

イヴはトラヴィスを抱きしめた。「いい人たちみたいだわ。あなたが稼いだお金を渡すために、それと、あなたが働ける時間を確認するために、わざわざ来てくれた。危険な人たちじゃないわ」

舌の先から簡単に嘘がこぼれた。たしかにいい人そうだった。ふつうの人。けれど、見た目は当てにならないというのはよくわかっている。義父はどこから見てもふつうで健全な人だった。裕福。広い人脈を持っている。慈善家。地方政治にかかわっている。人当たりがよく洗練された外見の裏にうまく本性を隠していた。吐き気がする。

「辞めてほしい？」トラヴィスが不安そうに聞いた。「べつの場所で仕事を探したほうがいいかもしれない。話がうますぎるよ。現金で支払ってくれるし、なにも聞かれなかった。ほんとうにやさしい女性だから、油断しちゃった」

「いいえ。あなたが急に現れなくなったら、もっと怪しまれるわ。あんなにいい人たちだったからなおさらよ。どうして辞めたのか不思議に思うんじゃないかしら。それに、ほかに雇ってくれる人がいても、こんなに融通はきかない。あなたはラッキーよ。現金で払ってくれるところなんてそうないわ。それに、あなたが働くのはいまだけだもの。あと数日すれば、キャミーもよくなるから、あなたに預けてわたしが働くわ」

「ぼくは平気だよ」トラヴィスが熱のこもった口調で言う。「姉さんはぼくたちのためにいろいろしてくれた。ぼくは働くことくらいしかできない。いままでみたいに姉さんを死ぬほど働かせたりしない。そんなのフェアじゃない。人間らしく生きるべきだよ、イヴィ。若くてきれいだし、自分の家族を持つべきなのに、いまは面倒を見なきゃならないふたりの子どもをかかえてる」

「あなたたちがわたしの家族よ」イヴも同じくらい熱のこもった声で言った。「あなたとキャミーを愛してる。あなたたちがいればいい。でも、こんな生活はいや。身をひそめて、引っ越し続けなきゃならないなんて。あなたとキャミーは子どもらしく生きるべきなのに、早く大人にならざるをえない。あなたは十代なのよ、トラヴ。同じ年の子たちと一緒に学校に通うべきなの。運動をしたり、遊んだり。こんなのフェアじゃない！」

「イヴィ？」

キャミーのやさしいささやき声が聞こえ、イヴとトラヴィスは振り返った。イヴはすぐに、キャミーの前でこういう会話をしていることを後悔した。

「あたしたち、大丈夫よね？」

イヴはソファに駆けよって腰をおろすと、キャミーを腕の中に引きよせてきつく抱きしめた。金色の巻き毛をなで、かわいらしい頭にキスをする。

「もちろん大丈夫よ、ダーリン。あなたは心配しないで。いいわね」

キャミーは体を引き、ためらいがちにほほ笑んでから、トラヴィスを見やった。「あたしたち、ずっと一緒だよね?」

トラヴィスもキャミーの隣に座り、イヴとキャミーに両腕をまわした。

「もちろんだよ。ぼくたちは家族だ。イヴィが言ってただろう。大丈夫だよ。あいつにはぜったいに見つからない。もう二度とだれもぼくたちを傷つけたりしない」

トラヴィスのやさしく決然とした口調に、イヴの胸が締めつけられた。感情のかたまりをのみこみ、急に涙でひりひりしはじめた目をしばたたかせる。弟と妹を抱きしめ、腕の中にいるふたりの感触にひたった。世界から守ってやりたい。ふたりを幸せにするためにできることはなんでもしてみせる。やるべきことはなんでもする。ふたりを守るためなら、いくらでも愛情をささげられるし、自分を犠牲にできる。

イヴはトラヴィスを見あげた。「今週だけよ、いい? 今週働いてもらえれば、そのあいだにキャミーもよくなると思うし、わたしは仕事を見つける。夜に出かけなくてもいいように、昼の仕事にするわ。夕食はみんなで食べましょう。家族らしく」

「あたしは元気になったよ、イヴィ」キャミーが真面目な口調で言った。

イヴはキャミーの髪を手ですいてから、こめかみにキスをして、しばらくそのまま口をつけていた。キャミーの肌はまだ熱でほてっている。

「わかってるわ、ダーリン。でも、あと何日か安静にしなきゃ。あわてる理由はないでしょう？　明日、スーパーに行って特別なごちそうを買ってきてあげるわ」

キャミーの目が輝く。「ごちそう？　ごちそう大好き！」

イヴはほほ笑んだ。ごちそうが嫌いな女の子がいるだろうか。トラヴィスが働いている金物店から遠くないところに、リサイクルショップもある。トラヴィスが仕事に出かける前に行ってこよう。なにか見つかるかもしれない。キャミーにはあと何枚かシャツとショートパンツが必要だ。涼しい服。エアコンはないし、初夏だというのにもうかなり気温が高い。

「楽しみにしてて」イヴはもう一度キャミーを抱きしめた。

この数カ月、楽しみはほとんどなかった。ときどき、何年も逃げているような気がした。これが彼女たちの人生だと。ずっと前からそうだったと。ふつうの生活を思い出すのは難しかった。大きな重荷を背負ったり、つねに恐怖を感じたりしていなかったころの生活。

「あたし眠くなっちゃった、イヴィ」キャミーがもごもごと言い、むさぼり食べていたバーガーでまだ汚れている手であくびを隠した。

トラヴィスがほほ笑んだ。「おいで。ベッドまで運んで寝かせてやる。いいか？」

するとキャミーはイヴの腕から出て、トラヴィスに抱っこしてもらおうと両腕を伸ばした。トラヴィスは軽々とキャミーを腕に抱きあげ、ひとつしかない寝室に連れていった。そこでキャミーとイヴは一緒に寝ており、トラヴィスはソファで寝ていた。

ふたりがリビングを出ていくと、イヴは両手に顔をうずめ、漆黒の雷雲のようにつきまとっている圧倒的な絶望につかの間だけ屈した。

ああ、これからどうすればいい？　永遠に逃げることはできない。過去からは逃げられない。いつまで、あとどのくらい逃げていられるかわからず、胃に穴が開きそうだった。キャミーとトラヴィスのために健康でいなければならない。彼女が頼りなのだ。ふたりにとって唯一不変の存在。ふたりの人生は完全にひっくり返ってしまった。

裏切りのせいで。

苦しみに襲われる。憎しみ。これほど強烈な憎悪を抱けるとは思いもしなかった。だが、たしかに感じていた。強く陰険な憎しみ。これまで罪を犯そうと思ったことはない。だけど、ウォルトのことは良心の呵責を覚えずに殺せるにちがいない。キャミーとトラヴィスが無事に人生を送れるのであれば、喜んで死ぬまで刑務所で暮らそう。

しかしいまは、ふたりには彼女が必要だ。離れるわけにはいかない。ふたりを幸せにするために、やるべきことはなんでもしよう。一生うしろを見ながら逃げることになっても。

6

金物店にラスティのジープが止めてあるため、ドノヴァンはラスティを店まで送っていった。ラスティが車からおりると、ドノヴァンは声をかけた。

「おふくろの家に行くのか？」

ラスティはあきれたように目を上に向けた。「当たり前じゃない。日曜はママ・ケリーの家で家族でランチをする日でしょう。でも、今回は特別みたい。いつもより特別ってこと。必ず全員集まるようにってはっきり言ってた。どんな言いわけも受けつけないって」

ドノヴァンはくすくすと笑った。「ああ、まちがいなくなにか話があるんだ。どんな話かはだれにもわからないけどな。おまえのあとから車でついていく。そうすれば、一緒に到着できるだろう。もうみんなそろってるはずだ」

「あたしから説明するよ」ラスティはやさしく言った。「みんなに秘密にしておくつもりはなかったの。わかってちょうだい」

「わかってるさ、ハニー。心配するな。今回はおれが応援してやる」

ラスティの目があたたかく輝き、笑みが大きくなり、きれいな顔がいっそう華麗になった。ほんとうにとても美しい女に成長したものだ。彼女が誇らしかった。ドノヴァンも兄弟もそのことをあまりラスティに伝えておらず、それが悔やまれた。だが、父親と母親は日ごろから自慢している。

「おまえを誇りに思う、ラスティ。もっと言ってやるべきだよな。おまえには分別がある。そうじゃないなんてだれにも言わせるな。それ以上に、おまえはやさしい心を持ってる。男がよってくるぞ。最悪だ。おれも兄弟たちも、大勢ぶちのめさなきゃならなくなる」

ラスティは笑い声をあげたが、顔じゅうに喜びがあふれていた。

「あんたたちより、あたしのほうがもっと最悪よ！　こわもての兄貴なんてひとりいれば十分なのに、六人のこわもて兄貴が気の毒な男たちにまとわりつく？　監視に耐えてあたしとつきあってくれる相手が見つかれば奇跡だわ」

「男とつきあうのをやめるつもりはないんだろう。ボーイフレンドたちのことは聞いてるぞ」

ラスティはおびえたふりをして眉をあげた。「ボーイフレンドたちってなんのこと？」

ドノヴァンは鼻を鳴らした。「おふくろがおまえのデートの話を喜んでおれたちに言いふらしてるのは知ってるだろう。まったく、おまえが大学でデートしてる男どもの素行調査をおふくろがおれたちに頼んでこないのが驚きだ」

ラスティはあきれて目を上に向けた。「ちょっと、マーリーンにそんな考えを吹きこまないでよ。ぜったいやるに決まってるわ！」

「悪いアイデアじゃない。気をつけるに越したことはないぞ、ラスティ。家から何時間も離れた場所にいるんだ。大きな大学に通う若い女は、いくら用心してもしすぎることはない」

ラスティは身をよせてドアに手を置いた。「用心してるよ、ヴァン。あんたたちのそばにいて、世の中にどんなろくでなしが存在してるかはよくわかってる。あんたたちは、あたしたちの前で任務のことをあまり話さないように気をつけてるけど、いろいろ耳にしてるから、どんなことが起きてるかくらい知ってる。あたしは用心してるし、あんたたちからは自分の身を守る方法を教えてもらった。ネイサンとジョーは護身術を教えてくれた。ギャレットでさえ協力してくれて、あたしが彼を投げ飛ばせるようになるまでやめてくれなかった。一週間、体が痛かったのよ！」

「兄弟たちの頑固な頭の中にもちょっとは良識があったんだな」ドノヴァンはにやりと笑った。「それじゃ、そろそろ出発するぞ。早く行かないとママ・ケリーの雷が落ちる。家族の食事をサボると容赦なく怒られるからな」

ラスティは腕時計を見て金切り声をあげた。「大変、大遅刻だ！」

そう言うと手を振ってドアを閉め、ジープに駆けこんだ。ドノヴァンはにやりと笑いながら、ラスティのあとに続いて車を出した。

ああ、家族のランチは最高だ。だが、マーリーン・ケリーの世界で遅刻は許されない。子どもたちが全員そろって集まることを望んでいる。というより、子どもたちが自分に従うことを。

実家へと車を走らせながら、イヴや彼女の弟妹、彼女たちのみすぼらしい生活を思い出し、愉快な気持ちが薄れていった。ハンドルをきつく握り、自分になにができるだろうかと熟考した。もっと情報がいる。彼女たちが本名を使っているかどうかもわからない。もし本名なら、うまく形跡を隠せていないことになる。それが心配だった。逃亡中なのだとしたら——逃げているのは明らかだが——いつかは追いつかれてしまうだろう。

その場合、ここでそうなってほしい。引っ越して姿を消したあとではなく。もし追いつかれるとしても、ここなら彼が守ってやれる。

ドノヴァンは頭を左右に振った。こういう状況の女性や子どもに直面して怒りを覚えるのははじめてではないし、驚くことでもないが、あの女——イヴ——への個人的な反応をどうとらえればいいのかわからなかった。

彼女にはなにか感じるものがある。あの瞳。ぼろぼろのトレーラーのドアが開き、美しく表情豊かな琥珀色の瞳をひと目見た瞬間、いきなり内臓を殴られたみたいだった。見れば見るほど、ますます胃が強く締めつけられていった。あれほどおのれの無力さを感じたのは生まれてはじめてだった。無力さを感じること自体、めったになかった。

自分は主導能力がある男だ。行動を起こす。悪事を傍観したりしない。とくに子どもや女性がかかわっているときは。それなのに、冷静にふるまおうとしなければならなかった。その場に立ちつくして、少し気になっているだけだというふりをしなければならなかった。口出しをせず、彼女に強引に接したり、圧倒させたり、ひどくおびえさせたりしないように自分を抑えなければならなかった。

ドノヴァンにはわかっていた。そういうことをしたら、イヴは逃げてしまい、二度と会えなくなるだろう。

　この状況を考えれば考えるほど、イヴに関してできるだけ情報を集めなければならないと思えた。それも、目立たないように。それが無性にいら立たしかった。そういうやり方には慣れていない。行動を起こす。問題を解決する。それが彼だ。ＫＧＩだ。彼らの仕事だ。

　ところが今回は、深く根づいたあらゆる本能に逆らうことになっている。立ち去り、さっき目にしたものは気にしていないふりをする。

　そんなわけがないというのに。

　道はある。つねに道はある。だてに組織のオタクでいるわけではない。もちろん腕力はあるが、頭脳もある。敵を倒す力はだれにも劣らないものの、いちばんの才能は知性と問題解決能力だ。コンピューターとテクノロジーで魔法を使える。しかし、イヴに近づいて彼女のことを知らなければ、どれも役には立たない。それが最大の難問だろう。

　ドノヴァンとラスティが思ったとおり、ふたりはケリー一族の中で最後に到着することになった。実家の前庭のあちこちに車が止まっていて、中古車売り場のようになっていた。ラスティが車から出たときには、すでにマーリーンがポーチにいて、怒った顔をしていた。

「遅刻よ」とわかりきったことを言う。「ランチの時間を三十分遅らせて、あなたたちふたりが来るのを待っていたんだから」

「わかってる、わかってる」ラスティがそう言っていそいでステップに向かう。「ほんとうにごめんなさい」

　マーリーン・ケリーはゆっくりと近づいてくるドノヴァンを見た。ドノヴァンは得意の子犬のような目を向けた。これには母親もあらがえないのだ。観念したような表情を見せたことから、母親も自分が懐柔されているのをよくわかっているようだった。

ドノヴァンはステップをのぼり、母親の頬にキスをした。「ごめん、母さん。あとで説明する」

たちまちマーリーンは不安そうな表情になり、ドノヴァンとラスティをすばやく交互に見やった。

「どうしたの？　大丈夫？」

「心配しすぎだよ、母さん」ドノヴァンはたしなめるように言った。「なにも問題はない。もう三十分遅れてるランチを食べてから、説明する。みんなを待たせる必要はない。早く母さんの料理を味わいたくてよだれを垂らしてるはずだから」

マーリーンはドノヴァンをにらみつけた。「ほんとうに口がうまいんだから。わたしの自尊心をくすぐって面倒を避ける方法をわかってるのね。でも、いいわ。食事にしましょう。待ってあげるけど、わたしが忘れるなんて思わないで！　帰る前にちゃんと話すのよ」

ドノヴァンはくすくすと笑った。「もちろんだよ。おれが母さんに隠し事をすると思う？」

「ええ！」

ラスティが笑い声をあげ、三人は家に入った。とたんに家庭的な香りに包まれた。遠くからは会話が聞こえる。笑い声。子どものくすくす笑い。家に帰ってくるのはいつでも楽しい。実家に足を踏み入れるたび、たちまち穏やかな気分になる。ただし今日は、ふだんより安らげなかった。まだイヴとトラヴィスとキャミーのことで頭がいっぱいだった。彼らにはない。家族も。揺るぎない忠誠心と無条件の愛という感覚も。

自分は幸運だ。ものすごく運がいい。ほんの数キロ先ではひどく困窮した無防備な人たちが狭いおんぼろトレーラーに身をよせ合っていると思うと、胸が締めつけられた。

母親はたしかになにか話があるようだった。兄弟たちがだれも任務に出ておらず、予定が合うときは、日曜に家族で集まるのだが、今回はいつもとちがっていた。

ランチを食べているときに母親が父親に向けた意味深なほほ笑みからも明らかだった。全員がそろっている大きなオーク材のテーブルは、家族がふつう以上に増えるにつれて、何年ものあいだに天板がつけ足されていた。

妻や孫たちが増えたいま、テーブルは大きく長くなっていたが、母親は必ず全員一緒に座らせると決めていた。べつべつに座ることはない。横に子ども用のテーブルが置かれることもない。全員が同じテーブルにつくことで、母親は全体を見渡せて、子どもと孫たちをひと目で見ることができる。

母親は期待感からだいぶそわそわしていた。つまり、全員を驚かせる話があるということだ。いったいどんな話なのだろうか。

部屋の中はにぎやかだった。ランチのあいだずっとそうだった。兄弟やその妻たちはほほ笑み、元気よく会話が交わされた。サラとギャレットはぴったりくっついていた。サラが向けるほほ笑みに、大きな男はつま先まで溶けているにちがいない。

ソフィは顔を紅潮させて、夫と娘のシャーロットのあいだに座っている。サムはちょくちょくソフィに触れていた。手で軽く触れるだけ。あるいはソフィの椅子の背に腕をまわしたり、近くに引きよせてふたりで食べたり笑ったりしていた。

兄弟と彼らの愛する女たちのあいだの明らかな愛情と親密さを目の当たりにしても、ジョーは平然としているようだった。けれど、ドノヴァンはうらやましかった。自分も手に入れたい。ジョーはドノヴァンやほかの兄弟たちより年下だ。双子のネイサンはシェイと結婚したが、ジョーは同じようにしたいというそぶりをまったく見せていない。もう三十代に突入している。ネイサンは三十歳のときにシェイと奇妙な出会いをした。

ドノヴァンは頭を左右に振った。シェイが特殊能力を持っているとは、いまだに信じられなかった。彼女は弟を救ってくれた。それだけでなく、ネイサンの苦痛を取りのぞき、自分のものとして引き受けた。よく知りもしない相手に、自分をかえりみずにそんなに尽くしてくれる女がいるなんて想像もできなかった。何千キロも離れたところにいる赤の他人に救いの手を差し伸べてくれるなんて。

ふたりの絆は強く、長く続いた。そしてとうとうネイサンは彼女を見つけた。その絆はまだ存在している。けっして壊れない絆。

家族はシェイに対してほかの義理の娘や姉妹と同じように接している。ふつうに。表向きは、シェイにテレパシー能力があって、ネイサンとジョーの両方と交信できるということは気にしていない。頭の中でより直接的に話ができるということも。

ドノヴァンはそれもうらやましかった。自分が愛し、自分のことを愛してくれる女と、そういう絆を結びたかった。

「今日はうわの空だな」隣でイーサンがささやいた。

イーサンとレイチェルがドノヴァンの左側に座り、右側にはラスティが座っていた。自分がしたことを家族に伝えるときに、ドノヴァンに応援してほしいのだろう。質問攻めにあうことはまちがいない。

イーサンの双子の息子たちはすぐ近くのかご形ベッドで眠っている。近くにいれば、目を覚ましたときにすぐに気づけるし、腹がすいたときのためにだれかが哺乳瓶を持って駆けつけるだろう。それがドノヴァンの家族だ。つねにそばにいる。家族に対する揺るぎない無条件の愛と支え。

ドノヴァンは首を横に振った。「あとで話す。おふくろからなにか話があるみたいだ。椅子から飛び出しそうになってる。じきにもう黙っていられなくなって、今日全員が呼ばれた理由がわかるはずだ」

イーサンはにやりと笑った。「兄貴も気づいてたんだな」

「そりゃ気づくさ」ドノヴァンはそっけなく言った。「我慢できずにそわそわしてる。どんな話かは神のみぞ知るだが。爆弾発言にそなえたほうがいいだろうな」

イーサンはほほ笑み、レイチェルに腕をまわして横に抱きよせた。レイチェルがドノヴァンにほほ笑みかける。その目が喜びを帯びているのを見てドノヴァンは驚嘆した。かつてはつねに暗く翳っていた。過去の記憶。つらい経験。ようやく。ようやく、光の下に出てきた。いまは幸せに過ごしている。愛されている。だがなにより、すっかりもとどおりになった。ドノヴァンはレイチェルにほほ笑み返した。彼女への愛情で胸がいっぱいになる。二度目のチャンスを得られたイーサンは幸運だ。レイチェルを失うところだった。そのことは永遠にイーサンに——家族全員に——つきまとうだろう。

「元気そうだな、スイートハート」ドノヴァンは愛情をこめて言った。「少し前に出産したばかりだなんて信じられない」

レイチェルは頬をバラ色に染め、同じように愛情と好意をこめてドノヴァンを見つめ返した。

「もう一年近く経つのよ！　信じられる？　双子はあっという間に大きくなってる。最近はついていけないのよ。メイソンは、もう歩けるようになったイアンに追いつこうと必死なの。ふたりとも歩きまわれるようになったら、どうすればいいのかしら」

ドノヴァンの胸がうずく。ああ、時が経つのは早い。子どもたちは大きくなっていく。こんなに早く成長したら、子育てをじっくり楽しむ暇もない。

「今日は様子がおかしいけど大丈夫？」レイチェルがまわりに聞こえないように声をひそめて聞いた。とはいえ、ほかの人たちは大声でにぎやかに話している。テーブルでは少なくとも三つの異なる会話が交わされ、だれもがからかったり笑ったり冗談を言ったりしているので、レイチェルの言葉は耳に入らないだろう。

ドノヴァンはほほ笑んだ。「ああ、スイートハート。大丈夫だ。ちょっと考えごとをしてただけだ。あとで話すよ。きみにも協力してもらうかもしれない」

たちまちレイチェルとイーサンの目が不安そうに曇る。

「なんでも言ってちょうだい」とレイチェル。

イーサンが同意してうなずき、ふたりはじっとドノヴァンを見つめた。

「わかってる。ありがとう。おれのことじゃないから、心配しないでくれ。おふくろの打ち明け話が終わったら、なにもかも説明する」

ちょうどそのとき、テーブルが静まりかえり、ドノヴァンは手をあげている父親のほうに注意を向けた。父親が家族から絶対的な敬意を得ていることに、ドノヴァンは驚嘆した。

兄弟たちは大人だ。自分たちの家族がいる。それでも、フランク・ケリーは依然として家長だった。父が話をするとき、子どもたちは耳を傾ける。父は息子たちから絶対的に尊敬されており、ケリー家の人間はみな、父親と母親の言うことには従う。

「母さんからみんなに話がある」父親はしゃがれ声で言った。「だから今日、集まってもらったんだ。全員に」と強調するように言い、ショーン・キャメロンとスワニーが座っているほうに目を向けた。ふたりともフランクの妻によってケリー一族に迎え入れられた。ラスティがそうだったように。

みな、母親のほうに目を向け、待った。心配そうな人もいれば、ただ興味を引かれているだけの人もいる。母親の表情と唇にうかんだ大きな笑みから、悪い話ではないのは明らかだった。つまり、心配する必要はない。

マーリーン・ケリーは夫をちらりと見てから、テーブルの上に手を伸ばし、皿の横に置かれた彼の手をつかんだ。きつく握りしめ、愛情にあふれた笑みを夫に向ける。それを見てドノヴァンの胸がうずいた。ふたりが結婚してから長い年月が経っている。多くの試練に耐えてきた。それでもふたりの愛はたしかだった。確固不動。家族全員の人生で変わらないものであり、マーリーンとフランクがこれまでに出会ったあらゆる人々の人生を形作ってきた。

「お父さんとわたしから、直接みんなに知らせたかったの。みんな、わたしたちに居住地に引っ越してもらいたがっていたわよね。だけどわたしは拒絶してきた。この家が大好きだからよ。子どもたちが育った場所。孫たちがおじいちゃんとおばあちゃんに会いに来てくれる場所。この家で思い出を作ってきた。それを自分から手放すなんてできない」

集まった家族に自分の言葉を理解させるように、ひと息つく。

「でも、みんなが心配してるのもわかってる。当然よ。この何年かで、家族にいろいろなことが起きた。お父さんもわたしも、みんなの負担を増やしたくない。自分たちの家族に気を配らなきゃならないときに、心配させたくない」

マーリーンは大きく息を吸い、今度はフランクが彼女の手を握りしめ、励ますようにほほ笑みかけた。

「だから、決めたの。サムがわたしたちのために空けておいてくれた居住地の区画に引っ越すわ。サムはもうわたしたちに見切りをつけてしまったかもしれないけど。でも、建築家と相談しているの。この家に来てもらって、設計図を作ってもらったわ。居住地に同じ家を建てられるように」

たちまち集まった家族全員がいっきにしゃべりはじめたが、フランクが静かにさせるために手をあげると、すぐに静まりかえった。

「母さんに最後まで話をさせよう。大切なことなんだ」

マーリーンはほほ笑んだ。「なにもかもまったく同じにしたいの。住むのはわたしとお父さんだけなのに、こんなに大きな家を建てるなんてばかげてるわよね。年をとっていくし、ふつうこの年では小さい家にしようとするものだわ。でも、この家がいいの。ひとつ残らず同じにしたい。子どもたちが帰ってこられる家がいいの。ただ訪ねてくるだけでもいい。寝室もひとつ残らず同じにするわ。そうすれば、息子たち全員に自分の部屋がある。思い出をたくさん作った家を残しておくだけじゃなく、息子たちにとって自分が育った家が残っていることが、わたしたちふたりにとって重要なの。クリスマスに集まって、思い出を作る場所。孫たちにも、父親が育った家で同じ思い出を作ってほしい。みんなに自分たちの家を残してやりたいの」

母親の目は涙できらめき、ドノヴァンがさっとテーブルを見渡すと、兄弟たちも妻たちも同じように感動していた。感情が厚い雲となってテーブルに垂れこめているが、全員の目にはきわめて大きな安堵がにじんでいた。

これで両親は安全だという安堵。居住地の中で守られることになるという安堵。

たちまち大騒ぎが起こり、兄弟と妻たちがみな立ちあがってマーリーンとフランクを抱きしめた。サムの目はやけにきらめいていて、きつく歯を食いしばっている。兄弟の中で、だれよりもサムが心配しており、父親と母親は居住地に引っ越すべきだとだれよりも言い張っていた。兄弟全員の目にまぎれもない安堵がうかんでいる。

騒ぎが落ち着き、全員がもう一度席につくと、マーリーンがあからさまにジョーとスワニーに目を向けた。ふたりはドノヴァンがこの数年間住んでいた家で一緒に暮らしている。サムとギャレットが結婚相手を見つける前は、ドノヴァンとサムとギャレットの三人で暮らしていた。

その家は湖のほとりに立っているが、居住地の中ではない。ドノヴァンは居住地内に自分の家を建てたばかりだが、ジョーはまだ自分の家を建てはじめていない。ジョーの区画は更地で、兄たちがいなくなった小屋での生活を満喫している。スワニーは住む場所が見つかるまでそこに居候していた。スワニーはジョーとネイサンのチームのメンバーで、ほかのチームメンバーと同じように、本部と訓練施設の近くに移ってきたのだった。

「おまえはいつ自分の家を建てはじめるの、お兄さん?」マーリーンが厳しい口調で聞く。

ジョーは笑い声をあげた。「おい、母さん。勘弁してくれよ。まだ家を建てる必要はないんだ。おれとスワニーは小屋で楽しくやってる。それと、おれをすてきな女の子とくっつけて結婚させせようなんて考えないでくれ。家は建てる。いつかね。だけど、まだ心の準備ができてない。理想の女に出会って、身を落ち着けたくなったら、そのときに考えるさ」

マーリーンはわざとらしく咳払いをしたが、ほほ笑んだ。「少なくとも、ようやく将来身を落ち着けることを考えるようになったのね。おまえの口からいつかなんて言葉を聞くのははじめてだわ」

ジョーはうめき声をあげ、ほかの人たちは噴き出し、すぐにひとしきり冷やかしが続いた。

「わたしたちからもニュースがあるの」ソフィがやさしい声で言う。

全員がそちらに目を向けた。ソフィの顔はやわらかく紅潮し、目は喜びをたたえている。

マーリーンが息をのみ、期待感から手を口にやった。

サムが愛情をこめて妻にほほ笑みかけて腕をまわし、肩を抱いた。ソフィを励ます兄の目にもまちがいなく喜びがうかんでいた。

「ふたり目が生まれるの」ソフィは発表した。「七カ月後に」

部屋じゅうに感嘆や祝いの言葉が炸裂し、ひとしきり熱狂的にハグが交わされた。シャーロットが両手を叩き、椅子の上で興奮して跳びはねた。

「妹ができるの！」と高らかに宣言する。

「弟かもしれないぞ」サムが愉快そうに目を輝かせて訂正した。

シャーロットはきっぱりと首を横に振った。「男の子はもういるでしょ。レイチェルおばちゃんのところにふたりも！　あたし妹が欲しい」

ソフィが笑い声をあげ、娘を抱きよせた。「どっちでも、きっと大好きになるわよ。ぜったいに」

シャーロットは納得していないようだが、言い返さなかった。

「ええと、みんな、ギャレットとわたしからも話があるの」サラがテーブルの席から静かに言った。

全員の目が向けられると、サラは真っ赤になり、いまにもギャレットの広い肩のうしろに隠れてしまいそうだった。ギャレットは甘いほほ笑みをうかべ、サラに腕をまわして肩を抱きよせた。

「横から割りこみたくはないんだけど」サラはためらいがちに続けた。「ほかのすべてをふまえると、いいタイミングだと思ったから」

「もちろんよ！」マーリーンが叫ぶ。

すぐにテーブルのほかの家族からもひとしきり励ましの声があがった。幸せにあふれたテーブルを見て、ドノヴァンの胃がますます締めつけられる。天才じゃなくても、もうひとりの兄のニュースがどんなことかはわかる。そのせいで、兄弟たちが持っているものを心の奥で切望する気持ちがまた強くなった。

「わたしたちも赤ちゃんができたの」サラが照れくさそうに言う。「ソフィとサムの赤ちゃんと同じころに生まれる予定よ。金曜日にお医者さんに診てもらったら、六週目くらいだろうって。だから、ソフィが赤ちゃんを産んだすぐあとになるんじゃないかしら」

「まあ、すてきだわ！」マーリーンが涙で目をきらめかせて叫んだ。

目をぬぐいながら立ちあがり、すばやくテーブルをまわってサラを抱きしめた。

「ああ、おばあさんはものすごく幸せだわ。みんなのおかげよ。さらにふたりの孫に恵まれるなんて信じられない！」

またひとしきり祝いの言葉が述べられ、さらにハグが続いた。ラスティが不安そうなまなざしでドノヴァンをちらりと見やる。なにを考えているかははっきりとわかった。この瞬間を台なしにするようなことは言うべきではないと。だが、ドノヴァンは首を横に振り、あからさまにラスティを見た。父親に知らせなければならない。家族に知らせなければならない。伝えるべきことをすべて伝えてしまえば、状況について意見を出し合える。また、ドノヴァンは自分の立場をはっきりと伝えることができる。必要なことはなんでもして、イヴと彼女の弟妹を助けるつもりだと。

一致団結したケリー家は、圧倒的な自然の脅威と同じだ。イヴは抵抗できないだろう。ケリー一族は大きな愛と理解と支えで彼女を包み、イヴは二度と飢える心配をせずにすむ。そしてゆくゆくは、もうおびえなくてもいいのだとはっきりとわかるだろう。ケリー家が――ドノヴァンが――彼女を守る。なにがあっても。

「クリスマスよりいいな」ジョーがにこにこ笑って言う。「みんなで集まって、家族がこんなに幸せそうなのは久しぶりだ。レイチェルがおれたちのところに戻ってきたあとの最初のクリスマス以来じゃないか」

ジョーの言葉に何人も反応した。イーサンのまなざしは幸せそうだが、自分が失ったもの――そして奇跡的に取り戻したもの――を思い出してつかの間だけ曇った。ほんの一瞬の翳り。いまでは見られなくなっていた翳り。それは時とともにようやく消えていた――レイチェルは戻り、イーサンは二度と彼女を失うことはないのだ。

「この家族はいろいろなことがあった」フランクが厳かに言う。「だが、おれたちはケリーだ。なにより、ケリー家は勝つ。苦難を乗り越える。強く結束した家族でいるかぎり、どんなことにも負けない」

「フーヤァ」イーサンがつぶやくと、海軍以外に所属していた兄弟たちからすぐに不満げな声や穏やかな冷やかしが起きた。

「こんなにいいニュースばかりで、水を差したくないんだけど」ラスティがためらいがちに口を開いた。

彼女がしゃべった瞬間、全員の顔が向けられた。マーリーンがすぐにドノヴァンとラスティを交互に見やった。ふたりが一緒に遅刻したことを思い出したのだろう。ドノヴァンがあとで事情を話すと言ったことも。

ドノヴァンは手を伸ばし、テーブルの下でラスティの手を握りしめた。そばにいて、応援しているということを思い出させるために。

ラスティは感謝をこめてドノヴァンをちらりと見たが、自分で先を続けた。ドノヴァンの名前を出してはぐらかしたりしなかった。自分とドノヴァンから話があるとは言わなかった。みずからの口で説明した。すべての責任を負った。ドノヴァンはそんなラスティを尊敬した。とても誇らしかった。

「金物店にアルバイトを雇ったの」

まわりの全員が眉をあげ、フランクはたちまち困惑した顔になった。だが、感心なことに兄弟たちは口を閉じていた。すぐに質問攻めにしたり、ラスティを尋問したり、いったいなにを考えているのかと聞いたりしなかった。

「いつの話だ？」フランクが戸惑いの口調で聞いた。

ラスティは唾をのみ、ちらりとドノヴァンを見て無言で助けを求めた。ドノヴァンはうなずき、続けるようにとうながした。そのときが来たら介入しよう。いまはラスティが説明するべきだ。

「男の子なの」ラスティは小声で言った。「十五歳で……問題をかかえてる」

まわりから質問が起こり、しかめ面が表れると――困っている人間に対するケリー家のいつもの反応だ――ラスティは手をあげた。テーブルが静まりかえる。

ラスティは大きく息を吸った。「その子はおなかをすかせてる。その気持ちはあたしにはよくわかる。ヴァンには言ったけど、同じ年のころのあたしと同じみたい――というより同じなの。とにかく必死になってる。でも、いい子なのよ。あたしの頭がおかしいって思うでしょうね。甘ちゃんだって。だけど、あの子はいい子だよ。もの静かで、働き者なの。お姉さんと妹がいて、ふたりを支えて養おうとしてる。それに、みんな、あの子たちが住んでるところといったら。泣きたくなっちゃう」

たちまちマーリーンの表情が険しくなる。「お姉さんと妹さんはいくつなの？　ご両親はどこにいるの？　どうしてすぐにわたしたちに話してくれなかったの？　喜んで力になるってわかってるでしょう」

　ラスティはうなずいた。「わかってる。もちろん。つい昨日の出来事なの。店に来て、手伝いはいらないかって聞かれたの。黙って雇うべきじゃなかったけど、確認してみなきゃいけないって言ったら、出ていって二度と戻ってこないんじゃないかって心配だった。だから、勝手に決めて、働いてもらったの。お給料は自分のお金から払ったわ」

　ドノヴァンの兄弟たちが顔をしかめる。ラスティに対する非難ではない。その段階は過ぎた。兄弟たちの目からは心配しているのだとうかがえた。彼女が助けた少年だけでなく、ラスティに対する心配。それと、彼女が危害を加えられていたかもしれないという恐怖。

「今日、店の近くを通ったんだ」ドノヴァンははじめて大きな声で言った。

話を引き継いでもらったラスティは感謝のまなざしをドノヴァンに向けた。テーブル全体が静まりかえり、ドノヴァンが先を続けるのを待った。

「だから、ラスティとおれは遅刻したんだ。金物店の近くを車で通りかかったときに、ラスティのジープが外に止まってるのが見えた。日曜だから、彼女が店でなにをしてるのかたしかめようとしたら、少年が働いてた。腹をすかせてるらしく、ラスティはその子の家まであとをつけて、どんな状況なのかたしかめたがった。家で問題があるのか、どんな生活環境なのか」

　すぐにひとしきり異論の声があがり、ラスティがよくわからない状況に足を踏み入れたことに対して兄弟たちが口々に非難した。怪我をさせられるか、殺されていたかもしれないのだ。

ドノヴァンは手をあげた。「おれも一緒に行った。ふたりで少年の家までつけていったんだ。ひどかった」ひと呼吸置いてから言った。感情を抑えられていないのはわかっていた。表情に出ているにちがいない。ドノヴァンの反応を見て、みな黙りこみ、考えこむように眉間にしわをよせた。

「姉がいる。二十代前半くらいだろう。それと、幼い妹。シャーロットと同じくらいだ。悲惨な状態で、その日暮らしをしてる。ひどいもんだ。我慢できなかった。あの子たちをあそこに残して立ち去りたくなかった」

「なんで立ち去ったんだ？」ギャレットが不思議そうに聞く。

兄弟たち全員の目から同じ質問が見て取れた。ドノヴァンが首を突っこんでやるべきことをやる人間だということは、みなよくわかっている。困っている女性や子どもに弱いことも。なぜ立ち去ったのか不思議なのだろう。

「彼らが問題をかかえてるからだ」ドノヴァンは静かに言った。「よくない状況だ。極貧で食べるものがないこととは関係ない。なにかから逃げてる。それも必死で。死ぬほどおびえていて、見つかることをつねにおそれてる感じだ」

「くそ」サムがつぶやくと、母親がすぐににらみつけ、食卓での言葉遣いをとがめた。

「どうするつもりなんだ？」ギャレットが静かに聞く。

兄には、ドノヴァンが行動を起こすはずだというのはわかりきったことだった。身を引いて、こういう状況をほうっておくわけがない。

「少年——トラヴィス——は十五歳だ。幼い女の子——キャミー——は病気だった。イヴがキャミーについているから、トラヴィスが食べ物と妹の薬を買うために仕事を探してたんだろう」

「なんてこと」マーリーンがささやいた。その声から、同情で心を痛めているのがわかった。「なにかしないと、ドノヴァン。いろいろなものが足りない状態でおなかをすかせているのに、ほうっておくわけにはいかないわ」

家族全員がそのとおりだという顔をするのを見て、ドノヴァンはほほ笑んだ。

「ああ、母さん、このままにしておくつもりはない。だけど、ラスティは自分がしたこととその理由を母さんに知ってもらいたかったんだ。この件に関してはラスティを支持する。おれが喜んで自分の金からトラヴィスの給料を払うよ。ラスティは今週、トラヴィスが来たいときに仕事に来てもらうつもりでいる。あの子たちはどうしても金が必要なんだ。だけど、こっちは慎重に対処しないと。強引に接したら、一目散に逃げ出すにちがいない。あの子たちの目には必死さが——それと恐怖が——見えた。そっと接するしかない」

「おまえがその子の給料を払う必要はない」フランクが言う。「おれが喜んでその子を引き受ける。ラスティの言うとおり、その子が働き者なら、店を手伝ってもらってもいい。喜んで雇って、ラスティと同じように給料を現金で支払おう」

「とにかく慎重にね」ラスティが忠告する。「質問はしないで。あたしも詮索しないように気をつけてたの。おびえてるから、逃げちゃうわ。昔のあたしと同じよ。あの子の考えがわかるの。だれも信用してない。ひどい人間がいるという考えに慣れてしまってる。ヴァンが言ったように、こっちがなにをするにしても、慎重にやらなきゃ。そうじゃないと逃げちゃうわ。家に行ったとき、イヴがそんなことを言ってた。あそこを家って呼べるのかしら。目も当てられないくらいぼろぼろで雨漏りがする壊れかけたトレーラーなの」

「わたしたちになにをしてほしい？」レイチェルがやさしく聞く。

ほかの義理の姉妹もドノヴァンとラスティを見た。その目からは同じ質問がはっきりと伝わってきた。どうやって協力すればいい？　彼女たちがみなテキサス並みに大きな心を持っていて、困っている人を助けるためになんでもしようと思ってくれているのがうれしかった。

兄弟たちは危険な状況に巻きこまれた人々を助けるためのイカした組織を運営しているが、義理の姉妹たちは生まれながらの戦士であり、つねにＫＧＩと同じくらい手ごわい。

「いまのところは、なにもない」ドノヴァンは言った。「あの子たちのことと、彼らの状況について、できるだけ突き止めないと。なにから逃げてるのか調べてみよう。トラヴィスは金物店で仕事を続けるはずだから、おれは食べ物や生活必需品なんかを持っていってみる。できれば、もっと親しくなって、おれのことを信用してもらえればいいんだが。ケリー一族が全員で押しかけたら、圧倒されて、ラスティが言ったように逃げちまう」

ドノヴァンの言葉に母親は不満そうだったが、うなずいて同意した。

「あの子たちにはおれたちの助けが必要だ」ドノヴァンは断固とした厳しい声で続けた。

「おれが助けてやる」

兄弟たちがドノヴァンに苦々しい笑みを向けた。

「おまえのことだから当然だろうな」サムが言う。

7

ランチの喧騒が収まり、全員がテーブルを離れて片づけの手伝いをはじめたら、すぐに兄弟たちにつかまるだろうとドノヴァンはわかっていた。そこでわざと裏のデッキに抜け出し、兄弟があとを追ってくるのを待った。兄弟のことはよくわかっている。あれで終わりではなく、イヴと彼女の弟妹について厳しく質問を浴びせてくるだろう。

デッキに立って、裏庭を見つめた。何十年にもわたる思い出が作られた場所。ほほ笑みがうかぶ。何回ものバーベキュー。兄弟との取っ組み合い。ラスティの卒業祝い。あれは、ネイサンが中東でのおそろしい監禁から解放されたあとで、心を開いたように見えたころだった。弟を失うところだったと思うと、いまだに血が冷たくなった。

シェイがいなかったら……ドノヴァンは首を横に振った。ラスティの卒業を祝うバーベキューで、ドノヴァンとネイサンは昔みたいに取っ組み合いをした。ドノヴァンは心からほっとしていた。壊れて変わり果てた姿で戻ってきた弟の抜け殻ではなく、昔のネイサンを見ているようだった。ところが突然ネイサンは取り乱した。そして地獄の番犬に追われているかのごとく、あわてて実家から飛び出した。とうとうシェイがまた交信してきたからだ。シェイは窮地におちいっており、ネイサンはあらゆる手を尽くして彼女のもとに駆けつけた。

そしていま、ふたりは家に、いるべき場所にいる。結婚して、幸福で、愛し合っている。

ドノヴァンの兄たち——そしてもうひとりの弟——と同じように。

ドノヴァンはもの悲しくほほ笑んだ。さっき母親が食卓でジョーの結婚についてからかっていたが、自分もそのリストに入っているとわかっていた。ジョーより年上だし、母親の考えでは、ドノヴァンが次に続くべきなのだ。

いつの間にかまたイヴのことを考えていた。どんな事情をかかえている？　何歳なのだ？　年齢不詳だ。二十歳から三十歳のあいだならいくつであってもおかしくない。若く見えるものの、目をのぞきこんだとき、ずっと年をとった女が見えた。長年積み重ねてきた経験。身をもって学んだ教訓。そして恐怖。それがなにより気に入らなかった。懸命に感情を抑えて、とてつもなく大きな責任を背負っている。自分自身の面倒も見られていないのに、弟と妹を養わなければならない。

押しかけていって、答えを聞き出したかった。すべてを知りたい。なにから逃げているのか。それから、ネイサンがシェイを助けるためにしたように、あらゆる手を尽くしたい。自分には家がある。イヴと彼女の弟妹が生活するスペースがある。そこにいてもらいたい。ばかげているかもしれないが、居住地に、彼の家に移ってきてもらいたくてしかたがなかった。そうすれば守ってやれる。彼女たちの信頼を得て、願わくは、なにをそんなにおびえているのか打ち明けてもらえるかもしれない。

その内容はドノヴァンが気に入るものではないだろう——打ち明けてもらえればだが。悪いことだとわかっている。四歳の女の子がおびえた目で彼を見たこと——世の中には悪い出来事があるという、四歳児が知らなくていいことを知っていること――から、必要なことはすべてうかがえた。

ドノヴァンは手をこぶしにした。無力。とんでもなく無力さを感じており、それが気に入らなかった。任務のときみたいに突入して、行動して、脅威を排除して、イヴとあのかわいい子どもたちを守ってやれないのが気に入らなかった。とても慎重に、ゆっくりと事を進めなければならず、それが悩ましかった。

「おい、心ここにあらずだな」背後からサムの冷ややかな声がした。「おれたちが出てきたのさえ気づかなかっただろう」

振り返ると、サムとギャレットがこちらをまじまじと眺めていた。ふたりはドノヴァンが悩んでいることをわかっている。イヴのことが気がかりだと。兄たちは彼の気持ちを読み取ることができる。つねにそうだった。とはいえ、ドノヴァンは自分の考えや感情を隠すような人間ではない。そうしようと思ったこともない。

「考えごとをしてただけさ」ドノヴァンは答えた。

ギャレットがうなずく。「ああ、それはよくわかる」

「そうだ、ふたりともおめでとう」ドノヴァンは言った。「甥や姪が増えるなんて信じられない。サラはどうだ？　納得してるのか？」

妻たちのことと妊娠の話題が出ると、サムとギャレットは態度をやわらげ、険しい顔に突如として愛情があふれた。

「サラは喜んでる」ギャレットがやさしく言う。「おれもな。早すぎるんじゃないかって心配だった。だが、サラは子どもを欲しがってたし、おれも家族が大勢欲しいとずっと思ってたからな。それでも、サラが待ちたいのなら、いつまでも待つつもりだった」

「おれの状況はわかるよな」サムが愉快そうに言った。「レイチェルが赤ん坊を産んですぐ、ソフィと子作りをはじめたんだ。これで最後になるか、もっと作るかはわからない。ソフィに任せるつもりだ。子どもは授かりものだし、ソフィが欲しいだけ産んでもらえばいいと思ってる。何人でも生まれてきてくれればありがたい」

ギャレットがうなずく。「サラとおれはようやく追いつくな。サムはふたり目が生まれるし、レイチェルはイーサンに双子を産んだ。ネイサンとシェイがまだ子作りを考えていないのが驚きだ」

ドノヴァンはほほ笑んだ。「まだ若いし、ふたりとも大変な目にあったんだ。ふさわしいときを待つのが賢明だろう。乗り越えなきゃならないこともたくさんある。それに、時間はいくらでもある。シェイは若い。もちろんネイサンもな。ひとり目が生まれたときのサムの年齢より、数年は若い」

「おれの年を思い出させるな」サムがうなるように言う。「四十になるなんて最悪だ。もうじじいになった気分だ」

ギャレットとドノヴァンは声をあげて笑った。

笑い声がやむと、サムはドノヴァンに厳しい視線を向けた。「それで、ラスティが雇った少年とその姉妹だが、どういうことだ？　よくない状況だと言っていたな。それと、なにから逃げているとも。おれたちはなにを知っておくべきだ？　なにをしてやれる？」

ドノヴァンはため息をつき、短い髪をぎこちなくかきあげた。「困ったことに、わからない。こんなに無力なのは生まれてはじめてだ」

ギャレットが顔をしかめ、一歩前に出た。「おまえが危険な状況にいる女や子どもに感情的になるのは何度も見てきた、ヴァン。だが、今回はちがう。おまえがいつもとちがう。なにが起きてる？　正直に全部話せ。食卓でおふくろやほかの家族に話したときは、ごまかしてただろう」

「ラスティの言うとおりだ。あの子たちは問題をかかえてる。ただ、なにから逃げてるのかわからないんだ」ドノヴァンは答えた。「金を必要としていて、トラヴィスが稼がなきゃならない。トラヴィスはいまにもだれかが襲いかかってくると思ってるみたいに用心して歩いてる。つねにびくびくしてる。それがあからさますぎて、こっちが心配になる。あれじゃすぐに変だと気づかれちまう」

サムが嫌悪と怒りの声をもらした。「どうするつもりだ？」

ドノヴァンは肩をすくめ、それからがっくりと落とした。「それが問題なんだ。どうすればいいかわからなくて、そのせいで腹が立つ。任務のように対処するわけにはいかない。突入して、大暴れして、問題を解決して、これでみんなが自分たちの人生を送れるようになったと確認して、立ち去るわけにはいかない。あの女はものすごくおびえてる。弟と妹もののすごくおびえてる。四歳の女の子にモンスターを見るような目で見られて、タマを殴られた気分だった」

「くそ」ギャレットが静かに言う。「最悪だな。おれたちにできることがあるはずだ」

「ああ、なんとかしてみせる」ドノヴァンは穏やかに誓いを兄たちに伝えた。「なんとかして近づかなきゃならない。おれを信用してもらわないと。手はじめに食べ物を持っていって、もっとよく状況を確認してみる。それから、キャミーの病気がまだ治っていなければ、マレンを連れていってキャミーを診てもらいたい。シャーロットと同じくらいの年だ。あの子とよく似ている。だけど、シャーロットはふつうの幸せな子どもで、悩みもなく、家族がいて全員に愛されて守られてるいっぽう、キャミーにはトラヴィスとイヴがいるだけだ。彼らしかいないんだ」

「マレンは喜んで協力してくれるはずだ」ギャレットが言う。「マレンを呼んで連れていくってのはいいアイデアだ。いまはドクター・キャンベルから患者を引き継いで、往診もしてるしな」

「産休のあいだは仕事を控えるようにしていたし、ドクター・キャンベルが戻って患者を引き受けてくれていたが、もう数人の診察をはじめているようだ。もっと仕事を減らすようにスティールがうるさく言ってる」サムが明らかに愉快そうな口ぶりで言った。

ドノヴァンとギャレットはくすくすと笑った。妻と娘にメロメロになっているチームリーダーの姿はとんでもなく愉快だった。スティールに赤ん坊ができるなんて、ＫＧＩのだれも想像していなかった。だが、氷の男がドクター・マレン・スコフィールド――いまはマレン・スティールか――と娘のオリヴィアに完全に振りまわされているのを見るのは楽しかった。

「スティールはマレンをひとりでは行かせたがらないだろう」ギャレットが警告する。「事情を聞きつけたら、自分も一緒でなければマレンを行かせないと言い張るはずだ。イヴたちがスティールを見たら、ますますおびえちまうぞ」

ドノヴァンは顔をしかめた。「ああ、そうだな。スティールには家に残ってもらって、おれとマレンで出かけられるように、あいつを説得してくれ。そのころにはおれは二度イヴたちに会ってることになるから、おれとマレンが行っても平気だろう。だが、スティールが行くのはたしかにいいアイデアじゃない」

「こっそり事情を伝えて、おまえがついているから、なにがあっても対処できると説得しよう。だが、状況を知らせてくれ、ヴァン。マレンがどんなことにかかわるのか、すべて知っておきたい。スティールも知りたがるだろうし、なにも説明せずにおれたちを信じろなんて言えない。あいつのことは知ってるだろう。自分のルールで行動するし、マレンとオリヴィアに対しては過保護だ」

「あのトレーラーの中で危険なことなんてない」ドノヴァンはささやいた。「ぼろぼろで、人間が住むような場所じゃない。キャミーは四歳だ。トラヴィスは十五歳だけど、いい子だ。真面目。自分が姉妹を養うつもりでいる。それにイヴ……二十代半ばだと思うが、わからない。年齢不詳だ。二十歳か、三十歳か、そのあいだならいくつでもおかしくない。美人だ。だけど、死ぬほどおびえてる」

　ギャレットとサムは眉間にしわをよせ、弟を見つめた。ふたりにじろじろと見られて気まずくなり、ドノヴァンは身じろいだ。しゃべりすぎたかもしれない。あるいは、口調や表情に出ていたかもしれない。だとしても、知るか。私情をはさみすぎていると説教されたくはない。少なくとも、いつもより私情をはさんでいると。

「その女はおまえにとってなんなんだ、ヴァン？」サムが小声で聞く。

「問題をかかえていて、助けを必要としてる女だ」ドノヴァンは質問を無視して言った。「おれはそう思ってる。どこかのろくでなしのせいで、あの幼い女の子は大人の男を怖がってる。心のどこかでは、おれはあの子たちがどんな目にあってきたか想像したくないと思ってる。おれたちは仕事で何度も悲惨な状況に遭遇してきた。現時点で、すべてを目にしてきたと思っていても、女や子どもを虐待するろくでなしにまた遭遇して、そのたびに驚かされる」

　ギャレットが共感して顔をしかめた。「そうだな。だが、それに慣れちまったら、そのときは仕事を辞めるしかない。そういうのはおれたちにとって意味があるはずなんだ。そうでなきゃ、こんなことはやっていられない。おれたちは、共感もできず感情も持っていないロボットなんかじゃない。どの任務にも意味がある」

「どの任務にも私情がからむものさ」サムが過去に何度も口にした言葉をくり返した。「中にはほかよりも私情がからむ任務もある」

「今回はそれだ」ドノヴァンは穏やかな口調で言った。「説明はできないが、そうだ、おれは私情をはさんでるし、見て見ぬふりをするつもりはない」

サムがドノヴァンの肩に手を置いて力をこめた。「おれたちがついているからな」

ドノヴァンはほほ笑んだ。「ああ、疑ったことはない。これからもな。それじゃ、兄貴はマレンとスティールに電話してくれ。スティールには手出しさせるなと。仕切りたがり屋のあいつには酷だろうが、状況を説明してやってくれ。ぜったいにマレンを危険な目にあわせたりしないし、あそこにいるあいだはおれがずっと守る」

「わかった」とサム。「だが、ヴァン、言っても無駄かもしれないが、感情にかられて分別を見失うな。深くかかわりすぎたら、一歩さがって、おれたちに任せろ。おれたちのほうが客観的になれるし、仕事はきちんとやり遂げる」

「今回はおれひとりでやる」ドノヴァンの声は思った以上に荒々しくなっていた。「彼女はおれのものだ。彼女たちはおれのものだ。自分のものは自分で守る」

8

イヴはキャミーが寝ているソファの近くで立ち止まると、妹の額にそっと手を当て、顔をしかめた。まだ熱がある。目を閉じ、眠っている子どもを起こしたくなかったので、手を引っこめた。それから、蒸し暑いトレーラーの狭いキッチンスペースに歩いていった。蛇口からグラスに水をいっぱい入れる。冷凍庫の中の古びた製氷皿の氷は使わなかった。キャミーのためにとってあるのだ。キャミーの飲み物に入れたり、熱があがりすぎたときに体を冷やしたりするために使っていた。

すぐに水道代と電気代を払わなければ、どちらも使えなくなってしまうだろう。電気はなくてもやっていける。涼むためのエアコンがあるわけでもない。暗闇にいるのは気にならない。ただ、暑さがつらい。

今日は暑かった。窓から風が入らず、ちっとも涼しくない。リサイクルショップで貴重な資金を使って購入したボックス扇風機をソファに向けていた。こうすればキャミーは涼しいだろうし、熱がさがるかもしれない。だが、まだ正午にもならないのにうだるように暑かった。電気を使えなければ、扇風機がもたらすわずかな涼しさも失ってしまう。

さらにもうひとつ心配がある。食べ物を手に入れるだけでも大変なのに、まだ足りないものがたくさんある。

トラヴィスが金物店の仕事に出かける前に買っておいたわずかな品物を確認する。できるだけ節約し、必要なものだけを買った。食べ物。キャミーの扇風機。追加の薬。市販の薬を買ったのだが、その値段に顔をしかめた。

出かけたときに、トラヴィスの仕事場の近くにあるコーヒーショップに立ちより、貴重な数分を費やしてインターネットで調べ物をした。ウォルトが迫っている兆候がないか。新しい進展がないか。今度は新たにどんな罪で告発されているか。

だが、また完全にパニックにおちいっただけだった。カリフォルニアの新聞のニュース記事を調べたところ、カリフォルニアの大きな都市の大きな新聞社までもが、精神的に不安定で錯乱した女が、裕福で評判のいい男からふたりの子どもを誘拐したという〝心情に訴えかける〟ニュースを取りあげていた。

パソコンの画面をこぶしで殴りたかった。嘘つき。すべて嘘だ。だけど、だれが彼女を信じてくれる？　彼女ではなくウォルトがモンスターだと、だれが信じてくれる？　ウォルトは世間が思っているように子どもを溺愛して心配して悲しんでいる男ではなく、サディストで加虐的な父親だと。ウォルトは関係者全員をだます。イヴだけが――それとトラヴィスとキャミーが――真実を知っている。

イヴの母親も真実を知っていた。そしてそのせいで命を落とした。証明はできないけれど、イヴにはわかっていた。ウォルトが母を殺したとわかっている。推測ではない。ぜったいにまちがいない。トラヴィスもわかっている。キャミーには隠していた。知らなくていい。父親が母親を殺したことを知らなくても、父親におびえるだけで十分だ。けれど、イヴとトラヴィスはわかっており、毎日痛感している。戻ったら、また地獄が待っていると。

イヴは監禁されるだろう。刑務所ではなくても、精神科病院に入れられ、植物状態にされる。そしてトラヴィスとキャミーは父親のもとに連れ戻され、破滅させられる。

ニュースがカリフォルニアの外まで伝わるのは時間の問題だろう。もう広まっているかもしれない。ウォルトには人脈があり、マスコミにニュースを拡散させるためにあらゆる手を尽くしているにちがいない。すなわち、イヴが隠れられる場所はない。姿を隠せる深い穴もない。どこまで遠くに逃げてもウォルトの手からは逃げられない。

すでにトラヴィスとキャミーの誘拐について緊急事態警報が発令されている。子どもたちを誘拐した人物として、イヴの顔がいくつもの広告用掲示板に張られている。精神的に非常に不安定であり、武装していて危険かもしれないので慎重に近づかなければならないと伝えられていた。

ばかばかしい。この手に銃を持ったことはない。使い方も知らない。後悔していることがたくさんあった。そのひとつが、多くの人たちと同じく、護身が必要になるとは思っていなかったことだ。暴力が必要な状況に遭遇するなんて思いもしなかった。あるいは、暴力から身を守ることになるなんて。

自分は世間知らずの愚か者だ。そしていま、彼女の無知のせいでトラヴィスとキャミーが代償を払っている。

まず本能的に思ったのは、このままなにも知らずにいれば幸せだということだった。情報を求めたり、自分がなにから逃げているかを思い出したりしなければいい。けれど、そんなのは愚の骨頂だろう。なにも知らないままではいられないし、一瞬たりとも自分が安全だと思いこむわけにもいかない。うまく姿を隠しているとも。ウォルトにつかまらないとも。

したがって、ニュースやウォルトの追跡に関する情報に目を光らせていなければならない。メディアで確認できる追跡も、非公式の追跡も。もっともおそろしいのは非公式の追跡だった。どちらも怖いことには変わりない。しかし、ウォルトのような男が違法にどこまでやるかと思うと、背筋に寒けが走り、喉が麻痺しそうなくらい締めつけられて息ができなくなった。

ふと、トレーラーの外で車の音が聞こえ、イヴはおそろしい考えから我に返って身をこわばらせた。額に汗が噴き出す。キャミーをさっと見やると、ソファでまだ眠っていた。

どうしよう。ウォルトだったら？　見つかってしまったのだとしたら？　逃げる場所はどこにもない。逃げられない。車はない。怪しげな車売り場で三倍の値段をふっかけられて現金のほとんどを使って購入したぽんこつは、ドーヴァーに入る前に壊れてしまった。

車を修理する金も手段もなく、イヴとトラヴィスとキャミーは車を捨てて歩いた。こうしてドーヴァーにとどまることになったのだ。必然的に。選んだわけではない。

イヴは有り金をはたいてトレーラーを借り、水道や電気を使うために手付金を払った。働きに出て、べつの場所に逃げる資金が貯まるまでは、どこにも行けなかった。

車のドアが閉まる音にイヴははっとし、ソファに走りよった。キャミーの体の下に腕を入れて抱きあげ、寝室に駆けこむ。キャミーは身じろぎ、眠そうにむにゃむにゃと抗議した。

「しーっ、キャミー」イヴはなだめた。「静かにしてて、ダーリン。だれか来たわ」

キャミーはすぐに静かになり、イヴの腕の中で硬直した。いまいましいことに、キャミーは姿を隠さなければならない状況にすっかり慣れてしまっている。静かにすること。つねに警戒すること。

「ベッドの下に隠れて」イヴはささやき声で命じながら、キャミーを床におろした。「出てきちゃだめよ、キャミー。なにが聞こえても。ここに隠れてて。ぜったいに音を立てないで。約束して」

「約束する」キャミーはささやき返した。

イヴはダブルベッドの下に小さな子どもを押しこむようにしてから、すり切れて色あせたベッドスカートを整え、下にだれかが隠れている痕跡を消した。イヴの身になにか起きても――ウォルトに見つかっても――トラヴィスとキャミーは自分と一緒ではないと説得できるかもしれない。べつの場所に置いてきたと。離れていれば、イヴが逮捕されても、あるいはもっと悪いことにウォルトに見つかっても、もしかしたら、もしかしたらだけど、キャミーは隠れ続けて、トラヴィスが来るまで見つからないかもしれない。

遠くでノックの音が聞こえ、心臓の鼓動がますます激しくなった。震えながら立ちあがり、切迫した祈りをささやく。お願い、警察じゃありませんように。もっと悪ければウォルトかもしれない。ウォルトより警察と対面するほうがいい。それほどイヴは義父をおそれていた。

一瞬、ノックを無視しようかと考えた。外に車は止まっていないから、トレーラーにだれかいるとはわからないはずだ。ここに知り合いはひとりもいない。いまの時間なら、このトレーラーの住人は仕事に出ていると思ってもらえる可能性はある。

ただし、わかっているならべつだ。イヴがここにいるとわかっているのだろうか。彼女がここに逃げ、いまでも隠れていると。

ふたたびノックの音がした。さっきよりも強い。だれであれ、立ち去るつもりはないようだ。

イヴは恐怖を見せまいと肩をこわばらせ、ゆっくりドアのほうへ歩いていった。ドアに窓はない。トレーラーの状態を考えると、ドアがあるだけでもラッキーだった。だれが来たのか確認するには、リビングの小さな窓から外を見るしかなく、そうすると彼女がいることがばれてしまう。

だが、とりあえずちらりと外をのぞいた。少なくとも、どんな状況なのか知っておきたかった。外にパトカーが止まっているかどうか。

昨日と同じピックアップトラックが止まっているのを見て、イヴは眉をひそめた。ドノヴァン・ケリー。トラヴィスを雇ってくれたラスティ・ケリーという若い女と一緒に来た人だ。なんの用だろう？

わずかに安堵を覚えつつ、ドアまで行って慎重に少しだけ開けた。だが、そんなのはばかげている。あの男が本気で中に入ろうと思えば、イヴにはどうすることもできない。彼女でさえ、このドアなら打ち破れるだろう。

「イヴ？」

ドノヴァンのやさしい声が耳に届くと、うなじがちくちくした。視線が合い、脈拍数が跳ねあがる。

「ドノヴァン・ケリーだ。昨日会っただろう」ドノヴァンはわかりきったことを口にした。

イヴはうなずいた。しゃべれる自信がなかった。車が走ってくる音が聞こえたときのとてつもない恐怖感がまだ収まっていなかった。鼻で大きく呼吸をして、こめかみで急速に鼓動している脈を落ち着けようとした。薄いTシャツごしに心臓がばくばくしているのがドノヴァンにばれても驚きではなかった。

「入ってもいいか？」

イヴはドアをいっそう強くつかみ、ドノヴァンを見つめた。彼の両手にはビニールの買い物袋がぶらさがっていた。

「どうして来たの？」ようやく声が出た。「タイミングが悪いわ」

「きみとキャミーとトラヴィスに必要なものを持ってきた」ドノヴァンはそう言って満杯の袋のほうに頭を傾けた。

イヴは当惑しつつドノヴァンを見つめた。思いがけない訪問のせいで不安になっていたが、ドノヴァンの決然としたまなざしのせいでいっそう落ち着かなかった。

「イヴ、きみの力になるために来たんだ」ドノヴァンはやさしく言った。「中に入れてくれ。食料品をおろすから」

穏やかな声だったが、明らかに命令するような感じがあった。イヴはドアをつかむ手をゆるめ、そこでふとキャミーのことを思い出した。べつの部屋のベッドの下に隠れている。ドノヴァンが見たらどう思うだろう？

「キャミーは寝てるの」と衝動的に口走った。「起こしたくないわ」

ドノヴァンはうなずきながら前に進み出た。イヴはドアをはなすしかなかった。ドノヴァンは中に入ると、さっきまでキャミーが寝ていたソファに目を向けた。扇風機はまだまわっていて、イヴの背筋にパニックが走った。

「寝室に行ったのね。ちょっと見てくるから、あなたは……」言葉を切り、ドノヴァンが持っている袋を示す。

「ごゆっくり」ドノヴァンはのんびりした口調で言った。「おれはキッチンに行ってる」

イヴは寝室に駆けこみ、しっかりとドアを閉めた。ドノヴァンがばかなことを考えてあとをつけてくるともかぎらない。それからいそいでベッドに近づいてひざをつき、ぼろぼろのベッドスカートを持ちあげて下をのぞきこんだ。

「キャミー」やさしく呼びかける。「出てらっしゃい、ダーリン。いそいで」

キャミーはすぐにイヴのほうにはい出てきた。イヴは両腕でキャミーを抱きあげ、いそいでバスルームに向かった。少なくとも、もしドノヴァンがいきなり入ってきても、キャミーがちょうどバスルームに行ったところだったと思ってもらえるだろう。

キャミーは目を大きく見開いており、小さな顔は恐怖で凍りついていた。

「大丈夫よ、キャミー。ドノヴァン・ケリーが来たの。覚えてるでしょう？　昨日、トラヴィスを雇ってくれた女の人と一緒に来た人よ。いい人だったわ。あなたとお友だちになりたいって言ってた」

キャミーはゆっくりうなずいたが、まだ用心深く警戒するような表情をうかべており、イヴの胸が痛んだ。

イヴはキャミーを連れてリビングに戻ると、妹をソファにそっとおろして、ほてった肌に扇風機の風が当たるようにした。驚いたことに、ドノヴァンがイヴの隣に現れ、キャミーの様子を見て心配そうな顔になった。

キャミーは縮こまり、恐怖で目を見開いた。感情を抑えてもらいたいものの、四歳児には無理だろう。決定的な証拠。目がある人間なら、この子どもがいろいろなものにおびえているとわかるにちがいない。

ドノヴァンは慎重に一歩あとずさったが、イヴに向き直った。その表情はいかめしく――決然としていた。彼をトレーラーに入れたことで窮地におちいってしまったような気がする。とはいえ、拒否できただろうか？　だめだと言われて聞き入れるような男ではなさそうだ。ぜったいに。

「よくなってないな」ドノヴァンは厳しい口調で言った。「まだ熱が出てるのか？」

イヴはうなずき、肩を落とした。無意識にキャミーに手を伸ばし、安心させるように肩に手を置き、力をこめて大丈夫だと伝えた。だれにも傷つけられないように、死んでも守るからと。

「医者に診てもらわないと」ドノヴァンは率直に言った。「病院に行ったほうがいい。いつから具合が悪いんだ？」

ふたたびパニックのスイッチが入る。「医者にはかかれないの。病院にも」言うまでもなく、入院して人前に姿をさらすことも。「一日じゅう水薬と薬をのませてるの。戻したりはしてないわ。その、最初の日は吐いちゃったけど」

「一緒にキッチンに来てくれ」ドノヴァンはささやいた。「遠くには行かないと言ってキャミーを安心させて。この子がいないところで話し合おう」

ドノヴァンの理解力に驚き、イヴは目を見開いた。それから迷いながらキャミーを見おろした。

「イヴ」ドノヴァンがうながす。

イヴは目を閉じ、体をかがめてキャミーの額に軽くキスをした。「ちょっとキッチンに行ってるわ。ドノヴァンが食べ物を持ってきてくれたの。特別なごちそうが欲しいでしょう？」

キャミーはゆっくりとうなずいたが、まだドノヴァンを横目でちらちらと見ていた。幼い目は暗く翳っていた。

イヴは振り返り、ドノヴァンを先に行かせた。そうすれば、つねに彼とキャミーのあいだに立っていられる。ドノヴァンが持ってきた食料品の一部は片づけられていたが、いくつかは小さなカウンターに残してあった。ソーダ。スープ。ひとかたまりのパン。アセトアミノフェンとイブプロフェン、さらには乳幼児用の電解質補給飲料のボトルが数本ある。

ドノヴァンは抜かりなく考えていたようだ。

「医者にはかかれないの」イヴは強くささやいた。「キャミーは大丈夫よ。わたしがずっとついていて、熱をチェックしてるから」

ドノヴァンはカウンターの上に置かれたイヴの手に自分の手を重ねた。腕にあたたかい衝撃が走る。心が落ち着き、そのことに当惑した。この男を怖がるのは至極当然のことだ。それなのに、ただ触れられただけで、高まりつつあるパニックと、頭の中で暴れているヒステリーがいくらかやわらいだ。

「おれの友人が——とても親しい友人が——医者なんだ。きっと気に入る。マレンだ。結婚してて、その相手もおれのとても親しい友人だ。マレンは産休をとっていて、ちょうどまた診察をはじめようとしてるところなんだ。いつも往診をしてるし、困窮している患者には無料で診察してる。イヴ、きみは困ってる。キャミーも困ってる。明日、マレンを連れてきて、キャミーを診てもらおうと思う。心配なんだ。あの子はとても具合が悪そうに見える。きみは全力を尽くしてるはずだが、ときにはそれじゃ足りないこともある」

イヴはがっくりとうなだれた。ドノヴァンの言うとおりだ。うまく隠せることではない。彼女を見ただけで——この暮らしを見ただけで——どうしようもないほど困窮しているのはわかってしまう。それに、キャミーにはたしかに医者が必要だ。イヴは心配しながらひと晩じゅうキャミーについていた。危険をおかして緊急救命室《ER》に連れていくべきか悩むのにはうんざりしていた。だけど、どうして連れていける？　ここから出ていけない。歩いていける距離でなければどこにも行けない。

　ドノヴァンがイヴの手を持ちあげ、指でそっと包んだ。イヴは手を引っこめようとしたが、ドノヴァンは力を入れてやさしく握った。痛くはない。ぜんぜん。彼女を痛めつけようとしているわけではないが、はなすつもりもないようだ。

「おれたちはきみに危害を加えたりしない、イヴ。だれもそんなことはしない。明日の朝いちばんにマレンを連れてきて、キャミーを診てもらう。きみがのませてきた市販の薬じゃなくて、ちゃんとした薬が必要だろう」

　イヴは目を閉じ、空いているほうの手をずきずきするこめかみにやった。また薬。しかも処方薬。保険はない。払う金もない。抗生物質は安くない！

「イヴ」ドノヴァンがほとんどささやき声で言う。「こっちを見ろ」

　視線をあげると、ドノヴァンの目に思いやりが見て取れた――感じられた。やさしさも。それと、なにかわからないけれど、まったくべつのものも。ドノヴァンは奇妙な目で彼女を見ている。彼女が大切だというように。彼にとって大切だというように。

「助けを必要としてるきみの力になりたいんだ。キャミーとトラヴィスの力に」

　イヴのひざから力が抜け、折れそうになる。よろめき、空いているほうの手をカウンターにつくと、ドノヴァンが彼女を支えるようにもういっぽうの手を強く握りしめた。

児童保護局に通報されたら？　自分がドノヴァンの立場だったら、そうするはずだ。ここは子どもが暮らす場所ではないし、イヴがキャミーをきちんと養っていないのも同じくらい明白だ。ドノヴァンが自分の見たものを当局に通報するのは当然だろう。そうなったら、キャミーは——トラヴィスも——イヴから引き離されてしまう。そして、身元が判明したら、けっきょく父親のもとに送り返される。イヴは？　自分がしたこと、家族を守るために非常手段をとったことで、罰を受ける。ふたりと引き離されてウォルトのなすがままにさせるわけにはいかない。考えるだけで耐えられない。

「なにを考えてるにしても、やめろ」ドノヴァンが言う。「いまどんなことが頭にあるのかわからないが、イヴ、おれを信用してくれ。きみはだれも信用していない。それははっきりとわかる。あと、きみがなんらかの問題をかかえてるのも明らかだ。おれのことは怖がらなくていい。マレンのことも。おれたちはきみの力になりたいだけだ」

「どうすればいいかわからないの」イヴはささやき、絶望的な気分でキャミーのほうをちらりと見やった。

それはまちがいだった。いまいましいことに、自分の恐怖が妹にありありと伝わってしまった。

キャミーはすぐに泣きだした。声を出してはない。そう。キャミーはつねに静かにしていなければならないとわかっていた。大きな涙が静かに頬を流れ落ち、小さな肩が震えている。

イヴのまぶたが涙でちくちく痛み、心が粉々に砕けた。

ドノヴァンから離れようとすると、今度は手をはなしてくれた。イヴはソファに飛んでいってひざをつき、キャミーを腕に抱きしめた。

「心配しないで、ダーリン」と言ってなだめる。「ドノヴァンは力になりたいだけよ。あなたが元気になるように、お医者さんを連れてきたいって。すごくない？」

そう言いながらも、トラヴィスが仕事から帰ってきたらすぐに、数少ない荷物と、ドノヴァンが持ってきてくれた食べ物をできるだけまとめようと考えた。明日ドノヴァンがドクターを連れて現れたときには、とっくにいなくなっているように。

ここで人目につきすぎた。最初はトラヴィスを雇ってくれた女性で、次はその兄。医者を連れてきたいと言っているけど、ほかにだれを連れてくるかわからない。すべて策略だったら？　明日、玄関先に警察が現れたら？

正体を知られてはならない。だれにも気づかれない場所を見つけなければ。ほかの困窮した家族と同じようにしていられる場所。

もっと大きな都市にはシェルターがある。メンフィスにだってあるかもしれない。そこまで行ければだが。シェルターを見つけて、イヴが安定した仕事に就いて金を稼ぐまで置いてもらう方法があるはずだ。トラヴとタッグを組んで、ひとりが働いているあいだはもうひとりがつねにキャミーについていればいい。

「あの人、どんな食べ物を持ってきてくれたの？」キャミーがささやいた。

その質問にイヴの心がまた砕けそうになった。

「うまいものをたくさん持ってきたぞ。きみと同じくらいの年の姪っ子が、最高にうまいものを教えてくれたんだ」ドノヴァンの明るい声がした。

ぱっと顔を向けると、ドノヴァンがふたりのところまで来ていた。

「だけど、おなかにやさしいものを食べたほうがいいだろうな。少なくとも、もう少し元気になるまでは。グリルドチーズサンドとあたたかいスープとソーダはどうだ？」

キャミーの目が輝く。「グリルドチーズサンド大好き」

「かしこまりました」ドノヴァンはそう言って大げさにおじぎをし、キャミーはくすくすと笑った。

ドノヴァン・ケリーというあらがえない自然の力のような男の影響を受けてリラックスしているキャミーの姿を、イヴは驚愕して眺めた。こんな男がいるなんて、話がうますぎる。あまりにすばらしく見えるものは、そう見えるだけだと、身をもって知っていた。うわべだけだと。

「ランチの準備を手伝ってもらうから、ちょっとイヴを借りてもいいかい？」ドノヴァンが聞く。

キャミーはゆっくりとうなずくと、無意識に手を口に持っていき、親指をくわえた。最近するようになった癖だ。原因はストレスだった。

ドノヴァンがイヴのひじを軽く突き、彼女を連れてソファから小さな簡易キッチンへと戻っていった。そして自分の家のキッチンであるかのように作業に取りかかった。イヴは体をこわばらせて立ちつくし、ドノヴァンが手際よく料理を準備するのを眺めた。キャミーのデザートとして、べつの紙皿にカップケーキまでのせていた。

「どうしてここまでしてくれるの？」イヴは声をひそめて聞いた。「わたしのことを知らないでしょう――わたしたちのことを。どうして赤の他人のためにわざわざここまでするの？」

ドノヴァンがぱっと顔をあげる。はじめて緑色の瞳に怒りがきらりと光るのが見えた。

「どうしろっていうんだ、イヴ？ どうしても助けを必要としている人たちがいるのに、見て見ぬふりをする？ それとも、きみが死ぬほどおびえていて、なにかから、あるいはだれかから逃げてるという事実を無視する？ そんなにびっくりした顔をするな。簡単にわかることだ。おれが気づいてるなら、ほかの人たちもみんな気づくって思わないか？ ほかの人間はおれとちがって危険かもしれない。きみがだれも信用しないのはわかる。ほんとうさ。だけど、あらゆる手を尽くしてその考えを変えてみせる。世の中には善良な人間もいるんだ。おれもそのひとりだということをきみにわかってもらう」

「あなたにとって危険なことかも」イヴは思わず口走った。

それは彼がすでに気づいていることが事実だと認めるようなものだった。

ドノヴァンの目から怒りがいくらか薄れ、ふたたびあの輝きが見えた。自分が助けているのはただの困っている人ではないということを伝える輝き。そのせいで当惑した。

「おれがなにを危険だと思うかは、おれに判断させてくれないか？ きみはおれがきみのことをなにも知らないと言うが、イヴ、きみもおれのことをなにも知らない。まだ。おれはきみにもキャミーにもトラヴィスにもぜったいになにも起こらないようにしてやるつもりだ」

困ったことに、そのときのドノヴァンの話し方はとても説得力があり、いつの間にかイヴは彼を信じていた。だれのことも信じたり信用したりするべきではないというのに。

「それじゃ、きみはこうしてくれ」ドノヴァンがそう言って、カウンターの上に準備したふたつの皿のひとつをイヴのほうに押しやった。「キャミーと一緒に座って、食べるんだ。きみもキャミーと同じで、しっかり食べたほうがいい」

「あなたはどうするの?」イヴは小声で聞いた。

「持ってきたものの片づけを終わらせて、冷蔵庫をいっぱいにする。それから、ほかに必要なもののリストを作る。明日マレンと一緒に来るときに、持ってこられるように」

9

ドノヴァンはうしろ髪を引かれる思いでイヴのトレーラーから出ると、あたかも母親の代わりに近所で用事を足しただけだというそぶりでぶらぶらと車に戻った。はらわたが煮えくり返っていたが、なにに対して激怒しているのか厳密にはわからなかった。

イヴに——それとキャミーに——モンスターを見るような目で見られたこと、彼女たちが最悪の事態を想定していることにむかむかした。それに、キャミー。ああ、彼女のことを考えるとシャーロットが思いうかぶ。姪が同じ状況にいる姿は想像もできなかった。

ドノヴァンは——KGIの全員は——いろいろなことを当然だと考えている。そういうことはやめなければ。この何年かで多くの出来事が起こり、家族と過ごせる時間は一秒たりとも当たり前ではないのだと、みな身に染みていた。だが、他人の生活状況についてはいとも簡単に忘れてしまう。日々この世の最悪の出来事を目にしているというのに。

車を出しながら携帯電話を取り、サムに電話をかけた。マレンに——それとスティールに——連絡してくれただろうか。とくにマレンに。スティールはとことん反論するはずだが、マレンが望めば、スティールに勝ち目はない。スティールはぜったいにマレンを危険に巻きこむなと言ってくるだろうが、ドノヴァンが見たかぎり、あのトレーラーでマレンがキャミーを診察してもなにも心配はいらないとわかっていた。危険なことが起こるとしても、それを起こすのはイヴではない。そう、イヴと彼女の小さな家族をおびえさせているものが、外で待ち伏せて攻撃のチャンスをうかがっている。今回の件で自分が支配権を握れるならば、そんなチャンスはけっして訪れさせない。

サムから、マレンが同意し、彼女の安全に関しては万全を期すとスティールを説得したと聞いたあとで、ドノヴァンは電話を切り、居住地に車を走らせた。頭の中はイヴのことでいっぱいだった。

正面ゲートに着くと、キーコードを入力し、開くのを待った。居住地には厳重なセキュリティーが敷かれており、ドノヴァンに現実の人生を思い出させた。家族の人生。この設備は必要悪であり、全員が承知している。だが、自分たちがけっしてふつうの人生を送れないということを思い知らされた。自分たちの人生には、つねに不安がついてまわる。いつなんどき敵がもっとも無防備な点を攻撃してくるかわからない。妻、母親、父親、兄弟、姉妹、甥、姪。

ほかの兄弟もそうだったはずだが、ドノヴァンはかつて、とくに家族が危険にさらされたときに、この仕事にそれだけの価値があるのかと考えた。自分たちがしていることは、愛する者たちを危険にさらす価値があるのか。しかしけっきょくのところ、答えはいつも同じだった。価値はある。世界じゅうの悪事を解決することはできないかもしれないが、任務をひとつずつ片づけて、よりよい場所にすることはできるはずだ。彼らがとらえたすべての犯罪者、救ったすべての子どもたち、解放したすべての人質にとっては、大きな意味がある。

ＫＧＩが活動を開始して以来何年にもわたって増えてきた敵のせいで家族を失うことがあったら、答えは変わるかもしれない。だがいまのところは、悪行を正し、世の中の悪を倒すことに専念していた。

家に車を止めるとき、正面にスティールのＳＵＶが止まっているのを見てドノヴァンは驚いた。とはいえ、驚くべきことではない。スティールは妻がどんな状況にかかわるのか直接説明してもらいたいのだろう。

ところが、助手席のドアが開き、マレンが日光の中に出てきた。あたたかい笑みで顔を輝かせ、ドノヴァンを見つめる。続いてスティールが運転席から出てきたが、その表情はマレンほどあたたかくなかった。ドノヴァンはため息をつき、車をおりた。いま強敵に立ち向かってしまったほうがよさそうだ。

「こんにちは、ヴァン」マレンが呼びかける。それから後部座席のドアを開けて中に身をかがめ、すぐに娘と一緒にふたたび姿を現した。

たちまちドノヴァンは笑顔になった。オーケー、たしかに赤ん坊が大好きでたまらない。それがどうした。

「やあ、スイートハート」ドノヴァンはマレンが赤ん坊と立っているところに歩いていった。

「その女の子は会うたびに大きくなってるな」

マレンはにっこりと笑った。「わたしが二十四時間営業のファストフードレストランだからよ。この子はきっと父親の食欲を受け継いだのね。いくらおっぱいをあげても足りないんだもの」

　スティールがうめき、ドノヴァンは頭を左右に振った。スティールが赤ん坊と一緒にいる姿にまだ慣れなかった。いまだに笑いそうになってしまうし、正直、うらやましくもなった。

「それで、どういうことなんだ？」スティールが率直に聞いた。

「暑いから、中に入らないか？」ドノヴァンは提案した。「冷蔵庫にアイスティーがあるし、マレンにはお気に入りのあたたかい紅茶を入れてやる。それから話そう」

「長居をするつもりはない」スティールは答えた。「今夜は天気が崩れるらしいから、マレンにもオリヴィアにも外にいてほしくないんだ」

　ドノヴァンは眉をひそめた。「天気が崩れる？　なんの話だ？」

　マレンがあきれて目を上に向けた。「スティールは毎日暇があれば気象学者になってるの。今夜は嵐が来てわたしたちを吹き飛ばすって確信してるのよ」

　スティールはマレンをにらみつけた。「危険の可能性を把握しておいて損はない」

　ドノヴァンは家に通じるステップをあがり、ドアを開けてマレンとスティールに入るようにうながした。

「それで？　天気予報はなんて？」

「猛烈な雷雨。独立した強い嵐。今夜は州西部全域に警報が出てる」

　ドノヴァンは息を吐いた。くそ。はじめてイヴのトレーラーに入ったとき、雨漏りを受けるためのボウルが床に散らばっていた。今夜は悲惨な状態になるだろう。病気のキャミーは家の中で雨に降られるべきではない。

「座ってくれ」ドノヴァンはぼそぼそと言った。「マレンの紅茶を入れてくる。レンジで水をあたためて、ティーバッグを入れるだけでいいか？」

マレンはほほ笑んだ。「ええ。わたしも手早く紅茶を入れる技を身につけたのよ。いつも飢えた赤ちゃんで両手がふさがってるから」

ドノヴァンはのろのろとキッチンに行き、マグカップに水を入れてから電子レンジの中にすべらせた。あたためるあいだに、ふたつのグラスに氷を入れ、冷蔵庫からアイスティーの入ったピッチャーを取り出した。

レンジがチンと鳴ると、あたたかいマグカップを取り出し、ティーバッグを中に入れた。マレンが砂糖を入れて飲むのを思い出し、スプーンで適量を入れてすばやく混ぜた。それから腕と胸のあいだにアイスティーのグラスをひとつはさみ、マグカップともうひとつのグラスを手に持ってリビングに戻った。

「あなたみたいな人がどうしてずっと独身なのかしら？」マレンが差し出されたカップを受け取りながら、からかうように言った。「甘やかしてくれる男って大好き」

スティールがまたうめき、困惑したまなざしをマレンに向けた。ドノヴァンはくすくすと笑った。スティールが妻と娘を徹底的に甘やかしているのは周知の事実だった。

スティールはドノヴァンの手からグラスを受け取ったが、飲まなかった。前かがみになってコーヒーテーブルにグラスを置き、ドノヴァンを見つめて説明を待った。

「悪い状況だ」ドノヴァンはぼそぼそと言った。

とたんにスティールの表情が険しくなる。「なんだと？　サムは安全だと言ってたぞ」

ドノヴァンは首を横に振った。「そうじゃない。マレンは安全だ。危険な状況だったら、連れていくはずがないだろう」

「だったら、どういうことだ？」スティールが問いつめる。

「スティール」

マレンのやさしい声に、チームリーダーはたちまちおとなしくなった。これほど深刻な状況でなければ、ドノヴァンは思いきりスティールをからかっていただろう。

「ここからそれほど遠くないところに、若い女が弟と妹と一緒に壊れかけのおんぼろトレーラーで暮らしてる。四歳の妹のキャミーは病気だ。十五歳の弟のトラヴィスは食べ物を買う金を稼ぐために金物店でアルバイトをしてる。イヴは……気丈にふるまおうとしてる」

スティールは眉をひそめた。

「なにかから逃げてるんだ」ドノヴァンは続けた。「みんな、ものすごくおびえてる」

「くそ」スティールはつぶやいた。

「キャミーはどのくらい悪いの？」マレンが集中して目を細めながら聞いた。

スティールが赤ん坊に手を伸ばしてマレンの腕から器用に受け取ると、マレンは前かがみになってドノヴァンをじっと見つめた。

「わからない」ドノヴァンは正直に言った。「だからきみに一緒に来てもらって、キャミーを診てほしいと思ったんだ。何日も前から具合が悪いようだ。生活環境は悲惨だ。食べ物もろくにないから、今日食料品を持っていった。だけど、屋根は——そう呼べるならだが——何カ所も雨漏りしてるし、先週の雨を考えると、ますますキャミーの病気が治りにくくなったにちがいない」

マレンは顔をしかめた。その目は同情と心配できらめいていた。「もちろん、一緒に行くわ」

「おれも一緒に行く」とスティール。

ドノヴァンは首を横に振った。「ぜったいにだめだ、スティール。今回の件で、仕切りたがり屋のおまえが身を引くのはいら立たしいだろうが、おまえが姿を見せたら、イヴたちに近づけなくなる。それだけじゃなく、彼女たちは一目散に逃げちまう。イヴは気丈にふるまおうとしてるって言っただろう。そう努力しているだけで、ほとんどうまくいっていない。おれが行っただけでおびえてた。おまえが現れたら？」

「ドノヴァンの言うとおりよ」マレンが夫に鋭い視線を向けて言う。「気の毒な女性をものすごくおびえさせちゃうわ」

スティールは顔をしかめた。

「マレンに危険はない」ドノヴァンは言った。「あそこに住んでるのはイヴとトラヴィスとキャミーだけだ。トラヴィスはいい子だ。あまりに大きな責任を背負ってるが、なにも心配はない。おれがずっとマレンについてる。マレンにとって安全な状況だと確信してなきゃ、連れていったりしない」

スティールは唇を結んだが、異を唱えなかった。

「それに、あなたにはオリヴィアを見ててもらわなきゃ」マレンが愉快そうに言った。

スティールは反射的に娘に視線を向け、表情をやわらげた。つねに顔に刻まれているように見えた険しいしわが消え、目が愛情で輝く。

「妻を任せる。おまえを信じてるからな」スティールは目をあげ、ドノヴァンに視線を戻して言った。

その言葉は、何カ月か前にスティールがヘリコプターの残骸の中で身動きがとれず、どうすることもできずに待っているときに、マレンをヘリから引き出そうとするドノヴァンに言ったのと同じものだった。

「わかってる」ドノヴァンは静かに言った。「おれがマレンを守る。ぜったいに」

スティールはうなずき、マレンのほうを見やった。「そろそろ行くか？　おチビちゃんは昼寝をしたいみたいだ」

マレンは笑い声をあげた。「つまり、まず帰る途中に食事ってことね」頭を左右に振る。

「この子はスティールよりいっぱい食べてるわ」

「明日、何時にここに来ればいい？」スティールが片方の腕で娘を抱いて立ちあがった。

「おれがここまでマレンを送ってきて、おまえたちが戻ってくるまで待ってる」

マレンはあきれて目を上に向けた。「わたしは運転しちゃいけないのよね」

スティールは肩をすくめた。「サムとも話さないと」

マレンはうなずき、夫婦はさっと視線を交わした。ドノヴァンは眉をあげた。

「なにか問題か？」

「いや、いまはおまえにおれのチームを率いてもらってるだろう、ヴァン。これ以上ないくらいよくしてもらってる。だが、もう戻ろうと考えてるんだ。マレンと話し合って、そろそろいいだろうってことになった。マレンはここで医者としてなじんだし、また診察をはじめるつもりでいる。おれもそろそろチームに戻っていいころだ。あいつらがリーダーの顔を忘れる前に」

ドノヴァンはくすくすと笑った。「忘れるわけがないだろう。寂しくなるな。この数カ月、あいつらと働くのは楽しかった。だけど、チームリーダーが戻れば、あいつらは喜ぶはずだ」

ドノヴァンはスティールたちと一緒にSUVまで歩いていった。スティールが真剣な表情でドノヴァンを振り返った。

「サムに天気のことを警告しといてくれ。荒れるはずだ。あいつが天気予報を見てるかわからないからな」

ドノヴァンは顔をしかめた。「わかった。おまえたちも気をつけろ」

マレンがあきれたように目を上に向けた。「あら、わたしたちは地下室で夜を過ごすことになるわ。赤ちゃんが生まれてから、スティールが地下に寝室を造ったのよ。激しい嵐が来るかもしれないってだけでも、そこで眠るんだから」

スティールはうなるように言った。「用心するに越したことはない。おれはおびえて逃げるような男じゃない」

「一理あるな」ドノヴァンは言った。「じゃあ、明日の朝来てくれ」

車が走り去ってから、ドノヴァンは兄弟たちの家があるほうをちらりと見やった。どの家も数エーカーずつ離れている。ネイサンの家はもっと離れていて、湖を一望できる断崖に立っていた。平穏だ。現在、任務はない。今日は訓練さえない。

この数カ月、新しいチームは徹底的に訓練をおこなっており、サムが彼らを任務に就かせる前に、全員に休暇を与えたのだった。

スカイラーとエッジは居住地の近くに引っ越していたし、スワニーは少し離れた昔のサムの小屋でジョーと暮らしている。スカイラーとエッジは、ジョーとスワニーの家でよく過ごしていた。絆を深めるのはいいことだ。仲間意識を築き、団結したチームの基礎を形成する。徹底して専念する。この数カ月、新しいチームは毎日ともに過ごしてきたが、そろそろひと休みさせてもいいだろう。

彼らがきちんとやり遂げられると信じて任務に就かせるのは、ドノヴァンにはつらいことだった。認めよう。どのチームにも全幅の信頼をよせているが、だからといって心配ではないということにはならない。ネイサンとジョーは弟だ。いつまでも弟だ。つまり、彼らが望んでいようといまいと、本能的に守ろうとしてしまう。

実際、ネイサンとジョーとスワニーは地獄を見てきた。ネイサンとスワニーのほうがつらかっただろうが、ジョーも楽だったわけではない。まだ任務に就く心の準備ができていないのではないかと、ドノヴァンはときどき心配になった。

だが、ドノヴァンとサムとギャレットは合意に達した。新しいチームは団結している。そろそろ出番だと。

そういうわけで、次の任務はネイサンとジョーが引き受け、スティールのチームが応援にまわることになるだろう。スティールが仕事に戻るつもりでいるなら、KGIは通常態勢に戻り、ドノヴァンは一線を退いて、現場で活動することはなくなる。

この先ずっと身を引いて、活動に参加しないというわけではない。この一年は、いつも以上にサムとギャレットに運営を任せていた。ふたりが仕事を調整し、計画を立て、必要に応じてチームを呼び出す。だが、ふたりとも一線からは退いていた。

どちらも妻がいる――そして、これから新しい家族が増える。ふたりともまずは妻を第一に考え、その次がKGIだ。新しいチームができたことでネイサンも気合を入れていたが、ケリー兄弟の中でいまいちばん仕事に打ちこんでいるのはドノヴァンとジョーだ。

状況は……いい。ドノヴァンは顔をしかめた。こんなことを考えてツキを悪くしたくはない。けれど、家族も仲間たちもまちがいなく落ち着いている。全員が……幸せだ。挫折に次ぐ挫折を乗り越え、より強くなった。

チームリーダーたちでさえ身を落ち着けている。正直なところ、リオとスティールが積極的に家庭的な姿を見せるとは思いもしなかった。しかし、ふたりは結婚し、娘がいて、もう食べたり眠ったり飲んだりするのもすべてＫＧＩのため、ということはなかった。

だれもがドノヴァンに目を向け、次は彼の番だと断言していた。それを望んでいないわけではない。兄弟の中でだれよりも結婚や家庭に抵抗を持っていなかった。ただ、まだふさわしい女に出会っていないだけだ。

結婚したら、妻と子どもたちに一一〇パーセントの忠誠をささげるだろう。だが、まだ彼の優先順位を変えるような女には出会えていなかった。

ドノヴァンはしばらく携帯電話を見つめてから、ポケットに戻した。サムの家に行って、天気のこととスティールの復帰について伝えよう。

10

イヴはトラヴィスがトレーラーに歩いてくるのを戸口の内側でそわそわと待っていた。トラヴィスは中に入るとすぐにイヴの姿に気づき、たちまち不安そうな目になった。

「どうしたの、イヴィ？」

イヴはトラヴィスの腕に手を置いて安心させようとしたが、あまりうまくいかなかった。逃げなければならないのだ。また。

「ここを離れるわよ」イヴは低い声で言った。

トラヴィスの顔にありありと警戒の色がうかぶ。「なにがあったの？　あいつに見つかったの？」

イヴはかぶりを振った。「いいえ。少なくとも、見つかってはいないと思う。そうじゃなくて……」息を吐き、キャミーのほうをちらりと見やる。「出ていかないと。ここで大勢の人の注意を引いてしまったわ。今日ドノヴァンが来て、明日キャミーを診てもらうために医者を連れてくるって言われたの。そんな危険はおかしたくない」

トラヴィスの目が残念そうに曇る。「ここが気に入ってたのに。できれば……」

「そうね」イヴはささやいた。「わたしも同じ気持ちよ。でも、きっと今度の場所のほうがいいところよ、トラヴ」

それは荷物をまとめて逃げるときにいつも言っている言葉であり、ふたりとも嘘だとわかっていた。ウォルトが脅威でなくなるまで、状況がよくなることはけっしてないだろう。トラヴィスは折りたたんだ紙幣を数枚取り出し、イヴに渡した。「少しは足しになるといいけど」

イヴは金を受け取ると、トラヴィスのやせた体を腕の中に引きよせて抱きしめた。「ありがとう、トラヴ。ほんとうにいい子ね。今日、ドノヴァンが食べ物を持ってきてくれたの。持っていけるものは全部持っていきましょう。置いていくわけにはいかないわ」

トラヴィスはためらい、それから体を引いた。悩んでいるような目をしている。「イヴィ、ここから離れるのは正しいことだと思う？　もしかしたら……ドノヴァンたちはぼくらの力になりたいだけかも」

「そう信じたいわ。でも、信用する相手をまちがえてあなたとキャミーを危険にさらすわけにはいかない。それに、あの人たちは危険じゃないかもしれないけど、ここでもっと多くの人の目にさらされるのは大きなリスクをともなうわ。わたしたちのことを知る人が少なければ少ないほど安全よ」

トラヴィスはうなずいた。「わかった。いつ出ていく？」

イヴはソファで寝ているキャミーをまたさっと見やった。「暗くなってからね」

「遠くの空に黒い雲が垂れこめてる。西のほうは真っ黒だ。嵐が過ぎるのを待ってから、キャミーを連れ出したほうがいいかもしれない」

イヴは同意してうなずいた。「そうね、まとめられるものをまとめて、キャミーはできるだけ長く寝かせておきましょう。嵐が去ったら、出発よ」

「どこに行くか考えてある？」トラヴィスが小声でたずねる。

トラヴィスの質問を熟考し、イヴは無力感に襲われた。「なんとも言えないわ」と正直に言う。「南に行けばいいと思ってたの。あるいは、西のジャクソンね。あなたがここで稼いでくれたお金があれば、少なくとも隣の州までのバスのチケットを買えるけど、時刻表と値段を確認しないと。バスでミシシッピに行って、もっと大きな街に向かってもいい。今回はそこが失敗だったのよ。小さい町にとどまったから、人目を引いてしまった。大きな街なら、もっとうまく周囲に溶けこめるはずだし、安いホテルに泊まれるかもしれないわ。わたしはウエイトレスの仕事を見つけて、あなたにはキャミーについていてもらう。そのころまでに、キャミーの具合がよくなっているといいんだけど」

「よくならなかったら？」トラヴィスはおそるおそる聞いた。

イヴは鋭く息を吸いこんだ。その可能性は考えたくない。取り越し苦労をしても意味がない。

「きっとよくなるわ」イヴはきっぱりと言った。

「なにを準備すればいいか教えて。取りかかるから」とトラヴィス。

「クロゼットからスーツケースをふたつ出して、パントリーの食べ物をできるだけつめて。長持ちする食料をひとつのスーツケースに入れて、着られそうな服をもうひとつに入れて。

キャミーにはそんなに必要ないわ。寝間着とショートパンツとトップスがあればいい。わたしも着がえを一着か二着用意するから、あなたの服と一緒に入れてちょうだい」

トラヴィスはうなずいて静かにリビングを出ると、スーツケースがしまってある寝室に向かった。イヴもあとに続き、壊れそうなドレッサーの前で立ち止まっていちばん上の引き出しを開けた。そこに、ぼろぼろの箱に入った母親の宝石がしまってあった。

後悔と悲しみに胸が苦しくなる。やむをえない状況だとはいえ、イヴとトラヴィスとキャミーにとって唯一の形見を手放したくなかった。トラヴィスとキャミーのために残しておきたかった。けれど、いまは思い出の品よりも金が必要だ。いままでは質に入れることで身とが割れる危険をおかしたくないと思い、最後の手段として残しておいた。危険すぎる。質屋では身分証の提示が求められる。しかし、もう時間切れだ。いまではそれしか選択肢がなかった。

宝石ではたいした額にはならないだろうが、購入したときは品質がよく高価だった。とはいえ、質屋は小売価格を払ってはくれない。数百ドルになれば、住む場所が見つかるかもしれない。今日ドノヴァンが持ってきてくれた食べ物を少しずつ食べて、できればしばらく持ってくれるといいのだけど。

「母さんはイヴィに宝石を使ってもらいたいはずだよ」トラヴィスの声がした。

振り返ると、トラヴィスがこちらを見つめていた。イヴが手に持った箱を。

「そうね」イヴはささやいた。「でも、あなたとキャミーのためにとっておきたかったの。

お母さんの形見はこれだけだもの」

　トラヴィスはかぶりを振った。「ううん。ぼくたちには思い出がある。楽しい思い出が。すばらしい母親だった。イヴィは母さんにそっくりだよ。見た目も似てるし、同じようにやさしい心を持ってる。イヴィがぼくとキャミーを守るためにしていることを母さんはすごく誇らしく思うはずだよ」

　一瞬、怒りがこみあげ、イヴは罪悪感を覚えつつなんとか抑えようとした。子どもたちにとって危険だと知りながら夫のそばを離れようとしなかった母親に、怒りと悲しみを交互に感じていた。母親は知っていたのに、逃げ出そうとしなかった。トラヴィスとキャミーをウォルトから守ろうとしなかった。

　イヴはウォルトの本性を目にしていた。どんな男か知っていた。トラヴィスから電話がなければ、ぜったいに連絡をとらなかっただろう――ウォルトが許さなかったはずだ。トラヴィスは助けてくれと懇願し、ウォルトがキャミーに目をつけているかもしれないと告げた。その疑惑をイヴは真剣に受け取った。彼女にはわかっていた。

　もっと時間をかけて計画を練り、もっとしっかりと逃亡を企てるべきだった。けれど、キャミーを危険な状況から連れ出すことに必死で、よりよい計画を立てる時間がなかった。そのため、いまだに逃げている。

「メンフィスまで行って、質に入れましょう」イヴは言った。「それからべつのバスでミシシッピに行く。住む場所を見つけないとね。いまみたいにキャミーが無防備な状態にならないように。元気になってもらわないと。ちゃんとしたものを食べさせて、乾いた場所で寝かせるようにしなきゃ」

ちょうどそのとき、ブリキの屋根に雨粒が落ちる音が聞こえ、イヴは視線をあげて顔をしかめた。

「わたしが荷造りをするわ、トラヴ。あなたはキャミーが濡れないようにしてちょうだい、いい？」

トラヴィスは狭い寝室を出て、妹を見にいった。そのあいだにイヴはスーツケースに荷物をつめこんだ。

それがすむと、いっぱいになったスーツケースをリビングに引きずっていった。次にからっぽのスーツケースをキッチンに運び、ドノヴァンが持ってきてくれた食べ物をつめはじめた。屋根からはすでに雨漏りがしていて、床に小さな水たまりができはじめていた。雨がすぐにやんで、できるだけ早く出発できればいいのだけれど。

雷鳴が轟き、トレーラー全体が揺れた。キャミーが驚いて金切り声をあげ、イヴはたじろいだ。ソファのほうにさっと目を向けると、トラヴィスがキャミーを両腕で抱きしめて雨漏りから守っていた。さらに二回稲妻が光って暗いトレーラーの内部を照らした直後、ふたたび雷が鳴った。

「怖いよ、イヴィ」キャミーが声を震わせて言った。

親指を口に入れる妹を、トラヴィスがなぐさめた。

「大丈夫よ、ダーリン」イヴは言った。「トラヴがいれば怪我をすることはないわ」

激しい雷雨ははじめてではない。ここで暮らしていた二週間ずっと、何度も午後に嵐が起こった。ひとつの嵐のあとでトレーラーが乾くころには、またべつの嵐に襲われ、室内がカビくさくなってじめじめした。

もっといい住処《すみか》を見つけなければ。キャミーのために。こんな生活環境ではいつまでも病気が治らないだろう。母親の宝石を質に入れようという決意がいっそう強くなった。そうすればもっといい場所で暮らせるはずだ。最初からそうするべきだった。だが、見つかるのが怖くて決死の行動に出られなかった。

しかしいままでは気づいていた。もっと早く質に入れるべきだった。まだ西海岸にいるあいだに。そこなら、ウォルトに——あるいは警察に——自分たちの行き先を示す手がかりにならなかっただろう。何事も経験だ。自分は逃亡のプロではない。メンフィスで質に入れてから、できるかぎり早くミシシッピに移動して、できるかぎりテネシーから離れよう。

食べ物をまとめ、スーツケースになるべく全部つめた。それから電解質補給飲料のボトルを一本と、キャミーのためにとっておいたスナックのひとつをソファに持っていった。

トラヴィスの隣に座る。弟のひざの上にはキャミーがちょこんと座って、胸にもたれていた。

「おなかすいた？」イヴは聞いた。「出発する前に水分を補給して、なにか食べておいたほうがいいかも」

キャミーは親指をいっそう口の奥に入れ、目を大きくしてイヴを見つめた。「これからどこに行くの、イヴィ？」

イヴは安心させるようにキャミーの脚に手をすべらせ、ボトルを差し出した。トラヴィスがそれをイヴの手から取り、キャミーの唇に押しつけて飲ませた。

「ジャクソンに向かいましょう。数日かかるかもしれないけど、ジャクソンに行ってから、メンフィスまでのバスのチケットを買う。メンフィスに着いたら、ママの宝石を売って、もといい住処を見つけて、次の場所に行くバスのチケットを買う。最初の数日がいちばんつらいけど、みんな一緒ならなんでもできるわ」

イヴの言葉にトラヴィスはほほ笑み、キャミーでさえ真剣にうなずいた。イヴもほほ笑み返してから、手のひらを下にしてトラヴィスとキャミーの前に出した。トラヴィスがイヴの手の上に自分の手をすべらせ、次いでキャミーが空いているほうの手をいちばん上に置いた。それからイヴはキャミーの手の上にもういっぽうの手をのせ、キャミーとトラヴィスの手をはさんだ。ここ最近でこの団結のしぐさをよくするようになっていた。三人は家族であり、自分はけっしてふたりから離れないということをキャミーに伝えるために、イヴがはじめたのだ。

「みんな一緒だ」トラヴィスが静かに言う。

「みんな一緒」キャミーが熱のこもった口調で言う。「あたしたち、ずっと一緒でしょ、イヴィ？」

イヴはキャミーに腕を伸ばし、あたたかい体を引きよせた。きつくぎゅっと抱きしめる。

「そうよ、ダーリン。ずっと一緒よ。約束する」

自分ではどうしようもないことを妹に約束するのはつらかった。けれど、決意がなんらかの役に立つのなら、ずっと一緒にいられるだろう。安全に。父親から離れて。

「約束してほしいの」イヴは真剣な口調で言った。トラヴィスを見つめてから、キャミーを見おろす。「ふたりとも約束してちょうだい」

「なんでも」とトラヴィス。

キャミーも同意してうなずく。

イヴは言葉をつまらせた。これから言うことが実際に起こるなんて考えたくもないが、考慮しておかなければならない。それに、最悪の事態が起きたらどうすべきか、トラヴィスとキャミーに知っておいてもらわなければ。

「わたしの身になにかあったら……」

とたんに腕の中でキャミーが身をこわばらせた。幼い妹を動揺させてしまったことが悔やまれ、イヴは目を閉じた。だが、最悪のシナリオを考えておかないわけにはいかない。トラヴィスとキャミーの命がかかっているのだ。

「聞いて、ダーリン。わたしの身になにかあったら。警察に見つかるとか、お父さんに見つかるとかしたら、トラヴィスと一緒に逃げて、お兄ちゃんの言うとおりにするって約束してちょうだい」

視線をあげてトラヴィスを見ると、つらそうな目をしていた。いまイヴが話していることは現実に起こりうるのだ。

「わたしの身になにかあったら、キャミーを連れて逃げて。逃げ続けて。わたしのことは心配しないで」

「できないよ、イヴィ」トラヴィスはしゃがれ声で言った。「ぼくたちから離れないで。姉さんを置き去りにするなんてできない」

イヴはきっぱりと首を横に振った。「約束して、トラヴ。あなたはキャミーを守らなきゃならない。自分自身のことも。つまりウォルトをキャミーに近づけさせないということよ。なにがなんでもキャミーを守って、逃げ続けて」

トラヴィスは目を閉じ、観念してうなだれた。「約束する」

弟に約束してもらってほんの少しだけ気が軽くなると、イヴはキャミーを腕に抱きあげた。トラヴィスの手から飲み物を受け取り、キャミーにもっと飲ませた。

「あなたもなにか食べたほうがいいわ」静かにトラヴィスに言う。「サンドイッチを作れるように、材料をカウンターに残しておいたの。ドノヴァンのおかげで、冷蔵庫にはソーダもあるのよ。時間があるうちに食べておいて。これから数日はこんなぜいたくはできないかもしれないから」

だが、トラヴィスは躊躇した。イヴの胸が張り裂けそうになる。トラヴィスは自分よりキャミーの――そしてイヴの――要求を優先させて、なにも食べずに腹をすかせていることがよくあった。三人の中でいちばん規則正しく食事をするべきなのに。弟はこの一年で著しく急成長しており、十五歳男子の平均身長の一六八センチから一八三センチ近くまで伸びていた。それでも明らかに栄養不足だった。背が高くほっそりした体格のせいで、やせているのがはっきりとわかった。きちんと栄養をとれば、大きくてもっとがっしりした……男になるだろう。なかなか大人として考えられないが、実際には、あまりに早く成長して大人にならざるをえなかったのだ。世の中には悪が存在しているということを知り、身をもって経験している。大人でもめったにないことだ。

これがイヴにできる最後のことなら、いい住処を、少なくともまともな住処を見つけ、トラヴィスとキャミーが規則正しく食事できるようにしてやろう。たとえイヴなしでやっていくことになっても。

「食べて」イヴはやさしくうながした。「どのみち、全部はつめられなかったの。無駄にするのはもったいないわ。食べられるだけ食べておいて。さっきも言ったけど、これから数日は移動が続くわ。食べられるときに食べることになるし、買い出しをするまでできるだけ食料が持つように少しずつ食べなきゃならなくなる」

「姉さんはなにか食べる？」トラヴィスが立ちあがりながら聞いた。

イヴはかぶりを振ろうとした。これからの数日のことで頭の中がぐるぐるまわっているときに食べ物のことを考えると吐き気がした。けれど、彼女が食べるのを拒否したら、トラヴィスに食事をするように説得することはできないともわかっていた。

イヴはトラヴィスに無理やりほほ笑みかけた。「いいわね。サンドイッチを作ってちょうだい。スーツケースに入らなかったソーダの缶が二本、冷蔵庫に残ってるわ。出発する前に飲んじゃいましょう」

トラヴィスの中にはまだ少年の部分が残っていて、この〝ごちそう〟に喜んでいた。サンドイッチとソーダというシンプルなものでも、自分たちにとってはなかなか手に入らないぜいたく品なのだと思うと、胸が痛んだ。

「姉さんのサンドイッチにはなにを入れる？」トラヴィスがキッチンに向かいながら聞いた。

「あら、あるもの全部入れてちょうだい」イヴはほほ笑んだ。「今夜はぜいたくしましょう。残りの食べ物は持っていけないんだもの。キャミーはどう？　いつもつまんでいるクラッカー以外になにか食べられそう？」

「またグリルドチーズサンドを食べられる？」キャミーが親指をくわえたまま聞いた。

「任せろ」トラヴィスがやさしくほほ笑んで言った。「自分とイヴィのサンドイッチを作るあいだに、フライパンをあたためておく。料理ができたら、ソファで一緒に食べて、嵐が過ぎるのを待とう。いいだろう？」

キャミーは元気よくうなずいた。

「トラヴ、たくさん食べるのよ」イヴはもう一度言った。「無駄にしないように。それにあなたはちゃんと食べなきゃ」

トラヴィスはにやりと笑った。「説得しなくてもいいよ。おなかぺこぺこなんだ！」

イヴは深く座り直し、つかの間の通常状態を楽しんだ。おんぼろのトレーラーでその日暮らしをしていないし、見つからないかとつねにびくびくしていないというふりをするのは簡単だった。この短い数分のあいだは、一緒に食事をするという単純なことを楽しんでいるふつうの家族でいられる。

イヴはこの瞬間を記憶にとどめた。これからは不確かな激動の日々が待っている。生き延びられるだけでなく、弟妹のために強くいられるように祈った。ふたりには彼女が必要だ。彼女はふたりの人生で唯一たしかなものであり、弟と妹はイヴの人生で唯一たしかなものだった。

11

イヴは眠りから覚め、パニックになった。食事をしたあと、ソファで眠りこんでしまったのだ。トラヴィスはソファの腕にもたれており、頭が横に傾いている。イヴの腕の中にはキャミーがいて、イヴの体の上に横たわっていた。

イヴは腕時計を見ようとしたが、暗闇では時間がわからなかった。少なくともまだ暗いので、ひと晩じゅう寝てしまったのではない。雨の音が聞こえないかと耳をすませたが、静まりかえっていた。不気味なほど静かだ。いつもは夜に響きわたっているカエルやコオロギの鳴き声もしない。

空気は重く、あまりに濃厚な湿気に呼吸がしづらかった。腕時計をもっとよく見ようと姿勢を変える。腕の中でキャミーが身じろいだので、イヴはそっとキャミーをわきに寝かせてからトラヴィスの腕に触れた。

「トラヴ。トラヴ」と少し大きな声で言う。「起きて、出発しないと。雨はやんでるわ。どのくらい寝てたのかしら」

食事をしたあと、三人は雨がブリキの屋根を打つ音や、風でトレーラーの窓がガタガタ鳴る音を聞きながらくつろいでいた。嵐がただの短い暴風雨ではないとわかると、イヴは少し眠ろうと提案した。だが、眠りこむつもりはなかった。これから長い距離を歩いて旅をすることになるので、キャミーとトラヴィスに休んでおいてもらいたかったのだが、寝るのは長くて一時間にしておきたかった。

トラヴィスが身じろぎ、それからすぐに体を起こしてイヴの手をつかんだ。

「ごめん、イヴィ。こんなふうに眠りこむんじゃなかった」と後悔するように言う。

「いいのよ、睡眠が必要だったんだから」イヴは言った。「でも、出発するから、キャミーの準備を手伝ってちょうだい。あなたがキャミーに用意してくれた靴とショートパンツとTシャツがいるわ」

トラヴィスは立ちあがり、まだ半分眠っているキャミーに手を伸ばした。キャミーは眠そうに抗議したが、トラヴィスの首にしがみつき、トラヴィスはキャミーの準備をさせるために寝室に連れていった。

イヴも立ちあがると、疲労の重いベールを追い払いながら、これから待ち受けていることにそなえて気を引き締めた。この数カ月間こういう生活を送ってきたとはいえ、まだ慣れない。先がわからず、いまだに不安を振り払えなかった。完全にお手あげだ。こういうことには向いていない。とはいえ、向いている人がいる?

伸びをしてから、大切なものを忘れていないかさっと確認した。母親の宝石はちゃんとスーツケースの中にしまってある。貴重な現金が入った財布はカウンターの上だ。それをバックパックに突っこむ。そこにはキャミーの飲み物と、ドノヴァンが持ってきてくれた小分けのスナックも入れておいた。

ドノヴァンの顔が頭にうかび、イヴは動きを止めた。生じた迷いを追い払う。自分の判断を後悔している場合ではない。いまは。

けれど、ドノヴァンがほんとうに力になりたいだけなら？　ここに残らず、ドノヴァンが連れてくるドクターにキャミーを診てもらわないことで、かえってキャミーとトラヴィスにひどい仕打ちをしているのでは？

あの熱烈な緑色の瞳。あまりに多くを見抜いてしまう目。イヴの頭の中までのぞきこむような目。彼はイヴを安心させてくれる。ただ、それがいちばん怖いのかもしれない。たったひとつの愚かな過ちで、キャミーとトラヴィスが代償を払うことになってしまう。危険をおかしてまちがった相手を信じるより、だれも信用しないほうがいい。カリフォルニアから逃げたときに、それが信念になっていた。

それでも、頭からドノヴァン・ケリーを追い払えなかった。執拗にまといつき、離れようとしなかった。ハンサムなのはまちがいない。けれど、イヴが惹かれているのは身体的な魅力ではなかった。といっても、身体的な美しさに欠けているわけではない。全身ががっしりしている。

それほど背は高くない。もちろん小柄なイヴよりは高いが、そびえるような感じではない。だが、身長の足りなさを、まちがいなくべつの点がカバーしている。広い胸、筋肉が盛りあがった二の腕。体を鍛えているのは明らかだ。

しかし、いちばん気になったのは、彼女を見るまなざしだろう。なんだか……気にかけてくれているようだった。どういうわけか、困っている人を助けているというより、もっと個人的なつながりが存在しているかのようだった。

イヴの空想かもしれない。オーケー、たしかに空想だ。可能性を考えるだけでも大まぬけだ。けれど、一度根づいてしまうと、その考えから抜け出せなかった。それは心地いい感覚だった。あたたかく、気持ちをなごませてくれる。ドノヴァンのように。

それに、キャミーの扱いがすばらしかった。彼のような大人の男を見たらキャミーは簡単に縮みあがったはずだが、ドノヴァンはキャミーを怖がらせないように努力してくれた。ものすごくキャミーにやさしかった――ついでに言えば、イヴにも。

べつの人生だったら、自信を持って――自由に――彼に惹かれる気持ちに従って行動していただろう。自分はあまり大胆ではないが、思ったことを口にできないシャイな女ではない。時代遅れの社会的道徳観に固執するような人間でもない。たとえば、男が女をデートに誘うべきだとか、そんなことは思わない。気になる男に会ったら、ためらうことなく自分から行動する。それが気に入る男もいる。ほかの男は？　あまりよく思わない。残念だ。

でもいまは？　以前のイヴはもう存在していない。いつかは自分を取り戻せるかもしれない。だけどいまは、デートや恋愛は優先事項のいちばん下になる。家族を守って養わなければならない。ウォルトの一歩先を行かなければならない。二度とふつうの人生を送れないかもしれないけれど、それでトラヴィスとキャミーがウォルトから虐待されずにすばらしい人生を送れるのであれば、喜んで自分の未来の希望を捨てよう。

それに、イヴの家族のようにすでにできあがっている家族を引き受けてくれる男がいる？　トラヴィスとキャミーのことはぜったいに見捨てたりしない。たとえふつうに男と恋愛ができる状況だとしても、十代の少年と四歳の女の子を養ってもいいという男はそう多くはないだろう。

ばかげた考えから我に返り――まちがいなく不確定で日々変わっていく未来のことを考えるなんて、とんでもない時間の無駄だ――イヴはバックパックをつかむと、ふたつのスーツケースをドアまで押していった。トラヴィスがキャミーを連れて戻ってくれれば出発できる。しばらくして、服を着がえて靴をはいたキャミーとトラヴィスが戻ってきた。イヴは体をかがめ、キャミーの靴ひもがしっかり結んであるか確認した。これから長い距離を歩いても靴擦れができないようにしておかなければ。キャミーが疲れたり、具合が悪くて歩けなかったりした場合は、イヴとトラヴィスが交代でおんぶする。

長距離を歩くのもキャミーを背負うのもたしかに慣れているとはいえ、そのことを考えてイヴは顔をしかめた。けれど、やるしかない。ここに立って、やらなければならないことをあとまわしにすれば、それだけバス停まで行くのに時間がかかる。もしかしたら、わざわざジャクソンまで行かなくてもいいかもしれない。クラークスヴィルのほうが近い。陸軍基地があるから、バスターミナルがあるはずだ。

イヴは迷い、ため息をついた。なにが正しい選択かなんて、どうやってわかる？　計画を立てる時間はなかった。ドノヴァンがやってきて、ドクターを連れて戻ってくると提案され、パニックになってしまった。ドクターに来てもらって、キャミーの病気がどのくらい重いのか診てもらって、それからいそいで逃げればよかったかもしれない。

震える手をこめかみにやってマッサージをしながら、考えをまとめようとした。

「イヴィ？」

トラヴィスの心配そうな声がイヴのいら立ちをさえぎった。

「大丈夫？」

イヴはうなずき、トラヴィスとキャミーを安心させるようにほほ笑もうとした。「ちょっと考えてたの。ジャクソンはすごく遠いわ。クラークスヴィルまで行って、そこからバスに乗ったほうがいいかもしれない。メンフィスからは遠ざかってしまうけど、歩く時間はずっと少なくなるわ」

しゃべりながらキャミーを見おろし、それが正しいことだと気がついた。どんな天気かわからないし、暑い中、無防備な状態で必要以上にキャミーを連れ出すべきではない。

「今日、仕事中に地図を見たんだ」トラヴィスが言った。「クラークスヴィルに行くなら、南のミシシッピじゃなくて、北のケンタッキーに行くほうがいいかもしれない。メンフィスまで行かなくてもクラークスヴィルで宝石を質に入れればいい。軍の基地がある街だから、質屋が何軒かあるんじゃない？」

こうして真夜中に出ていこうとしているのに、明確な行動計画すらない。数時間眠っただけだが、イヴの疲労は消えていた。

「そのとおりね、トラヴ。あなたの言うことはもっともだわ。それに、北へ向かえば、少なくとももっと涼しくなるわ。真夏のミシシッピはそんなにいい場所じゃないわね」

イヴたちは南部の暑さと湿気には慣れていない。ここよりずっと湿気が少なくて涼しい環境に慣れていた。キャミーは病気になる前からつらそうだった。

「クラークスヴィルで一日か二日仕事を見つけてもいいかもしれない。それからまた移動すればいい」トラヴィスが提案した。「少し現金を増やしても問題はないよ」

「どうかしら」イヴは言った。「とりあえず、クラークスヴィルに向かいましょう。問題が起きたらそのときに考えればいいわ」

キャミーがイヴの手の中に手をすべらせて握りしめた。イヴは涙でまぶたがひりひりするのを感じながら、やさしい女の子を見おろした。イヴを安心させようとしている。弟妹を安心させるのはイヴの役目であるはずなのに、ふたりが彼女を安心させようとしている。

イヴはキャミーの手を握り返してほほ笑んだ。「次の大冒険に出発しましょうか」

トラヴィスがイヴからバックパックを受け取り、ひとつのスーツケースのハンドルをつかんだ。イヴはキャミーの手をしっかりとつかみ、もうひとつのスーツケースに手を伸ばした。ドアを開け、夜の中に踏み出す。

とたんに強風が顔に吹きつけ、イヴはその猛威に驚いた。風には鋭い雨が交じり、肌に叩きつけてきて、体が震えた。もう。雨はやんだと思っていたのに。

「やむまで待つ？」トラヴィスが不安そうな声で聞いた。

イヴはさらに庭に出て、空を見あげた。不気味な風のうなりが聞こえ、不安になった。さっき気になった静寂がよけいに深まっていた。

「いいえ、いま行きましょう」イヴは言った。「じきに朝になるわ。明るくなる前に主要道路から離れたいから」

トラヴィスはうなずき、ドアを閉めた。

「準備はいい？」イヴは明るい口調でキャミーに聞いた。

「いいよ」キャミーはきっぱりと言った。

三人は庭を突っ切って道路に向かった。トレーラーの前にある深い排水溝に雨水がゴボゴボと音を立てて流れ、私道として使っている場所の下にある大きな排水トンネルの中へ渦を巻きながら流れていく。

道路に着きそうになったとき、突風が吹いてイヴは飛ばされそうになった。キャミーの手を強く握りしめると同時に、轟音が響いた。

恐怖で胸が締めつけられ、イヴは足を止めてトレーラーにちらりと視線を戻した。風にあおられて揺れている。

「やっぱり……」

最後まで口にできなかった。

がれきが勢いよく飛んでくる。十セント硬貨大の雹《ひょう》が地面に——イヴたちに——叩きつけ、風のうなりが大きくなって耳が聞こえなくなりそうだった。

激しい風でイヴとキャミーの手が離れそうになり、キャミーが悲鳴をあげた。

「避難しなきゃ！」トラヴィスが叫んだ。「竜巻だよ！」

そんな。そんな。そんな。トレーラーでは竜巻から身を守れない。ぜったいにあの中にいるべきではない
「排水トンネル！」イヴは叫んだ。「排水トンネルの中に避難するのよ！」

キャミーを前に押し出し、トラヴィスの手をつかんで引っ張っていく。木の枝が飛んできてトラヴィスに当たり、トラヴィスは一メートルほどうしろに押し戻された。

「トラヴィス！」

イヴはよろめきながらトラヴィスのほうに向かった。キャミーを守りたい気持ちと、トラヴィスの無事をたしかめたい気持ちで板ばさみになっていた。おそろしいことに、風が容赦なくキャミーを吹き飛ばそうとしており、妹の手首から手をはなさずにいるにはありったけの力が必要だった。

「キャミーを排水トンネルに連れていって！」トラヴィスが叫ぶ。

「だめよ！　あなたを置いていったりしないわ、トラヴ！」

「イヴィ、いいから！　行って！」

ふたたび大きな枝が飛んできてトラヴィスのわき腹に当たる。トラヴィスは地面に伸び、イヴはおそろしい気持ちで目を丸くした。

「トラヴ！」キャミーが金切り声をあげる。

キャミーのヒステリックな悲鳴に、イヴは行動を起こした。くるりと向きを変え、すばやくキャミーを腕に抱きあげる。アドレナリンの力で、キャミーをかかえたまま排水トンネルへと突進する。途中で転び、それと同時に大きな枝が落ちてきてイヴの背中を直撃した。肺から痛いくらい勢いよく空気が押し出され、イヴは息をあえがせた。雹と雨が顔に打ちつけ、目がちくちくして涙が出てくる。体の下でキャミーが身をよじらせており、イヴの体重で窒息してしまうのではと不安になった。

重い枝をのせたまま体を起こし、排水溝へとはっていく。キャミーを避難させたら、トラヴィスのところに戻ろう。立てるようになると、もう一度キャミーを抱きあげた。排水溝に着く直前、穴に足をとられた。

足首を思いきりひねってしまい、ひざをついて痛みにあえいだ。もう。あと少し。いまあきらめるわけにはいかない。ここまで最悪の事態を生き延びてきた。いまさら竜巻なんかに負けるものか。

衰えつつある力を振りしぼり、なんとかキャミーを排水トンネルに押しこんだ。水が押しよせ、ふたりの体を水中に引きずりこもうとしている。もっと水かさが増したら、流されてしまうだろう。

「よく聞いて、キャミー」イヴは轟音に負けじと声を張りあげた。排水トンネルの中をヒューッと吹き抜ける風と水の奔流のせいで、ほとんど声が届かなかった。「トンネルの真ん中まで移動させるわ。なんでもいいからしっかりとつかまって、動かないで！　わたしはトラヴのところに戻らないと」

キャミーはすすり泣いたが、イヴのびしょ濡れのシャツをきつくつかんだままうなずいた。キャミーの指をこじ開けて、短時間でも排水トンネルの中に置いていくのがつらかった。キャミーを失うのが怖い。トラヴィスを失うのが怖い。どちらも選択肢にはない。死んでもそんなことは起こらないようにしてみせる。

イヴはキャミーの片方の手にキスをしてから、両手で小さな顔を包んだ。「ここにいて、動かないで。すぐに戻るわ」

よろよろとあとずさり、少しずつ排水トンネルから出ていく。ありがたいことに、水位は変わっていない。全身が重く、やっとの思いで排水溝から出た。風が容赦なく吹きつける。岩や小さな枝やがれきが飛んでくる。なにかがわき腹に激突し、イヴは痛みに叫び声をあげた。勢いよく倒れ、顔が泥だらけになる。

ややあって、ぶつかったのはトレーラーのドアだと気がついた。トレーラーのほうにちらりと視線をあげ、ぞっとした。もうそこにはなかった。跡形もなくなっている。竜巻に吹き飛ばされて消えていた。

口の中にあたたかい金属のような味があふれた。血だ。手の甲で唇を拭き、泥と血をいくらかぬぐった。

「トラヴィス！」イヴは叫んだ。

一本の手がイヴの手首をしっかりとつかんで引っ張り、彼女を立たせた。

「ここだよ、イヴィ。行こう。キャミーとトンネルの中に避難しないと」

安堵のあまり、イヴはその場で気を失いそうになった。くじいた足首に体重がかかり、顔をしかめた。トラヴィスにもたれながら、排水トンネルへと戻っていく。

まわりでは悪意に満ちた風が吹き荒れ、ありふれたものを凶器に変えていた。髪が激しく顔に打ちつけ、肌に食いこむ。まるで空が陥没して手当たりしだいに雨を降らせているかのようだ。そのとき、驚いたことに、体が宙にうきあがって後方に吹き飛ばされ、トラヴィスと引き離された。

「イヴィ!」トラヴィスが叫ぶ。

「キャミーのところに行って」イヴは鋭い口調で言った。「あの子を守って、トラヴィス。わたしのことは心配しないで」

「姉さんを置いていったりしない!」トラヴィスはどなった。

「もう、トラヴ! さっきは自分だってあとに残ったでしょう。行きなさい! わたしは大丈夫よ。あなたはわたしよりも強い。キャミーのところに行って、あの子が風や水に流されないようにして。トンネルに入って、わたしが迎えにいくまで出てこないで。わかった?」

トラヴィスはいら立ちのうなり声をあげると、排水トンネルのほうにゆっくりと進んでいった。イヴは激しい風と降りそそぐがれきの重さと闘いながら、もう一度体を起こした。ところが、ふたたび立ちあがると同時に風にあおられ、一メートルほど体がうきあがった。そしてゴミのようにわきに投げ捨てられた。排水トンネルから何メートルか離れたところに落ち、全身に痛みが炸裂する。かろうじて意識を保っていたが、ひとつの考えが風とまったく同じくらい強く襲いかかってきた。排水トンネルまで行けそうにない。

風はあまりに強く、威力はあまりに大きい。イヴの体力はなくなっていた。壊れた人形のごとく横たわり、息をするごとに呼吸が苦しくなった。風が弱まりかけているのが感じられる。うなりは鈍い振動に変わっていた。竜巻はここで数秒だけ猛威を振るったあと、いままでは先に進んで被害を拡大していた。

意識を失う前に最後に考えたのは、トラヴィスとキャミーのところに行かなければならないということだった。持ち物はすべてなくなってしまった。嵐に奪われた。いら立ちと苦しみの涙で目が曇る。あきらめたりしない。なにがあっても、敗北に泣いたりしない。まぶたがゆっくりと震える。イヴは薄れゆく意識をはっきりさせようとした。キャミーとトラヴィスのところに行かなければ。だが、意識は暗闇に襲われ、心地よく包みこまれた。

12

ドノヴァンはKGI本部の〝作戦室〟に立ち、作戦会議用のテーブルに手のひらをついて、すべてのシステムを念入りに確認していた。最優先事項は家族の安全を守ることだが、停電した場合に発電機がきちんと作動するようにしておくことも同じくらい大切だった。

高性能システムが導入されているため、停電の際には十分の一秒以内に発電機が作動して、セキュリティーに問題が生じないようになっている。何度もテストをしたものの、実際にそういう事態に遭遇したことは一度もなかった。いままでは。

竜巻がドーヴァーを吹き抜け、送電線をなぎ倒し、通り道にある家やほかのありとあらゆるものを破壊していた。兄弟と妻たちと子どもたちはみな、地下室に避難した。居住地内のどの家にも地下室があるのだ。

居住地は人間の攻撃だけでなく自然災害からも守られるように、非常に苦労して設計してあった。内地なのでハリケーンの心配はないが、竜巻は現実の脅威だった。

ほんの数年前、竜巻でジャクソンとクラークスヴィルが破壊され、クラークスヴィルが再建されるやいなや、またべつの竜巻に襲われた。ナッシュヴィルでさえ荒れ狂う暴風雨に無傷ではいらないことが証明されていた。

嵐のせいでセキュリティーシステムが支障をきたし、もっとも無防備なときにすきができるのではないかというのが、ドノヴァンの主な懸念だった。うれしいことに、費用を惜しまずに導入した高価なテクノロジーはきちんと役割を果たしているようだ。

「なにも問題はないか？」ジョーが聞いた。

ドノヴァンは弟をちらりと見あげた。そばにはスワニーも立っている。ジョーは居住地の外で暮らしているため、竜巻に耐えられたのか、ドノヴァンは最初にジョーに電話をかけたのだった。次に両親に電話をかけた。竜巻に耐えられたのか、心配で気が気ではなかった。敷地内に木が倒れ、屋根板が数枚はがれただけで、両親は無事だった。明るくなりしだい兄弟たちが両親のところに行って、父親が見つけられなかったダメージを調べてくれるだろう。

ケリー大家族に属するほかのメンバーからもひとりずつ連絡があり、みな無事であることが確認された。ありがたい。

「ああ、大丈夫そうだ。おれのベイビーたちがきちんと仕事をしてくれた」ドノヴァンはにやりと笑って言った。

ジョーがあきれて目を上に向けた。「もっと外に出ろよ。コンピューターと仲よくしすぎだぜ」

「気象情報サイトで嵐の気象図を呼び出してくれ、スワニー。竜巻の進路をたしかめたい」

スワニーが一台のコンピューターにかがみこみ、数秒後、ドノヴァンの前にあるコンピューターの画面がついて、竜巻の軌道を多角的にとらえた画像が映し出された。

ドノヴァンはじっくりと目を通し、竜巻が通った道を見て息をのんだ。胃が締めつけられ、手が握りこぶしになる。

「くそ」とささやく。

「どうした？」ジョーが鋭く聞いた。

「行かないと」ドノヴァンは強い口調で言った。「おまえとスワニーも来てくれ」

「どうしたんだ？」ジョーが問いつめる。「説明しろよ」

「イヴだ」ドノヴァンは言った。「大変だ。考えもしなかった。昨夜、彼女たちをあそこに置いておくべきじゃなかった。天気が崩れるとわかってたし、彼女たちが住んでるあのおんぼろトレーラーじゃどんな自然災害も防げないってわかってた。しかもキャミーは病気だ。ちくしょう、もっと早くあそこから引きずり出すべきだった」

「なにを言ってるんだ？」スワニーが落ち着いた声で言う。

ドノヴァンはテーブルにこぶしを叩きつけ、テーブルがガタガタと揺れた。「竜巻があそこを直撃したんだ。いちばん弱いレベルの嵐でもあのトレーラーは持ちこたえられなかったはずだし、今回みたいなF3レベルじゃ無理に決まってる。行かないと。手遅れじゃなきゃいいが。彼女たちが死んでたら、おればぜったいに自分を許せない」

「くそ」ジョーがつぶやく。「行くぞ。スワニーとおれもついていく。ほかのやつらも呼ぶか？」

ドノヴァンは首を横に振った。「ショーンを呼んだほうがいいかもしれないが、ほかの被害者たちの対応に追われてるだろう。ほかのやつらは自分の家族のそばにいるべきだ。向こうに着いてから、どう対処するか考えよう。助けが必要なら、そのときに呼ぶ。いまはいそいでイヴたちのところに行って、無事かたしかめないと」

「行こう」スワニーが短く言った。

ドノヴァンはいそいで車に向かった。ジョーが助手席に乗り、スワニーが後部座席に飛び乗った。轟音を立てて本拠地から車を出しながら、ドノヴァンは夜明けの兆候がないかと空にさっと目を走らせた。東の空が白みかけている。三十分もしないうちに明るくなって、あたりの状況がわかるだろう。

「後部座席に懐中電灯がある、スワニー。座席の下だ。取り出して、ちゃんとつくかたしかめてくれ。じきに明るくなるはずだが、十分で着くからまだ懐中電灯が必要だ」

「わかった」

後部でごそごそと音がして、数秒後にスワニーが言った。「あった。四本あるみたいだ」

二本をジョーに渡し、残りは自分で持っていた。

「気をつけろ、兄貴」ジョーがぶつぶつと言った。「ちゃんと前を見てろ。車が木に突っこんだりしたら、彼女たちを助けられないぜ」

ドノヴァンはアクセルを踏む足をゆるめた。弟の言うとおりだ。だが、早くイヴと彼女の弟妹のところに行かなければとあせる気持ちは消えなかった。くそ、歩き去るべきじゃなかった。直感ではまちがっているとわかっていたが、翌朝マレンと一緒に戻ってくると考えて自分をなぐさめたのだ。彼が躊躇したせいでイヴたちが命を落としていなければいいのだが。

「ちくしょう、ひどいな」倒れた木をよけながらドノヴァンは言った。

道中、通りすぎる家はすべて電気がついていなかった。とはいえ、完全な壊滅状態でもなかった。トレーラーは壊れていないかもしれないという希望が高まる。

しかし、イヴのトレーラーがある道に近づくにつれ、被害が大きくなっていった。木々の先端がもぎ取られたようになっている。あちこちにがれきが散らばっている。道を曲がったとたん、ひどい状況だとわかった。最初に目についた家は、もはや家ですらなかった。土台が残っているだけだ。また、奇妙なことに、家具はそなえつけられていた場所にそのまま残っている。だが、壁と屋根はなくなっていた。嵐が来たとき、家の中にだれもいなかったのであればいいが。あるいは少なくとも、避難できる地下室があったのならいいが。

「おまえのチームのほかのメンバーから連絡はあったか、ジョー？」

ドノヴァンは不安に襲われた。スカイラーとエッジはふたりで家を借りてルームシェアをしているが、地下室があるかはわからない。ネイサンとジョーとスワニーがチームメイトの引っ越しを手伝ったが、ドノヴァンは彼らの家に行ったことがなく、いまそのことが悔やまれた。

「ああ、みんな無事だ。竜巻の影響はなかった。ほとんど雨も降らなかったらしい」とジョー。

「スティールから連絡はあったか？」スワニーがたずねる。

「ああ。あいつもマレンも赤ん坊も無事だ。マレンは地下室で寝ることになると言ってステイールをからかってたが、これからはもう文句を言わないだろうな」

ドノヴァンは急ブレーキを踏んだ。車は溝に突っこみ、口から悪態がもれた。くそ、木にぶつかるところだった。

「やれやれ、ギリギリセーフだったな」ジョーが小声で言う。

道路に大きな木が倒れており、車が通れなくなっていた。迂回することも、乗り越えることもできない。ここから先は歩いていくしかない。

「行くぞ」ドノヴァンは厳しい口調で言った。

座席から懐中電灯と医療バッグをつかんで車をおり、きびきびと歩いていく。倒木を乗り越え、懐中電灯で道路を照らす。

あちこちにいろいろな残骸が落ちていた。大きな枝、屋根板、ひどくゆがんだドアまである。それに、スーツケース？

「それを取ってくれ、ジョー」ドノヴァンは指示した。

「中身が入ってる」ジョーはスーツケースを持ちあげて言った。

「わかるように、道路わきに置いておけ。この道ぞいのだれかのものだろう」

ドノヴァンはゆっくり走りだし、角を曲がってイヴのトレーラーがある場所に向かった。

空が明るみはじめており、トレーラーがある場所が見えた。というより、以前あった場所が。

ドノヴァンは息をのんだ。「まさか。そんな」

トレーラーはなくなっていた。そこにトレーラーがあったことを示すのは、押しつぶされた草だけだった。

「イヴ！」ドノヴァンはしゃがれ声で叫び、駆けだした。「イヴ！　どこだ？　ここにいるのか？　無事か？」

「なんてこった」スワニーがおびえた声で言った。「爆弾が爆発したみたいだ」

「手分けして捜すんだ」ドノヴァンはぴしゃりと言った。希望はないと言わんばかりのスワニーの言葉を聞きたくなかった。イヴとトラヴィスとキャミーが死んだかもしれないなんて考えたくない。生き延びているはずだ。自分のせいで彼女たちが死んでいたら、どうすればいいのだろう。「くまなく捜せ。すみからすみまでだぞ。すぐに見つからなかったら、応援を呼ぶ。全員呼び出して、イヴたちが見つかるまで捜してもらう」

三人はそれぞれべつの方向に広がった。トレーラーは三方を林に囲まれており、砂利道をはさんだ向かいに一軒の家が立っている。奇妙なことに、その家は無傷のようだ。とはいえ、竜巻の進路は気まぐれなのだ。竜巻が起こり、一軒の家を破壊したあと、隣の家は襲わずに去っていったのを目にしたことがある。わがままで、移り気で、予測できないくそ野郎なのだ。

ドノヴァンは排水トンネルの上の私道に倒れている大きな枝につまずき、片方のひざをつきそうになった。体勢を立て直し、トレーラーがあった場所を懐中電灯で照らそうとしたとき、低いむせび泣きが聞こえた。

ドノヴァンはぴたりと動きを止め、もう一度聞こえないかと耳をすませた。気のせいではなかったはずだ。

「イヴ？　キャミー？　トラヴィス？　ドノヴァン・ケリーだ。聞こえるか？」

「なにか見つけたのか、ヴァン？」スワニーが少し離れたところから聞いた。

ドノヴァンは手をあげてスワニーを黙らせた。だが、もうなにも聞こえなかった。

「なにか聞こえたんだ」ドノヴァンは言った。「気のせいじゃなかった」

ジョーがいそいでやってきて、排水溝を見おろした。水はもうほとんど流れ出ていた。それから、ドノヴァンは自分たちが立っている排水トンネルにさっと目を向けた。

同時にジョーも同じことを考えたにちがいない。ふたりはすばやく排水溝におり、ジョーが懐中電灯でドノヴァンの行く手を照らした。

「イヴ？」ドノヴァンは叫んだ。「どこだ？　助けに来た」

排水トンネルの入口にしゃがみ、中を調べた。まちがいなく人間が入れるくらい大きい。ドノヴァンは自分のより大きいジョーの懐中電灯をつかみ、中を照らした。

光線がふた組の目をとらえる。トラヴィスが排水トンネルの中にうずくまり、両手でしっかりとキャミーを抱いていた。ふたりともドノヴァンを見つめており、その目には恐怖とショックがありありとうかんでいた。

「トラヴィス、大丈夫か？」ドノヴァンは強い口調で聞いた。

ジョーにトラヴィスとキャミーを照らしておくようにどなってから、四つんばいになって進んでいく。

もの数秒でふたりのもとにたどり着き、イヴが一緒ではないことに気づいて愕然とした。

「イヴは？」ドノヴァンは聞いた。

トラヴィスの目が涙できらめいていた。「わからない」と喉をつまらせて言う。

キャミーが泣きはじめ、トラヴィスが妹の濡れてもつれた髪をなでた。

「行こう。ここから出るんだ」ドノヴァンは言った。イヴの運命をあれこれと考え、心臓が早鐘を打っていた。

キャミーに手を伸ばしたが、キャミーは兄から手をはなさなかった。

「こっちにおいで、スイートハート」ドノヴァンはやさしく言った。「おれが怖いだろうけど、きみとお兄ちゃんを助けるために来たんだ」

「イヴィがいい」キャミーは泣き叫んだ。

その目に涙がきらめいたかと思うと、汚れた頬に流れ落ちた。親指を口にくわえたので、ドノヴァンは泥やよくわからないものが口に入らないようにそっと引き戻した。

「お姉ちゃんはどこだい、ハニー？　見つけて、無事かどうかたしかめないと」

「嵐で身動きがとれなくなったんだ」トラヴィスが喉をつまらせて言った。「イヴィはキャミーを排水トンネルに入れてから、ぼくのところに戻ってきた。大きな枝が当たって倒れたぼくのために戻ってきてくれたんだけど、今度は姉さんが風に飛ばされて、はぐれちゃったんだ。キャミーのところに行って守れって言われた。キャミーをひとりにするなって。でも、姉さんを置き去りにしちゃった」

最後はむせび泣きになっており、ドノヴァンは少年が気の毒になった。トラヴィスの肩に手を置き、力をこめる。

「きみは正しいことをしたんだ。キャミーを守らなきゃならなかった。まだ小さいし、ひとりじゃ助からなかったはずだ。イヴを置き去りにしたくなかっただろうけど、そうするしかなかったんだ。さあ、きみとキャミーはここから出て、おれの車に乗っているといい。あたたかいし、少しは体が乾くだろう。おれはイヴを捜す。見つけるまであきらめない。約束する」

「ぼくらはだれも信用しちゃいけないんだ」トラヴィスはささやいた。

そう言いながらも、少年の目には切望が見て取れた。せめて少しのあいだだけでも、だれかに頼りたいという願い。

「よく聞け、トラヴィス」ドノヴァンは重々しい口調で言った。「きみとお姉さんと妹には助けが必要だ。キャミーは具合が悪い。イヴは怪我をしてるかもしれない。きみは怪我をしてる。怖いのはわかる。おれのことを知らないもんな。だけど、おれはきみとお姉さんと妹を助けたいだけだ。誓うよ。さあ、手を貸すからここから出るんだ。それからイヴを捜さないと」

ふたたびキャミーに手を伸ばすと、今度はトラヴィスもキャミーをはなしたが、その目はドノヴァンの一挙一動を追っていた。ドノヴァンは腕の中にキャミーを抱いてから、振り返ってジョーに渡そうとした。ところが、ジョーが手を伸ばした瞬間、キャミーは金切り声をあげてドノヴァンの胸に飛びついた。喉からむせび泣きをもらし、小さな体を震わせている。

「大丈夫だ、スイートハート」ドノヴァンはなだめた。「きみをはなしたりしない。ここから出してあげる。わかった？」

「わかった」キャミーは口ごもりながら答えた。

ジョーは哀れむように顔を引きつらせ、兄の腕の中のかわいい女の子に視線を釘づけにしていた。

「トラヴィスの状態を確認して、自分の足で立てるかたしかめてくれ」ドノヴァンは弟の横を通りすぎながら言った。

途中で足をすべらせてしまい、キャミーをしっかりと胸に抱いたまま体勢を立て直そうとした。泥とがれきのせいでおぼつかない足取りになっていた。スワニーが支えてくれたが、キャミーには触れないように気をつけていた。

ドノヴァンは振り返り、トラヴィスが排水トンネルから出てくるのを待った。トラヴィスの動きは遅く、痛みのせいか顔を引きつらせている。わき腹を押さえて、痛むのを隠そうとしているが、みじめなほど失敗していた。

「どこが痛いんだ？」トラヴィスが横に来ると、ドノヴァンは聞いた。

「ひどい怪我じゃないよ」トラヴィスはきっぱりと言った。「イヴィを見つけなきゃ。怪我をしてたのに、置き去りにしなきゃならなかった」

声がつまり、苦しみに満ちた目の縁から涙がこぼれそうになっていた。

スワニーがトラヴィスの肩に手を置く。少年は用心深く相手を見やった。

「必ず見つける、トラヴィス」スワニーは断言した。「きみはおれと一緒にドノヴァンの車に行くんだ。おれたちがイヴを捜してるあいだ、キャミーのそばについていてくれ」

トラヴィスは反論しかけたが、ドノヴァンは制止した。

「キャミーにはきみが必要だ。ものすごく怖がってるし、よく知っている人がそばにいたほうがいい。それに、キャミーは外にいるべきじゃない。病気なんだ。ジョーはおれの弟で、スワニーはおれたちの同僚だ。最高のやつらだ。おれたちがイヴを見つける。誓うよ」

とうとうトラヴィスは同意してうなずいた。

「スワニーにきみとキャミーと一緒に車に行ってもらう。いいか？」ドノヴァンは聞いた。

トラヴィスはうなずいたが、キャミーはドノヴァンの腕の中で身をこわばらせ、それから驚いたことにドノヴァンの首に両腕をまわしてひしとしがみついた。

「お兄さんがいい」キャミーは切なげに言った。

ドノヴァンはキャミーのもつれた髪にキスをした。「イヴを見つけてほしくないのかい？イヴはジョーのこともスワニーのことも知らないんだよ。お姉ちゃんを怖がらせたくはない。おれがお姉ちゃんを見つけたほうがいいと思わないかい？」

キャミーはまた親指をしっかりと口の中に入れ、しばらく考えているようだった。やがてゆっくりとうなずいたが、警戒するようにスワニーに目を向け、彼の顔の片側をおおっているぎざぎざの傷痕を見つめた。

「おれは見た目ほど怖くないぞ、ハニー」スワニーが半笑いをうかべて言う。「悪い人たちにやられたんだ。だから、きみにもお兄ちゃんにもお姉ちゃんにも悪い人たちを近づけさせたくない。そうならないようにしてあげる、わかったかい？」

「それ痛い？」キャミーは口走った。

スワニーはためらいがちにキャミーに手を伸ばし、ドノヴァンから受け取った。キャミーは震えていたが、ドノヴァンからスワニーの腕に移されても文句を言わなかった。

「いや、スイートハート、痛くはない。いまはね。じゃあ、行こうか。トラヴィスを車に乗せよう。彼も怪我をしてる。自分もきみも安全だとわかれば、もっと気が楽になるはずだ」

「トラヴは大丈夫？」

スワニーはうなずき、明るい声で言った。「もちろんさ。一日か二日ですっかり元気になる」

「歩けるか？」ジョーがトラヴィスに聞いた。

トラヴィスはしっかりとうなずいた。「イヴを見つけて。どこかにいるはずだ。姉さんを置いていったりしない」

ジョーはトラヴィスの肩をつかみ、スワニーがキャミーを連れて向かっているほうに押した。「必ず見つける」

スワニーがドノヴァンの車が止まっている場所へと歩いていき、道の先に姿を消すなり、ドノヴァンはジョーのほうを向いた。「手分けするぞ。くまなく捜せ」

「よかった、明るくなってきた」ジョーはつぶやいた。「できるだけ人手が必要だ」

ドノヴァンはうなずいた。「すぐに見つからなければ、ほかのやつらを呼ぶ」

「死体を発見することになるかもしれないぞ、ヴァン」ジョーは静かに言った。

「イヴは生きてる」ドノヴァンは荒々しく言った。「彼女はファイターだ。こんなに簡単に負けるとは思えない」

ジョーは反論したいようだったが、兄の決然とした顔に気づいたのだろう。肩をすくめると、反対側を向いて、懐中電灯で地面をすみからすみまで照らしはじめた。

「イヴ!」ドノヴァンは呼んだ。「イヴ、聞こえるか?」

ジョーもそれにならってイヴの名前を叫び、ふたりはトレーラーが立っていたあたりを捜索した。ドノヴァンはトレーラーのがれきの中を入念に調べた。よじれた金属製の屋根板。壁の破片。割れた窓ガラス。カーペットの破片。カーテン。

ベッドのマットレスを懐中電灯で照らしたとき、片側が地面からうきあがっているのに気がついた。反対側とちがって平らになっていない。脈拍数が跳ねあがり、ドノヴァンはひざをついて水浸しの重いマットレスの角を持ちあげた。

「ジョー!」と叫ぶ。「こっちだ。手を貸してくれ!」

ジョーが全速力で駆けつけ、兄の隣で体をかがめた。ふたりで重いマットレスを持ちあげてひっくり返す。そこにイヴが身を守るように丸まっていた。

「大変だ」ジョーがつぶやく。

ドノヴァンは震える手でイヴの首に触れ、脈を調べた。不規則に振れているのがかすかに感じられ、安堵のあまり吐きそうになった。しっかりしなければ。弟に頭がおかしくなったと思われてしまう。とはいえ、ドノヴァンがイヴと彼女の弟妹にすっかり入れこんでいることはすでに兄弟全員が知っていた。

「イヴ。イヴ」ドノヴァンは大きな声で言った。「起きろ、スイートハート。どれだけひどい怪我をしてるかたしかめないと」

「救急車を呼ぶ」ジョーが厳しい口調で言った。「トラヴィスも怪我をしてる。あばらが何本か折れてるみたいだった」

ドノヴァンは首を横に振った。ジョーが驚いた顔でドノヴァンを見る。

「だめだ。それはできない。彼女たちの信頼を裏切るわけにはいかない」

「なんだと？　手当てをしてもらわないと！」

ドノヴァンは頑として折れず、イヴの頬をなでて彼女の意識を戻そうとした。「イヴたちには病院で診察を受ける金も術《すべ》もない。だから、今日マレンを連れていってキャミーを診てもらうつもりだったんだ。それに、彼女たちはものすごくおびえてる。だれを怖がってるのかはわからない。いまはまだな。だけど、突き止めてみせる。いったいいつから、どんなことから逃げてるにせよ、それを突き止めたら、対処してやれる」

「じゃあ、どうするんだ？」ジョーが憤慨して聞いた。

「居住地に診療所がある。先月、サムがマレンのためにレントゲン装置を準備してくれた。

必要なものはそろってる。マレンに来てもらってイヴたちを診てもらえばいい」

「CTスキャンとか、もっと詳しい検査が必要だったら？」ジョーは食いさがった。

「そうなったら、そのときに考える」ドノヴァンは落ち着いて言った。「じゃあ、イヴの体を起こすから手を貸してくれ。必要以上に動かさないようにな。ネックカラーは持ってきてないんだ。脊髄が傷ついてたり、内出血を起こしたりしてるといけないから、慎重にやらないと」

13

イヴは意識を取り戻した。頭が混乱していて、パニックと痛みしか考えられなかった。体が持ちあげられるのを感じ、一瞬、竜巻に巻きこまれたと思った。また。

「いや！」と言ってもがいたが、無駄だとわかっていた。嵐の威力にはかなわない。

「落ち着け、イヴ、おれだ、ドノヴァンだ。もう大丈夫だ。おれがついてる」

なだめるような声がパニックをさえぎり、心が穏やかになる。だがすぐにトラヴィスとキャミーのことが勢いよく意識にのぼってきた。ぱっと目を開けると、夜明けの薄い光に縁取られたドノヴァンの顔が見えた。ハンサムな顔には決意が――それと心配が――刻まれていた。どうして彼がいるのだろう？　ここはどこ？

「トラヴィス。キャミー」イヴは喉をつまらせて言った。どうしよう。ふたりはどこ？　嵐で失ってしまったのだろうか？

ドノヴァンの手に力がこもるのが感じられ、彼に運ばれていることに気がついた。でも、どこに？

「ふたりは無事だ、イヴ。車の中にいる。これからきみたちが必要な手当てを受けられるところに連れていく」

「いいえ」イヴはささやいた。「お願い。だめよ。はなして。行かないと。どうしよう、わたしのスーツケース。どこかしら？」

ドノヴァンは眉をひそめ、イヴを胸に抱いたまま立ち止まった。それから頭を横に振り、イヴに聞こえない声でなにかつぶやきながらまた歩きだした。

気がつくと、イヴはピックアップトラックの後部座席にそっとおろされていた。ほっとしたことに、隣にはトラヴィスとキャミーがいた。

「ぼくによりかかって、イヴィ」トラヴィスが明らかに不安そうな声で言った。

ありがたく弟の肩にぐったりともたれると、トラヴィスは空いているほうの腕をイヴにまわした。もういっぽうの腕はしっかりとキャミーを抱いている。イヴが目を開けると、トラヴィスとキャミーが心配そうにこちらを見つめていた。

「わたしは大丈夫よ」イヴはあわてて言った。すでにおびえているふたりをさらに怖がらせたくはない。「あなたは？」

「大丈夫」トラヴィスは口早に言った。

「大丈夫じゃない」ドノヴァンのそっけない声がした。

横を向くと、ドノヴァンがドアの外に立っていた。イヴはトラヴィスに視線を戻し、肌が青白いのに気がついた。

「どうしたの？」イヴは強い口調で聞いた。

トラヴィスの顔が赤くなる。ドノヴァンに否定されたのが気に入らないらしい。

「怪我をしてる」ドノヴァンが説明した。「あばらが数本折れてるかもしれない。きみたちをおれの家に連れていく。敷地内に診療所があるし、昨日話したドクターが来て、きみたちを診てくれる」

その口調は反論を許さず、表情は確固としていた。

「わたしのスーツケース」イヴは震える声で言った。「あのスーツケースがないと。あそこにすべてが入ってるの」

ドノヴァンは車の外に立っているもうひとりの男のほうを向き、しばらくしてから水浸しのスーツケースをかかげた。「きみのか？」

イヴは猛烈な安堵を覚えた。服と母親の宝石が入っているスーツケースだ。食べ物はなくてもかまわない。だけど、宝石はこの先の数週間を生き延びるための唯一の希望だった。

また壁にぶち当たってしまったいま、いつ出発できるだろう？

「そうよ」イヴはぼそぼそと言った。

ドノヴァンはその返事が気に入らないようだったが、なにも言わなかった。スーツケースをピックアップトラックの荷台に放ってから、うしろに立っている男のひとりにキーを差し出した。

「おまえが運転して、スワニーを助手席に乗せろ。おれはイヴと後部座席に乗る」

男はうなずいてキーを受け取り、運転席側にまわった。もうひとりの男が助手席に乗りこんだとき、片側の頬全体に深い傷痕が刻まれているのにイヴは気がついた。気の毒に思い、顔をしかめる。大きな怪我だったにちがいない。

「楽に座れるように、できるだけトラヴィスのほうにつめるんだ」ドノヴァンがやさしい口調で言う。「キャミー、スイートハート、お兄ちゃんのあばらが痛くないように、おれのひざの上に乗ってくれるか？」

「ここで大丈夫だよ」トラヴィスがいそいで言った。

「きみは怪我をしてるんだ」ドノヴァンは静かに言った。「痛い思いをする必要はない。おれがキャミーを抱っこしてる」

ドノヴァンがキャミーに手を伸ばすと、驚いたことに、キャミーは進んで移動した。ドノヴァンがキャミーを持ちあげ、脚がイヴのひざの上をすべっていく。ドノヴァンはキャミーをひざに乗せてから、手を伸ばして慎重にイヴのシートベルトを締めた。次いで自分のシートベルトを締め、キャミーをきちんと胸に固定した。

「あの人たちはだれなの？」イヴは運転席と助手席に目を向け、声をひそめて聞いた。

「運転してるのはおれの弟のジョーだ。もうひとりはスワニー。信用できるやつらだ、イヴ」

そんなに簡単ならいいのだけれど。だれも信用するわけにはいかない。しかし、そのことは黙っていた。反論しても意味がない。この窮地から脱する方法を見つけなければ。ドノヴァンとドクターを避けるという計画はとんでもない大失敗だった。いまではさらに多くの人に自分と弟妹の存在を知られてしまった。とてつもない絶望にのみこまれそうだった。あとどれくらい見つからずにいられるだろう？　こんなに多くの人の目についてしまったなんて、時限爆弾のカウントダウンがはじまったようなものだ。幸運は永遠には続かない。遅かれ早かれウォルトに見つかるだろう。

「どうして出ていこうとしたんだ、イヴ？」ドノヴァンが静かに聞いてきた。

イヴはドノヴァンのほうに顔を向けた。罪悪感が顔に張りついているにちがいない。感情を隠すのは下手なのだ。

「ここを離れる時期だったのよ」イヴは簡潔に言った。

ドノヴァンはかすかに顔をしかめ、唇を結んだ。「医者を連れていってキャミーを診てもらうつもりだったんだぞ。なぜその前に出ていこうとした？」

イヴはがっくりと肩をさげ、視線を落としたが、ドノヴァンに穴が開くほど見つめられているのを感じていた。重い視線と、その裏の非難も感じられた。彼女をばかだと思っている。妹を助けてもらいたくないのだと。

「大勢の人の目についたら、それだけ危険が大きくなる」イヴは前部座席の男たちに聞こえないように言った。「そんなふうにキャミーとトラヴィスを危険にさらすわけにはいかない。そんなことはしないわ」

ドノヴァンはため息をつくと、驚いたことにイヴの手をつかんだ。指をからませ、握りしめる。ぬくもりが腕に、それから胸の中に伝わっていく。彼に触れられると心が安らいだ。寒い日の陽光みたいだ。彼のせいでばかなことを考えてしまう。もっと悪いことに、彼のせいで希望を抱いてしまう。

「いいか、イヴ。よく聞いてくれ。おれはきみを助ける。きみとキャミーとトラヴィスを守る。文句を言っても無駄だぞ。きみはおれを信用していない。まだな。だけど、世界じゅうのだれもがきみを苦しめようとしてるわけじゃないということを証明してみせる」

「あなたはわかってない」イヴは言った。ますます動揺し、声がうわずっていた。「わたしたちにかかわることで、大きな危険をおかしてるのよ。わたしを助けたせいであなたに迷惑がかかったら、ぜったいに自分を許せない。大げさだって思うかもしれないけど、ドノヴァン、ほんとうなの！ あなたにはわたしたちの問題を解決できない。だれにもできない」

最後は心が折れてむせび泣いていた。これが運命なのだと言わんばかりの自分の言葉を聞いて、絶望的な状況を痛感していた。ドノヴァンに握られている手を引っこめ、両手に顔をうずめる。

キャミーとトラヴィスの前で取り乱しているのがいやだった。ふたりのために心を強く持って、堅固な支えにならなければ。けれど、あまりに長いあいだ気を張りつめていたこともあり、いまやあらゆる恐怖、あらゆる陰鬱な考えがあふれ出ていた。

「泣かないで、イヴィ」

静かに泣きじゃくっていると、キャミーのやさしく心配する声が聞こえた。トラヴィスの腕がまわされ、イヴをきつく抱きしめる。それからキャミーが身を乗り出し、細い腕をイヴの首にまわして抱きついた。

「大好きよ」耳もとでキャミーがささやく。

「ああ、ダーリン、わたしも大好きよ」イヴは喉をつまらせて言った。感情をあらわにしてしまったのが恥ずかしかった。

「彼がぼくらを助けてくれるって」トラヴィスがささやいた。「もしかしたら……」

言葉を切り、心もとなげな目でドノヴァンをちらりと見る。

「助けてもらうべきかも」

「弟は利口だな」ドノヴァンが言う。

イヴは顔をあげてキャミーのかわいらしい顔を見てから、弟に目を向けた。トラヴィスはこちらをじっと見つめており、茶色の目には決意がきらめいていた。

「弟の言うことを聞け、イヴ」ドノヴァンが説得するように言う。「きみたち三人には助けが必要だ。ぼろぼろの状態で逃げ続けることはできない。どこかで腹をくくらないと。逃げるのをやめて、問題と正面から向き合うんだ。きみさえよければ、おれが力になる」

「でも、どんな問題か知らないでしょう」イヴはささやいた。「もう、もちろん助けてもらえるのはありがたいわよ。キャミーとトラヴにこんな人生を望んでると思う？　この子たちにふさわしい人生を送らせてあげられるなら、なんだってするわ。もっといい人生を送るのが当然よ。わたしが送らせているよりもっといい人生を」

「姉さんはよくやってるよ」トラヴィスが熱心に言う。「ぼくたちを守るためにイヴィはあらゆることをしてくれた。それに、ぼくらにふさわしい人生って言うけど、姉さんの人生は？　姉さんだってこんな人生を送るべきじゃない。ぜったいにまちがってる。姉さんもちゃんとした人生を送るべきだ。ぼくとキャミーのせいで刑務所に入れられるんじゃないかっておびえずに」

イヴは愕然としてトラヴィスを見つめた。ほかの人たちに聞かれてしまった。たちまちトラヴィスの目が後悔で曇り、視線を落とした。

「ごめん、イヴィ。黙ってればよかった」

「どんな問題であれ、おれが助けになる」ドノヴァンが言った。トラヴィスの言葉を聞いても動じていないようだ。「おれとおれの人脈について、きみの知らないことがたくさんある。おれと兄弟とおれたちのチームは、人助けをしてるんだ」

イヴは当惑してドノヴァンを見つめた。「そうね、わたしはなにも知らないわ」

ドノヴァンはイヴの頬に触れ、指先でそっとなでた。目にやさしさと思いやりをうかべ、頬の曲線からあごへとなでおろす。「チャンスをくれ、イヴ。それだけでいい。いまきみに必要なのは手当てだ。それに、雨漏りの心配をせずに眠れる場所。食事。そして安心すること。チャンスをくれれば、おれがすべて与えてやれる。ひと晩でおれを信用してもらえるとは思ってない。だがとりあえずいまは、おれを信じてくれ。いいな？」

彼があまりに淡々と話すので驚いてしまい、イヴは黙ってうなずくことしかできなかった。ドノヴァンは満足そうに目を燃えあがらせると、手を引っこめた。彼の手の感触が恋しかった。触れられていると、ほんとうに安全だと感じられた。そんなのは正気ではない。けれど、だれも彼女や弟妹を傷つけたりしないと言われ、完全にこの男を信じていた。自分の決断を後悔することにならなければいいのだけれど。それと、自分の過ちでキャミーとトラヴィスが代償を払うことにならなければいいのだけれど。

　数分後、車は大きなゲートの前に着いた。ジョーが手を伸ばしてボタンを押すと、ゲートが開きはじめた。トラヴィスとキャミーは目を丸くして畏敬の表情をうかべ、車はフェンスに囲まれた敷地に入っていった。

　作戦地帯か、少なくとも厳重に警備が敷かれた軍事基地みたいだ。滑走路があり、扉の開いた格納庫の中には二機のジェット機が見える。さらにヘリポートに一機のヘリコプターが止まっている。右側には射撃練習場が、左側には窓のない大きな建物があった。

　その後、敷地内に点在する家が見えはじめた。何軒かの家が広がって立っていて、どれも湖を一望できる崖にそって並んでいる。イヴは不安げにトラヴィスを見やり、目を大きく見開いて視線を交わした。小難を逃れて大難におちいってしまった？　逃げられない監獄に身を投じてしまった？　これほど厳重に防備が固められた要塞から出ていけるなんて想像できない。

「ここはなんなの？」イヴはささやいた。

「家だ」ドノヴァンが答えた。「家だよ」

　イヴは戸惑いの目を向けた。「家？　だれがこんな場所に住んでるっていうの？」

「おれたちさ」ジョーが愉快そうに言った。

　目をあげると、ジョーがバックミラーからにやにやとこちらを眺めていた。

「いや、おれはちがうか。少なくともまだな」ジョーは続けた。「スワニーとおれはまだ、兄貴たちが前に住んでた家で同居してるんだ。だけど、兄貴たちの言いなりになるなら、じきにここに家を建てることになるだろうな」

ドノヴァンがそのとおりだとぶつぶつ言った。

「ぜんぜんわからないわ」イヴはつぶやいた。「あなたたちって何者なの？」

「おれたちは困ってる人を助けてるんだ」スワニーが座席の上で身をよじってイヴと弟妹のほうを見て言った。真剣な表情だが、目はやさしく友好的だった。顔の片側に走る傷痕のせいで粗野に見える外見とは対照的だ。

スワニーの言葉を聞いて、ふつうなら安心したはずだろう。イヴたちはまちがいなく困っているし、まちがいなく助けを必要としている。しかし、スワニーの言葉を聞いても安心できなかった。信頼して自分と弟妹の身を預けてしまった男に対する不安が大きくなっただけだった。

イヴの不安を感じ取ったのか、ドノヴァンがまた彼女の手を握って指をからませた。なじみのあるぬくもりが腕に広がっていく。彼に触れられるのがたまらなく好きだ。依存してしまいそう。ほんの一瞬、すべてがうまくいっていて、ウォルトは存在していないと思えた。ばかげた考えだ。早く振り払わなければ、命を落とすことになってしまう。

ウォルトから逃げられる避難所はない。これからもそんな場所は見つからない。それを忘れないようにしなければ。

「大丈夫だ、イヴ。約束する」

ドノヴァンの穏やかな誓いに、心の芯まで震えた。断言しているようだ。どうしてこんな約束ができるのだろう？　どんな状況なのかもわかっていないというのに。

はじめてイヴの確信が揺らいだ。ずっとこの状況に救いはないと思いこんでいたのに、ドノヴァンのおかげで、彼がイヴを守って、弟と妹を保護してくれると信じてしまう——信じたくなってしまう。こんなふうに考えるなんて愚かだろうか？　だけど、これほど大きな贈り物を拒絶するほうがもっと愚かなのでは？　少なくともどうなるか確認してみなければ、トラヴィスとキャミーにとってあだとなるのでは？

イヴはふたたび不安げにちらりとトラヴィスを見やった。彼女と同じ恐怖を抱いているのではないだろうか。だが、トラヴィスの顔を見てイヴは息をのみ、心を決めた。希望。弟の目には希望が見て取れた。キャミーの目も同じように輝いていた。畏敬の表情。ドノヴァンのことを輝く鎧《よろい》を着た騎士だと思っているかのようだ。何カ月もかかえていた絶望と、過去に追いつかれるのではという絶え間ない不安から救ってくれると。また、すべての男性を怖がっているキャミーが安心しきってドノヴァンの腕にもたれ、彼のあごの下に頭を入れているのも事実だった。

「わかったわ」イヴはささやいた。その簡単な言葉を口にするだけでも喉がつまった。ああ、どうかまちがった決断をしていませんように。

ドノヴァンの目が満足そうにきらめいた。イヴの指を包む手に力をこめて握りしめる。

車は大きな家の前で止まった。新築のようだ。すべてがぴかぴかで、ペンキは塗ったばかりで、庭にはちりひとつ落ちていない。何時間か前の猛烈な竜巻に襲われた形跡はまるでなかった。家の角に二本の枝が落ちていて、もっと小さな枝が散らばっているだけだ。

ジョーが車から飛び出し、スワニーもあとに続いた。ドノヴァンがキャミーをスワニーに渡したが、その前に、イヴを車からおろして自分も外に出たらすぐにまたキャミーのところに戻ると言って安心させた。

トラヴィスが座っている側のドアが開き、ジョーが手を貸した。自分によりかかって、ゆっくりおりるようにと指示を出す。それからドノヴァンがイヴに手を伸ばし、慎重に立ちあがらせた。イヴが自分で立てるようになるまで腕を支えてくれたドノヴァンの手は、胸が苦しくなるくらいやさしかった。

キャミーはスワニーに抱っこされても文句を言わなかったが、ドノヴァンが彼女に手を伸ばすなり、ほとんど飛びこむように彼の腕の中に移動した。ドノヴァンの首に腕をまわし、彼の肌に指を食いこませてしがみつく。

ドノヴァンは涼しい顔でキャミーをしっかりと抱いた。スワニーがイヴの隣に来て腕を差し出した。イヴが、自力で歩けないというより当惑のせいでふらつくと、スワニーはすばやく腕をまわして体の横で支えた。

「ゆっくり」と低い声で言う。「中に連れていくから、マレンが来るまでくつろぐといい」

一瞬、マレンがだれなのか思い出せなかった。ドノヴァンが友人のドクターの名前はマレンだと言っていた。キャミーを診てもらうために連れてきたいと言っていたドクター。

　イヴはためらいがちに進んだが、感心なことにスワニーはせかしたりしなかった。つねに歩調を合わせ、落ち着いたペースで家へと連れていく。

　トラヴィスとジョーが前を歩いていた。トラヴィスは車からおりて歩きはじめたとたんに痛みに顔をゆがめており、イヴはそれが心配だった。重傷を負っていたら？　病院は論外だが、必要な治療を受けさせるか受けさせないか選ぶとしたら、危険をおかしてＥＲに行くしかない。入院の可能性もある。

「呼吸を落ち着けないと、気絶するぞ」スワニーが小声で言った。

　イヴは唾をのみ、鼻から大きく息を吸って呼吸を落ち着けようとした。最悪の事態を想定しても意味はない。ドクターがトラヴィスを診てくれる。それからどうするか考えよう。

　それでも、イヴは切迫した祈りをささやいた。だれも重傷を負っていなくて、キャミーが入院しなければならないほど重い病気ではありませんように。

　玄関ホールに入り、広々としたリビングへと歩いていく。家具は多くない。小さなソファとアームチェア、それと奥の壁際に大きなテレビがあるだけだ。サイドテーブルもなく、壁にはなにも飾られていない。また、塗りたてのペンキのにおいがする。

　ジョーがトラヴィスをアームチェアに連れていった。それからドノヴァンは、キャミーを抱っこしたままイヴのほうを向いた。

「ようこそ我が家に」とやさしく言う。

14

　ドノヴァンはイヴがレザーソファに楽な姿勢で座るのを待ってから、体をかがめてイヴの隣にキャミーをおろした。キャミーには、イヴのひざの上に乗って痛い思いをさせないようにと声をひそめて忠告した。イヴは反論するような顔を見せ、キャミーに手を伸ばしさえしたが、ドノヴァンはかぶりを振った。

「隣にいれば大丈夫だ、イヴ。自分のことを考えるんだ。トラヴィスとキャミーのことはおれとほかのやつらに任せておけ。すぐにマレンに電話して来てもらう。もともと今朝ここに来る予定だったが、嵐のせいで少し遅れてるのかもしれない。なにも被害はなかったか確認して、まだマレンが来られるか確認してみる」

「来られなかったら？」イヴがたずねる。その声は不安を隠しきれていなかった。

　ドノヴァンはイヴの両手の上に自分の手をすべらせ、安心させるように握りしめた。「来てくれるさ。遅れるなら、おれができるだけきみたちの苦痛をやわらげてやる。マレンがいないときは、おれがチームの衛生兵の役目を果たしてる。医療機器には詳しいんだ」

　イヴは自分と弟妹がおちいった状況にまだ当惑しているようだ。

「あなたたちみんな、軍とかに所属してるの？」

　ドノヴァンはにやりと笑い、ジョーがくすくす笑った。

「いまはもうちがう。だけど、昔はそうだった。おれは海兵隊にいた。ジョーとスワニーは陸軍だ。ほかの兄弟たちもそれぞれ軍隊に所属してた。空軍だけはだれも選ばなかったな」

「それなのに、こういう……柵に囲まれた場所に住んでるのね」イヴは言った。

「必要悪さ」ドノヴァンは静かに言った。「何年ものあいだに敵を大勢作ってきた。家族を守りたいんだ」

イヴはおびえた目で彼を見あげ、ドノヴァンは小声で悪態をついた。いまはKGIのことや、自分や兄弟たちの仕事の危険性を話すのにふさわしいときではない。イヴに嘘はつきたくないが、よけいなストレスを与える必要はない。弟妹とここにいることを受け入れるまでは。そして彼を信用するまでは。

「なにか食べるか？」スワニーが口をはさみ、アームチェアに座っているトラヴィスに目を向け、次いでイヴにすりよっているキャミーを見た。しゃべりながらキャミーの上に体をかがめて額に手を当て、顔をしかめた。「熱がある。イブプロフェンはあるか、ヴァン？」

「ふたりになにか食べさせてあげて」イヴが反論を許さない口調で言葉をはさんだ。「昨夜食事をしたけど、もう一度食べたほうがいいわ。とくにキャミーよ。病気になってから、あまり食べてないの」

「グリルドチーズサンドがいい」キャミーが親指をくわえながらもごもごと言った。「前にドノヴァンがおいしいのを作ってくれたの」

スワニーはほほ笑んだ。すると頬の傷痕が引き伸ばされた。それから愛情をこめて女の子を見おろした。「作ってみよう」そう言ってからイヴに視線を向け、じっと見つめた。「きみは？　きみも食べたほうがいい」

「うん、そうだよ」トラヴィスがきっぱりと言った。「昨夜、イヴィはぼくやキャミーほど食べなかった。どこに行くか悩んでて頭がいっぱいだったんだ」

それを聞いてドノヴァンは顔をしかめた。だが、このことはあとで対処しよう。いまは三人に安心してほしかった。彼の家で。いや、彼らの家だ。少なくともこれからしばらくは。

「用意してもらえるならなんでもいいわ」イヴは静かに言った。「それと、キャミーにはたしかにもっとイブプロフェンが必要よ。昨日、寝る前にのんだだけなの」

「おれはキッチンでスワニーを手伝ってなんか簡単なものを作ってくる。あと、薬も取ってこよう」ジョーが申し出た。

「キャビネットの中に液体イブプロフェンがある」ジョーとスワニーがキッチンへ向かうと、ドノヴァンは弟に言った。「シャーロットの具合が悪くなったときのために置いてあるんだ」

「シャーロットってだあれ？」キャミーが聞いた。

ドノヴァンはキャミーにほほ笑みかけた。「おれの姪っ子だよ。きみによく似てる。年も同じくらいだ。そのうち会えるよ。うれしいかい？」

キャミーは元気よくうなずいた。「一緒に遊べるお人形を持ってる？」

希望に満ちたキャミーの顔を見てドノヴァンの心が痛んだ。シャーロットが当たり前にしていることを、この子は経験したことがないのだ。人形やおもちゃで遊ぶという単純なこと。

シャーロットは、父親や母親はもちろん、おじやおばたち全員に甘やかされている。だが、だれがキャミーを甘やかしてくれる？　イヴとトラヴィスは食べ物を手に入れるのに必死で、おもちゃなど気にしている余裕はない。

「じつは、シャーロットがここに来たときのために、おもちゃがいくつかあるんだ。ときどきおれが子守をしてるから、ここに遊び道具を置いてあるんだよ。きみがそれで遊んでも、あの子は気にしないはずだ。食事をしてから、なにがあるか見てきてあげる。どうだい？」

キャミーは真面目な顔でうなずいた。「ありがとう」

「じゃあ、ちょっといいかな。マレンに電話をしないと。それと、ジョーとスワニーがきみの食事を作ってるあいだに、きみたちの着がえを探してくる。トラヴィス、きみが着られそうな服がある。少し大きいかもしれないが、おれたちの身長は同じくらいだから平気だろう。スエットとTシャツでいいか？」

トラヴィスはうなずいた。

それからドノヴァンはイヴに注意を向けた。「義理の姉妹のだれかに、きみが着られる服を持ってきてもらう。だけどそれまでは、おれのスエットとシャツを着ていてくれ。その濡れた服は脱いだほうがいい。シャーロットの服とパジャマもある。きみとキャミーを寝室に案内するから、そこを使うといい。キャミーを着がえさせて、自分も着がえるんだ」

イヴは呆然としているようだった。ドノヴァンは彼女がここに滞在することを前提に話していた。だが、そのことをイヴに考えさせる時間を与えなかった。少しでも時間を与えたら、おびえたウサギよろしく逃げ出してしまうだろう。そんなことはさせない。そこで、とんでもないろくでなしに思えるかもしれないが、強引に押しつけて、動転させておくことにした。

イヴがすでに彼の計画に同意したという態度で、ドノヴァンはキャミーを抱きあげ、それから片方の手を差し出してイヴを立たせようとした。苦しそうな様子はないかと注意して見ていると、イヴはソファからなんとか立ちあがったときにたじろぎ、ドノヴァンは眉をよせた。片方の手をイヴの背に当てて支え、よりそったままゲストルームのひとつに連れていく。

「この家には寝室が五つある」自分の寝室の隣の部屋に入りながらドノヴァンは説明した。「だけど、いまのところベッドがあるのは三部屋だけなんだ。きみとキャミーがひとつの部屋を使って、トラヴィスは廊下の先の部屋を使えばいい。どのみちキャミーはきみと一緒にいたほうが安心だろう」

イヴが寝室を——それとベッドを——見たとき、クイーンサイズのベッドに切望のまなざしを向けたのをドノヴァンは見逃さなかった。それよりも驚いたのは、たちまち衝動に襲われたことだった。ほんとうは、イヴには彼のベッドにいてほしい。彼の寝室に。彼のスペースに。彼の腕の中に。

ドノヴァンは狼狽しつつ頭を左右に振った。いったいどこからこんな考えが出てきた？イヴを助けるのは任務だ。ほかのいくつもの任務と同じ。だが、これほど強く感情が反応したのははじめてだった。たしかにいつも感情をはさむが、こんなに個人的な気持ちを抱いたことはない。正気を失いかけているのかもしれない。

しかし、彼のベッドにいるイヴをしっかりと包みこんで、外の世界から、そして彼女に危害を加えようとしているものから守ってやるという妄想はまだ頭の中に残っていた。

これが自分の家族だと空想するのはなんて簡単なのだろう。彼女たちは自分のものだと。イヴは彼のものだと。彼の女だと。

やれやれ。こんな考えは捨てて、気まぐれな思考を制御しなければ。イヴに必要なのは、彼の欲望で不意打ちを食らわせることではない。彼女は弱って、限界に達しかけている。いや、すでに達しているかもしれない。イヴは逃げるつもりだった。彼から。それがいら立たしかった。イヴが彼を信用していないことが。ドノヴァンだけではない。イヴはだれも信用していない。かといって彼女を責めることはできない。イヴは弟と妹を守らなければならず、自分が彼女の立場だったら、やはりだれも信用しようとしないだろう。

イヴはほかの困っている女となにがちがうのだろう？　その疑問にすぐには答えられなかった。自分はつねに感情をはさむし、女性や子どもが危険にさらされている状況では傍観者でいられない。だが、ここまで感情がからんだことはないし、ばかげた考えを抱いたこともない。たとえば、彼女にこの家に引っ越してきてほしいとか。彼のものに……なってほしいとか。

ほかの女を自分のものにしたいと思ったことはない。だけどイヴは？　イヴだけではない。すでに彼女の弟妹を……自分のものとして見ていた。すでにイヴを自分のものとしてとらえているように。

彼女たちをドノヴァンから奪おうとしている男は災難だ。

彼のものを狙うやつがいたら、過去に自分たちが受けた報復とは比べものにならないくらいの破滅をもたらしてやる。

「ここで待っててくれるなら、きみとキャミーの服を取ってくる。バスルームにはシャワーはもちろん、お湯につかれるくらい大きなバスタブもある。マレンが来るのを待つあいだ、きみとキャミーは体を洗って、乾いた服に着がえればいい」

「ありがとう」イヴがやさしい声で言った。

その目はまだ不安で曇っていたが、さっきほどパニックになってはいないようだった。ドノヴァンはそれをいい兆しととらえた。少なくとも、正しい方向に一歩進んだと。

イヴに触れずにはいられず、彼女の頬をなでた。

「大丈夫だ、イヴ。いまにわかる。じゃあ、きみとキャミーはもっと快適な服に着がえて出てきたら、ジョーとスワニーがランチを用意してくれてるはずだ。リビングで食べよう。おれはこれからトラヴィスの様子を見て、必要なものを確認してくる。なにか困ったことがあったら、おれを呼んでくれ、いいな？　あまり無理はするな」

イヴは顔を赤らめたが、うなずいた。それから驚いたことに、ベッドの上でひざ立ちになっていたキャミーがドノヴァンの腕の中に飛びこんできた。ドノヴァンは彼女を腕にかかえて抱きしめ返した。小さな女の子を胸に抱いていると、心がやわらいだ。

とうとう体を引き離し、寝室を出てドアを閉めた。リビングに戻ると、トラヴィスはまだそこにいた。つらそうな顔で椅子から立ちあがろうとしている。

「おいおい」ドノヴァンはあわてて駆けよった。「あまり無理するな。あばらが何本か折れてるかもしれないんだぞ。まちがった動きひとつで肺に穴が開いちまう」

その言葉を聞いてトラヴィスは青ざめ、ドノヴァンにぐったりともたれかかった。

「怪我をするわけにはいかないんです、サー。姉さんも妹もぼくを頼りにしてる」

ドノヴァンは少年の肩にまわした腕に力をこめた。「よく聞け、トラヴィス。きみは子どもだ。きみがお姉さんと妹のためにしてきたことが無駄だったと言いたいわけじゃない。きみのガッツと決意はたいしたものだ。だけど、だれもが人生でときには助けが必要になる。このままこんな生活を続けていくことはできない。おれがここで終わらせてやる。さあ、寝室に連れてってやろう。シャワーを浴びるんだ。だが、慎重にな。ベッドに服を置いておく。シャワーを浴びたら、リビングに来て食事にしよう。ドクターが診てくれるから、それからどうするか考えよう。だけど、これは覚えておいてくれ。いまはおれがいる。きみにもお姉さんにも妹にもなにも起きないようにする。わかったか？」

トラヴィスの体から力が抜け、引きつった顔には疲労がありありとにじんでいた。トラヴィスが短くうなずくと、ドノヴァンは彼をべつの寝室に連れていき、バスルームと、タオルの場所と、着がえを置いておく場所を伝えた。

寝室を出て、携帯電話を手に取りながらキッチンに入っていくと、ジョーとスワニーがサンドイッチやスープなどを作っていた。

「彼女たちのこと、兄貴の言ったとおりだったな」ジョーが静かに言った。

ドノヴァンはうなずいた。「ああ」

「どうするんだ、ヴァン？」スワニーがたずねる。

「やるべきことをする」ドノヴァンの声は頭の中の考えと同じくらい断固としていた。

スティールの番号をダイヤルしてから、携帯を耳に当てて待った。

「みんな、嵐は乗り越えたか？」スティールがあいさつ代わりに聞いてきた。

「ああ、こっちは問題ない。そっちは？」

「ああ。そんなにひどくはなかった。強風が吹いて、少し雹が降っただけだ。まだマレンの協力が必要か？」

ドノヴァンはためらった。「ああ、だけど計画変更だ。竜巻でイヴのトレーラーが吹っ飛んだんだ。彼女たちが死んじまったんじゃないかと心配になって、ジョーとスワニーと一緒に駆けつけた。子どもたちは排水トンネルの中にいて、イヴは離れた場所でマットレスの下敷きになってた。ふたりは怪我をしてるし、キャミーは病気だ。マレンに来てもらって、みんなを診てほしい」

スティールは悪態をついた。「最悪だな。いまどこだ？」

「おれの家だ。みんなここにいる。できるだけ早くマレンを連れてきてくれ。トラヴィスはかなり重傷だ。あばらが折れてるかもしれない。イヴも怪我をしてるが、どの程度かわからない。ショック状態で、ひどくおびえてる。それからキャミーだ。病気だったのに、嵐の中でひと晩過ごしたんだ」

「なるべく早くマレンを連れてく」スティールはぶっきらぼうに言った。

「ありがとう」ドノヴァンはぼそぼそと言ったが、スティールはすでに電話を切っていた。

「来るって？」ジョーがグリルドチーズサンドをもうひとつ皿に盛りながら聞いた。

「ああ、これから来てくれるそうだ」

「マレンに診てもらってからどうするか考えたか？」スワニーがたずねる。「病院に行ったほうがいいと言われたら？」

ドノヴァンは首を横に振った。「それは最後の手段だ。ここでも治療はできる。マレンに診察してもらって、必要な処方箋を書いてもらえれば、おれがここで看病する」

「つまり、ここに置いておくってことか」ジョーがつぶやく。

ドノヴァンはジョーを見あげた。「もっといい場所があるか？」

ジョーはかぶりを振った。

「そうだ、イヴたちはここで過ごす」ドノヴァンはきっぱりと言った。「なにから逃げてるのか突き止めて、その脅威を排除するまで、どこにも行かせない」

15

食事のあいだ、ドノヴァンがキャミーを抱っこしていると言い張った。イヴが抱っこすると申し出たのだが、ドノヴァンはとがめるように首を横に振り、イヴに――それとトラヴィスに――食事をするように指示した。

キャミーはグリルドチーズサンドをほおばっていた。しばらく目にしていない食欲を見せており、そのことにイヴはほっとした。トラヴィスをさっと見やると、同じように自分の料理をむさぼり食べていた。スワニーが皿いっぱいのサンドイッチと、人数分のスープと、甘いアイスティーを用意してくれた。

いまにも見つかるかもしれないと心配することなく、食事という単純なことを楽しむのはずいぶん久しぶりだった。昨夜、三人で――また――逃げるつもりで食事をした短い時間が、もっとも平和だったと言えた。イヴはキャミーとトラヴィスのために気丈にふるまおうとしているものの、ふたたびよくわからない状況におちいっていると思うと、心が重くなった。いまはここにいるけれど、どこかはわからない。厳重なセキュリティーが敷かれたドノヴァンの居住地に自分と弟妹の身を置いているのが不安ではあるものの、少なくとも、ここにはだれも侵入できない。

こういう安心感はとても貴重だ。

「食べてないな」スワニーがやさしくとがめるような声で言った。

気まずさを覚えつつ目をあげると、もの静かな男は考えこむようにこちらを見つめていた。口数が少ない男だというのが、イヴの受けた印象だった。背景に溶けこんでいるけれど、見た目はものすごく怖そうだ。傷痕がそれをいっそう際立たせている。だれがどうしてこんな傷痕をつけたのだろう？　スワニーが過去に経験した暴力を考え、身震いした。事故にあったのかもしれない。だがなんとなく、そうではない気がした。この男たちはみな、ファイターだ。元軍人だとドノヴァンが言っていた。そしていまは人々を守っている？　具体的にどういう意味だろう？　どうしても答えを知りたいものの、いまはやめておこう。ほかの人たちの前で聞いたりしない。ドノヴァンとふたりきりになったら聞いてみよう。

「あまり食欲がないの」イヴは正直に言った。

「これまで何度も食事を抜いてきたんだろう」ジョーが指摘した。「食え、イヴ。ここではなんの危害もない。自分と弟と妹のために体力をつけておかないと」

ジョーの言うとおりだと思い、イヴはスワニーが作った料理をもっと食べようとした。おいしい。缶詰の味ではない。濃厚で、風味豊かで、全身があたたまった。ひと口ずつ味わいながら、ときどきトラヴィスとキャミーも食べているか確認した。ふたりも食べている。イヴよりも。そこでイヴも追いつこうとかぶりついた。みんなで食べて、体力を取り戻すのだ。出ていけるようになったらすぐに出発しなければならない。すでにここに長くとどまりすぎてしまったと思うと緊張した。格好の標的だ。永遠に逃げることはできない。それはわかっている。それが事実だとわかっている。だけど少なくとも、もっと時間を稼げる。いまいる場所からべつの場所に逃げる。どうすればいいか、ウォルトと未来にどうやって立ち向かうか、いい考えが思いつくまで。

アラームが鳴り、すぐさまイヴは凍りついた。トラヴィスが半分食べかけのサンドイッチ——三つ目だ——を皿に落とし、不安そうにイヴのほうを見る。キャミーも、ドノヴァンに食べさせてもらっていたグリルドチーズサンドをもう少しで食べ終わりそうだというのを忘れて、恐怖で目を見開いてドノヴァンの腕の中にいっそう身をうずめた。

男たちは三人の反応を見逃さなかった。スワニーは口角をさげて険しく顔をしかめ、ジョーは……腹を立てているようだ。イヴたちにではない。彼女たちがおびえていることに怒っているみたいだ。彼女たちがおびえなければならないものに。

「ジョー、確認してくれ」ドノヴァンが落ち着いて言った。「スティールとマレンだろう。イヴとキャミーとトラヴィスの食事がすんだら、マレンに診てもらう」

ドノヴァンはジョーに向かって話していたが、最後の言葉はイヴと弟妹に向けられたものだった。食事をすませるようにと指示を出し、なにも怖がることはないと安心させている。それだけ単純ならいいのだけれど。

ジョーが立ちあがり、しばらくしてから、ほほ笑みをうかべたブロンドの女性を連れて戻ってきた。眼鏡をかけていて、髪はうしろできれいなポニーテールにしている。そのすぐあとから男が入ってきた。背が高く、どこから見てもおそろしげで、腕には……赤ん坊を抱いている。男と女はなんとなく不似合いに見えたが、マレンは最近子どもを産んで、産休のあいだは仕事を減らしていたとドノヴァンが言っていた。この男が夫だろう。ドノヴァンが友人だと言っていた男。けれどいま、この男はドノヴァンと――ほかの男たちと――一緒に働いているにちがいないと気がついた。頭からつま先まで、いかにもすご腕だという雰囲気をかもし出している。

ドノヴァンはソファに座ったまま動かなかった。キャミーが必死で彼のうしろに隠れようとしている。

「来てくれてありがとう、マレン。力を貸してほしいんだ」ドノヴァンがあいさつ代わりに言った。

「ハロー」マレンが部屋にいる人たちを見まわしながらあたたかい声で言った。

それから赤ん坊を抱いている男のほうを向いた。「わたしはマレンよ。こっちは夫のスティールと、娘のオリヴィア」

ジョーがイヴを手で示した。「イヴだ。それと、弟のトラヴィスと、妹のキャミー」

「どうも」イヴは喉をつまらせながらなんとか声を出した。

「笑って、スティール」マレンがたしなめる。「子どもたちがおびえてるわ！」

スティールはあきれたように目を上に向けたが、まずイヴに、次いでトラヴィスに心からの笑みを見せた。ドノヴァンの首にしがみついているキャミーに目をとめると、表情がやわらぎ、目に本物の思いやりがあふれた。

「なにも心配はいらない」スティールはぶっきらぼうに言った。「ヴァンが面倒を見てくれるし、おれの妻は医者だ。それも最高の医者だ。すぐにすっかり元気になる」

マレンは夫のほめ言葉に頰を染め、ほほ笑みをうかべたが、すぐに真剣な表情になった。

「だれから診ましょうか？」

ドノヴァンがキャミーを抱いて立ちあがってから、スワニーのひざの上にキャミーをおろした。キャミーはうれしそうではなかったが、文句も言わなかった。それでも、ドノヴァンにしていたようにスワニーに抱きついたりしなかった。まつ毛の下からスワニーを見あげ、用心深く眺めた。顔の傷痕に魅了されているようで、驚いたことに、手を伸ばしてしわのよった皮膚に触れた。

「悪い人に傷つけられたの？」

スワニーはやさしい目でほほ笑んだ。「そうだよ、スイートハート。だけど、なんとドノヴァンとKGIがやっつけてくれたんだ。悪い人たちはもう二度とだれも傷つけたりしない」

「あたしのパパがイヴィを傷つけたの」キャミーが静かに言う。「パパが二度とイヴィを傷つけないようにしてくれる？」

「キャミー！」妹の突然の告白に驚き、イヴはキャミーを黙らせた。

だが、部屋にいる全員がキャミーの言葉を聞いていた。ドノヴァンの表情が険しくなり、ジョーとスティールの目に怒りがこみあげる。スワニーでさえいままでは顔をしかめていたが、キャミーを怖がらせてしまうと気づいたのか、反応を抑えようとした。

「だれもイヴを傷つけたりしない。きみのことも、トラヴィスのことも」スワニーはあらためてやさしく言った。「おれが保証するよ、おチビちゃん」

「わかった」キャミーはそう言ってスワニーの胸に少しよりかかった。スワニーは女の子になつかれてうれしそうだった。大きな腕をまわし、さらにしっかりと胸に抱きしめた。彼女たちを守ると言ったのはまぎれもなく本気だと、キャミーに――イヴとトラヴィスに――伝える無言のメッセージだ。

「まずトラヴィスから診てやってくれ」ドノヴァンが言った。「診療所のレントゲンを使ったほうがいいだろう。あばらが折れてると思う。車で移動しよう。大変な目にあったあとだし、歩かせて怪我を悪化させたくない」

マレンは同意してうなずいた。「ほかにここでわたしにできることはある？　あなたの考えは？　診察した？」

イヴはマレンのプロとしてのきびきびとした現実的な態度がありがたかった。明らかに医者モードになっている。青い目には知性が輝いているが、イヴがいちばん気に入ったのはやさしい物腰だった。要求したり、大声で命じたりしていない。

「いや」ドノヴァンが言う。「時間がなかったんだ。手当てを受けられるように、ここに連れてくることが最優先だった。トラヴィスとキャミーは排水トンネルの中にいたんだ。イヴはトラヴィスを助けようとして嵐に巻きこまれて、マットレスの下敷きになってた」

「マットレスのおかげで命が助かったのね」マレンが小声で言った。

イヴの顔から血の気が引いていく。考えてもみなかった。あのときは恐怖で頭がいっぱいだったし、いまはあれほど猛烈な嵐を生き延びられたことにほっとしていた。でも、マレンの言うとおりだ。マットレスに押し倒されて下敷きになっていなかったら、きっと死んでいただろう。

「それじゃ、行きましょう」マレンが高らかに言った。「トラヴィスを診て、レントゲンを撮って、それからどうするか考えるわ」

ドノヴァンはスワニーの腕からキャミーを受け取ろうとしなかった。キャミーは文句を言いたそうな顔をしたが、ドノヴァンが彼女の頬に手を当てた。

「スワニーに連れていってもらってくれ、ハニー。おれはお姉ちゃんに手を貸さないと。いいかい?」

イヴははっきりと反論しようとしたが、それを察したのか、ドノヴァンが黙っているようにと目で合図した。

「わかった」キャミーがそう言ってまた親指を口に入れた。

「おれに任せろ」スワニーが厳かな口調で言った。

キャミーは小さな笑みをうかべ、またスワニーの胸にもたれた。涙でイヴの目がひりひりした。みんなすごく……いい人だ。とてもやさしくて、イヴたちに理解を示してくれている。ふつうだったら、彼らがしているようなことはしないものだ。わざわざ赤の他人を助けるとか。彼女たちのためにこんなに力を尽くしてくれるとか。そのことに困惑してしまい、彼らの寛大さと親切を理解できなかった。

「スティール、ジョーとふたりでトラヴィスに手を貸してくれるか？」ドノヴァンがイヴの座っているソファに身をかがめながら聞いた。「ひどくつらいはずだし、怪我を悪化させないほうがいいだろう」

スティールはマレンに赤ん坊を渡すと、トラヴィスの隣に移動し、ジョーと両側からはさむようにして立ちあがらせた。

「おれによりかかれ」ジョーがやさしく言う。「スティールとおれで支えてやる」

それからドノヴァンがイヴに注意を戻した。手を伸ばすと同時にもういっぽうの腕をイヴの背中に当て、少しずつそっと前に押し出し、ソファの縁まで移動させた。

「ほんとうにわたしは平気よ」イヴは静かに言った。「頭が痛いし、何カ所かあざができてると思う。どこかはまだわからないけど。でも、骨が折れてるとか、ひどい傷を負ってるという感じはないわ」

「きみはショック状態だ」ドノヴァンは率直に言った。「いま言ったようなことをもう感じていたら、そっちのほうが驚きだ。だけど、感覚が戻ってきたら、感じるはずだ。ほら、おれに任せて、口ごたえをするな」

イヴは折れて、慎重に立たせてもらった。ドノヴァンがたくましい腕を彼女の腰にまわし、わきにしっかりと支える。ああ、ほんとうに心地いい。この男と彼の力強さに頼れるなんて。不動の大きな岩に支えられているみたい。いまこの瞬間、どんなものも彼女を傷つけられないと感じられた。ドノヴァンがそれを許さないと。ばかげた思いあがりだけれど、そうではないと考える気はなかった。イヴには――自分たち三人には――安心と安全を感じられる時間が必要だ。

全員でゆっくりとドアへと向かう。キャミーを抱いたスワニーが先頭だった。ジョーとスティールに支えられたトラヴィスがスワニーのあとに続き、赤ん坊を抱いたマレンがイヴの横を歩いていた。イヴが顔から倒れるのではと心配しているかのように、そばをうろついている。そんなに悪そうに見えるのだろうか？　それほど重傷だという感じはない。けれど、ドノヴァンの言うとおりかもしれない。アドレナリンが落ち着いたら、助けてくれと叫びはじめるかもしれない。

唇を結び、なにがあってもトラヴィスとキャミーのために平静を保っていようと決めた。彼女が心配事を増やさなくても、ふたりはもう十分不安になっている。実際のところ、自分のことよりふたりの状態のほうが心配だった。トラヴィスの動きは遅く、一歩踏み出すごとに顔をしかめている。キャミーはまだ熱があるし、雨の中でひと晩過ごしたことで悪化しているにちがいない。

「トラヴィスは大丈夫？」イヴはささやいた。スティールとジョーがトラヴィスをＳＵＶの後部座席に乗せていた。マレンとスティールの車だろう。

「あの子は大丈夫さ、イヴ。いまはきみのほうが心配だ。この居住地には事実上のミニ病院がある。長兄のサムがなにからなにまでそろえたんだ。マレンがおれたちのチームの手当てをする際に必要になりそうなものすべてを」

イヴは目を見開いた。「そんなにしょっちゅう怪我をしてるの？」

ドノヴァンは自分の車の助手席にイヴを慎重に乗せ、スワニーがキャミーと一緒に後部座席に乗りこんだ。ジョーはトラヴィスと一緒にＳＵＶに乗り、マレンとスティールが前部に乗りこんだ。二台の車で診療所に行くのだ。

ドノヴァンがイヴの質問に答えたのは、運転席に乗ってからだった。エンジンをかけ、真剣な表情でイヴを見つめる。

「おれたちの仕事は話しただろう。おれが――おれたち全員が――ここでしてることを完全には理解してないだろうが、おれたちの仕事は困っている人を助けることだ。人々を守ることだ。危険な仕事だし、そう、ときどき怪我をする。マレンは以前、コスタリカの田舎で診療所を開いてたんだ。その前はアフリカで働いてた。近くで怪我をしたりしたときはいつもマレンに助けてもらってたが、こっちに引っ越してスティールと暮らしてるいまは、民間セクターでの患者の診察に加えて、おれたちのドクターとしても働いてもらってる」

「重傷を負ったことはある？」イヴは不安げに聞いた。たしかにドノヴァンのことは知らないけれど、彼が怪我をすると思うと心が乱された。とても。

ドノヴァンはにやりと笑った。「そんなに深刻な怪我はない。みんな、一発か二発は銃で撃たれたことがある。でもおれは、長いあいだ戦線離脱しなきゃならないような怪我をしたことはないな」

イヴは身震いした。「どうしてそんなに平然としていられるの？　あなたの話を聞いてると、銃で撃たれるのは……ふつうみたい」

ドノヴァンは肩をすくめた。「言っただろう。この仕事には危険がつきものなんだ。みんな、任務に出るときはリスクを承知してる。その可能性を覚悟してなきゃ、きちんと仕事をこなせない」

「他人のために命をかける人はそう多くないわ」イヴはささやいた。

「おれたちはそうだ」ドノヴァンはあっさりと言った。

車は居住地内を走り、最初に通ってきた道を戻っていった。やがて、イヴが来る途中で気がついた建物の横に止まった。窓がなく、巨大なコンクリートブロックを思わせる建物。さっきは気づかなかったが、そのすぐ裏に小さな建物があった。そっちは正面に窓がついている。これがドノヴァンの言っていた診療所だろうか？

これほど高性能で自立した施設がそろっていることにイヴは畏敬の念を覚えた。滑走路、格納庫、ヘリコプター、射撃訓練場。そして正真正銘の診療所。

「あの建物はなに？」イヴは窓のない建物を指して聞いた。

「作戦室だ」ドノヴァンが答える。

イヴは口をぽかんと開けて彼を見つめた。「作戦室？」

「あそこで任務の計画を立てるんだ。通信機器とかコンピューターとか、仕事に役立つテクノロジーはすべてそろってる。それが——そしておれが——この組織の頭脳なのさ」ドノヴアンはにやりと笑って言った。

「そいつはここに常駐してるオタクなんだ」スワニーがドノヴァンの家を出てからはじめてしゃべった。

「あなたってなんでもできるのね」イヴはつぶやいた。「衛生兵で、オタクで、すご腕の元軍人？　あなたにできないことはないの？」

ドノヴァンはそれについてしばらく考えこむふりをしてから、ますます大きな笑みをうかべた。「ああ」

「それに、そいつはすごく謙虚でもある」スワニーに冷ややかに言った。

イヴは思わず小さなくすくす笑いをもらした。運転席からおりようとしていたドノヴァンが動きを止める。

「きみの笑顔はきれいだ、イヴ」

なんと言えばいいかわからず、イヴはすぐに真顔になった。弟と妹が怪我と病気に苦しんでいるときに、どうして笑えるだろう？

「笑うのをやめさせるために言ったんじゃない」ドノヴァンが助手席側に現れて言った。

「あまり笑うことってなかったから」車からおろしてもらいながらイヴは静かに答えた。

「それを変えてやる」

イヴは口をあんぐりと開けたが、ドノヴァンは彼女の反応を無視し、ゆっくりと落ち着いた足取りでイヴにつきそってドアへと向かった。そこにはすでにトラヴィスがジョーとステイールにつきそわれて待っていた。スワニーがキャミーを抱いてすばやくあとに続く。

「トラヴィスのそばにいたい」イヴは不安げに言った。「あの子が大丈夫かたしかめたいの」

ドノヴァンの手がイヴの腕をなでおろし、ぬくもりが広がっていく。「トラヴィスは大丈夫だ、イヴ。きみとキャミーはべつの診察室に連れていく。マレンがキャミーを診察するとき、そばについていてやれ」

「ええ、当然よ」イヴはいそいで言った。「キャミーを置いていくつもりで言ったんじゃないわ。みんなで同じ部屋にいられないかと思ったの」

ドノヴァンはイヴを小さな診察室に連れていき、椅子に座らせた。それからスワニーのほうを向いて彼の腕からキャミーを受け取り、パッドつきの診察台の端におろした。

「この部屋は狭くて、ふたりしか診られない。マレンがトラヴィスに移動式レントゲンを使うなら、広いスペースが必要になる。トラヴィスにはジョーとスティールがついてる。トラヴィスの診察が終わったらすぐに、マレンがきみに状況を知らせてくれる。約束する」

イヴはうなずいたが、不安にのみこまれそうだった。トラヴィスは体が痛むのを必死でイヴに悟られないようにしていた。心配させたくないのはわかる。けれど、歩くのさえひどくつらそうだったと、イヴは気づいていた。

待っている時間が果てしなく思えた。やがて、とうとうマレンが安心させるようにほほ笑みながら部屋に入ってきた。

イヴがぱっと立ちあがると、ドノヴァンがとがめるように顔をしかめ、ふらついたイヴに手を伸ばして支えた。

「あの子の状態は？」イヴは不安げに聞いた。

「やっぱりあばらが何本か折れてるけど、下のほうだから、肺もほかの内臓も傷ついていなかったわ。脈は正常だし、内出血を起こしてる様子もない。でも、これから数日はドノヴァンに注意して見てもらって。順調に回復してるとわかるまで、わたしが毎日確認に来るわ」

「それだけ？」イヴは聞いた。まだなにかあるのではないだろうか。

「あとは、こぶとあざと擦り傷が少しあるだけよ。とてもラッキーだわ。あなたたちみんなね。竜巻はあなどれない。子どもたちを排水トンネルの中に避難させたのは正しいことだったけど、あなたもそこに隠れるべきだったわ」マレンはたしなめた。

「あの子たちのほうが大切だもの」イヴはきっぱりと言った。

ドノヴァンが彼女の腕に触れ、肩までそっと指でなであげた。

「きみも大切だ、イヴ」

「それじゃ、あなたを診てみましょうか、お嬢さん？」マレンが明るい声でキャミーに言った。

キャミーは恥ずかしそうにマレンを見あげてから、励ましを求めてドノヴァンを見た。ドノヴァンはあっという間にキャミーの信頼を得ていた。それがイヴには依然として驚きだった。キャミーはスワニーにさえなついている。イヴはスワニーとドノヴァンに感謝していた。というより、すべての男が怖いわけではないとキャミーに証明してくれたこの男たち全員に。

キャミーは傷つき、裏切られたら、キャミーは傷つき、男に対する恐怖が強くなってしまうだろう。

「おれがついてる、スイートハート。イヴもいる。マレンはきみを傷つけたりしない。きみを元気にしてあげたいだけだよ」

キャミーはゆっくりとうなずき、大きな目をマレンに向けた。マレンはあたたかくほほ笑みかけると、診察をはじめた。キャミーの呼吸音を聞きながら、ときどき顔をしかめる。それから脈と体温を調べ、喉を見て、リンパ節を触診した。

診察が終わると、イヴはやる気持ちで身を乗り出し、診断を聞こうとマレンを見つめた。

「重症よ」マレンは率直に言った。「ふつうなら、病院に連れていって点滴と抗生物質を打たせるけれど、それはあなたの選択肢にはないのよね。とりあえずここで点滴を打つわ。症状が改善されるまで、ドノヴァンに家で薬を投与してもらって」

「どのくらい重いの?」イヴは小声で聞いた。「どこが悪いの?」

「肺炎を起こしかけてるわ。確認するために胸部のレントゲンを撮りたいんだけど。呼吸が苦しそうだし、息をするときにぜいぜい言ってる。治療せずにいたら、重篤化するかもしれないわ」

マレンはキャミーを怖がらせないように明言は避けたが、イヴにはわかっていた。キャミーは死ぬかもしれない。

喉にむせび泣きがこみあげ、イヴは両手に顔をうずめた。ドノヴァンが腕をまわして抱きしめる。イヴの椅子の横でしゃがみ、彼女を抱いてやさしく揺すった。

「努力したの」イヴは喉をつまらせて言った。「必死でがんばったけど、十分じゃなかった。こんなに悪くなったのはわたしのせいだわ。もっといろいろやってあげるべきだった。でも、できなかった。あなたにはわからないわ。彼に見つかっていたかもしれない。そんなわけにはいかないの。キャミーもトラヴィスも彼のところに戻すわけにはいかない。わたしの身になにがあっても、ふたりを見捨てるわけにはいかない」

「落ち着け、イヴ」ドノヴァンがやさしく言う。「きみはあまりに大きな重荷を背負ってきた。きみはひとりしかいないんだ。きみはベストを尽くした。だれもきみを責めたりしない。きみは立派にキャミーとトラヴィスの面倒を見てきた。だけど、そろそろだれかに自分の面倒を見てもらうべきだ」

イヴは首を横に振った。「大切なのはあの子たちよ。わたしじゃない。あの子たちには人生があるの」泣きじゃくる。「彼のせいでそれを台なしにさせたりしない」

「イヴ、今度はあなたを診察させてちょうだい」マレンがやさしい口調で言った。

イヴは顔をあげた。「わたしは大丈夫。ほんとうに。助けが必要だったのはトラヴィスとキャミーよ」

「それを決めるのはわたしよ」マレンはきっぱりと言った。「頭の傷からまだ出血してるし、どんな状態かたしかめないと」

イヴは戸惑いつつ手をあげ、傷に触れた指を見つめた。指先に血がついている。ドノヴァンがイヴに手を貸して立たせてから、キャミーを抱きあげ、イヴを診察台に座らせた。

「嵐のときになにがあったか覚えてる？」マレンがイヴの髪の中を探りながら聞いた。「どこが痛いか教えてくれる？」

体じゅうがずきずきと痛かった。全身がひとつの大きなあざみたいだ。ドノヴァンはひとつだけ正しかった。感覚が戻ってきたいま、体のあちこちが抗議の悲鳴をあげていた。

「あのときのことはなにもかもぼんやりしてるわ」イヴは言った。「わたしはキャミーとトラヴィスを避難させようとしてた。トラヴィスに大きな枝がぶつかったんだけど、わたしはキャミーを排水トンネルに連れていくためにトラヴィスを置き去りにするしかなかった。トンネルから出たとき、地面に倒された。そしたらトラヴィスがそこにいた。でも、わたしは風に吹き飛ばされてしまった。それでトラヴィスにわたしを置いてキャミーのところに戻るように言ったの。あとのことはあまり覚えてないわ」

「ドノヴァン、イヴの体をもっと詳しく調べるから、外に出ててくれる？」マレンが落ち着いて聞いた。「キャミーをトラヴィスのところに連れていったら？　ジョーとスティールが彼についてる。あばらは固定して、痛み止めを与えてあるわ」

「イヴにも薬をやってくれ」ドノヴァンが断固とした声で言った。

マレンは口角をあげて半笑いをうかべた。「わかったわ、ドノヴァン。ほら、しっしっ」

ドノヴァンが出ていくと、マレンはイヴに向き直った。「服を脱いでくれる？　手足と腹部も確認したいの。見たかぎりでは、あなたもレントゲンを撮ったほうがいいかも。頭に大きなこぶがあるわ。CATスキャンができればいいんだけど、ここでは無理だから」

イヴはマレンに腕を支えてもらい、ゆっくりと服を脱いだ。脱ぎ終わってから診察台に横たわると、マレンがときどきここは痛いかと聞きながら診察をした。

数分後、マレンに手を借りながら体を起こしてまた服を着た。

「心配なのは、頭の傷がどれだけひどいかってことだけね」マレンは言った。「あちこちあざがあるけど、どこの骨も折れてないと思うわ。だけど、数日は安静にしてて。三人ともね。本気よ、イヴ。絶対安静。指一本でも動かさないで」

「でも、無理よ」イヴは反論した。「この町から出ていくところだったの。ここにはいられない。逃げ続けないと、彼に見つかってしまう。わたしたちを見つけるまで、彼はあきらめないわ。彼がどんな力を持ってるか、あなたにはわからない。これまで彼がなにをしてきたかも、これからまたなにをするかも」

襲いかかってくる無力感にのみこまれそうになり、絶望のあまり泣きたくなった。これがどんなに大変な状況か、だれに理解できる？　ウォルトにつかまったら、イヴは収監され、キャミーには――トラヴィスには――頼れる人間がだれもいなくなってしまう。ウォルトはふたりに怒りをぶつけ、厳しく支配するだろう。

「ここに残るんだ、イヴ」

くるりと振り返ると、いまはドアが開いていて、ドノヴァンが険しく決然とした顔で立っていた。

「どこにも、、、いられないわ」イヴはささやいた。「トレーラーはなくなってしまった。わたしたちにはなにもない。あなたが見つけてくれたスーツケースに入ってるのがすべてよ。それでやっていかなきゃならないのに、それだけじゃぜんぜん足りないわ！」

ドノヴァンは確固とした表情をうかべ、唇をきつく結び、まばたきせずにイヴを見つめた。

「それはちがう、イヴ。きみにはおれがいる。ＫＧＩがいる。きみとキャミーとトラヴィスはおれの家で過ごすんだ」

16

ドノヴァンが見ていると、イヴの頬から血の気が引いた。目にありありとパニックをうかべ、診察台の上で身がまえている。

「無理よ」イヴは反論した。「あなたはわかってない」

ドノヴァンはかぶりを振った。「『あなたはわかってない』はもう聞き飽きた。おれがわかってるのは、きみときみの弟と妹には助けが必要だということだ。泊まる場所が必要だし、食べるものが必要だ。だけど、いちばん必要なのは、自分たちは安全だと理解することだ。だれにも危害を加えられたりしないと。きみの恐怖も不安もわかる、イヴ。理解できる。ほんとうだ。だが、きみの答えは問題に対する現実的な解決策じゃない。ちょっと立ち止まって考えてみれば、おれが正しいとわかるはずだ」

イヴはすでに反論しようとしていたが、ドノヴァンはさらに続けた。

「逃げ続けることはできない。そんな生き方はまちがってる。それに、次に行く場所では、ここにあるものがないかもしれない。きみを気にかけてる人たち。きみを守ろうとする人たち」

「わたしのことを知らないでしょう」イヴはささやいた。「どうしてわたしを、あるいはキャミーとトラヴィスを気にかけてくれるの？　あなたの提案はばかげてる！　ふつうは他人を自分の家に住まわせたりしない。状況もわからないのに、約束をしたりしない」

「そのとおりだ。おれはわかってない。まだな。だけど、教えてもらう。じきにきみとおれで話し合うことになる。だがいまは、おれの最優先事項はきみたちに必要な治療を受けさせて、安静にさせて、怪我を治して、キャミーの病気を治すことだ。軽く考えるな、イヴ。キャミーの病気は重い。あの子のことを考えるんだ。なにが最善か。キャミーにとってだけでなく、きみ自身とトラヴィスにとって」

「わたしがいちばんに考えてるのはあの子のことよ」イヴは荒々しく言った。「つねにあの子のことを考えてる」

ドノヴァンはイヴに近づき、彼女の手を取って指を握りしめた。手の中でイヴの手が震えている。ドノヴァンは指の関節を親指でなでて、波のように伝わってくる不安をいくらかやわらげてやろうとした。つかの間、イヴはドノヴァンの手を握りしめた。彼が与えるなぐさめがどうしても欲しいというように。ドノヴァンはそれをいい兆候だと受け取った。とうとう心が通いつつあると。

「きみがキャミーのことをいちばんに考えていないとか、あの子のことを最優先にしていないと思ったことはない。もしそう思わせてしまったのなら、すまなかった。おれが言ってるのは、きみには助けが必要で、おれが助けてやるということだ。ノーという返事は受けつけない」

イヴは戸惑ったようにドノヴァンを見つめた。それからマレンをちらりと見やった。その目から、マレンに会話を聞かれて気まずいのだとうかがえた。

「イヴ」マレンがやさしく口を開いた。「立ち入りたくはないし、あなたの気分を害したくもないけど、わたしもドノヴァンに賛成よ。医者として、かつKGIとケリー家ととても親しくしてる人間としてね。キャミーは重病で、点滴を打たなきゃならない。ひと晩ではよくならないわ。時間がかかるの。それに、トラヴィスはどこかに行ける状態じゃない。ベッドで安静にして怪我を治さないと。あなたがベストを尽くしてきたのはわかってるけど、だれにでも助けが必要なときがあるわ。わたしもそうだった。そんなとき、KGIが助けてくれたの。同じようにあなたのことも助けてくれるわ。経験者からの言葉だと思って。助けてもらったのは一度じゃないんだから」悲しげな笑みをうかべてつけ加える。「ドノヴァンは――KGIは――最高よ。あなたには最高の助けが必要だわ。キャミーとトラヴィスも最高の助けを受けるべきよ。いまのあなたの状態でどこかに行かせたりしたら、わたしはプロの医者として失格だわ」

ドノヴァンはマレンに感謝のまなざしを向けた。マレンの言葉にイヴは心を動かされていた。その目から、マレンの率直な意見を聞いて気づいたのだとわかった。マレンの言うとおりだと――ドノヴァンの言うとおりだと。

イヴは肩をがっくりと落とし、つかの間だけ目を閉じた。ふたたび開けたときには、涙で濡れてきらめいていた。ドノヴァンの胸が締めつけられる。苦しむ女性は見たくないが、イヴはただの女ではない。ドノヴァンにとっては。イヴに対する反応をうまく説明することはできないが、単に彼女が困っている女性だからという理由だけではなかった。ＫＧＩを運営してきた何年かのあいだに大勢の困っている女性に遭遇してきたが、こんなふうに……惹かれたことはない。心も体も。こういう気持ちを抱かないようにしてきたわけではない。ただ感じたことがなかった。どの女性に対しても、イヴに対するような気持ちにはならなかった。すでにイヴを――彼女の弟妹を――自分のものだと考えていた。自分の……家族だと。

この尊い三人が自分のものになるのはどんな感じだろうかと、すでに想像していた。キャミーとトラヴィスに対する猛烈な保護欲は、困っている子どもたちにいつも感じる気持ちより強かった。どの任務も私情がからんだが、今回は完全にべつものだった。どんなことが起こるかわからないのに、自分の家族を立ち去らせたりしない。傷つくかもしれないし、殺されるかもしれないし、ほかにどんな目にあうか。そんなのは選択肢にない。

イヴを出ていかせるくらいなら、彼のベッドに縛りつけて、その上に乗って動けないようにしてやる。

たとえそれがとんでもない行為だとしても。

兄弟とチームリーダーたちが自分の女に対して過保護で、情熱的な態度で接していることをからかってきたが、いま同じ立場になると、愛する女に対して彼らが抱いている気持ちがはっきりとわかった。

愛？

いや、イヴを愛してはいない。彼女が言ったように、ドノヴァンはイヴのことをなにも知らない。だが、イヴが自分にとってとても大切な存在になるということはわかっていた。イヴと彼女の弟妹のことはすでに大切に思っている。けれど、実際に大切な存在になってもらうには、イヴにここにいてもらわなければならない。彼の保護下に。そうすれば、彼女たちの状況がどう変わっていくか見守ってやれる。

すぐには変わらないだろう。明日や来年というわけにはいかない。いまは自分が彼女たちの人生を押し進めるということを納得してもらうしかない。簡単なことではないはずだ。しかし、イヴに反対されても思いとどまるつもりはない。自分が望むものに関しては、兄弟たちとまったく同じくらい頑固なのだ。そのことにイヴはすぐに気づくことになるだろう。

「家に連れていく」ドノヴァンはやさしく言った。「きみたちみんな。トラヴィスは安静にしなきゃならないし、キャミーも安静にして、薬を投与しなきゃならない。きみもな」

イヴの反論を待たず、マレンのほうを向く。イヴが反論しようが、いまからは彼のやり方でやる。ひどく弱っていまにも壊れてしまいそうなこの女にプレッシャーをかけるなんて、とんでもないまぬけに見えるだろう。だが、それを利用しよう。彼女たちを守って面倒を見ることに良心の呵責を覚えたりしない。なにがなんでもやり遂げてみせる。イヴたちのためにあらゆる手を尽くそう。彼女たちがいるべき場所にいられるように。彼と一緒に。

「イヴに鎮痛剤の処方箋を書いてやってくれ。注射が必要だろうが、家に戻って落ち着いてから打とうと思う。どのみち、トラヴィスとキャミーを寝かせるので手いっぱいだろうから」

マレンはうなずき、処方箋パッドを取り出して何行か走り書きした。それからドノヴァンに渡した。

「あなたの名前で書いておいたから、彼女たちの名前は薬局の記録には残らないわ。トラヴィスとキャミーの薬も書いてある。これからキャミーに点滴を打つわね。あなたが家に持ち帰る分の生理食塩水と抗生物質の点滴バッグも用意しておくわ。なにかあったら、遠慮なく電話して。あなたがよければ、毎日様子を見に来るけど、事前に電話をするわ」

ドノヴァンはマレンを抱きしめた。「ありがとう、スイートハート。おれたちのためにいつもありがとう。あまり伝えてないかもしれないけど、きみがいなきゃ、どうすればいいかわからない」

マレンはほほ笑みながら体を引いた。「こっちこそ、あなたたちに助けてもらった恩は返しきれないわ。KGIはわたしとオリヴィアにとって命の恩人よ。スティールにとっても。ぜったいに忘れないわ。わたしにできることなら喜んで力になる。電話するだけでいいんだからね」

ドノヴァンはもう一度愛情をこめてマレンを抱きしめてから、イヴのところに戻った。マレンは廊下に出て、スワニーにキャミーを連れて戻ってくるように声をかけた。

マレンがキャミーに点滴を打つときにそばにいたいだろうと思い、ドノヴァンはイヴを診察台の頭側に移動させた。それから彼女の隣に立ち、細い腰にしっかりと腕をまわした。

ほっそりしている。腕の中のイヴは壊れやすく貴重なものに感じられ、ドノヴァンは彼女を抱く腕に力をこめた。彼女を安心させるためというより、自分の心の平穏のために。だが、イヴには彼女を支えるためにみなが結束していることをわかってほしかった。

スワニーがキャミーを部屋に連れてきた。キャミーはドノヴァンとイヴを見ると目を輝かせた。安堵で目から苦しみが消え、女の子はしきりにドノヴァンに腕を伸ばした。ドノヴァンは少しだけイヴから手をはなしてスワニーからキャミーを受け取り、自分とイヴのそばにいられるように診察台におろした。

イヴは手のひらでキャミーの熱のある額にそっと触れてから、体をかがめて額にキスをした。

「大丈夫よ、ダーリン。わたしがずっとそばにいるから」となだめるように言う。「マレンが腕に点滴をしてくれるわ。ちょっとだけチクッとするわよ」

「ドノヴァンは？」キャミーは親指をくわえながらもごもごと言った。

ドノヴァンはほほ笑み、キャミーの腕に手を置いて安心させるようにつかんだ。「おれもいる、スイートハート。イヴとおれはどこにも行かない。これが終わったら、おれの家に戻るんだ。たっぷり休んで、グリルドチーズサンドも食べられるぞ」

キャミーはほほ笑み、イヴは息をのんでしゃっくりのような音を立てた。ドノヴァンはキャミーから手をはなすと、またイヴの腰に腕をまわし、ふたりが団結していることをキャミーに示した。こうすれば、ドノヴァンたちが彼女をひとりにしたりしないとわかるだろう。

マレンが生理食塩水と抗生物質の点滴バッグとチューブを準備した。キャミーの腕に消毒をして、針を刺す箇所の上部にゴムバンドを巻いてから、やさしく安心させるような口調でキャミーに話しかけた。

「ちょっとだけチクッとするけど、がんばってじっとしていてね。わかった、キャミー？」

キャミーは真顔でうなずいたが、マレンが皮膚に針を当てると硬直した。恐怖で目が見開かれ、顔にパニックがあふれる。

「一瞬で終わるわ」イヴがささやく。「がんばって。マレンがやさしくしてくれるわ」

マレンは手際よく針を刺した。キャミーは驚いて叫び声をあげたが、感心なことに腕を引いたりしなかった。さいわい、一回で針が血管に入り、キャミーの表情がやわらいだ。

点滴を打っているマレンの向こうでは、スワニーがキャミーの反対側に立ち、彼女の頭を包みこむように髪をなでていた。

「えらいな」スワニーは言った。

マレンがすばやくチューブを取りつけ、薬の注入口をテープでしっかりとめてから、輸液の流れる量を調節した。次いで抗生物質の点滴バッグをつなげ、薬が一緒に流れこむようにした。

「終わったわ」と笑顔でキャミーに言う。「がんばったわね、キャミー」

マレンのほめ言葉にキャミーは顔を輝かせた。「思ったより痛くなかった」

「マレンが優秀なお医者さんだからさ」ドノヴァンは言った。「じゃあ、終わったなら、家に戻ってベッドで寝よう」

その言葉にキャミーはうれしそうな顔をした。それからもじもじとドノヴァンを見あげた。

なにか言いたそうだが、迷っている。親指がますます口の奥に入っていった。

「どうした、スイートハート？」ドノヴァンはやさしく聞いた。「なんでも聞いていいぞ。遠慮するな」

「羽毛の枕ってある？」

その単純な質問にイヴがつらそうな顔をした。動揺を隠そうと一瞬だけ目を閉じる。

「大好きなの」キャミーが親指をくわえたまま言った。「お金ができたらイヴィが買ってくれるって言ってた」

ドノヴァンの心が締めつけられる。「ゲストルームにはないけど、おれもたまたま羽毛枕が大好きで、おれのベッドには四つあるんだ。ひとつ使ってもいいよ。新しいのを用意するまで、それで我慢してくれ。いいかい？」

キャミーはうれしそうに目を輝かせてうなずいた。

「家に戻ってベッドに寝かせるまで、点滴バッグが頭より上にあるようにしてね。家に点滴スタンドはある？　ジョーとスワニーにひとつ持っていかせましょうか？」マレンが会話をさえぎって聞いた。

「おれが持っていく」スワニーが申し出た。「ジョーとスティールはトラヴィスを車に乗せないといけないだろう」

ドノヴァンはイヴから手をはなし、体をかがめてキャミーを腕に抱きあげた。スワニーに視線を向け、自分がキャミーと点滴バッグを運ぶから、イヴに手を貸してやってくれと目で伝える。

　ふたたび全員が車に乗りこむと、ドノヴァンはいそいで家に戻った。スティールとジョーがトラヴィス用の寝室のベッドにトラヴィスを連れていってから、ドノヴァンはイヴとキャミーが使う部屋のベッドにキャミーを寝かせた。スワニーが点滴スタンドを持ってきたので、そこに点滴バッグをかけ、そのあとでスワニーに処方箋を押しつけた。

「これを薬局に出して、薬が用意できるまで待っててくれ。いそぎだと言え。ジミーは知り合いだから、すぐに準備してくれるはずだ。だが、おせっかいだから、おれになにかあったのか聞いてくるだろう。処方箋はおれの名前になってるからな。こっちからはなにも言うな」

　スワニーはうなずいた。「わかった。今夜、簡単に夕食を作ってやろうか？　遠慮しなくていいぞ。薬を買いにいくのはそんなに時間はかからないだろう。キッチンになにがあるかさっと確認して、必要なものがあったら、出かけるついでに買ってくる」

「助かるよ」ドノヴァンは感謝をこめて言った。

　スワニーが出ていってから、ドノヴァンはイヴのほうを向いた。

「おれの義理の姉妹たちが協力してきみとキャミーの服を用意してくれてる。トラヴィスに必要なものはジョーが買ってくる。だけど、いまきみたちにいちばん必要なのは休息だ。トラヴィスはマレンが投与してくれた鎮痛剤のおかげでもう眠ってる。あの子のことは心配いらない。スワニーがマレンの処方した薬とほかに必要なものを買って戻ってくるまで一時間くらいかかるだろうから、きみがキャミーとベッドに入ったらすぐに注射を打ってやる。それから夕食の時間まで、きみは顔を見せたりしゃべったりするな」

イヴは抗議しようと口を開けたが、ドノヴァンは黙らせた。

「反論するな、イヴ。きみは疲れきってるし、怪我をしてる。キャミーはもう眠りかけてるが、きみのことが心配で不安になってる。きみが自分たちのためにできる最善のことは、キャミーとベッドに入って、ふたりとも少し眠ることだ」

イヴはため息をついたが、同意してうなずいた。

「おれのTシャツを持ってくる。おれが出ていったら着がえて、ベッドに入れ。なにも見たりしない。スエットパンツは脱いでもいい。五分経ったら戻ってきて、痛み止めを打つ。リラックスして眠れるはずだ」

イヴが同意したかどうか返事を聞くのを待たずに、ドノヴァンは大またで自分の寝室に入ってTシャツを引っ張り出した。イヴならひざまで届きそうだ。ドノヴァンは兄弟たちほど背が高くないが、胸は広いので、イヴがこのシャツを着ればぶかぶかで、きちんと体が隠れるだろう。

イヴが彼のTシャツを着ると思うと、ばかげた満足感を覚えた。

イヴのところに戻り、彼女の手にTシャツを押しつける。キャミーは必死で起きていようとしていた。イヴが隣にもぐりこんだらすぐに、この女の子は寝入ってしまうだろう。

「五分だ、イヴ。そのあとで戻ってきて、注射を打つ」

返事を待たずにドノヴァンは大またで部屋を出て、ほかの人たちが集まっているリビングに向かった。

「おれたちにできることはあるか？」ジョーがたずねる。

ドノヴァンはうなずいた。「トラヴィスの服を買ってから、サムの家によってくれ。ソフィとシェイが協力してキャミーとイヴの服を用意してくれてる。シェイがいちばんイヴの体格に近いから、サムの家に服を持ってきてくれる。ソフィはキャミーのためにシャーロットの服を用意してる。靴のサイズはわからないから、それはあとで対処しよう。どのみち、家から出ないから、すぐには必要ないだろう」

「お安いご用だ」ジョーは言った。「任せろ」

ドノヴァンはスティールとマレンと、スティールの腕の中にいる赤ん坊のオリヴィアのほうを見た。「すぐに来てくれてありがとう、マレン。ほんとうに恩に着る」

「ほかにおれにできることはあるか？」スティールが意味ありげに聞いてきた。医療関係の手助けのことを言っているのではないとドノヴァンにはわかっていた。

ドノヴァンはかぶりを振った。「三人が眠ってから、みんなを呼び出して、作戦を話し合う。ショーンにも来てもらう。おまえたちは、一度家に帰ってからまた戻ってこなくてもすむようにここにいたいなら、くつろいでくれ。スワニーが戻ってきたら、全員の夕食を作ってくれる」

スティールはうなずいた。「おれのチームを呼んだほうがいいか？」

ドノヴァンはしばし考えてから、首を横に振った。「まだいい。少なくとも状況がわかるまでは。とりあえずはネイサンとジョーのチームに対処してもらう。このチームにぴったりの仕事だし、いまは全員こっちにいる。おまえやリオのチームは必要になったら呼び出せばいい。これから兄弟たちに説明しなきゃならない。何度も同じ話をしたくはないから、全員が来るのを待ってから、自分の考えを話す」

スワニーとジョーはそれぞれの用事を片づけるために出かけていき、ドノヴァンもイヴの面倒を見るためにリビングを出た。寝室に入ると、イヴはすでにキャミーと掛け布団の下にもぐりこんでおり、キャミーとドノヴァンもイヴの体にぴったりとすりよっていた。

なんとも愛らしい光景を前に、一瞬ドノヴァンは見つめることしかできなかった。自分のものになるかもしれないものを。すでに自分のものだと考えているものを。それが正しいと感じられるのが衝撃的だった。だがまた、空想に気を散らされるわけにはいかないとわかっていた。どこかにモンスターがひそんでいて、攻撃の機会をうかがっている。彼の家族への攻撃を。

そんなことはぜったいにさせない。

ドノヴァンはマレンが用意してくれた注射器のキャップを外し、ベッドに近づいた。端に座り、腿をイヴの体と触れ合わせた。

「尻に打たなきゃならないんだ」と説明する。「シャツを引きあげて、下着のウエストバンドを少しおろすだけでいい。ほかは隠しておいていい。すぐにすむし、ずっと気分がよくなるはずだ」

「ありがとう」イヴはほとんどささやき声で言った。「ちゃんと言ってなかったわよね――というか、一度も言ってないんじゃないかしら。ありがとう。どうして知りもしない人のためにこんなにしてくれるのかわからないけど、親切にしてもらった恩を返しきれるとは思えないわ、ドノヴァン。あなたがキャミーとトラヴィスにしてくれたこと。わたしにしてくれたこと。理由はわからない――理解すらできない――けど、あなたがいることを神に感謝するわ。わたしたちがここにいることを」

ドノヴァンはほほ笑み、一本の指でイヴの頬の曲線をなでおろしながら、猛烈な満足感を覚えていた。イヴはとうとう彼の助けを受け入れつつあるようだ。「どういたしまして、イヴ。だけど、そのことに慣れるんだ。おれはどこにも行かない。きみも」

ドノヴァンはぶかぶかのシャツを慎重に押しあげ、ほっそりしたウエストとやさしい曲線を描く尻をあらわにした。赤ん坊のようにやわらかそうな肌をなでたいと純粋な衝動にかられたが、注射を打てるように少しだけパンティーをおろすことに集中した。

「ちょっと我慢しろ」と警告してから、皮膚に針を刺した。

イヴは一瞬身をこわばらせてから、ますます硬直した。

「痛い」とぶつぶつ言う。「針を刺されるより薬が入るほうが痛いわ」

ドノヴァンはくすくすと笑った。「そういうものさ。だけど、すぐに効果を感じられるはずだ。リラックスして、少し眠るんだ。夕食の時間になったらきみとキャミーを起こす。今回はグリルドチーズサンドとスープよりいいものだぞ。スワニーが腕を振るうと申し出てくれた。あの男は本格的な料理ができるんだ」

イヴはほほ笑んだ。その目は薬の影響ですでにぼうっとしていた。「すてきね。それと、ドノヴァン？　あらためてお礼を言うわ。こんなに親切にしてもらって、ぜったいに恩を返しきれないわ」

ドノヴァンが体をかがめて彼女の額にキスをすると、唇の下で完全に静止するのが感じられた。「返してもらうさ、イヴ。ほんとうだ。ただ、きみが想像している方法じゃないが」

そう謎めいた言葉を告げながら体を起こすと、イヴの腕の中でキャミーがすでに眠りこんでいた。ドノヴァンは点滴のチューブを見て、外れずにきちんと輸液が流れているかたしかめた。

「ぐっすり眠れ、イヴ。そして安全だとわかってくれ」部屋を出てドアを閉める直前、ドノヴァンはささやいた。

17

一時間後、ドノヴァンはリビングに立っていた。そこには、兄弟のサムとギャレットとジョーとネイサン、そしてネイサンとジョーのチームメイトのスワニーとスカイラーとエッジが集まっていた。ショーン・キャメロンの姿もある。ショーンを呼び出したのは、ひそかにイヴについて調べて、彼女が法を犯している可能性がないか突き止めてもらいたかったからだ。スティールとマレンは残っていたが、マレンはキッチンにさがって人目につかないようにオリヴィアに乳をあげていた。

大きな決断をくだす前にイヴから情報を聞き出したいものの、イヴが彼を信頼して心を開いてくれるのを待つわけにはいかなかった。できれば、今夜ふたりきりになったときに打ち明けてもらえればいいのだが。しかしいまは、全員に事態を把握しておいてもらわなければ。なにかが、あるいは何者かがイヴを追っている。彼女の恐怖は偽りではない。イヴの弟妹が目に恐怖をうかべていたのは演技ではない。

「それで、どういう状況なんだ、ヴァン？」サムが口を開き、部屋の重い沈黙を破った。

「はっきりとはわからない」ドノヴァンは厳しい口調で言った。「だけど、早く突き止めないと。今夜、イヴに話を聞いてみる。彼女は簡単には人を信用しないが、おれとは心が通いつつある。ここで過ごすことに同意させたのは、正しい方向への大きな一歩だ」

ドノヴァンはショーンを見やった。壁によりかかり、両手を制服のズボンのポケットに入れている。ちょうど勤務を終えたばかりで、まだ家に帰っていなかった。疲れているはずだが、ドノヴァンに呼ばれるとためらうことなく来てくれた。

「ショーン、ひそかにイヴのことを調べてほしい。キャミーとトラヴィスのことも。本名かどうかわからないが、トラヴィスは名字がハンソンだと言っていた。三人の特徴と合う人間がいないか調べてくれ。だれにも知られないようにな。なにかわかったら、おれに教えてくれ。どんなことでもかまわない」

ショーンは目を細めた。「具体的にどんなことを調べてほしいんだ？」

「わからない」ドノヴァンは正直に言った。「わかってるのは、イヴたちが逃げているということだ。だれかから必死で逃げて、おびえてる。キャミーは男を怖がってる。自分の〝パパ〟がイヴを傷つけたと言っていた。イヴの父親じゃなく、キャミーの父親だ。つまり、キャミーとトラヴィスはイヴとは母親が同じで、半分血がつながってるのかもしれない。もしくは、イヴはおばか、ふたりを心配している親類かもしれない。とにかくなんでもいいから調べてくれ。痕跡を残さないように」

ショーンはうなずいた。「やってみよう」

ドノヴァンはほかの人たちを見まわした。「みんなにも協力してほしい。居住地のセキュリティーを強化したい。定期的な見まわりも。それから、町に見慣れない人間がいないか目を光らせておきたい。新参者がいないか、イヴを、あるいはキャミーとトラヴィスを捜していると思われるような質問をしてまわってる人間がいないか」

「誘拐の緊急事態警報が出てないか調べてみる」ショーンが静かに言った。「逃げているのなら、行方不明だと報告されてるかもしれない」

ショーンは口にしなかったが、イヴが誘拐犯で、子どもたちにとって危険人物だとみなされている可能性もおおいにあるということだ。そんなのは大嘘だとドノヴァンにはわかっていたが、かといって世間も同じだとはかぎらない。

ドノヴァンは同意してうなずいた。「どんな情報でも必ずおれに知らせてくれ。ほかの人間にはひとこともらすな。裏で手をまわしてほしいということだ。仕事に支障が出るかもしれない。気が進まないなら、やらなくてもいいんだぞ」

ショーンはあざけるような声をあげた。「おまえが彼女を信じてるのなら、おれも信じるさ、ヴァン。おまえの判断を信じる。どんなことがわかっても、警告を発したりしない。手に入れた情報は真っ先におまえに知らせる」

「恩に着るよ」ドノヴァンは静かに言った。

それからスティールに注意を向けた。

「状況がはっきりするまで、おまえのチームは外れてろ。今回はネイサンとジョーに任せる。ここはおれたちのホームグラウンドだ。どこかのろくでなしを近づけてイヴやあの子たちに危害を加えるようなまねはさせない。だけど同時に、おれたちの家族を守って、つねに警戒している必要がある。つまり、妻たちに危険の可能性を伝えて、ひとりで外出させないということだ」

最後の言葉は兄弟たちに向けたものだった。

サムとギャレットが厳格な表情でうなずいた。

「イヴたちがここに、この居住地内にいるかぎり、どんなものも彼女たちに危害を加えることはできない」ドノヴァンは言った。「一度、ここでシェイが危険にさらされたことがある。あのときの過ちは二度とくり返さない。イヴには自分やキャミーやトラヴィスを危険にさらすような場所にはぜったいに行かせたりしない」

まわりから賛同の声があがる。

「食事にしよう」そう言ってドノヴァンは話を終わらせた。「スワニーが簡単に夕食を作ってくれた。イヴはもう少し寝かせておく。それから起こして、食事をさせて……話をする」

みなキッチンに向かったが、ドノヴァンは廊下の先のイヴの寝室に行き、中をのぞいた。キャミーがイヴの腕の中にすりよっているのを見て、心がやわらぐ。ふたりともぐっすり眠っている。ドノヴァンはしばらくその場に立ってふたりを眺めてから、音を立てずに立ち去った。いま目にした光景が頭の中に鮮やかに残っていた。

キッチンではみなが皿とフォークを持って立ち、スワニーのラザニアにかぶりついていた。ドノヴァンはイヴと彼女の弟妹があとで食べる分を確保し、冷めないようにオーブンに皿を入れた。

最初に出ていったのはショーンだった。家に帰って少し眠り、朝になったら調査をしてドノヴァンに知らせると言っていた。ネイサンとジョーのチームメンバーもひとりずつ帰っていき、その後すぐにスティールとマレンも出ていった。マレンは明日また来て、もう一度イヴとキャミーとトラヴィスを診ると約束してくれた。

ふたりが出ていってからドアを閉めて振り返ると、すぐそばにサムとギャレットが立っていた。兄たちのこの顔はよく知っている。ドノヴァンはため息をつき、リビングのソファのほうを示した。

「兄貴たちに説教されるなら、せめてくつろがせてくれ」ドノヴァンは冷ややかに言った。サムもギャレットも〝説教〟という皮肉に異を唱えなかった。やっぱりそうか。

「で、なんだ？」ドノヴァンは聞いた。

サムが髪をかきあげ、ギャレットと視線を交わした。どっちが先に話すか迷っているみたいだ。

「さっさと言えよ」ドノヴァンはいらいらと言った。「さっき話し合ったこと以外に、なにかあるんだろう」

「おれは心配なんだ――おれたちは心配なんだ」サムが言い直した。「今回のことでおまえは自分の願望を満たしたいんじゃないかって」

ドノヴァンは驚いてのけぞった。「どういう意味だ？」

ギャレットが身じろぎ、両手をポケットに突っこんだ。「いいか、おれたちの中で昔からおまえがいちばん家庭的だった。ずっと妻と大家族を望んでただろう。最初に結婚して家じゅうを子どもでいっぱいにするのがおまえじゃなかったなんて、みんなにとって驚きだった」

「おまえがイヴと彼女の弟妹のことを手っ取り早い方法だと思ってるんじゃないかと心配なんだ」サムが口をはさんだ。「すでにできあがった家族。自分がどんなことに足を踏み入れてるのか、ちゃんとわかってるのか？　イヴのことも彼女の状況もなにもわかってないだろう。今回の件でおれたちにどんなことが起きるかもわかってない。おれたちの家族を、妻たちを、子どもたちを危険にさらすことになるかもしれないんだぞ」

ドノヴァンの喉の中で怒りが沸騰して爆発しそうになる。指を曲げ、ついに固くこぶしにして自分を抑えようとした。カッとなって後悔することをしたり言ったりしたくはない。

「義理の姉妹や姪や甥たちを危険にさらすようなまねはぜったいにしない。おれは家族を危険にさらしたりしない。それはよくわかってるだろう」ドノヴァンは憤然と言った。「家族のためならすぐにでも命をささげられる。それに、おれのことをわかってるなら、おれがあれほど困ってる女や子どもを見て知らんふりしたりしないとわかってるはずだ」

「そのことを言ってるんだ」ギャレットが穏やかに言う。「おまえは昔から女と子どもにめっぽう弱い。とくに子どもだ。おまえがイヴたちに執着して、そのあとで彼女たちを奪われるなんてことになってもらいたくないんだ。彼女たちの母親のことも父親のこともわからないし、イヴがキャミーとトラヴィスにとって危険な人物かもしれない」

ドノヴァンは懸命に平常心を保とうとした。兄たちの懸念はわかる。理解できる。それでも腹が立ったし、兄たちの顔を見るかぎり、ふたりとも彼が腹を立てているのをわかっていた。

「おれたちはつねにおまえの味方だ」サムが言う。「おれたちだってイヴたちが心配だ。ただ、おまえに傷ついてほしくない。おまえが感情をはさみすぎているんじゃないかと心配なんだ。感情は消して、ほかの任務と同じように対処しろ。イヴと彼女の弟と妹を助けてやれ。だが距離を置いて、感情ははさまないようにしろ」

「サラだって任務だったはずだろう」ドノヴァンは食ってかかった。「ギャレットはあっという間に私情をはさむようになったよな？　サムだって同じだろう。任務中にソフィと関係を持った。おれたちがムートンを追ってるときに、女といちゃついてる場合じゃなかったはずなのに。いま、ふたりともそのことを後悔してるか？　自分たちが手に入れたものを見てみろ。妻。子ども。これから生まれる子ども。イヴがおれの運命の相手じゃないって、どうしてわかる？　自分たちだって〝任務中〟に幸せをつかんだくせに、おれが同じように幸せを手にするチャンスを否定するのか？」

サムはばつが悪そうな顔になり、ギャレットはたじろいだ。

「たしかにイヴはただの任務じゃない。わかってる。解決すべきことが山ほどあるってのもわかってる。イヴの信頼を得なきゃならない。そうすれば、彼女が逃げているものに対処する準備ができる。イヴが犯罪者だなんて、これっぽっちも思ってない。なにがなんでも家族を守ろうと必死になってる女だ。おれたちも同じことをするんじゃないか？　自分の家族のためならどんなことでもするだろう。妻たちのために。子どもたちのために」

「もうイヴとキャミーとトラヴィスを自分のものだと思ってるんだな」ギャレットが指摘した。「おまえに傷ついてほしくないんだ」

「おれは兄貴たちがすでに手に入れてるものが欲しいだけだ」ドノヴァンの声は低く、感極まってかすかに震えていた。「イヴがその相手かもしれない。ちがうかもしれない。だけど、パズルのピースがまだ全部そろってないからといって、彼女を見たときに感じた気持ちを無視することはできない。兄貴たちだって、妻から目をそむけたりしなかっただろう。当時はただの任務だったのに。ただの困ってる人だったのに」

「そのとおりだ」サムがしぶしぶといった口調で言った。「おれたちがついてるからな。おまえがイヴのことを困っている人間としてではなく、特別な存在として感情を抱いているのなら、彼女の家族をおれたちの家族として考える。できるかぎり力になる。キャミーとトラヴィスにどんな危害も加えさせたりしない。イヴにも。だが、よく考えて行動してくれ。ティーンエイジャーと四歳の子どもを引き受けることになるんだ。楽なことじゃない」

ドノヴァンは笑い声をあげた。肩の緊張がいくらかやわらいだ。「おふくろがラスティにしたことと同じだろう？　トラヴィスはラスティとちがって喧嘩腰じゃないし、身がまえてもいない。ラスティの場合は無理もなかったけどな。トラヴィスはいい子だ。おびえてるが、姉妹を守ろうとしてる。あの年で心配事をかかえなくてもいいのに、子どもらしさを捨てて、ふつうより早く大人になってる。あの子をおれの息子だと思えるのは誇らしいことだ。父親と言えるほどおれは年をとってないけどな」

サムとギャレットはくすくすと笑った。それまでの堅苦しさがほぐれていた。

「ああ、その年で十五歳の子どもがいたら、おれらはすっかり先を越されてたことになっちまう」とギャレット。

ドノヴァンはため息をついた。「ときどき、めちゃくちゃ年をとった気がする。おれたちみんな、そこそこ若いころに、ほかの多くの人たちが見たり経験したりするよりも多くのことを目にしてきた。そのせいで老けちまう。そろそろ身を落ち着けて、自分の家族を持ちたいと思いはじめてたんだ。時間は過ぎていくのに、おれは現状にとどまってる。ＫＧＩは大好きだ。ほかの仕事に就くつもりはない。だけど、仕事だけの人生は望んでない。兄貴たちが手に入れたものが欲しい。妻がいる家に帰りたい。子どもたちで家をいっぱいにしたい。生きる理由が欲しいんだ。毎回任務から帰る理由が」

サムとギャレットは不安そうにさっと視線を交わした。たしかに人生に疲れたような口ぶりだったし、ドノヴァンがこういう弱音を吐くのは珍しいことだった。だが、現状に飽き飽きしていた。変化を受け入れる心がまえはできている。任務が終わってからひとりきりでなにもない家に帰るという生活を送るあいだに人生が過ぎていくのを止めたかった。

「そんな顔で見るなよ」ドノヴァンはそっけなく言った。「拘束から抜け出して自由になるところなのさ。おれは大人だ。自分のことは自分でできるし、兄貴たちにおれの恋愛生活に口をはさんでほしくない。そもそも兄貴たちは先走りすぎだ。おれはまずあらゆる角度から状況を検討する。見境なく飛びこんだりしない。兄貴たちはそう思ってないかもしれないけどな。だけど、おれの言いたいことはわかるはずだ。兄貴たちがソフィやサラと出会ったときも同じだっただろう。イヴのことは単に危険な状況にある女だとは思えない。これまで任務で出会ってきたどの女ともちがう。この先どうなるかまだわからないが、おれは立ち止まったりしない」

「わかってる」ギャレットがやさしく言う。「おれとサラもそうだった。だが、おまえはおれが個人的な感情をはさみすぎてるってしつこく言ってたよな。おれを心配して、任務を引き受けるとまで言いだした。おれが深みはまりすぎてるからってな。いまはその仕返しをしてやってるのさ」

ドノヴァンはほほ笑んだ。「兄貴として心配してくれるのはありがたいけど、今回はおれに任せてくれ。いいか？　それじゃ、ふたりとも奥さんのところに帰ってくれ。そうすれば、おれはイヴに信用してもらう方法を考えられる。どんな問題をかかえてるのか打ち明けてもらわないと」

サムが降参というふうに両手をあげた。「わかった、わかった、説教は終わりだ。二度としない。約束する。とにかく気をつけろ。おれたちも警戒しておく。言うまでもないが、必要なことがあれば、おれたちに任せろ」

ドノヴァンはソファから立ちあがり、兄たちににやりと笑いかけた。「口出しせずにいるのは、ギャレットにはつらいことだよな」

「くそったれ」ギャレットはぶつぶつとぼやいた。

「おっ、ゆすりのネタができたぞ。兄貴が勝手なことをしたら、また汚い言葉を使ったってサラにチクってやる」

ギャレットはドノヴァンをにらみつけ、サムは噴き出した。ドノヴァンは兄たちをドアへと追い立てた。早く帰ってほしくてしかたがなかった。イヴたちが眠ってから数時間が経っている。じきに腹がへるだろう。少しだけイヴとふたりきりになりたかった。そうすれば、心を開いて打ち明けてもらえるかもしれない。

18

ラザニアをあたため、ベッドに運ぶためにトレイを準備しているとき、ドノヴァンがふと目をあげると、イヴがキッチンのドアのところに立っていた。

その姿にドノヴァンはばかみたいに魅了された。ひざまである彼のTシャツを着て、細い脚と素足が見えていた。髪は乱れ、起きたばかりの目は垂れさがり、ドア枠に手をついて不安そうにドノヴァンのほうを見つめている。イヴが彼のスペースにいるのがうれしかった。ここが彼女の居場所であるかのようだ。彼がいるところが。兄たちには言ったが、いまここでイヴの姿を見ると……自分のものだという気持ちが高まった。兄弟たちもはじめて妻に会ったときにこんな気持ちを抱いたのだろうか？　はじめて出会った瞬間に、運命の相手だとわかったのだろうか？　ギャレットがサラと出会った瞬間にすっかり深みにはまったのは知っている。

それに、そう、ギャレットが言っていたように、ドノヴァンは彼女に近づかないほうがいいと兄に警告した。しかし、いまはわかっていた。あのときはわからなかったが、いまなら理解できる。また、ギャレットがサラと出会ったときにわかっていたように、イヴの将来がいやおうなくドノヴァンの将来と結びついていることもわかっていた。そしてそれを受け入れていた。ほかの可能性は受け入れられない。けれどもまた、簡単にはいかないということもわかっていた。兄弟たちにとっても、チームリーダーたちにとっても、簡単なことではなかった。すばらしいことは簡単には手に入らないのだ。

「入って」ドノヴァンはイヴに声をかけ、手を振ってテーブルを示した。イヴはTシャツだけで気まずいはずだし、ふつうにふるまおう。生地の薄いパンティーとぶかぶかのTシャツを身につけて立っているのではないというふうに。「料理をあたためて、ベッドに持っていくところだったんだ。だけど、よければここのテーブルで一緒に食べないか。そのあとでトラヴィスとキャミーを起こして食事をさせよう。ふたりはまだ起きてないだろう?」

イヴはトラヴィスの様子を見にいったはずだし、キャミーが起きているなら、寝室に置いてきたりしないだろう。夕食をベッドに持っていくつもりだったが、ドノヴァンはキッチンでイヴと――ふたりきりで――食事をするこのチャンスに飛びついた。いろいろと解決しなければならないことがある。もう彼に事情を打ち明けてくれるくらい信用しているかたしかめないと。

「ええ、まだ眠ってるわ」イヴは低い声で言い、テーブルのほうに移動した。

明らかに不安を抱いている。身がまえた様子で、目にためらいをうかべてドノヴァンを見つめながら、まだテーブルの下に入っている椅子の横にぎこちなく立っていた。それから、いそいでテーブルのうしろに脚を隠した。彼女の素足はすでにドノヴァンの脳裏に刻まれていたが。

ドノヴァンは電子レンジから取り出したばかりのラザニアの皿を運んでいき、イヴの前に置いた。

「飲み物はなにがいい？　甘いアイスティーか、レモネードか。いろいろな種類のソーダもある」

しゃべりながらイヴのために椅子を引き出し、座るように合図した。イヴが腰をおろすときには、少し前に投与した薬の影響でふらつかないようにひじをつかんだ。彼が触れるとイヴはぴたりと静止し、長いまつ毛の下からドノヴァンを見あげた。

イヴも感じているにちがいない。ふたりのあいだのこの電撃的な絆を。この電流に気づかないはずがない。それを強めようと、ドノヴァンはイヴのひじのすぐ上の肌を指で愛撫した。安心させるつもりだったのだが、イヴの肌から手に熱が伝わってきて、腕に広がっていった。

「アイスティーでいいわ」イヴはぼそぼそと言った。

「グラスと食事用のフォークを取って、すぐに戻る」

ドノヴァンはイヴの真ん前に皿を押してから、彼女の飲み物と、ふたり分のフォークと、彼女の皿をテーブルに持っていくあいだ電子レンジの中に入れておいた自分の皿を取りにいった。

すぐに戻り、テーブルにイヴのグラスをすべらせ、上座にいるイヴの斜め向かいの席に腰をおろした。

「食べられそうか？」イヴがすぐに食べないので、ドノヴァンは聞いた。「薬のせいで気分が悪いのか？　必要なら、胃を落ち着けて吐き気を抑える薬があるぞ」

イヴはかぶりを振った。「いいえ、大丈夫よ。においを楽しんでたの。おいしそう」

そしてフォークを取り、三角形のラザニアをそっと切った。ドノヴァンは彼女が食べるのを眺めていた。フォークが口の中に消えるのを見て、その口にキスをする光景を妄想した。それから頭を左右に振り、自分の料理を食べはじめた。あからさまにイヴをじろじろと見てしまった。信頼してもらいたいのなら、彼女とセックスしたがっている下品な老人みたいにいやらしい目で見たところでまったく役には立たない。

しばらくイヴに食事をする時間を与えた。動揺させて、途中で食べるのをやめさせたくはなかった。イヴの様子から、そしてトレーラーで目にしたことから、これまで何度も食事を抜いてきたのだとわかっていた。

料理を口に運ぶ速度が落ち、イヴがとうとうため息をついて、数口分だけ残してフォークを置いたときに、ようやくドノヴァンもフォークを起き、彼女の手の上に自分の手を重ねた。

イヴは身を硬くしたものの、手を引っこめたりはしなかったので、ドノヴァンはおおいに満足した。だが、イヴは目をあげ、例のごとく無言で彼を見つめて説明を求めた。

「イヴ、話をしよう」ドノヴァンはやさしく言った。

イヴはたじろいだが、目をそらさず、勇敢にドノヴァンと向き合った。観念したように顔にしわがよっている。その顔が気に入らなかった。大きな挫折を覚えているようだ。彼を信頼するのは挫折ではないし、弟妹を守ることをしくじったと思ってほしくなかった。

「どれくらい話せるかわからないわ」イヴはささやいた。

ドノヴァンはイヴの手を握りしめ、指の関節を親指でなでた。「なんでも話してくれ。なにもかも。すべてを知りたいんだ。そうすればおれたちがどんな状況に直面してるか把握できる」

イヴは当惑して目を細め、すっかり狼狽した様子でドノヴァンを見つめた。「おれたちって言ったわね」

困惑ぎみな声に、ドノヴァンの胸が痛んだ。彼が自分のことをイヴの問題の当事者だと考えていることに、明らかに戸惑っている。けれど、それに慣れたほうがいいだろう。ドノヴァンは彼女の問題に介入するつもりでいた。

イヴは頭をはっきりさせるかのように横に振った。「あなたはどんな状況にも直面してないわ、ドノヴァン。直面してるのはわたしよ。あなたをわたしの問題に巻きこむわけにはいかない。そんなのフェアじゃない。わたしのことを知らないでしょう。トラヴィスのこともキャミーのことも知らないし、あの子たちの父親がどんな力を持ってるかもわかってない」

まあ、少なくとも進展している。いまの言葉で、キャミーの話が裏づけられた。キャミーの父親がイヴを傷つけ、おそらく子どもたちを傷つけるようなことをしたのだろう。なにか悪いことが起きたため、イヴは一目散に逃げ出し、すべてを犠牲にして子どもたちを守ろうとしている。また、イヴはトラヴィスとキャミーとは父親がちがうのではないかというドノヴァンの疑惑も裏づけられた。つまり母親が同じなのだ。キャミーとトラヴィスが自分の弟妹だというイヴの言葉が嘘ならば話はべつだが、ドノヴァンにはそうは思えなかった。イヴの目にはふたりに対する愛情が輝いていた。それに、なんとしてもふたりを守ろうとしている。

「なにをされたんだ？」ドノヴァンはなんとか怒りを抑えた口調で聞いた。イヴに必要なのはやさしさと理解だ。彼の怒りではない。

今回、イヴは視線を落としてうなだれ、ひざを見つめた。ドノヴァンはイヴと指をからませ、もう一度注意を向かせようとやさしく引っ張った。

「イヴ、おれを信用してくれ」

イヴはドノヴァンの目を見つめた。そのまなざしの奥には希望が生じていた。だが、見えたと思うとすぐに目が曇り、さっきまで輝いていた光は数秒で消えてしまった。

「誤解しないで、ドノヴァン。あなたはとても親切にしてくれた。でも、だれも信用するわけにはいかないの。あまりに多くのものがかかってる。わたしがひとつまちがった決断をするだけで、まちがった行動をとるだけで、トラヴィスとキャミーが苦しむことになる」

「きみはちがうのか？」

イヴの喉から頬までがみるみるうちに赤くなり、顔が紅潮する。「わたしはどうでもいい。大切なのはあの子たちよ。とても若くて、あどけない。あの子たちの人生はまだはじまったばかりなのに、トラヴィスはすでにそのほとんどを犠牲にしてきた。ふたりにはふつうの人生を送ってほしい。幸せに、安全に暮らしてほしい。安心して暮らしてほしいの」

イヴの声には痛いくらい感情がこもっていた。あまりに多くの要求と欲求が感じられ、ドノヴァンの胸が痛んだ。

イヴの言葉にはまちがっている点が——それと正しい点が——多すぎて、どこから対処すればいいかしばし考えなければならなかった。

「きみも大切だ、イヴ」ドノヴァンは言った。イヴの発言でもっとも重要な点から取りかかった。「そうじゃないなんて考えるな。たしかに、きみの弟と妹はきみが言ったとおりの人生を送るべきだ。だけど、きみも同じだ。きみは若い。まだ人生がはじまったばかりだ。ちなみに、いくつなんだ？」

「二十四よ」イヴはぼそぼそと言った。

ドノヴァンはため息をついた。ラスティより少し上だが、べつの意味ではずっと年上かもしれない。ラスティはたしかにそれほどすばらしい子ども時代を過ごしていないが、いまでは過去のことだ。人生と家族を手に入れた。いまや世界を敵にまわすこともできる。みながついているのだから負けるはずがない。イヴにもそうなってほしい。安全だと気づいて自信を持ってほしい。

「おれのことは少し話したよな。家族のこと。兄弟みんなでやってる仕事。おれたちがどこでどんなふうに生活してるかは見ただろう。おれたちは毎日きみみたいな人たちを助けてる。信じられないくらいひどい状況から人々を救った話をして、きみを楽しませてもいいが、きみにはそういう悪い状況は考えてほしくない。少なくともいまは安全だ。ここなら安全だ」

イヴは息をのみ、静止した。あまりにじっとしているので、首の血管が脈打っているのが見えた。イヴは大きく目を見開いてドノヴァンを見つめ返した。その目にはさっきみずから消した希望があふれていて、ドノヴァンは内臓を殴られたような気がした。イヴが心の中で不安に打ち勝とうと葛藤しているのがわかった。下唇を噛み、ふたたびすっかり狼狽した目をドノヴァンに向けた。

いまこそこの勢いに乗って、強く出るべきだろう。イヴは迷っており、簡単に言いくるめられる。けれど、そんなふうに信頼を得たくなかった。彼女から進んで与えてもらいたい。なぜそのことにこれほどこだわるのかわからないが、重要なことだった。

「すごく簡単に言うのね」イヴはつぶやいた。「ああ、簡単なことならいいのに。あなたに話すことで、あなたの助けを受け入れることで、万事解決すればいいのに」

ドノヴァンはイヴの手を持ちあげてしっかりとつかみ、力をこめて握りしめた。きっと解決するという無言のメッセージ。大きな過ちを犯していないことを祈りつつ、どうしてもあらがえずに彼女の手を口に持っていき、やわらかい手のひらにキスをした。

イヴの目が見開かれる。ドノヴァンが感じているのとまったく同じ衝撃を受けている。ふたりとも椅子に座ったまま無言で静止し、互いを見つめ、電流のような意思の疎通を感じていた。

こんなにも女にキスをしたい衝動にかられたのははじめてだった。ほかの女に対してこれほど強い衝動を感じていたら、とっくに腕に抱きしめて唇を重ねていただろう――そして体のあらゆるところに口づけをしていただろう。いまこの瞬間ほど自分を抑えるのがつらかったことはない。これまで経験したことがない苦しみだった。これ以上こんな苦しみを感じていたくない。

「簡単さ」ドノヴァンは確固とした口調で言った。その声には説得力があった。食べて、眠って、呼吸をしてくれと言うのと同じくらいの説得力が。「きみがおれを信用するには時間がかかるだろう、イヴ。おれにできるのは、口だけじゃないってきみに示すこと——証明することだけだ。言葉だけじゃなく、きみを安心させてやる。傲慢なわけじゃない。絶対的な真実を述べてるんだ。おれと兄弟たち——KGIの全員——がきみとキャミーとトラヴィスを守る。おれたちがどんな状況に直面してるか、きみが教えてくれなくてもな。たしかに、おれが知っておくべきことを教えてもらえれば——すべてを知っておきたいが——おれの仕事が、ほかのみんなの仕事が、はるかに楽になる。だけど、そうじゃなくても、きみときみの家族にはなにも起きないようにする」

イヴは鋭く息を吸って止め、ドノヴァンを見つめた。頭の中が猛烈に回転しているのが見えるようだった。顔じゅうに迷いが出ていたが、やがて降参して受け入れるのがわかった。ドノヴァンは彼女の手を握りしめそうになったが、それを我慢した。歓喜や勝利の気持ちを見せたくはない。信頼の最初の糸がつむがれはじめているときに、それを台なしにするようなことはしたくなかった。まるでクモの巣が形作られているようだ。悪いものではない。そう、かすかな信頼の目覚め。それは美しいものだった。けっして忘れたり、当然だと思ったりしない。イヴにとっては大変なことなのだ。

「わたしの話を信じてもらえるかわからない」イヴは途方に暮れたように言った。ドノヴァンはその声が気に入らなかった。

「話してみてくれ」簡単に信じるとは言わないように注意した。そんなことをしたら信用されないだろう。

イヴはため息をついて目を閉じ、手を引っこめた。ドノヴァンはイヴの好きにさせた。心を落ち着けて、勇気を出して彼に打ち明けてもらいたかった。

イヴはひざに手を置き、両手をこぶしにして、気持ちをしずめるようにふたたび深く息を吸った。

「リビングのほうが話しやすいか？」ドノヴァンは聞いた。

イヴのそばにいて、彼女に触れていたかった。励ませるように。そこで、イヴの返事を待たずに立ちあがり、手を差し伸べた。

イヴがやわらかい指を彼の手のひらにすべらせてつかむと、ドノヴァンは引っ張って立ちあがらせた。どうやって話すか考える時間がイヴには少し必要なのかもしれない。いくらでも待つし、せかすつもりはなかった。

イヴは恥ずかしそうにTシャツのすそを引っ張り、できるだけ脚を隠すようにしながら、ドノヴァンに連れられてリビングに移動した。ドノヴァンはイヴをソファに座らせ、隣に腰をおろした。すぐ近くに座ったりはしなかった。彼がなれなれしくしなくても、十分に動揺している。少なくとも、まだなれなれしくはしない。あとで彼女を抱きしめ、元気づけて安心させるためになにか必要なことをなんでもしてやろう。

イヴは片方の手を震わせながら額にやり、しばらくぼんやりとマッサージをしながら、小鼻をふくらませて大きく呼吸をした。それから、しぼみつつある勇気を奮い起こすかのように、また目を閉じた。ふたたび開けたとき、そこには決意が明るく輝いていた。

ドノヴァンのほうを向き、脚を曲げてシャツの下に入れた。しばらく足首をつかみ、緊張ぎみに眉間にしわをよせた。

「キャミーとトラヴィスとは半分血がつながってるの」イヴは話しはじめた。「わたしが幼いときに、母があの子たちの父親と結婚したのよ。わたしは最初、あまり母たちと過ごさなかった。母は親権を持ってなくて、わたしはずっと母に必要とされてないんじゃないかって思ってた。母がわたしを守ってたんだと気づいたのは、あとになってからだったわ」

ドノヴァンは眉をあげたが、口をはさまずに黙っているようにした。

「わたしが九歳のときにトラヴィスが生まれて、何年もあとにキャミーが生まれた。わたし……母はもう子どもを作らないだろうって思ってた。でも、ウォルトが――わたしの義理の父よ――娘を欲しがってて、母に娘を産めと言ったの。ふたりが口論してたのを覚えてるわ」

イヴはそう言って縮みあがった。まだ記憶が頭の中で鮮やかに燃えているかのように。

「わたしは十九歳で、ちょうど母に会いにいってたの。母とはあまり会わなかったわ。とくにトラヴィスが生まれたあとは」

ドノヴァンは眉をひそめ、舌の先から出かかっている質問をしようと口をはさんだ。

「お母さんと暮らしてなかったのなら、お父さんと一緒に暮らしてたんだろう。お父さんはどこにいたんだ？　いまはどこにいるんだ？」

イヴの顔が赤くなり、ドノヴァンは話に割りこんだことを後悔した。口をはさまないと心に決めていたのに。

「父はずっと前に家を出ていったわ。わたしはまだ小さかったから、父のことは覚えてないの。わたしは母の姉妹――わたしのおばね――に引き取られた。ウォルトがわたしと一緒に暮らすのをいやがったから」

「どうかしてる」ドノヴァンはつぶやいた。

「ありがたいことだったのよ」イヴは皮肉っぽく言った。「当時はわからなかったけど、いまではわたしを娘として受け入れてもらえなくてよかったと思ってる」

ドノヴァンは身をこわばらせた。これから聞かされることは、いい話ではないはずだ。とはいえ、イヴの状況がよくないことはすでにはっきりとわかっていた。

「続けて」ドノヴァンは先をうながした。口をはさんだせいで話を終わらせたくなかった。

イヴはため息をついた。「とにかく、母とウォルトが口論してたのを覚えてる。母はもうひとり子どもを産むには年をとりすぎてるって思ってた。トラヴィスを妊娠したときも、わたしを産んでから何年も経ってたし、母にはリスクが大きかったのよ。そういうわけで、もう成人した娘と十歳を過ぎた息子がいたし、母はまた最初から子育てをしたくないと思ってた。その気持ちはわかるわ。でも、ウォルトは母のことを身勝手で自分のことしか考えてないって言ったの。すると母はウォルトに、娘ならもういるって答えた。わたしよ」

イヴの声は震えていた。体も明らかに震えており、義父の娘と思われることをどう感じているかがはっきりと伝わってきた。

「わたしはちょうど母に会いにいってた。珍しく母に会わせてもらえたの。ふたりは寝室で口論してた。その部屋は一階にあって、ほかの寝室は二階にあった。母がわたしのことを持ち出して、もう娘がいると言ったら、ウォルトはわたしとは血がつながってないから、自分の娘が欲しいんだって言い返した。ほかの男が残した子を自分の子だと思えるはずがないって」

イヴがその男の娘だと思われたくないと考えているのは明らかだが、それでも声には苦しみがにじんでいた。ウォルトはいかにも冷酷にイヴを拒絶したのだ。彼女では満足できないとばかりに。イヴはどれだけ見捨てられたと感じただろう？　実の父親には求められず、母親に会うことも、一緒に暮らすことも許されなかった。おばに引き取られ、義理の父親に拒絶された。イヴがこんなにも苦しんできたと思うと、ドノヴァンは憤激した。そして、これ以上はつらい思いをさせないという決意がいっそう強くなった。

「次の日、数分だけ母とふたりきりになったときに、そのことを話したの。ウォルトが自分のいないところでわたしを母に近づかせてくれるのは珍しかった。わたしが母に彼の悪口を吹きこもうとするんじゃないかって心配してるみたいだった。わたしは母に自分が耳にしたことを話したわ。ウォルトがわたしを娘だと思っていないことには触れずに、もうひとり子どもを作るのかどうか聞いたの」

イヴの口がへの字になり、目に涙がにじむ。

「あのときの母のあきらめたような顔はぜったいに忘れられないわ。わかってちょうだい。母はわたしとトラヴィスを愛してた。子どもが欲しくなかったわけじゃない。でも、トラヴを産んだあとで、もう妊娠しないほうがいいってドクターから忠告されてたの。母にとって妊娠はリスクが大きすぎたし、ウォルトもわかってたはずよ。自分の頼み事で母の健康が損なわれる危険があるのに、母のことを身勝手だって言うなんて、腹が立ったわ」

「それで、お母さんはなんて？」ドノヴァンはやさしく聞いた。

「自分に選択肢はないって言ってた。それがウォルトの望みだし、もうひとり子どもが欲しいという願いを拒むことはできないって。わたしは母に、もうひとり産むように頼む彼のほうが身勝手だって言ったわ。そしたら母は取り乱した。声を荒らげたとか、わたしと言い争いになったとかじゃないわ。だけど、すっかりパニックを起こしてるのが表情からわかった。そしてぴたりと口をつぐんだの。ウォルトはトラヴィスを連れてスーパーに出かけてたけど、話を聞かれるんじゃないかっておびえてるみたいだった。ほんとうにそんな感じだった。いまにもウォルトが部屋に入ってくると思ってるみたいに、いつも警戒してた」

ドノヴァンはうなずいたが、黙っていた。ついに話が核心に近づいてきた。はじめて大きな重荷をおろしているかのように、イヴの口からは言葉がこぼれ出ていた。このことを他人に話すのははじめてなのだろう。

「それから母に幸せか聞いたわ。ほんとうに幸せなのか。ウォルトと別れることを考えたことはないか。わたしが力になる。学校をやめて、仕事を見つける。母を助けるためになんでもするって。そしたら、母はほんとうにパニックになった。あんなにおびえた母は見たことがなかったわ。いつもウォルトの前では控えめで、びくびくしてるようにさえ見えた。完全に服従してたって言ってもいい。ウォルトの言いなりだった。つねに。だけど、わたしがそう言ったら、二度とそういうことは口にしないと約束しなさいって言われた。すごく強い口調だった。ウォルトにけっしてそういうことを言わないって約束させられた。それから、もしウォルトに知られたら、二度と会わせてもらえなくなるって言われたわ。

「いまはもう、ウォルトがどれだけ支配的だったかよくわかってるけど、あのときは正直、プライドが高いだけだと思ってた。母がかつて結婚してたことを思い出したくないんだろうって。でも、それよりもっと深い問題だと気づいて、怖くなった。母はわたしの肩をつかんで、わたしを愛してる、わたしと会えなくなるなんていやだと言った。わたしに自分の人生からいなくなってほしくないと。もうひとり子どもを産むことでそうならずにすむのなら、無条件でウォルトの言うとおりにすると。そのとき、義理の父がどうやって母にもうひとり産ませることに同意させたか気づきはじめたわ。母を脅したのよ。わたしをネタに。吐き気がしたわ」

悲しみと怒りがにじんだ声に、ドノヴァンは顔をしかめた。イヴの肩に手を置いて軽く力をこめ、自分がついていること、彼女は安全だということを思い出させた。義理の父親はいまは彼女に危害を加えられないということを。

「約束するしかなかったけど、母を擁護しないと誓うなんてむかむかしたわ。母を助けることもできず、ウォルトからの扱いや理不尽な要求に対してなにも言えないなんて。だけど、母はすごく動揺して、すごくおびえてたから、わたしはほかにどうすることもできなかった」

「それでお母さんはキャミーを妊娠した」ドノヴァンはやさしく言った。

イヴはうなずいた。涙で喉がつまっているのか、しばらくしゃべれないようだった。一、二分してから、咳払いをして話を続けた。

「ウォルトは母が妊娠したことに大喜びして、しばらくはやさしかった。寛大でさえあった。わたしを前より母に会わせてくれた。大学の学費を出してやるとさえ申し出たのよ。それまで一度もそんなことを言わなかったのに。わたしは受け取りたくなかった。ウォルトからはなにも欲しくなかった。でも、また母から彼と仲よくしてほしいと懇願されたの。波風を立てないでくれって。母はいままで見たことがないくらい幸せそうだった。輝いてるみたいだった。妊娠の経過は順調で、ウォルトは感心なことに、といっても当たり前のことだけど」と荒々しく言う。「母にとてもやさしく接してた。安静にさせて、指一本も動かさずにすむようにした。あらゆる使用人を雇って、身のまわりの世話をさせた。まるでロボトミー手術でも受けたみたいで、別人だった。少なくとも、そう見せかけてた。だから、わたしは黙って従った。要するに、ウォルトを受け入れて人生をゆだねたの。あとになって、そうやって母とトラヴィスだけじゃなくわたしのことも支配してたんだって気づいたわ。わかってたのに。わたしはばかじゃない。ウォルトにわたしの人生を決めさせたり、どんな形でも彼の世話になったりするべきじゃないってわかってた。だけど、母のためにどんなことでもしたかった。母に幸せになってもらいたかった。たとえ、ウォルトのような男と一緒にいたらほんとうには幸せになれないって心の中でわかっていたとしても。母にだめだとは言えなかった。ウォルトを拒んだら、わたしだけじゃなく母と弟にも彼の怒りが向けられたはずよ。そしてわたしは母の人生から追い出されてたでしょうね。母にもトラヴィスにも会わせてもらえなくなってたにちがいないわ。もちろん、生まれたばかりの赤ちゃんにも」

「きみがしたことは正しかったんだろうな」ドノヴァンは静かに言った。

「なんの役にも立たなかったけどね」イヴは喉をつまらせた。涙はまだ目の端からこぼれていなかった。

イヴが懸命に自制心を保っているのは明らかだった。いまにもたがが外れてしまうかもしれない。ドノヴァンは心を決めた。イヴを抱きしめてやろう。好きなだけ泣かせてやろう。必要なことはなんでもしてやる。弟と妹の前では弱さを見せたりしなかったのだろう。すでに怖がっているふたりをよけいに不安にさせたくなかったはずだ。

イヴは目の端をぬぐい、きつく歯を食いしばると、すぐに落ち着きを取り戻して話を続けた。

「キャミーが生まれたあと、わたしはそれまで以上に母たちに会わせてもらえるようになった。ウォルトが学費を払うことになって——彼が大学を選んだ。すべて彼が決めたわ。わたしの授業の時間割さえ決めた。それがいやだった。人生のあらゆる面を支配されているのがいやだった。ウォルトは母と住んでいる家に近いところにアパートを買ってくれた。電気や水道はすべて彼の名前で契約した。なにもかもがウォルトの名義だった。わたしが運転する車も。うわべは寛大な義理の父親に見えたでしょうね。養育する責任のない娘をみずから進んで養っていると。善人面をするのが好きだったのよ。自分の目的にかなう場合はね。彼がしたことはすべて周到に計画されてたの。

「わたしは書類上は家族のほんとうの一員じゃなかった――ウォルトはつねに〝家族〟の中でのわたしの立場をはっきりさせてた――けど、わたしを〝自分のもの〟として所有してるみたいだった。母とトラヴィスとキャミーに会うときは厳しいルールが決められてた。ふらりと立ちよったりすることはできなかった。ウォルトが日時を決めて、一分でも遅れたら――到着時間を正確に指示されたの――罰として、次に会うのがずっと先になった。わたしの人生は手に負えなくなっていった。というより、ますますがっちりとウォルトに支配されるようになっていて、そこから抜け出す方法がわからなかった。あまりに多くのことがかかってた。なにもかもまちがってるってわかってたけど、ああ、どうすればいいかわからなかった！　反抗したら、母が苦しむことになるし、わたしは母の人生から追い出される。それに、母やトラヴィスやキャミーがどんな目にあわされるか」

イヴは大きく息を吸いこみ、明らかに額をこわばらせた。これからもっと悪い展開が待っているのだとドノヴァンは気づいていた。イヴは勇敢に感情を抑えようとしている。

「それまで、ウォルトが身体的な虐待をしているとは本気で思ってなかった。言葉の暴力や、精神的な虐待は？　あったわ。ウォルトはイカれた仕切りたがり屋で、まわりの全員を操ってたのはたしかだった。でも、世間知らずだと思うかもしれないけど、身体的な虐待をしてるなんて疑いもしなかった――証拠がなかったの。キャミーが三歳になるまではね。そのころ、母が変わってしまったの。わたしを育ててくれた母じゃなくなってた。ウォルトと結婚する前の女性じゃなくなってたの。ますます控えめになってた。ウォルトと結婚したことで変わってしまったのよ。輝きを失って、目は幸せそうじゃなかったし、前みたいに笑うことが少なくなってた。

「そんなとき、体のあざに気づくようになったの。ああ、母はいつも言いわけをしたわ。虐待されてる女性って、自分が虐待されてることを知られたくない場合、言いわけを用意しておくものじゃない？　それで、どんどん言いわけが増えていって、ウォルトが母を身体的に傷つけてるって気づいたの。見て見ぬふりをして、そんな目にあわせておくわけにはいかなかった。母と話し合おうとしたけど、すぐにやめさせられたわ。いつもみたいにおびえた表情をうかべて、二度とその話をしないでくれって懇願された。

「だから、話せなかった」イヴはつらそうにささやいた。

目を閉じると、とうとう頬に涙が流れ落ち、青白い顔にくっきりと跡が残った。ドノヴァンは彼女に触れたかった。両腕をまわして、悲しむイヴを抱きしめてやりたい。だが、まだ話は終わっていなかった。まったく。さらに多くのことが起きて、三人はいまの状況におちいるはめになったのだ。無我夢中で逃げるはめに。それもものすごくおびえながら。

「わたしは警察に行って、ウォルトが母を虐待してると伝えた。なにもせずに、あのモンスターに母を傷つけさせておくわけにはいかなかった。母を虐待してるなら、トラヴィスとキャミーのことも虐待してるかもしれないでしょう？」

ドノヴァンは恐怖に襲われた。「それで、どうなったんだ？」

イヴは涙があふれた目でドノヴァンを見あげた。「ウォルトは怒り狂ったわ。もちろん、警察はただ家に行って、ウォルトに話を聞いただけだった。ふたりともそんな事実はないって否定して、母とウォルトはあざができた理由についてばかげた話をでっちあげた。そして警察は帰っていった。けっきょく、ウォルトを逮捕できなかった。母自身が虐待を受けてることを否定したんだもの」

ドノヴァンは抑えていた息を吐き出した。こういうことはよく知っている。現実に多くのケースを目にしてきた。ときに司法制度というのはなんとも不公平なのだ。イヴの母親が告発しないと言ったのなら、警察は手出しできない。

「わたしはウォルトに呼び出されたわ」イヴは言った。「指示を出すとき以外、彼が直接わたしに連絡をしてくることはめったになかった。わたしはたいてい無視されてた。家族の一員じゃなかった。トラヴィスとキャミーはウォルトの家でわたしの名前を口にすることさえ許されなかった。わたしは使用人とみなされてた。ウォルトに雇われてる人間だというふうに扱われたの」

「そいつに傷つけられたのか？」ドノヴァンは冷たい声で問いつめた。血管の中で怒りがわきあがって渦巻いていた。

「わ、わたしを脅したの」イヴは口ごもりながら言った。「ウォルトは激怒してた。口を閉じてろ、他人のことに首を突っこむな、さもないと二度と母親と会わせないって言われた。アパートから追い出して、経済的な支援をすべて打ち切ると脅してきたわ。わたしはべつにかまわなかった。ただ、援助には条件があって、実際には波風を立てないでくれと懇願する母を通して無理やり押しつけられたんだけど、そのひとつがわたしは働いてはいけないというものだった。自活する術を持たせたくなかったのよ。母や自分の子どもたちと同じように、わたしのことも完全に支配しておきたかったんでしょうね。それで、学費もふくめて経済支援をすべて打ち切って、路頭に迷わせるだけじゃなく、どこでも雇ってもらえなくしてやるって言われた。

「わたしは呆然とした。自分はどうなってもかまわなかった。でも、ウォルトが母を殴ってると知りながら、彼の脅しに屈してそのままにしておくなんて、気分が悪くなった。あの家の閉ざされたドアの向こうでなにが起きてるか知らないふりをするなんて」

イヴは目を閉じた。また涙が音を立てずに頬を流れ落ちる。

「その後、ウォルトはわたしへの見せしめとして母を殴ったの。次にわたしが母に会ったときにそう認めたわ。ウォルトに殴られた母を目にしたとき、彼もその場にいて、わたしのせいだと言った。わたしのせいで母がこんな目にあったと。わたしが口を閉じて、よけいな首を突っこまなければ、こんなことにはならなかったと。それを母の前で言ったの。母が立っている前でわたしを責めたの。母の顔と首のまわりにはあざができてて、手にもあざができて腫れてた。指の骨が何本か折れてたと思うけど、当然ウォルトは母のためになにもしてやらなかった。医者に診せず、ギプスもつけてあげなかった。母が苦しんでいるのはわたしのせいだと責められてるあいだ、わたしは母を見てることしかできなかった。母はすっかり生気を失って、どんよりした目でその場に立ってた。母がわたしに向けたまなざしはぜったいに忘れられないわ。責めてるんじゃなくて、懇願してた。ほうっておいてと。二度と彼を怒らせないでと」

「くそ」ドノヴァンは小声で言った。「ほんとうに気の毒に、ハニー。きみのせいじゃない。わかってるだろう？」

イヴは一瞬ためらった。それを見て、口ではなんと言っても、イヴは自分を責めているのだとドノヴァンにはわかった。それがひどく腹立たしかった。ドノヴァンは息を吸って気持ちを落ち着けた。怒りを爆発させたかったが、それはイヴに必要なことではない。

「だれのせいかわかってるわ」イヴは説得力のない口調で言った。「わたしのせいじゃないし、もちろん母のせいでもない。ウォルトはわたしがあきらめると思ったのね。母を――そしてわたしを――脅すことで、言うことを聞くだろうと。でも、わたしの決意がいっそう強くなっただけだった。わたしは激怒してた。あれほど怒りを覚えたのは生まれてはじめてだったわ。ほんとうに、あのときウォルトを殺してたかもしれない。なにか武器を持ってたら、その場で彼を殺して、喜んで刑務所に入ったわ。それで母とトラヴィスとキャミーがとうとうウォルトから解放されて安心して暮らせるなら」

　ドノヴァンにはこの先の展開が手に取るようにわかった。「また警察に行ったんだな?」

　イヴはぼんやりした様子でうなずいた。目はどんよりしていて、遠くを見るようなうつろなまなざしだった。美しい琥珀色の瞳にあまりに大きな苦しみがあふれている。それと罪悪感が。ドノヴァンの心がずたずたに引き裂かれる。イヴの顔には罪悪感と悲しみがにじんでいた。

「まっすぐ警察に行ったわ。なにが起きたか、すべて話した。どうやってウォルトがまわりのみんなを支配してるか。権力でどれだけみんなを意のままに操っているか。母を殴ったことを面と向かって白状したと警察に伝えたわ。わたしのせいだと言われたことも。すぐにウォルトの家に行ってくれと訴えかけた。自分たちの目で母のあざを見て、なんとかしてくれと。トラヴィスとキャミーも虐待されているかもしれない、みんなウォルトにおびえてて命令に逆らおうとしないんだって伝えたわ」

「信じてもらえたか?　捜査をしてくれた?」ドノヴァンは聞いた。

「信じてもらえたかはわからない。ヒステリックな女だと思ったんじゃないかしら。だけど、わたしを連れてウォルトの家に向かってくれた。そのあとに起きたことは……」イヴは頭を横に振った。いまだに信じられないという顔をしている。「ウォルトがそういう事態にそなえてあれほど手をまわしていたなんて知らなかった。あらかじめすべて計画していたと思うと、愕然とするわ。ウォルトが支配的なろくでなしだってことは知ってた。お金も権力もあるって知ってた。でも、わたしの信用を落とすためにどこまでやるかなんて、想像もしてなかった。あれだけのことをするのに、いつから計画してたのか。信じられないかもしれないけど、ほんとうにやったの」

「なにをしたんだ？」ドノヴァンは聞いた。胸の真ん中に恐怖がこみあげてくる。

イヴはすっかり狼狽した顔でドノヴァンを見た。「警察が現れたとき、ウォルトはほんとうに悲嘆に暮れてるみたいだった。突然、心配する〝親〟の顔になってたの。悲しみに打ちひしがれてる様子だった。笑っちゃうわよね。ウォルトは警官たちに、わたしには精神疾患と偏執性妄想の病歴があると言ったの。わたしにふつうの生活を送ってもらいたいから、入院させるのはいやだった。血がつながってなくても、ずっと自分の娘だと思ってた。学費を払って学校に通わせてやってる。生活費を払ってやってる。アパートを買ってやったって。なにもかも、うさんくさくてくだらないって思うでしょう？　するとウォルトは、精神疾患の病歴がずらりと書かれた医療記録を取り出したの。わたしが服用するのを拒んできたという薬のリストも書かれてた。しかも、精神疾患を専門に扱う名高い病院の医療記録だったの。有名な精神科医からの報告書さえも持ってたのよ！　わたしはすっかりあっけにとられて、なんて言えばいいかわからなかった。ウォルトは愛想よくふるまってた。そして、妻は怪我をしやすいんだが、幼児がいるんだからしかたがないだろうって言った。キャミーは元気な三歳児で、世話が焼ける。妻にあざができたのは、階段から落ちそうになってたキャミーをかばおうとして、階段から転がり落ちたときにできたものだって。警察を意のままに操って、わたしが薬をのんでないイカれた精神錯乱者のように思わせたの。警官たちの目には、ウォルトに対する心からの同情と称賛がうかんでたわ。妻が前の夫とのあいだにもうけた娘を受け入れて、必要な助けを与えているなんて、すばらしい人間だとでも思ってるみたいだった。吐きそうだったわ。ウォルトは自分の本性をうまく隠していて、わたしでさえ信じてしまいそうだった。完全なでっちあげの医療ファイルには、わたしが子どものころからの記録が記載されてた。わたしが何年ものあいだ入退院をくり返してると思えるように。だから当然、警察はウォルトの言葉をうのみにして、わたしが嘘の通報をしたことをきつく叱りつけた。警察はもっと重要な、ほんとうの事件に対応しなきゃならないのに、人手と時間が無駄になったと」

「くそったれ」ドノヴァンは噛みつくように言った。

たしかに、このくそ野郎はすべて裏で手をまわしていたようだ。すべてを計画していた。イヴに対する全員の信用を失わせることもふくめて。彼女の義父は手ごわい敵だ。だが、ドノヴァンはその場ですぐに誓った。このろくでなしを倒してやる。そしてその一分一秒を楽しんでやる。彼がイヴに与えたのと同じくらいの苦しみを与えてやりたかった。

「それから、前に言っていた脅しを全部実行したの」イヴが静かに言った。「あらゆる経済支援を打ち切った。わたしをアパートから退去させた。わたしは着のみ着のままで、数日食べていけるだけの現金しかなかった。仕事を見つけようとしてすぐに、ウォルトがどれだけ手をまわしていたか気づいたわ。どんな仕事でもするつもりだった。えり好みはしなかった。次の計画は、調査員を雇ってウォルトに対して訴訟を起こすことだったから、そのためにお金が必要だった。でも、だれにも雇ってもらえなかったの。わたしの名前に大きな赤旗でもついてるみたいだった。少し離れたところで仕事を探すと、ようやくウエイトレスの仕事に就くことができた。給料は最悪だったし、チップはわずかだった。それでも街の治安の悪いエリアでワンルームのアパートを借りることはできたわ。

「ウォルトは完全にわたしと縁を切った。わたしは母やトラヴィスやキャミーと会わせてもらえなくなった。おまえはまちがった判断ばかりくだす、そのせいで家族に変な影響を与えたくないって言われたわ。将来、わたしが教訓を学んだことがわかれば、考え直してやってもいい、だが、いろいろと変わらなければならないって。つまり、おとなしく言いなりになれってことよ。プログラムどおりに動くロボットに」

「ろくでなしめ」ドノヴァンはうなった。「そいつはきみを傷つけたのか、イヴ？　トラヴィスやキャミーを傷つけたのか？」

「いまから話すわ」イヴは静かに言った。

ドノヴァンは小声で荒々しく悪態をついた。

「何カ月か、わたしは母たちに会わせてもらえず、完全に引き離されてた。電話はかかってこなかった。こっちから電話しても、だれとも話をさせてもらえなかった。母たちはわたしに電話をするのを禁じられてたの。わたしは働いて、できるだけ貯金した。ほとんど食事をしなかった。一ドルでも貴重だったし、訴訟を起こしてウォルトの正体を暴くためにはお金が必要だった。でも、相手は権力があって、お金持ちで、数えきれないほどの人脈を持った男だってわかってた。簡単にはいかないだろうって。それでも、わたしは突き動かされるように前に進んだ。あきらめたくなかった。母と弟と妹をこれ以上苦しませたくなかった」

「きみはとても勇気があって高潔な人間だな」ドノヴァンは手を伸ばし、指の関節でイヴの頬に触れた。

イヴはかぶりを振った。「いいえ」とささやく。「ちがうわ。もしそうなら、あんなに長くほうっておかなかった。闘うのをあきらめたりしなかった。それに、母はまだ生きてたはずよ」

その声はしゃがれ、白い頬に涙が輝いていた。ドノヴァンが彼女の言葉を否定する前に、イヴは先に進めた。すべて話して終わりにしたいのだろう。絆創膏をゆっくりとではなく、いっきにはがすように。

「その後、母は死んだの」イヴは言った。喉からむせび泣きがこみあげていた。「わたしはわかってた。ウォルトが母を殺したってわかってた。偏執症とか妄想癖をかかえてたのはわたしじゃなかった。あいつが母を殺したのよ。理由はだれにもわからない。母がとうとう勇気を出して、出ていくと言ったのかもしれない。出ていこうとしたのかもしれない。母はぜったいにトラヴィスとキャミーをウォルトのもとに残していったりはしない。一緒に連れていこうとしたはずよ。わたしに助けを求めてきたかもしれない。わたしが力になるって母はわかってた。何度も母にそう伝えたもの」

「くそ」ドノヴァンはつぶやいた。だが、話はまだある。もっと。

「ウォルトがわたしをお葬式に出席させてくれたのが驚きだったわ。なんだか……手なずけようとしてるみたいだった。しかも、あとで家に来てくれと言われたわ。わたしが警察を連れていったあのおそろしい日以来、家に入れてもらったのははじめてだった。それから、トラヴィスとキャミーにはわたしが必要だって言われた。彼にもわたしが必要だって。彼がなにを望もうが、なにを必要としようが、わたしにはどうでもよかった。わたしの心配はトラヴィスとキャミーだけ。自分の目でふたりを見たかった。ウォルトに傷つけられたのか——傷つけられたことがあるのかたしかめたかった。知りたかった。ふたりに会って、できるだけ早くここから連れ出すと約束してやりたかった。

「トラヴィスとキャミーは、無理もないけど、おとなしかった。ショックを受けてた。キャミーは白い顔で、不思議なことにずっと涙を見せなかった。なにが起きてるかまるでわかってないみたいだった。母が死んだことを受け入れられなかったのかもしれない。家がしんと静まりかえってたのを覚えてる。ものすごく不気味だったわ。そこにいるだけで怖かった。家には……悪が満ちていた。あちこちに彼の存在が感じられた。あらゆる家具や芸術品に投影されてた。母の痕跡はひとつもなかった。母がいた形跡はまったくなかった。家じゅうにウォルトの影響が及んでいるのがはっきりとわかったわ。それから……」

イヴは身震いして黙りこみ、しばらく口を閉じていた。怒りと——それと悲しみと——闘っているのが見て取れた。黙りこんでいるうちに、眉間にしわがより、唇がきつく結ばれて白くなる。イヴにはさっきみたいな短い触れ合い以上のものが必要だと感じたドノヴァンは彼女のほうに身を乗り出した。

抵抗する様子がないかと慎重にうかがいながら、イヴを腕の中に抱きよせる。イヴはつかの間だけためらってから、進んで彼の胸に顔をうずめた。ドノヴァンは彼女をしっかりと支え、完全に両腕をまわしてきつく抱きしめた。シルクのような髪に頰をよせ、彼女の香りを吸いこむ。

腕の中のイヴはとてもやわらかくてあたたかく、とてつもなくはかなく感じられた。だが、ものすごく尊い。彼女の夢に——そして現実に——つきまとうドラゴンと悪魔を倒すためなら、なんだってしよう。

「それからなんだ、イヴ？」ドノヴァンは彼女の髪に口をつけて聞いた。続きを聞きたかった。イヴを長いあいだ苦しませてきた毒から解放してやらなければ。

ドノヴァンの腕の中でイヴはまた身震いし、体をこわばらせた。こみあげるむせび泣きを抑えようとしているかのようだ。ここに来るまでに泣いたことがあるのだろうか？　一度でも？　それとも、トラヴィスとキャミーのために気丈にふるまうと強く決心している？

「ウォルトの書斎に呼ばれたの。その部屋にはぜったいにだれも入っちゃいけないことになってた。母も。トラヴィスも。キャミーも。ウォルト以外はけっして中に入れなかった。仕事仲間や、彼が招待した友人はべつだけど、母は一度も入ったことがなかった。弟も妹も。

「すごく落ち着かない気分だったのを覚えてるわ。わたしは母を亡くして打ちひしがれてた。つらかったたし、怒ってたし、いま顔を合わせてるのは母を殺した相手だって確信してた。トラヴィスとキャミーがどうなるか心配だった。母が――わたしとあの子たちをつなぐ唯一の接点が――なくなってしまったいま、またふたりに会わせてもらえるか不安だった。

「ウォルトの言いなりになってる感じがいやだった。それに……彼がいやだった。だれかを憎んだことはない。暴力に訴えたいと思ったことは一度もない。でも、あのとき銃を持ってたら、ウォルトを殺してたわ」

「どうして書斎に呼ばれたんだ？」ドノヴァンはやさしく先をうながした。

イヴは彼の腕の中で身震いしてから、完全に静止した。イヴは躊躇しており、ドノヴァンは不安でいっぱいになった。感情が暴れ、怒りといら立ちが高まっていく。ドノヴァンはイヴを抱く力をゆるめた。うっかり傷つけたくはない。美しい肌に痕を残したくない。自分の手で女性を苦しめると思っただけで気分が悪くなった。

「ウォルトは……わたしに……ああ、ドノヴァン、吐き気がするわ」

涙で彼のシャツが濡れ、生地が肌に張りついた。ドノヴァンはイヴの髪をなでながら、耳もとで励ましの言葉をささやいた。

「ウォルトはわたしに、事実上、母の代わりになれって言ったの」

イヴの声は恐怖に満ち、ひとことしゃべるたびに言葉をつまらせた。声に出して言うだけでむかむかするかのように。

　ドノヴァンは静止し、イヴの言葉を頭の中で何度もくり返した。いろいろな意味が考えられるが、彼女の義父は倒錯したよこしまな目的を持っていたにちがいない。

「わ、わたしに触れたの。それまであんなふうに触れられたことはなかった。むしろ、わたしとはつねに距離を置くようにしてた。わたしは家族として扱われてなかった。トラヴィスやキャミーとちがって、彼の子どもとしては扱われなかった。いつだってわたしには冷たかった。それなのに、ときどきウォルトに見つめられているのを感じて、落ち着かない気持ちになった。わたしを見る目つきがいやだった。なんだか自分が……汚れてるみたいに感じられた」

　ドノヴァンはイヴのやわらかい髪の上から首筋にキスをし、いら立ちに歯を食いしばった。イヴが何カ月も耐えてきた恐怖を打ち明けているときに、ただここに座って聞いていることしかできないなんて。自分は無力で、役立たずだ。

　イヴは義父を殺したいと言っていたが、ドノヴァンも同じ気持ちだった。実際に殺したとしても良心の呵責を覚えたりしないだろう。だがまだ話は終わっていない。もっと悪い展開が待っているにちがいない。

「トラヴィスとキャミーとかかわっていたいなら、彼の望みどおりにしろと言われた。この家に引っ越してきて、ベッドをともにしろ。愛人としてふるまえ。結婚するつもりはない。そんな栄誉はぜったいに与えてやらないって。栄誉だなんて思うはずないじゃない！　それから、自分の要望にすべて応じれば、わたしの過去の罪は忘れて、トラヴィスとキャミーの母親として、姉として接していいと言われた。だけど、もし抵抗したら、彼の望みを拒んだら、弟と妹には二度と会わせないし、すべてを奪ってやるって。それから……」

声が小さくなり、むせび泣きで肩が震えていた。ドノヴァンはよりきつく抱きしめ、髪にキスをしながら、円を描くように背中をなで、彼女がどうしても必要としているなぐさめを与えようとした。

「ひざまずいて、彼を喜ばせろって言われた。わたしの奉仕に満足したら、家に置いてやる。だが一度でも命令にそむいたら、罰を与えて、生まれてきたことを後悔させてやる、それを忘れるなって」

「くそったれ」ドノヴァンは悪態をついた。「そんなことしなかったよな」

イヴはドノヴァンから体を引いた。打ちひしがれ、傷ついた目をしていた。

「もちろん、しなかったわよ。できるはずないでしょう？　母を殺したのよ！　嫌悪しかないわ。彼の申し出を受けるくらいなら、すべて奪われたほうがましよ」

ドノヴァンはイヴの頬を包みこんだ。「落ち着け、いとしいイヴ。きみに嫌悪感を覚えたわけじゃない。そんなはずがない。きみを丸めこもうとしたそいつのやり方に腹が立ってるんだ」

「じ、地獄に落ちろって言ったら、ウォルトは激怒したわ」イヴは言葉をつまらせながら言った。「わたしを殴ったの。計算された冷酷なパンチだった。これまで何度もそうやって殴ってきたにちがいないわ。母を。わたしの唇が裂けると、ウォルトはティッシュを投げつけて、絨毯に血をつけるなと言った。それから、出ていって二度と戻ってくるなと言われたわ。トラヴィスとキャミーには二度と会わせない、わたしの人生をめちゃめちゃにしてやるって。でも、めちゃめちゃにするものがある？　わたしにはなにもなかった。彼のせいで。残ってるのはプライドだけ。自我。それまであいつに奪われたりしない」

　ドノヴァンは身をよせてイヴの額にキスをした。実際には唇にキスをしそうになった。イヴは目を閉じてドノヴァンの唇に額を押しつけ、長々と息を吐き出した。

「それからどうやってトラヴィスとキャミーを連れて逃げたんだ？」ドノヴァンは聞いた。とうとうすべてがつながりつつあった。だが、続きを聞いて、まだ終わりではなかったと気がついた。

「トラヴィスから電話があったの」イヴは静かに言った。「わたしがウォルトに家を追い出されてから数週間後のことだったわ。彼がトラヴィスとキャミーになんて言ったか見当もつかなかった。おおかた、わたしの悪口を吹きこんだんでしょうね。でもそんなとき、トラヴィスから電話があったの。あの子はわかってた。わたしが彼とキャミーを見捨てたわけじゃないってわかってた。助けてほしいって懇願されたわ。キャミーのことを心配してた。ああ、ドノヴァン。トラヴィスはキャミーに対するウォルトの態度が怪しいって言ったの。夜は無理やり一緒に寝かせてる。いやらしく体をさわってる。これ以上ここにいたら、キャミーを傷つけるんじゃないかって、トラヴィスはおびえてた。キャミーを傷つけ続けるんじゃないかって」

ドノヴァンの胸の中で怒りが手に負えないほど高まり、口から悪態が飛び出た。驚くことではないはずだった。ウォルトが最悪のろくでなし野郎だという話をイヴから聞いたあとで、なにを聞いても驚くはずがなかった。だが、イヴの義父が自分の娘に手を出していたとは予想外だった。だからウォルトはイヴの母親にどうしても娘を産ませたかったのか？

このゲス野郎を追いつめて、素手で殺してやりたかった。憤怒が血管をじりじりと焼いていくいっぽうで、ただイヴを抱きしめてなぐさめてやることしかできなかった。三人の罪のない人間をこれほど苦しめた男をぶちのめしてやりたかった。イヴの母親を入れるなら四人だ。ウォルトが妻を殺したというイヴの推測は正しいのだろう。ドノヴァンは信じていた。

「わたしにできることならなんでもするとトラヴィスに言ったわ。みんなで一緒に逃げましょう、ぜったいにトラヴィスとキャミーから離れないって。あなたたちと離れたくなかったけど、ウォルトに家から追い出されて、連絡を禁じられたんだって説明したわ。あとでわかったんだけど、メイドのひとりがトラヴィスに手を貸してくれてたの。ウォルトがキャミーに目をつけてることを知って、わたしに電話をかけられるようにトラヴィスに自分の携帯電話を渡したそうよ。そのメイドに協力してもらって、ふたりは夜にウォルトが寝たあとで家から抜け出した。メイドの旦那さんがトラヴィスとキャミーを車に乗せて、わたしとの待ち合わせ場所の地元のスーパーまで連れてきてくれた。そして彼のピックアップトラックをくれたの。その寛大さに唖然としたけど、ウォルトの家でメイドをしている妻と自分にも娘がいるって言ってた。だれにも娘を傷つけさせはしない、ウォルトがキャミーにしようとしているようなことはさせないって。それで、わたしたちは彼の車に乗って出発した。ずっと車を走らせてから、それを下取りに出してべつの車に乗り換えた。偽名を使ったけど、販売代理店だったからすべて正確に記入する必要はなかった。ウォルトがわたしたちを助けた人物を突き止めたかもしれないって心配だった。もしそうなら、メイドの旦那さんの車に乗り続けていたら、簡単に見つかってしまう。

「だからべつの車に乗って、できるだけ遠くまで走らせた。だけどドーヴァーに入る前に故障しちゃって、そういうわけでここにいるの。途中で短期の仕事を見つけて稼いだお金で、トレーラーを借りた。次の場所に移動するためのお金が貯まるまでは、ここにとどまるしかなかった。そんなときキャミーが病気になって、そばについてなきゃならなくて、トラヴィスが金物店で仕事を見つけてきたの」

「昨夜、また逃げるつもりだったんだな」ドノヴァンはやさしく言った。

イヴは顔を赤らめ、ドノヴァンから体を引いてひざを見おろした。「ええ。注意を集めすぎてしまったと思ったの。あなたとあなたの妹さんがわたしたちにしてくれたことを感謝してなかったわけじゃないわ。だけど、あなたが医者を連れてくるって言いだした。大勢の人の目にさらされたら、見つかってしまうかもしれない。クラークスヴィルまで歩いていって、母の宝石を質に入れて、それからバスでケンタッキーに向かうつもりだった。もっと大きな街に。わたしの失敗は、こんなに小さな町に立ちよったことよ。もっと大きな場所に行かなきゃならなかった。周囲に溶けこめて、あまり注意を集めない場所に」

「いまではその考えは捨てたよな」

イヴはドノヴァンを見あげた。その目はまだ明らかに戸惑っていた。「どうしてもわからないの、ドノヴァン」と力なく言う。「あなたのことがまるでわからない。どうして？ どうして知りもしない相手を助けるの？ なんだか……気にかけてくれてるみたい」

ドノヴァンは息を吸った。伝えるべき言葉を口にしたら、イヴを永遠におびえさせてしまうにちがいない。チャンスがありしだい逃げ出すかもしれない。そんなチャンスを与えるつもりはないが、イヴに嘘をつくわけにもいかない。きちんと正直に伝えなければ、けっして信用してもらえないだろう。そこでドノヴァンは大きなリスクをおかし、打ち明けた。

「気にかけてるさ、イヴ。とても」

19

イヴはショックを受けてドノヴァンを見つめた。彼の表情に偽りはない。真剣なまなざし。明らかに正直で……誠実。まちがいなく気にかけている。けれど、ばかばかしいことに、困っている人を気にかけているのとはちがう気がした。仕事だから気にかけているのではない。ドノヴァンと兄弟たちはいつも彼女のような人たちを救っていると言っていなかっただろうか？　深読みするなんてばかみたいだ。ふつう以上に感情がこもっていると考えるなんて。なぜかドノヴァンは彼女のことを大切に思っているとか。彼女に惹かれているとか。

自分はドノヴァンに惹かれている？　それとも、これは救済者と被害者のあいだに芽生えるというくだらない恋愛感情だろうか？　はじめて心配してもらって、気にかけてもらっているみたいだから、恋をしている？

頭を検査してもらったほうがいい。自分では手に負えなくなっている。

どれだけ気にかけているのか聞きたかったが、そんなことをしたらまちがいなく落胆するだけだろう。客観的にならなければ。自分とトラヴィスとキャミーを助けてくれる人として見るのだ。自分たちにはたしかに助けが必要だ。どうしても。ドノヴァンを拒絶するなんて愚かなのでは？

ええ。答えは単純だ。キャミーとトラヴィスのためにできることならなんでもする。明らかにイヴだけの力ではどうすることもできない。これ以上は無理だ。彼女には——自分たちには——ドノヴァン・ケリーが必要だ。

「教えてくれ、イヴ。きみに信用してもらえる可能性はあるのか？　信用してほしいが、それが難しいなら、せめておれの助けを受け入れてくれないか？　逃げるのをやめて、おれに——兄弟たちに——きみの手助けをするチャンスをくれると約束してくれないか？」

イヴはゆっくりとうなずいたが、どれに同意したか定かではなかった。すべてかもしれない。すでにドノヴァンを信用しているのかもしれない。そうでなければ、ここにいる？　それに関してはあまり選択肢がなかったとはいえ、抵抗しなかった。彼の助けを拒もうとさえしなかった。

ドノヴァンの目が満足げに明るく燃え、肩がさがったように見えた。ほっとしている？　ドノヴァンが手を伸ばして指先で彼女の顔に触れ、そのぬくもりにイヴの体が震えた。愛情に飢えていた。こんなふうに親密に触れてもらうことに。たしかにウォルトに触れられたけど、あのときは全身が縮こまった。尻ごみしてしまい、近よってほしくなかった。それにキャミー。ああ。あのかわいい女の子がモンスターの手中にあったと思うたび、いまだに胃がむかむかした。

トラヴィスが電話をしてくれてよかった。メイドがふたりに協力してくれてよかった。彼女がいなかったら、キャミーは——トラヴィスは——まだウォルトに支配されていただろう。イヴも彼に支配されていただろう。そう思うとぞっとした。どうなっていたことか。すでにひどいことになっていたかもしれない。

イヴはとてもやさしく、とてもあいまいに、トラヴィスに、そしてキャミーにさえ聞いた。キャミーにトラウマを与えたくはなかったけれど、ウォルトがキャミーにどこまで手を出したのか確認しなければならなかった。キャミーにさわったのか、あるいは、そんなことはあってはならないが、それ以上のことをしたのかどうか。自分の娘にそんなことをするなんて、どれほど倒錯したよこしまな男だろう？

イヴにそういうことを提案するのとはべつだ。たしかに吐き気がするけれど、四歳の娘に無理やり関係を迫るのとはわけがちがう。ウォルトはあからさまにイヴを嫌っていた。妻が前の結婚でもうけた娘だというのが気に入らなかったのだ。だからこそ、なぜウォルトが急にイヴに肉体関係を迫ってきたのか理解できなかった。ずっとそういう気持ちを抱いていたのかもしれない。だからあれほどイヴの人生のすべてを支配したがったのかもしれない。ひょっとすると、望んでいた娘ができたらすぐに妻を消そうと以前から計画していたのかもしれない。なぜもうひとり子どもを欲しがっていたのだろうか。そうすれば自分だけのおもちゃが手に入るから？　よこしまな欲望のはけ口として？

それ以上は考えることもできなかった。魂の奥までむかむかした。

「なにを考えてるんだ、ハニー？」

ドノヴァンのやさしい声がおそろしい考えをさえぎり、イヴを現実に引き戻した。まばたきをして彼と視線を合わせる。ドノヴァンは眉をよせて考えこむようにイヴを見つめていた。

彼女の頭の中をのぞいて、なにを考えていたのか知ろうとするかのように。

「あ、あいつのことよ」イヴは言葉につまりながら言い、その男のことを口にするだけで押しよせてくる嫌悪の波を抑えた。名前を口にしたくはない。口にすることで、あの男が呼び出されて、イヴがいるこの部屋に現れるような気がした。

ドノヴァンはイヴの頰をなで、あごをやさしく包みこんだ。

「もうそいつのことは考えるな。ここではきみを傷つけることはできない。きみにも、弟と妹にも近づけさせはしない」

イヴはうなずいたが、恐怖はまだ消えなかった。ドノヴァンにすべてを語ったことで、はじめて一連の出来事をだれかに話したことで、記憶が頭の中で燃えさかっていた。母を失った悲しみが魂にあふれ、のみこまれそうだった。何カ月も、いまにもウォルトに見つかって連れ戻されるのではと不安をかかえて逃げてきたことが思い出され、打ちのめされていた。疲労感に——骨まで染みわたる疲労感に——包みこまれて、ほとんど呼吸ができず窒息しそうだった。

「休んだほうがいい」ドノヴァンがやさしく言った。「おれはトラヴィスとキャミーに食事を持っていかないと。ふたりを起こして、食べられそうかたしかめるから、協力してくれるか？　キャミーが食事をしてるあいだ、きみがそばにいたほうがいいだろう。おれはトラヴィスに食事を運んで、食べ終わったらまた鎮痛剤を与える」

イヴはうなずいた。いま頭の中を占めている考え以外のことに意識を集中させたかった。

もう一度トラヴィスとキャミーに会いたい。ふたりがここにいることをたしかめたい。無事だと。面倒を見てもらえていると。どうしても必要な食事と薬を与えられていると。

ドノヴァンは立ちあがり、イヴに手を伸ばして立たせた。

「きみはどうだ？」と強くたずねる。「まだ痛みはあるか？」

イヴは顔を赤らめた。否定したかったものの、すでに表情に出てしまっていた。

ドノヴァンは顔をしかめてイヴを見たが、なにも言わずに彼女をキッチンに連れていった。そこに着くと、ドノヴァンはふた皿分のラザニアをあたためてから、ふたつのグラスにアイスティーを注いだ。イヴがさっき無言で体の痛みを認めたことは無視するつもりなのだろうと思ったとき、ドノヴァンがトレイを持って振り返った。

「キャミーとトラヴィスが食事をしたあとで、また鎮痛剤を打ってやる。そうすれば眠れるだろう。最後にひと晩ちゃんと休んだのはいつだ？」

イヴは気まずくなって視線を落とした。

「思ったとおりだな」ドノヴァンは厳しい口調で言った。「行くぞ。トラヴィスの様子を確認して、食事をさせてから、きみをキャミーの部屋に連れていく。キャミーが食べるときにそばについていてやってくれ」

ドノヴァンは両手がふさがっていたが、イヴの横を歩いて力を貸してくれた。触れているわけではない。その必要はなかった。そこにいるだけで十分だった。自分よりずっと小さな彼女の歩幅に合わせてくれている。まだ下着とドノヴァンのシャツだけを着ていることに気づき、イヴは下を向いた。

トラヴィスの部屋の前に着くと、イヴはドアを開けた。弟の様子をたしかめたくてしかたがなかった。まだ苦しんでいるのだろうか。それに、自分たちは安全だということを伝えて安心させたかった。トラヴィスはイヴの疑惑にはっきりと気づいていた。この場所に入ったときに、イヴの不安を感じ取っていた。いま、彼女が賢い選択をしたことを伝えて安心させてやりたかった。それはたしかだった。

しかし、トラヴィスはまだ眠っており、起こすのがためらわれた。だが、食事をとらなければならない。おそらく鎮痛剤ももっと必要だろう。眠っていても眉間にしわがよっていて、実際に体が痛むかのように険しい表情をしている。イヴはトラヴィスの額に触れ、やさしくなでた。

手の下でトラヴィスが身じろぎ、目を開けた。疲労と苦痛の名残と眠気でぼうっとしている。

「ハイ」イヴはささやいた。「気分はどう?」

「大丈夫だよ」トラヴィスは即答した。だが、体を起こそうとして顔をしかめ、すぐにまた枕にもたれた。

「急に動こうとするな」ドノヴァンが戒める。「無理をしないでゆっくり動け。食事を持ってきた。イヴとおれで体を起こしてやるから、食べるんだ。そのあとで、眠れるようにまた鎮痛剤を打ってやる」

トラヴィスはイヴとドノヴァンを交互に見てから、イヴがシャツしか着ていないことに気づいて目を見開いた。それを見てイヴは顔を赤らめた。ドノヴァンはそのやりとりを無視し、料理ののったトレイをナイトテーブルに置いた。それからトラヴィスの上に身をかがめたので、イヴは反対側に移動し、ふたりでトラヴィスの体を起こした。トラヴィスは枕に体をもたせかけられるようにしてもらうあいだ、顔をしかめていた。

「腹はへってるか？」ドノヴァンが聞く。

「ぺこぺこだよ」トラヴィスは正直に言った。「なにかわからないけど、いいにおい」

イヴはほほ笑んだ。「じゃあ、食べて。わたしはキャミーの様子を見て、あの子にも食べさせてくるわ」

「キャミーは大丈夫？」トラヴィスが口早にたずねた。目が不安そうに暗くなる。

「大丈夫よ」イヴはトラヴィスを安心させるように言った。「あなたが眠ってるあいだ、あの子も眠ってたわ。必要な薬を投与してもらってる。一日か二日でよくなるわ」

「イヴィは？」トラヴィスは視線をあげてイヴと目を合わせた。「眠ったの？　まだ痛む？」

「姉さんのことは心配するな」ドノヴァンがそっけなく言い、トラヴィスの前にトレイを置いた。「少し眠ったし、キャミーに食事をさせたらすぐにまたもう少し眠れるようにする。イヴときみに鎮痛剤を打つから、きみたちはぐっすり眠ってくれ」

「わかりました、サー」トラヴィスは低い声で言った。

ドノヴァンはトラヴィスにほほ笑みかけ、フォークを渡した。「食え。おれはイヴと一緒にキャミーの様子を見てくる。戻ったら、注射を打ってやる。ゆっくり食べて、それからまた眠るといい」

トラヴィスはドノヴァンを見あげた。その目には誠意が燃えていた。「いろいろとありがとうございます、ミスター・ケリー。姉さんと妹によくしてくれて。みんな感謝してます」

ドノヴァンはトラヴィスの肩に手を置いて力をこめた。「どういたしまして。もうおれのことはドノヴァンと呼んでくれ。このあたりでミスター・ケリーはおれの親父だけだ。そんなふうに呼ばれると、じいさんになった気がする」

トラヴィスはにやりと笑ってリラックスした。緊張していた顔がほぐれていく。それからフォークをつかみ、おいしそうに食べはじめた。トラヴィスの腹が鳴る音が聞こえ、イヴは自分たちが無事でいることにもう一度感謝した。雨漏りのしない屋根の下で、トラヴィスはたっぷり食事をして必要な世話を受けている。

イヴは体をかがめ、トラヴィスの額にそっとキスをした。「あとでまた様子を見に戻ってくるわ、いい？　なにかあったら、廊下のすぐ先にいるから。愛してるわ」

「ぼくも愛してる」トラヴィスはラザニアをほおばりながらもごもごと言った。

イヴはほほ笑んでからうしろを向き、ドノヴァンに続いて部屋を出た。

キャミーと一緒に使っている寝室に着き、キャミーがまだぐっすり眠っているのを見て心がやわらいだ。点滴バッグからはまだきちんと輸液がチューブに滴り落ちている。小さな女の子が腕に点滴のチューブをつなげられてテープでとめられている姿は胸が痛んだが、必要なことだというのもわかっていた。マレンがすぐに処置してくれなかったら、キャミーはもっと悪化していたかもしれないのだ。

「きみが起こしてやってくれ」ドノヴァンが静かに言った。「キャミーが目を覚まして状況を把握するまで、おれはさがってる。きみが体を起こしてやって、そのあとでおれがキャミーの前にトレイを置く」

イヴはキャミーのベッドわきに移動し、隣にすべりこむと、熱のある額に触れた。愛情があふれ出す。

「キャミー？　キャミー、ダーリン、起きてくれる？　食事を持ってきたわ。おなかすいた？」

キャミーは目を覚まし、眠そうにまばたきをしながら上体を起こすと、困惑ぎみに視線をあげた。イヴに気づき、リラックスする。

「怖い夢を見てたの」親指を口に入れてもごもごと言う。

イヴは体をかがめてキャミーの額にキスをし、もつれた髪を手ですいてやった。「かわいそうに、ダーリン。でも、ここにはあなたを傷つけるものはなにもないってわかってるでしょう？　ただの夢よ」

「あの人がいたの」キャミーは親指をしゃぶったまま低い声で言った。「ここにいたの。目が覚めたら、前みたいにあたしのベッドの横に立ってた。怖かった、イヴィ。ここにいれば見つからないって、約束してくれる？」

キャミーの言葉を聞くうちに、ドノヴァンの表情がすっかり険しくなっていた。イヴは無力感を覚えつつドノヴァンと視線を交わした。すべてを知ったいま、ドノヴァンはほんとうの意味を理解することができる。父親が眠っているキャミーを見ていたというのが、どういうことなのかわかっている。彼がキャミーに不適切なことをしていたのだと。どの程度までかは、イヴにはわからない。この先もけっしてわからないかもしれない。それがつらかった。キャミーに過去の恐怖を思い出させたくない。恐怖をよみがえらせたくない。だが同時に、キャミーはだれかと話をする必要がある。だれかに打ち明けなければならない。そうでなければ、傷が悪化してしまう。解決せずにいたら、大人になってから大きな影響が出てしまう。

ドノヴァンが一歩前に出て、はじめて会話に加わった。キャミーの目がさっと動いてドノヴァンに気づくと、ほっとして表情が明るくなった。

ドノヴァンはイヴとは反対側に腰をおろし、キャミーの前にそっとトレイを置いた。点滴がついていないほうの手を取り、握りしめる。

「いいか、スイートハート。きみとイヴとトラヴィスはここにいれば安全だ。おれがきみのお父さんをここに来させないようにしてやる。わかったか？　イヴから話は全部聞いた。きみのお父さんは悪い人だ。二度ときみを怖がらせたりしないようにしてやる。さあ、いまは食事をしてくれ。スワニーがきみのために特別なディナーを作ってくれたんだよ。食べられそうかい？」

「グリルドチーズサンドを作ってくれたの？」キャミーは親指をくわえながらもごもごと聞

いた。

ドノヴァンはやさしくキャミーにほほ笑みかけた。「ちょっとちがうかな。でも、グリルドチーズサンドみたいなものだよ。もっといいものだ。ほんとうだよ。おいしいチーズがたっぷり入ってる。パスタも。こうしよう。ラザニアを食べてみておいしくなかったら、おれが代わりにグリルドチーズサンドを作ってやる」

キャミーはほほ笑んだ。「わかった」

イヴはフォークを取って三角形のラザニアを小さく切った。キャミーは待ちきれない様子でチーズたっぷりのパスタとミートソースを見つめ、イヴがフォークに刺して口に持っていくと、口を開けた。

キャミーは考えこむような表情でもぐもぐと噛んでから、ドノヴァンに大きな笑みを向けた。

「うまいか?」ドノヴァンがたずねる。

「おいしい」キャミーは答えた。次のひと口をいまかいまかと待っている。

イヴがキャミーに食べさせ、キャミーは口もとにフォークが来るなりかぶりついた。イヴよりもたくさん食べ、最後のひと口を食べ終わってうれしそうに唇を舐めると、イヴはほほ笑んだ。

「おいしかったです、ミスター・ドノヴァン」

ドノヴァンは愛情をこめてキャミーの髪をくしゃくしゃにした。「ヴァンと呼んでくれないか？　家族や友だちからはそう呼ばれてるんだ。きみにはおれのことを家族だと思ってほしいな」

キャミーはうれしそうな顔をしたが、すぐに真顔になって視線を落とした。

「おい、おチビちゃん。なんだその顔は？」ドノヴァンは聞いた。

「あなたがパパならよかったのに」キャミーは切なげに言った。

イヴの心臓が飛び出しそうになり、喉がつかえた。目に涙があふれ、だれにも見られないように横を向いた。

ドノヴァンは体をかがめてキャミーの額にやさしくキスをした。「そうなったらいいな。だれにもわからないぞ。ひょっとしたら、いつかそうなるかもしれない」

イヴは口をあんぐりと開け、非難するように顔をしかめてドノヴァンを見た。彼の言葉に対する不満を隠そうともしなかった。キャミーに偽りの希望を与えたくはない。しかし、ドノヴァンは冷静にイヴの目を見つめ返した。ほとんど挑戦的に。自分は本気だし、実現するかどうかはイヴしだいだと言っているかのように。

ばかげている。自分はまちがいなく頭がおかしくなっているのだとイヴは思った。ふつうはこんなに早く関係を築いたりしない。ドノヴァンとイヴがおちいっているこういう状況ではありえない。客観的でいるようにしなければ。心が傷つくに決まっている。自分を——キャミーとトラヴィスを——そんな目にあわせるわけにはいかない。よけいな悲しみを増やさなくても、もう十分つらい思いをしてきたのだ。

「おなかいっぱい、ヴァン」キャミーがそう言って、大きなあくびをした。

ドノヴァンはほほ笑み、それから点滴バッグを見あげた。「薬の点滴バッグを替えよう。もうほとんどからっぽだ。そのあとで、きみのお姉ちゃんに痛み止めを打つ。注射が痛いかもしれないから、お姉ちゃんにくっついて抱きしめてあげてくれるか？　そうすれば痛みが軽くなるだろう。それからおれは出ていくから、ふたりとも眠るんだ。朝になったらおいしい朝食を作ってやる。いい子にしてたら、ベッドに運んできてあげよう」

キャミーはうれしそうににっこり笑った。「パンケーキを作ってくれる？　パンケーキ大好きなの」と切望するような声で言う。「バターとシロップをたっぷりつけたやつ」

「ほかの食べ方があるかい？」ドノヴァンはおびえたふりをして聞いた。そしてもう一度キャミーの額にキスをして、髪をくしゃくしゃにしてから部屋を出ていき、点滴バッグを持ってすぐに戻ってきた。

それを取りつけ、チューブをつなげてから、注射器を取り出してキャップを外した。

「ベッドに入って、キャミーとくつろいで」ドノヴァンはイヴに指示した。「今回は尻の右側に打つ」

イヴが掛け布団の下に入ると、すぐさまキャミーが腕の中にすりよってきた。あたたかく、とても愛らしい。必要以上に少しきつく抱きしめたが、キャミーが隣にいるのがすごく心地よかった。見つかる心配のない、安全な場所で。

イヴはドノヴァンにシャツを引きあげてもらった。すでに脚や尻を見られている。けれど、ドノヴァンは注射を打てる分だけパンティーのウエストバンドをおろすように気をつけてくれた。イヴが目を閉じると、キャミーがイヴの顔をぺちぺちと叩いた。

「大丈夫だよ、イヴィ」と真面目な口調で言う。「ヴァンが痛くないようにしてくれるよ」

それを聞いてイヴは目を開け、ほほ笑んだ。「わかってるわ、ダーリン」

針が皮膚に刺さり、薬が注入されると、イヴは少しだけ顔をしかめた。だが、ドノヴァンが服を戻してイヴとキャミーに掛け布団をかけるころには、すでに薬の影響を感じていた。眠たげにまぶたが震え、薬の心地よいハミングが頭の中の激しい痛みに取って代わる。

ドノヴァンが体をかがめ、驚いたことに、イヴの唇にやさしくキスをした。長くはなかった。だが同時に親密なキスだった。短くそっと触れる。長々と唇を重ねていたわけではなかったが、ドノヴァンがかすれた声で「おやすみ」と言いながら体を引いたあともずっと感触が残っていた。

「ぐっすり眠れ、おれの女たち」ドノヴァンの声には独占欲がにじんでいた。それに『おれの女たち』という言葉がなんとも心地よく響いた。その言葉にイヴは切望を覚えた。きっとこんな感じなのかもしれない。実際に彼の女になるのは。彼のものになるのは。

「朝になったら、朝食を用意しておく。それと、ランチの前にはマレンが来て、きみたちを診てくれる」

「おやすみなさい、ヴァン」キャミーが眠そうに言った。「大好き」

イヴは驚いて目を見開き、いそいでドノヴァンの反応をうかがった。いまの言葉に気を悪くするのでは？　突然の出来事だった。キャミーの口からそんな言葉が出てくるとは想像もしていなかった。もちろん、キャミーはやさしくて愛らしい女の子だけれど、もっとずっと幼いときに慎みというものを身につけていた。イヴとトラヴィスには率直に愛情を示すものの、ドノヴァンになついたように他人になつくことは一度もなかった。ここを出ていくときに、キャミーの心が傷つかなければいいのだけれど。

だが、ドノヴァンはまるで気にしていないようだった。顔全体をやわらげ、口角をあげてやさしい笑みをうかべる。キャミーの髪を手ですいてから、額にキスをした。

「おれも大好きだよ、スイートハート。それじゃ、少し休むんだよ、いいね？　明日にはもっと元気になってるはずだ」

「ほんとう？」キャミーはまた大きなあくびをしながら聞いた。

ドノヴァンはほほ笑んだ。「ほんとうだよ」

20

イヴは夢に苦しめられていた。無数の過去の記憶がよみがえってくる。それと現在も。渦を巻きながら、ひとつの果てしない恐怖の川となって流れている。

イヴはふたたび竜巻に襲われていた。だが、ドノヴァンが彼女の命を救ってくれたマットレスを持ちあげて、それ以上傷つかないように守ってくれたのではなく、ウォルトが勝利のまなざしで立っていた。

『とうとうつかまえたぞ、イヴ。今度は逃がさない』

イヴはびくっと目を覚ました。額には汗の玉がにじんでいる。ベッドの上で体を起こすと、肌がじっとりして冷たかった。体の奥深くに寒けが残っていて、骨まで痛くなった。

キャミーを見ると、まだぐっすりと眠っていた。イヴはもう眠れそうになかった。窓のほうを見やると、夜明けの空がうっすらと明るくなっていた。

ため息をついてベッドから出て、顔を洗おうとバスルームに行った。蛇口をひねり、少しでも体をあたためたかったので、湯が出るまで待った。何度もタオルを濡らして顔と首を拭いてから、寝室に戻った。

しばしためらったあとで、ドノヴァンの義理の姉妹が用意してくれた服がしまってあるクロゼットに向かった。ジーンズとシンプルなTシャツを選んで着がえると、そっと廊下に出て、足音を立てないようにリビングへと向かう。

なぜそこに行こうとしているのかわからないが、ベッドに戻りたくなかった。また悪夢を見てしまうかもしれない。ウォルトのことを話し、母の死とその後のウォルトの行為を思い出しただけでもつらいのに、いまではウォルトが夢にまで侵入してくる。

イヴは湖を遠くまで一望できる大きな見晴らし窓に近づいた。夜明けの湖は美しく、空と同じやさしいラベンダー色に染まっている。風はなく、波ひとつ立っておらず、遠くの水平線まで広がる湖面はまっさらなガラスのようだった。

ここは……平和な場所だ。安全という唯一の目的のために造られた正真正銘の要塞――それがドノヴァンと彼の家族の現実の人生なのだ――を平和だと考えるなんておかしな感じがするが、この光景のすべてが平穏に感じられた。それはいまイヴにどうしても必要なものだった。

あたたかい手が腕から肩にすべってきて、イヴはびくっとした。くるりと振り返ると、ドノヴァンがカットオフショートパンツと着古したTシャツという格好で立っていた。裸足で、どういうわけかその姿にイヴはうっとりした。

「驚かせてしまったのならすまない」ドノヴァンが言う。「なにをしてるんだ？　眠れないのか？　大丈夫か？」

イヴはため息をついた。「眠ったわ。悪夢を見たの。あなたに話をしたことで、記憶のなにもかもがよみがえってきちゃったのよ。嵐の夢を見たんだけど、わたしを見つけたのはあなたじゃなかった。ウォルトだった。また悪夢を見るのがいやだから、もう眠りたくなかったの」

ドノヴァンはイヴを腕の中に引きよせ、きつく抱きしめた。彼の体はとても心地がいい。たくましい。とても確固としていて、力強い。イヴはため息をつき、抵抗しようとはしなかった。彼に抱きしめられているのは……正しいと感じられた。

「悪夢を見たのか。気の毒に。なにかあったら、おれのところに来ていいんだぞ。きみにはなにも心配してほしくない、ハニー」

ドノヴァンは体を引き、イヴの目をのぞきこんだ。穴が開くほど見つめながら、顔を近づけてくる。キスをされるではないかと、最高に奇妙なことを考えた。すると突然、イヴはなによりもキスをしてもらいたくなった。

思ったとおりだった。

ゆっくりと、無限のやさしさをこめて、ドノヴァンが彼女の口に自分の口を押しつけてきた。あたたかく、やさしく唇を重ねられ、イヴの背筋が震えた。

体じゅうに衝撃が走る。たちまち全身がほてっていく。あらゆる神経終末がぞくぞくして活気づく。胸がうずいて感覚が鈍くなっていく。乳首が硬くなり、本能的にドノヴァンにすりよった。もっと感じたい。

ドノヴァンはイヴの唇を舐め、開けるようにうながした。イヴはあえぎながら唇を開き、彼を受け入れた。すぐに舌が入ってきて、熱く濃厚にイヴの舌とからみ合う。ドノヴァンはさらに激しくキスをしながら、イヴの息を奪い、口の中に収め、味わってから戻した。イヴは息を吸いこみ、ドノヴァンのエキスというべきものをのみこんだ。いままで経験したことのないキスだった。

純粋な魔法。

イヴはドノヴァンの広い胸に両手をすべらせ、ちょうど肩の下あたりに手のひらを置いた。ドノヴァンの体が硬直する。彼女に押し返されると思ったのだろう。だが、イヴはため息をついてドノヴァンにもたれ、薄いTシャツの生地ごしに彼の肌に指を食いこませた。ドノヴァンのキスがさらに荒々しくなる。それまでは彼女が抵抗するかどうかたしかめるべく待っていたかのようだ。抵抗するはずがない。なんだか覚醒したみたいで、こういう感覚は経験したことがなかった。人生全体がひっくり返っているときに、どうしてそんなふうに感じられるだろうか。けれど、このひそかな短い時間の中、ドノヴァンが安心させるように舌をからませてくれるおかげで、不安はすべて消えていた。

ドノヴァンはイヴの背中に両手をすべらせてから下に移動させ、尻の曲線を包みこんだ。次いで片方の手を彼女の腰に当ててから、もういっぽうの手を髪の中に入れた。指を曲げて髪をからませ、さらに濃厚なキスをしながら、彼女のすべてをのみこんでいく。

時間の経過がわからなくなっていた。ここでキスをしていたのは一時間かもしれないし、一分かもしれない。時間が止まって、自分たちだけしか存在していないかのようだった。この部屋で、熱く性急に唇を溶け合わせているふたり。

イヴは唇を重ねたままあえいだ。空気が欲しかったが、それよりもドノヴァンに触れてもらいたかった。もっと欲しい。もっとしてほしい。彼が……欲しい。

「ドノヴァン？」

ドノヴァンはイヴの髪から手をはなしておろした。ほんの少しだけイヴの体を押し、彼女の目を見おろす。ふたりの体はまだぴったりとくっついており、ドノヴァンが興奮しているのが感じられた。硬くそそり立ったものが腹部に当たっている。

イヴはふたたび身震いした。ドノヴァンの反応に激しく刺激され、体じゅうの産毛が逆立ち、鳥肌が立った。

ドノヴァンは片方の手で愛情をこめてイヴの頬をなで、もつれた髪を払った。「なんだ、ハニー？」

「わたしたち、ここでなにをしてるの？」イヴはささやいた。「なにが起きてるの？」

ドノヴァンは彼女にやさしくほほ笑みかけた。その目はあたたかく……興奮で輝いていた。

「おれがしてるのは、キスだ。なにが起きてるかってことに関しては、キスをものすごく楽しんでる。きみも同じだといいが」

率直な言葉に頬がほてり、顔が赤くなる。「こんなの正気じゃない」イヴは反論した。「こんなこと……するべきじゃない。考えることさえ許されないわ……恋愛をするなんて」

そう言いながら、喉がつまりそうだった。ドノヴァンがセックス以上のものを望んでいると考えるなんて、おこがましい。けれど、手っ取り早いセックスをしたがっている様子ではない。すでに気づいていたが、気にかけてくれているように思える。それにもしセックスをしたくてたまらないのなら、すでに言いよっているはずでは？　竜巻にあう前に。彼女が頭に傷を負ってひどくおびえているときに誘いをかけるなんて、まぬけでしかないだろう。

頭部に重傷を負ったかのように、イヴの頭の中はぐるぐるまわっていた。ドノヴァンのキスは……あからさまに性的でもなく……したくてたまらないという感じでもなかった。彼のキスは……ロマンティックだった。やさしかった。洗練されてさえいた。キスが洗練されているなんてありえる？　もちろん。彼のキスはまちがいなくそうだった。

「だって、あなたにとってわたしは仕事なんでしょう？　客観的でいるべきじゃないの？　女性の依頼人全員にキスをしてるわけじゃないでしょう」

さらにひどいことに、ドノヴァンがほかの苦しんでいる女性にキスをすると思うと、嫉妬に襲われた。ドノヴァンは救済者コンプレックスでもかかえているのだろうか？　困っている女性は彼のアキレス腱なのだろうか？

イヴの言葉にドノヴァンはくすくすと笑い、ますますあたたかい目つきで彼女を見つめた。

「ハニー、仕事と楽しみを切り離してたら、おれの兄弟はだれも結婚してないぞ」

イヴは小首をかしげた。「どういうこと？」

「結婚してる兄弟はみんな、任務中に妻と出会ったんだ。飛び交う弾丸、爆発、カーチェイス、破壊、悪党。どんなことも経験した。それに比べたら、おれたちの状況は穏やかなもんだ」

ドノヴァンは笑うような声でしゃべっており、軽い口調のわりに完全に深刻な内容であるものの、イヴは気がつくとほほ笑んでいた。

「兄弟たちは気立てのいい田舎娘と出会って、デートして、婚約して、結婚したわけじゃない。まあ、イーサンはべつだけどな。あいつとレイチェルはちょっと退屈な求愛期間を経て結婚したんだけど、それを埋め合わせるみたいに、そのあとでいくつもの事件が起きたんだ」ドノヴァンは厳しい口ぶりで言った。

急にドノヴァンの態度が変わったので、イヴは眉をひそめた。「なにがあったの？」

「話せば長くなる」ドノヴァンは言った。「レイチェルは教師で、学校が終わった六月に慈善活動で南アメリカに出かけたんだ。帰国するときに飛行機が墜落して、彼女は死んだと思われた。生存者はいなかった。おれたちは一年間、レイチェルは死んだと思ってたが、実際には麻薬カルテルに監禁されて、言いなりになるように薬漬けにされてたんだ」

イヴはショックで目を丸くした。「嘘でしょう。ほんとうなの？　どうやって居場所を突き止めたの？　どうやって連れ戻したの？」

「現地に行って、カルテルをつぶしたのさ」ドノヴァンはそっけなく言った。「レイチェルを連れ戻したけど、回復には時間がかかった。イーサンとレイチェルにとってはつらい時間だった。レイチェルは無理やり打たれてた薬のせいで記憶をほとんど失ってた。まだすべての記憶を取り戻せてはいないが、旅に出る前に起きたいくつもの悪い出来事は思い出してる。レイチェルとイーサンは困難な道を乗り越えて関係を修復した。ふたりは強い——レイチェルは強い。逆境に負けたりしない。一年前に双子を産んだんだ」

「わお」イヴはつぶやいた。「あなたと兄弟が悪人を倒してるっていう話は冗談じゃなかったのね。麻薬カルテルをつぶした？　映画みたい」

ドノヴァンは口をゆがめた。「それはただのおまけさ、ハニー。ほかの兄弟はみんな理想的とは言えない状況で妻と出会った。もうわかっただろう。おれはきみと出会った状況をまったく気にしてない」

イヴは息をのみ、ドノヴァンを見つめた。なんと言えばいいのだろうか。なにが言える？　最初に頭にうかんだことが思わず口からこぼれた。

「でも、わたしのことを知らないでしょう。だって、出会ったばかりなのよ。どうしてわたしに……なにかを……求めたりできるの？　大きな悩みの種以外に、わたしはあなたになにを与えられる？　あなたが与えてくれて、わたしはただ受け取るだけで、なにもお返しができない気がする」

ドノヴァンは指でそっとイヴのあごを突いて上を向かせた。「それはちがう。きみはとても貴重なものをおれに与えてくれた。きみの信頼だ、イヴ。きみにとっては簡単なことじゃなかっただろう。きみはたしかにおれに贈り物を与えてくれたんだ。女性の信頼っていうのは、男に与えられるもっとも貴重な贈り物だ。あらゆる危害から守ってくれるはずだと信頼してもらえることが」

ドノヴァンはまた顔を近づけてきた。さっきよりためらいがちでも、ゆっくりでもなかった。そっと唇を重ねると、すぐに溶け合わせ、熱く濡れた舌をからませてきた。今回はイヴも躊躇しなかった。ドノヴァンに合わせ、今度は彼にすべて任せるのではなく自分からも味わった。

深く息を吸いこみ、彼がまとっているスパイシーで男らしい香りを堪能した。コロンでもアフターシェーブローションでもない。ただ……彼の香り。唇を重ねたままため息をつき、彼の腕の中にいるという単純な心地よさを楽しんだ。

この男のことしか考えられず、簡単にすべてを忘れていた。まわりの世界のこと。自分と弟妹が直面している危険のこと。現実のウォルトの脅威も、彼がどれだけ捜索範囲を広げているかも。ここは現実から百万キロも離れているように思えた。こっちの現実のほうがずっといい。

忘れたいと思うのはまちがいだろうか？　少しのあいだだけでも？

「いちおう伝えておくが」ドノヴァンが唇を重ねたままささやいた。「ゆっくりときみとの関係を進めていく。だけど、おれのゆっくりは、ほかの人のゆっくりとはだいぶちがう。警告したからな。欲しいものがあれば、おれはそれを追い求める。そして手に入れるために行動する。長いあいだこれを——きみを——待ってたんだ。一分も無駄にせずに、ふたりの関係がどうなるかたしかめたい。きみにはおれのベッドにいてもらう——永遠に。そしてすぐに」

ドノヴァンの厳粛な誓いを聞いて、イヴの血管の中で脈が速く不規則になった。ドノヴァンの口ぶりは自信に満ちていた。そう、絶対的な確信を持って話していた。急に口の中が乾き、イヴは唇を舐めた。

「トラヴィスとキャミーは？」と低い声で聞く。

ドノヴァンは本気で困惑したような目を向けた。「あの子たちがなんだ？」

イヴは咳払いをした。「わたしたちが……あなたが……わたしたちが関係を築くとして、トラヴィスとキャミーはどうなるの？　わたしはぜったいにふたりから離れたりしないわ、ドノヴァン。ぜったいに見捨てたりしない。それに、解決していないことがたくさんある。わたしは事実上誘拐犯なのよ」

その言葉を口にしただけで、新たな恐怖の波が全身をかけめぐった。ドノヴァンの腕の中で体が震え、両手も震えていた。

「たとえあなたがあの子たちを……ここに……わたしたちと一緒に……置いてもかまわないとしても、おままごとをするわけじゃないのよ。わたしは犯罪者よ。刑務所に入れられるかもしれないの」

ドノヴァンは手をあげ、一本の指をやさしくイヴの唇に当てて黙らせた。「よく聞け、イヴ。もちろん、きみはトラヴィスとキャミーを見捨てないだろう。きみがそんなことをするなんて思っちゃいない。きみたちは三人でひとつだ。おれは三人まとめて欲しい。きみが犯罪者で、刑務所に行く？　そんなことにはさせない。きみの義父の問題を解決する方法を見つけてみせる。そうなったら、きみと――トラヴィスとキャミーと――おれは家族になるんだ」

イヴはなんて言えばいいかまったくわからなかった。こういう言葉にどう反応していいかもわからない。こんなあっさりと受け入れてくれるなんて。ほんの数日前に出会ったばかりなのに、彼女と未来を築きたいと考えているなんて、戸惑ってしまう。たいていの男が引き受けないような重荷を背負ってくれるなんて。

また、ドノヴァンが言った家族という言葉が、強烈な切望の波となって心の中に染みこんできて胸が苦しくなった。自分もそれを望んでいる。ああ、ものすごく望んでいる。トラヴィスとキャミーに安全で幸せでいてほしい。ふつうの四歳児とティーンエイジャーとして生活してほしい。それに、自分の子ども。それだけをずっと夢見てきた。騒々しくて幸せな大家族。ドノヴァンの厳粛な誓いを心に抱きしめて、けっして手放したくない。だけど、すごく……不可能に思えた。なにもかもが。

イヴは困惑してドノヴァンを見つめた。ほかにまだひとつ大きな疑問があった。自分はドノヴァンをどう思っている？

21

ベッドに戻ってキャミーとゆっくり休むようにイヴを説得してから、ドノヴァンはキッチンに行き、パンケーキの材料を準備した。まだ作らない。できるだけトラヴィスとキャミーとイヴを寝かせておいて、それから起こして朝食にしたかった。

ショーンが居住地の正面ゲートから入ってきたとき、ドノヴァンにはすぐにわかった。アラームが鳴り、キッチンのビデオモニターに車がアップで映し出される。ドライバーの網膜スキャンがおこなわれ、ショーンであることが確認された。

しばらくしてからショーンが勝手口のドアを叩き、ドノヴァンは中に入るように合図した。そのときまたアラームが鳴ったので顔をあげると、今度はゲートの前にラスティのジープが見えた。車が止まり、網膜スキャンを受けるためにラスティがカメラを見つめた。

ショーンが顔をしかめる。「こんな早くにラスティはなにをしてるんだ?」

ドノヴァンは肩をすくめた。「すぐにわかるさ」

ショーンは黙りこみ、やがてラスティがドノヴァンの家の玄関まで来た。ドノヴァンは彼女を出迎え、短くハグをした。

「よお、お嬢ちゃん。こんな時間にどうした?」

ラスティは不安そうな顔をしており、すぐにドノヴァンは——ショーンも——警戒した。

ショーンは探るようなまなざしでラスティをじっと見つめた。

「なんであんたがここにいるの？」ラスティがショーンに言う。身がまえているようだ。

「イヴの情報を持ってきたんだ」ショーンはそっけなく答えた。

「あたしもよ」ラスティは厳しい口調で言った。「でも、先にあんたの情報を聞かせて」

「それはいい考えじゃない」ショーンは言い返した。「おまえは引っこんでろ、ラスティ。かかわるな。傷つくかもしれない」

ラスティはあきれて目を上に向けた。「あんたが話さないなら、あたしも話さない。今朝、金物店を嗅ぎまわってる人がいたんだけど、興味ない？」

ショーンはただちに背筋を伸ばし、ドノヴァンも同じことをした。反論を許さない表情でラスティのほうを向き、「話せ」と命じた。

ラスティはため息をついた。「今朝、男が金物店にやってきたの。すごく人当たりがよくて、気さくだった。高級車に乗ってる。ナンバープレートを覚えたから、調べてみて」とショーンに言う。

ショーンは同意してうなずいた。ラスティを見つめ返す目には、いやいやながら敬意がにじんでいた。

「そいつはなんて言ってたんだ？」ドノヴァンは問いつめた。「そいつになにをしゃべった？」

「これから話すよ」ラスティは言った。「すごく場ちがいな感じだった。ほら、ブランドものの服とか、高級サングラスとか。髪の毛は一本も乱れてない。お上品っぽくて、スタイリッシュだった。しかも、オゾン層を何層か破壊しそうなくらいのスタイリング剤を使ってた」

ドノヴァンはいら立ちで爆発しそうになりながら、ラスティが要点を話すのを待った。

「ほんとうに気さくな感じで、女性とふたりの子どもを見かけなかったかって聞いてきた。ひとりはティーンエイジャーで、ひとりは四歳だって。イヴの名前を出してた。トラヴィスとキャミーの名前も出てきた。自分はふたりの父親で、ものすごく心配してるんだって言ってた。イヴは精神的に不安定で、自分自身だけでなくほかの人たちにとっても危険だから、彼女を施設に収容してすぐにまた薬を与えないとなにが起こるかわからないって。トラヴィスが金物店にいたっていう目撃情報があったそうよ」

ドノヴァンは眉をひそめた。くそ。聞きたくないことだ。髪をかきあげ、顔をしかめた。

「トラヴィスを見ていないって否定するわけにはいかなかった。きっと嘘をついてるってばれたはずだもの」ラスティは言った。「だから、ええ、トラヴィスの特徴に合う子が何日か前に店に来たって言ったの。ちょっとお小遣いを稼ぎたがってたから、二、三日だけ雇ってあげて、お金を払ったら、姿を消した。もう仕事には来てないし、何日も見てないから、引っ越したんじゃないかって言ったわ。トラヴィスがお姉さんと妹のことを口にしてたとも伝えた。あたしが隠し事をしてるんじゃないかって疑われたくなかったの。正直に話せば、あたしたちがイヴとトラヴィスとキャミーに手を貸してるんじゃないかって疑われる理由はないでしょう。彼女たちがもうここを離れたっていう話を信じてもらえるかもしれないって思ったの」

「うまく機転をきかせたな、ラスティ」ドノヴァンは言った。

ショーンがうなずく。「おまえは正しいことをした。だが、ナンバープレートを調べて、そいつが何者か突き止めたほうがよさそうだ。調査すれば、はっきりする」

「あんたはどんな情報を見つけたの？」ラスティが心配そうな声で聞いた。

ショーンはためらった。「おまえを巻きこみたくない、ラスティ。おまえがその男と対面したことさえ気に入らない。そいつが現れたときにすぐにおれに電話すればよかったんだ。そいつに傷つけられてたらどうする？　おまえの話を信じてもらえなかったら？　店でそいつとふたりきりになるなんてふざけてる。またそんなばかなまねをしたら、おまえのケツをひっぱたいてやる」

ラスティは不満げに鼻を鳴らした。「あたしは子どもじゃないのよ、ショーン。自分で対処できる。トラヴィスたちがどんな問題をかかえてるのか知りたいの。トラヴィスのことがすごく好きなんだもの」

ショーンはドノヴァンにちらりと目を向けた。ドノヴァンはうなずき、手に入れた情報をラスティの前で話せと伝えた。彼女も状況を知っておくべきだ。とくに、そのろくでなしがすでに金物店に来たのならなおさらだ。今日、父親に話そう。兄弟のだれかに店にいてもらい、ショーンにはときどき車で近くを通ってもらって、ラスティにはもうけっしてひとりで店で働かせないようにしよう。

「いい話じゃない、ヴァン」ショーンは言った。「イヴは誘拐犯として指名手配されてる。

きわめて精神的に不安定だそうだ。精神疾患の病歴があって、自分自身にとってもトラヴィスとキャミーにとっても危険だと思われてる。父親が公表したんだ。どうやらいろいろなところに強力なコネがあるらしい。悲しむ父親をうまく演じてる。悲劇的に妻を亡くし、いまは精神錯乱した女に子どもたちを奪われた父親を」

「そんなの大嘘だ」ドノヴァンは激昂して言った。

「もう真実を聞き出したのか？」ドノヴァンの反応にショーンが片方の眉をあげた。

「ああ、聞いた」ドノヴァンは歯ぎしりして言った。「イヴはそいつが母親を殺したと思ってる。聞いた話から判断するかぎり、そのとおりなんだろう。そいつは支配的でサディスティックなろくでなしで、キャミーに手を出してたんだ。だからイヴがキャミーとトラヴィスをそいつのもとから連れ出した」

「くそったれ」ショーンが悪態をついた。「そのゲス野郎を撃ち殺してやりたい」

「あたしも」ラスティが暗い口調で言う。

ショーンはラスティを指さした。「おまえは引っこんでろ。わかったか？　おれたちに任せておけ、ラスティ。おまえはかかわるな」

「はいはい」ラスティはつぶやいた。「それでもそいつのタマを蹴飛ばしてやりたい」

「それで、どうするんだ？」ショーンは聞いた。「おれになにをしてほしい？」

ドノヴァンはため息をついた。「わからない。いまはまだ。兄弟たちと話さないと。そいつがここにいることで、すべてが変わる。イヴたちがここにいたことを知ってるのなら、イヴが思ってた以上に近くまで迫ってるということだ。イヴたちがすでに去ったという話を信じてるかわからないが、少なくとも、彼女たちが住んでいた場所を突き止めて、トレーラーが破壊されてるのを見たら、ここに残っているとは思わないはずだ。イヴたちが死んだと考えるかもしれない」

「だったら、なおさら長くここにとどまるんじゃないか」とショーン。「イヴたちが嵐で負傷したか死亡したと思ったら、地元の病院を当たるだろう。町や郡の警察にも立ちよるはずだ。おれはイヴたちの居場所をばらしたりしないが、ほかの警官たちはわからないぞ。おれはほかの連中にしゃべったりしないが、彼らがイヴの情報を突き止めたら、それに応じて行動するはずだ。もしそうなったら、おまえは厄介なことになるぞ」

ドノヴァンはうなずいた。「ありがとう、ショーン。おれのせいで失業しちまうかもしれないな。そんなリスクはおかしてほしくないんだが」

「おれがサディスティックなろくでなしの味方をして、〝義務〟という名目で罪のない女性を裏切ることがあったら、そのときは仕事を辞める」ショーンは真剣な口調で言った。「四歳の女の子をサディスティックな父親のもとに返さなければならないような仕事なら、そんな仕事はこっちから願いさげだ」

ショーンを見るラスティの目につかの間だけ称賛がうかんだ。だが、ふたりの男のやりとりに耳を傾けながら、すぐに無関心な顔になった。

「もう行くよ」ラスティは言った。「いちおう言っておくと、ここまでだれにもあとをつけられてなかったからね。男が現れてからまっすぐここに来たんじゃないかって心配してるかもしれないけど、あのあと二時間待ったの。男は店が開いてすぐにやってきた。あたしは冷静にふるまって、しばらくしてから店を出たの」

「店には戻るな」ドノヴァンは真剣に言った。「二度とそのろくでなしに会ってほしくない。いまは親父とおふくろの家に帰れ。あとでおれから親父に話して、事情を説明する」

「おれももう行く」ショーンが言った。「情報を伝えに来ただけだ。気をつけろ。イヴたちの存在をしっかりと隠して、人目につかないようにしたほうがいい」

ドノヴァンはうなずいた。「ありがとう、ショーン。ラスティもありがとう。またあとで連絡する」

ラスティはドノヴァンの家から出ていき、ショーンもあとに続いた。ラスティはショーンのパトカーの隣に車を止めていた。二台の車の前で立ち止まり、ショーンのほうを向く。

ラスティが振り返るとショーンはぴたりと足を止め、彼女ににらまれると一歩さがった。

「あたしのなにが気に入らないの、ショーン？　どうしてあたしのことを生意気で頭の悪いばかな子ども扱いするの？」

ショーンは驚いてまばたきをし、それから目を細めた。「おまえが嫌いなわけじゃない、ラスティ。危険な目にあってほしくないだけだ」

ラスティはあきれて目を上に向けた。「やっぱりあたしを無知な子ども扱いしてる。あたしはばかじゃない。自分で対処できる。男が来たとき、対決したりしなかった。冷静にふるまって、それからすぐにドノヴァンのところに来て、なにがあったか伝えたでしょう」

ショーンはいらいらとうなり声をあげた。「子ども扱いはしてない」

反応する間も、なにをされるのか考える間もなく、ラスティは乱暴にショーンの腕に抱きよせられた。そしてショーンの胸にぶつかると同時に、唇が押しつけられた。

やさしいキスではなかった。無数の感情が感じられた。いら立ち。怒り。欲望。情欲。欲求。

最初、ラスティは身をこわばらせ、ショーン・キャメロンに――あからさまに彼女を嫌っていた男に――キスをされているという事実にふいを突かれていた。しかも、ただキスをされているだけではない。完全に唇を奪われていた。

わおお、この男はキスができるのだ。

ラスティはショーンの腕の中に溶けこんだ。口を開けると、いっそう激しくキスをされた。ショーンは飢えたように舌で彼女の唇を舐めてから、口の中に舌を入れて奥までむさぼり、ふたりで互いに味わい合った。

嘘でしょう！　ショーン・キャメロンにキスをされている！　頭の中がぼうっとしていた。まったくなにも考えられない。どんな反応もできない。猛烈にキスをされるあいだ、ショーンのたくましい腕の中で力の入らない体を支えてもらうことしかできなかった。

すると、ショーンは我を忘れたように唇を重ねてきたときと同じくすぐに体を引き、はっきりと悪態をつきながらラスティを押しやった。

「ちくしょう」と鋭い口調で言う。「こんなことは起こっちゃいけなかった。すまない、ラスティ。こんなことするべきじゃなかった。おれにそんな権利はなかった。もう二度としない」

ラスティが考えをまとめる前に、ショーンは大またでパトカーまで歩いていった。そして、彼女がとてもセクシーだと思っているステットソン帽をかぶり、車に乗りこんでドアをバタンと閉め、轟音を立ててドノヴァンの私道から走り去った。ラスティは呆然と立ちつくし、ゲートへ向かうショーンの車が道の先に消えていくのを眺めていた。

ショーンにキスをされた。

震える手をキスでふくれあがった唇にやった。まだショーンの口の感触が残っている。ショーンにキスをされた。そのことが頭の中をぐるぐるまわっていた。ショーン・キャメロンにキスをされた。

どうして？

それに、どうして彼にキスを許したのだろう？

22

ドノヴァンは大きな満足感を覚えながら、キッチンにいるイヴたちを眺めた。トラヴィスは長い時間横になっていたせいですでに我慢の限界に達しかけており、ベッドから出たがっていた。キャミーでさえ起きたがったので、点滴スタンドと一緒にダイニングルームのテーブルに連れていき、みなと一緒に座って食べられるようにした。

イヴはトラヴィスとキャミーのあいだに座り、喜びと安堵で顔を輝かせていた。ドノヴァンはイヴたちが彼の家にいる光景をうれしく思いながら、その様子を眺めていた。彼の家族。彼のもの。すでにそう決めていたし、取り消したりしない。ただ、イヴが受け入れてくれればいいのだが。

イヴが彼に惹かれているのはわかっている。少なくとも彼の気持ちにいくらか応えてくれている。また、めまぐるしい速さで事態が進んでいるのもわかっている。そのことでイヴが圧倒されていなければいいのだが。ゆっくり進めると言ったのは嘘ではないが、ほかの人間にとってのゆっくりと彼にとってのゆっくりはまったくちがうと言ったのも嘘ではなかった。

ドノヴァンはきわめて忍耐強くふるまっていた。はじめてイヴを見た瞬間から、彼女を手に入れろと本能が叫んでいた。ベッドに連れていき、自分のものにして、彼の所有物だという印をつけ、けっして手放すなと。

すぐにそうする。もうすぐ。思いどおりにできるなら、今夜。イヴを抱きたかった。ふたりのあいだで築かれつつある絆をたしかなものにするために。彼がイヴをどう思っているかわかってほしい。言葉ではある程度しか伝わらない。彼女に行動で示したかった。

「よし、食事ができたぞ」ドノヴァンは高らかに言い、焼きたてのパンケーキの山をテーブルに運んだ。

真ん中に置き、トラヴィスとキャミーの分をフォークで取ってやってから、三枚をイヴの皿にのせた。イヴは目を見開き、反射的に首を横に振ってこんなに食べられないと拒んだが、ドノヴァンは無視して厳しく命じた。

「食え。いままでの分まで食べるんだ。三人とも」

だが、トラヴィスとキャミーがイヴのように躊躇するのではないかと心配する必要はなかった。トラヴィスはがつがつとむさぼり食べていた。ドノヴァンは身を乗り出してキャミーのためにパンケーキをきれいな四角に切って、シロップにひたした。キャミーはうれしそうにドノヴァンににこにこと笑いかけてから、点滴がついていないほうの手でフォークを取り、ほおばりはじめた。

イヴは弟妹が熱心に食べている様子を見て喜び——刺激され——すぐにふたりにならって自分の皿からたくさん食べた。ドノヴァンも椅子に深く座り直して食べたが、大半は彼の家族を眺め、一緒に食事を楽しんでいる光景を楽しんだ。

ああ、これは正しいことだ。兄弟たちにどんなに警告されても——彼らの懸念は理解できるが――イヴは彼にふさわしい。骨の奥までそう感じていた。兄弟たちは、妻と出会った瞬間に運命の相手だと気がついた。サムはほかの兄弟より時間がかかったかもしれないが、みなわかっていた。ドノヴァンは兄弟たちの気持ちの大きさや深さをほんとうには理解していなかったかもしれない。運命の相手だと感じる気持ちを。しかし、いまではわかった。自分もまったく同じように感じていた。イヴのことを見たり考えたりすると強烈な気持ちを覚える。兄弟たちがその十分の一でも同じ気持ちを感じているのだとしたら、自分の女をひとり占めしたいという彼らの衝動がよく理解できた。ドノヴァンはサムほど頑固ではないし、自分の運命だとわかっているものを否定しようとして時間を無駄にするつもりはなかった。

「すごくおいしい、ミスター・ヴァン」キャミーが甘い声で言った。「朝ご飯を作ってくれてありがとう」

「どういたしまして、スイートハート」キャミーがドノヴァンの名前に〝ミスター〟をつけるのを聞いてドノヴァンはにやにやと笑った。「だけど、これはランチだ。朝はとっくに過ぎちゃったからな。夕食になにを食べたいか考えておいてくれ。パントリーにはたっぷり食材がそろってる。きみの食べたい料理を作る材料がなくても、必ず買ってくる。どうだい？」

キャミーはパンケーキを口いっぱいに入れたまま、元気よくうなずいた。

「ぼくはフライドポークチョップがいいな」トラヴィスが切望するような声で言った。「イヴが作るポークチョップとマッシュポテトとグレイビーソースは最高なんだ。でも、長いあいだ食べられなかったから」

　自分がなにを言ったか気づき、トラヴィスは赤面した。

　ドノヴァンは身を乗り出し、やさしく元気づけるようにほほ笑みかけた。「完璧なディナーだな。だけど、イヴはまだキッチンに立たないほうがいいだろう。イヴほどうまく作れないかもしれないが、おれががんばってトライしてみよう」

「あら、わたしは平気よ」イヴが異を唱えた。「あなたはわたしたちのためにいろいろしてくれたわ、ドノヴァン。自分たちの食事を作るのなんてどうってことない。そのくらいしかできないもの」

　ドノヴァンはきっぱりと首を横に振った。イヴが彼のキッチンで全員の食事を作るというのはとても魅力的な考えだが、その時間はこれからたっぷりあるだろう。いまは三人を手厚くもてなして甘やかしてやりたかった。「きみは休んだほうがいい。夕食はおれに任せろ。なにもせずにくつろいで、体を治すんだ。きみたちみんな」

「そうだよ、イヴィ」トラヴィスが口をはさんだ。その声はドノヴァンと同じくらい確固としていた。「いまは料理をしないほうがいい。長いあいだ、ぼくらの面倒を見てきたんだ。そろそろだれかに面倒を見てもらうべきだよ」

「ブラボー」ドノヴァンはやさしく同意した。「よく言った、トラヴィス」

　イヴは顔を赤らめたが、うれしそうに目を輝かせてドノヴァンを見つめ返し、それからトラヴィスを見た。

「これからはあなたがあたしたちの面倒を見てくれるの？」キャミーが聞いた。

無邪気な質問だったが、キャミーの目には不安が見て取れた。ドノヴァンが自分たちを見捨てて追い出すのではと心配しているかのようだ。

トラヴィスでさえ、明らかに問いかけるような目でドノヴァンを見た。その目はキャミーと同じことを心配しているかのように翳っていた。これは一時的な状況で、ドノヴァンがイヴを傷つけるのではないかと。

ドノヴァンはキャミーの手をつかみ、安心させるように握りしめた。だが、イヴとトラヴィスにも伝えるつもりでいた。三人に自分たちの状況を理解してもらいたい。

「そうだ、これからはおれがきみたちみんなの面倒を見る。きみが聞いてくれてよかったよ。きみとトラヴィスに相談したいことがあるんだ」

キャミーは目を見開き、トラヴィスは驚いた顔をした。しかし、トラヴィスはすぐに警戒するような目をした。最悪の事態をおそれているかのように。

「おれはイヴがすごく好きなんだ。おれと一緒にいてほしい。ずっと」ドノヴァンは率直に言った。

ふたりきりではない状態で、イヴに聞いてもらいたかった。そうすれば、その場の勢いで言っているのではなく、本心だとわかってもらえるだろう。彼女の弟と妹の前ではっきりと伝えることで、気づいてもらいたかった。彼が完全に本気で、必ず全力を尽くすと。

「だけど、きみたちにも一緒にいてほしい。みんなで……家族になりたいんだ」ドノヴァンはそう言って、反応をうかがった。

トラヴィスは驚き――ほっとしているようだ。キャミーはうれしそうだった。

「本気で言ってるの？」トラヴィスがしゃがれ声で聞く。「ぼくたちみんなに一緒にいてほしい？」

「そうだ」ドノヴァンは静かに言った。「おれはきみの実の父親じゃないけど、きみたちふたりのお父さんになりたい。きみたちを自分の子だと呼べたら誇らしいし、ずっときみたちを愛して守ってみせる」

「ほんとうのパパは好きじゃないの」キャミーが悲しげに言った。「怖いの。いい人じゃないのよ、ヴァン。あなたにパパになってほしい」

ドノヴァンの心が少しやわらいだ。もしまだこの小さな女の子を心から愛していなかったとしても、いまの言葉で完全に心を奪われていただろう。

「ほんとうのお父さんのことはもう怖がらなくてもいい、キャミー。おれがきみとお兄ちゃんとイヴの面倒を見る。みんなで家族になりたい。本物の家族に。きみは知らないだろうけど、うちは大家族なんだ。みんなもきみのことをすごく気に入ってくれるよ。おじいちゃんとおばあちゃんができるんだ。たくさんのおじさんとおばさんといとこたちも。シャーロットのことは話したよね。きみと年が近い。それに、これからもっと赤ちゃんが生まれるんだ」ほほ笑みながらつけ加える。「来年のはじめに、おれのお兄さんのサムとギャレットのところに赤ちゃんが生まれるんだ」

「赤ちゃん大好き！」キャミーがうれしそうに両手を叩いて叫んだ。

ドノヴァンはずっと黙ったままでいるイヴに視線を向けた。

「きみはどうだ、イヴ？」とやさしくたずねる。「きみの望みは？」

すぐにトラヴィスとキャミーが懇願するようなまなざしをイヴに向けた。イヴがすべてを拒絶するのではと心配しているようだ。ドノヴァンはあえてトラヴィスとキャミーの前でこの話を持ち出したものの、イヴの気持ちを操るつもりはなかった。彼が完全に誠実だということをわかってもらいたいだけだ。彼のことをもっとよく知ってもらい、あるいは、少なくとも彼の性格を理解してもらい、完全に本気じゃなければトラヴィスとキャミーを受け入れたいと言うはずがないとわかってほしい。自分の感情や意思に確信がないのにこんな話をしたら、ふたりを傷つけることになるかもしれない。そんな危険はおかしたりしない。

「ぼくはイヴィに幸せになってもらいたい」トラヴィスが厳かな声で静かに言った。「姉さんはぼくとキャミーのためにすごくたくさんのことをあきらめてきた。あいつは姉さんを傷つけた。知ってるんだ。姉さんになにをしようとしてたかも知ってる。姉さんがどれだけ危険をおかしてぼくとキャミーをあいつから遠ざけてくれたか知ってる。だから、これがイヴィの望みなら、ぼくは賛成するよ。ぼくとキャミーのせいで自分の人生をあきらめてほしくない」

イヴの目に涙があふれる。いまの言葉に明らかに胸を打たれた様子で、しばらく黙りこんだままでいた。イヴがすぐに答えずにいると、キャミーが心配そうな顔になった。立ちあがり、イヴのひざの上に乗ると、片方の手をイヴの頬に当てた。

やさしくぺちぺちと叩きながら、イヴの顔を流れる涙をぬぐった。

「泣かないで、イヴィ」キャミーは真面目な声で言った。「ヴァンがあたしたちの面倒を見てくれるって。なにもかもうまくいくでしょう、ヴァン?」

「もちろんだよ、スイートハート」ドノヴァンは厳粛に言ったが、あらためて誓うあいだずっとイヴを見つめていた。

イヴはキャミーを思いきり抱きしめてから、トラヴィスの手をつかんで握りしめた。三人の姿ははかなく見えたが、そこには決意もあった。三人でひとつなのだ。けっして壊れない絆で固く結ばれた家族。ドノヴァンはその一員になりたかった。

ドノヴァンはゆっくりとトラヴィスの手を取り、それからイヴのもういっぽうの手を取って、手をつないだ。

「おれたちは家族だ」ドノヴァンは言った。「ゆくゆくは、おれになんでも頼ってほしい。怖いことがあったら、おれのところに来てくれ。心配事があるときや、ただ話し相手が欲しいときは、おれがつねにここにいる。これから解決しなきゃならないことがたくさんある。対処して片をつけなきゃならないことがたくさんある。だけど、乗り越えよう。みんなで」

「そうね」イヴがやさしく言った。ドノヴァンの要求をはっきりと認めたのは――受け入れたのは――これがはじめてだった。

トラヴィスはほっとした顔になった。キャミーは歓喜の金切り声をあげ、イヴのひざからドノヴァンの腕に飛びこんできた。ドノヴァンはトラヴィスとイヴから手をはなさなければならなかった。ドノヴァンが笑い声をあげると、キャミーは彼に両腕をまわしてきつく抱きしめた。

「大好き」ドノヴァンの耳もとでささやく。

ドノヴァンは少しのあいだ目を閉じた。喉がつかえ、返事ができなかった。そこに座ったまま、子どもらしい無条件の愛情を向けられる心地よさにひたりながら、つねにそれに応えようとその場で誓った。いつかイヴとのあいだに子どもができても、キャミーやトラヴィスへの愛情は変わらない。ドノヴァンにとってふたりはいつまでも彼の最初の子どもとして心の中にいるだろう。

「おれも大好きだよ、スイートハート。それをずっと覚えててくれ、いいね？」

キャミーはドノヴァンの首もとでうなずき、いっそう彼の胸にすりよった。大きなあくびが出て、ドノヴァンの腕の中で体の力が抜けていく。ドノヴァンはしっかりと腕に抱き直してから、イヴとトラヴィスに注意を向けた。

「これからどうするの？」トラヴィスが小声で聞く。「あいつのこと。イヴを追い続けるはずだ。姉さんがしたことを罰したいんだ。そんなことはさせられないよ、ヴァン。殺されちゃう。前に母さんが……」

トラヴィスは言葉を切り、あわてて顔をそむけたが、その前に目が涙で光っているのが見えた。母の話が出て、イヴの目にもにわかに涙があふれていた。

ドノヴァンの心が痛んだ。トラヴィスはどうして母が死んだかわかっている。実の父親がトラヴィスの人生でもっとも大切な人を殺したという事実に向き合わなければならないのだ。

「そいつのことは心配するな」ドノヴァンはきっぱりと言った。「きみは体を治して、姉妹の世話をすることに集中してくれ。きみのお父さんのことはおれたち兄弟が対処する。これ以上きみたちに危害を加えさせたりしない。信じてくれるか？」

トラヴィスはゆっくりとうなずいた。

「じゃあ、このちっちゃなお嬢ちゃんはおれの腕の中でもう眠りかけてるから、ベッドで寝かせよう。きみも少し休んだほうがいい。痛みはどうだ？　もっと薬がいるか？」

トラヴィスは首を横に振り、そのあとでしばしためらった。イヴを見やってからドノヴァンに視線を戻し、また口を開いた。

「キャミーをぼくのベッドで一緒に寝かせたら？　キャミーは平気だよ。ぼくかイヴィと一緒に寝るのに慣れてるから。イヴィも休んだほうがいい」

ドノヴァンはかろうじて驚きを抑えた。トラヴィスはキャミーを自分と一緒に寝させることで、ドノヴァンがイヴとふたりきりで過ごせるようにお膳立てをしてくれているにちがいない。イヴが急に頬を赤く染めたことから、同じことを推測しているのだとうかがえた。

だが、贈り物にけちをつけるつもりはない。イヴとふたりきりになる時間が欲しい。愛を交わすだけでなく――必ずそうするつもりでいたが――ふたりで話し合えるように。キャミーがいるところで話して動揺させたくはない。

「きみがいいなら」ドノヴァンは言った。

トラヴィスはうなずいた。「それと、体は大丈夫だよ。いまはね。今夜、もっと薬が必要になるかもしれない。横になったときがいちばんつらくて、なかなか眠れないんだ」

ドノヴァンは顔をしかめた。「昨夜言ってくれればよかったのに。無駄に苦しまなくてもいいんだ。よく眠れるようにもっと注射を打ってやれたんだぞ」

「いいんだよ」トラヴィスは言った。「ぼくは大丈夫。いまはいったんキャミーと横になって、夕飯を食べたら、今夜はキャミーと一緒に寝るよ。ポークチョップが楽しみだ」

ドノヴァンはほほ笑んだ。「わかった。じゃあ、きみとキャミーをベッドに連れていこう」

動く前に、勝手口のドアがノックされた。監視システムが作動していないので、兄弟か義理の姉妹のだれかだろう。ちらりと目をあげると、ドアの窓ガラスごしにギャレットの姿が見えた。

くそ。ギャレットはみなをおびえさせてしまう。兄のせいでキャミーとイヴをひどく怖がらせたくはない。

ドノヴァンはため息をついて立ちあがり、自分の席の横の椅子にキャミーを座らせた。

「おれの兄貴のギャレットだ」警戒するような顔をしているイヴを安心させるために説明する。「これからしょっちゅう顔を合わせることになる。というか、全員と。サムとソフィがシャーロットを連れてきて、きみに会わせてくれるはずだよ、キャミー」

キャミーは恥ずかしそうにほほ笑み、親指を口に入れた。

ドノヴァンはドアまで行った。邪魔が入ったことがいら立たしかったが、予想するべきだった。相手はギャレットだ。ドノヴァンがどんな状況におちいっているのか自分の目でたしかめたかったにちがいない。いま対処してしまえば、ギャレットは口出しをしないだろう。イヴとトラヴィスとキャミーをひと目見れば、百八十度態度を変えて、三人にかかわるなとドノヴァンに警告することもなくなるはずだ。

ギャレットはケリー兄弟でいちばん気難しくて怒りっぽいかもしれないが、愛する人たちに対しては完全に甘い。イヴと彼女の弟妹を見ればすぐに気に入るはずだ。

ドアを開けると、驚いたことに、ギャレットはアルミホイルをかぶせたケーキの焼き型を持っていた。

ドノヴァンは眉をあげた。「わざわざ予期せぬご訪問をしていただけるなんて、どういうわけかな?」〝予期せぬ〟という言葉を強調したことにギャレットは気づいていたが、その皮肉を無視し、ドノヴァンを押しのけて中に入った。

「〝キャラメル・ナムナム〟を持ってきた。キャミーが喜ぶんじゃないかと思って。シャーロットの好物だし、いつもギャレットおじちゃんに作ってちょうだいってお願いしてくるんだぜ」ギャレットは愉快そうに言った。「それに、この世にはチョコレートとキャラメルの味にあらがえる女はいないって妻から聞いてる」

ドノヴァンはにやにやと笑って焼き型を受け取った。「来てくれ。遅い朝食を食べ終わったところなんだ。みんなテーブルにいる。紹介しよう。いいか、ギャレット、みんなを怖がらせないようにしてくれ」

ギャレットは完全に無邪気な顔を作った。「おれが？　おれはいいやつだぜ、忘れたのか？」

ドノヴァンは鼻を鳴らした。「はいはい。とにかく行儀よくしてくれ。イヴたちは……いままでは家族なんだ、ギャレット。みんなにそう伝えた。キャミーとトラヴィスに伝えた。おれだけじゃなく、おれの家族もみんなの家族になるんだと。たくさんのおじとおばといとこたちができるって話した。もちろん、親父とおふくろのことも」

「で、みんなの反応は？」ギャレットは静かに聞いた。

ドノヴァンは息を吐き、ダイニングルームのほうをちらりと見て、聞かれていないことを確認した。「困惑してたよ。みんなの目にうかんだ希望と切望を見てもらいたかった。胸が苦しくなった。おれがみんなを見捨てるんじゃないか、おれが一時的に力になってるだけじゃないかって、不安になってた」

ギャレットは顔をしかめた。「ちがうって説得したんだろうな」

「もちろんさ。おれはどこにも行かないし、みんなもどこにも行かないって、はっきりと伝えた。おれだけじゃなく、おれたち全員がついてるって」

ギャレットはうなずいた。「それでいい。じゃあ、おまえの家族に紹介してくれ」

その言葉から、ギャレットがこの状況を受け入れたことが伝わってきた。ドノヴァンを全力でサポートすると。口には出さないだろうが、いまの言葉でドノヴァンは大きな安堵を覚えた。

たしかに兄たちはドノヴァンを心配しているし、ときどきおせっかいを焼くが、いざというときは一〇〇パーセント応援してくれる。ケリー家の全員がそうだ。こんな家族はほかにいないだろう。自分の家族だからそう言っているわけではない。

ケリー家は、忠実で、タフで、愛にあふれた人たちの集まりだ。なにものにも代えがたい。

ドノヴァンがギャレットとテーブルに戻っていくと、三人とも座っていて、イヴのひざの上に乗っているキャミーの不安が部屋じゅうに広がっていた。ギャレットは小さな女の子に目をとめるなり、顔全体をやわらげた。

ギャレットは無愛想だ。気難しいし、ものすごく頑固だが、誠実な男だ。足の先まで誠実で、愛する人たちのためなら命だって犠牲にする。実際、ソフィの代わりに銃で撃たれたこともあった。義理の姉妹のためならまた同じことをするだろう。

「みんな、兄貴のギャレットだ。ギャレット、イヴと妹のキャミーと弟のトラヴィスだ」

トラヴィスがあわてて立ちあがったが、あまりに早く動いたために顔をしかめた。だが、背筋を伸ばし、厳かにギャレットに手を差し出した。

「お会いできてうれしいです、サー。あなたのことはよく聞いています」

ギャレットはティーンエイジャーをまじまじと見つめた。トラヴィスの目には敬意がきらめいている。ギャレットは彼の手を取って握手を交わした。

「おれも会えてうれしいよ。こっちもきみのことはよく聞いてる。姉妹の面倒を見てたそうだな。ドノヴァンがすごく感心してる。大人の男でも、きみみたいに誠実なやつはそういない」

トラヴィスは赤面した。ギャレットにほめられ、明らかにうれしそうな顔をしていた。それからギャレットはイヴとキャミーに注意を向け、あたたかく歓迎するような笑みをうかべた。

「やあ、おチビちゃん。はじめまして。おれにはきみのほかにもうひとり、きみと同じくらいの年の姪っ子がいるんだ。シャーロットだ。きっと仲よくなれるはずだ」

ギャレットはキャミーを姪として考えており、それを聞いてイヴがものすごくうれしそうな顔になった。ギャレットに受け入れてもらえたことに気づき、いままた目に涙がきらめいている。心を落ち着けて、あまり感情的にならないように、つかの間だけ顔をそむけたが、ギャレットは見逃さなかった。

「きみに特別なごちそうを持ってきたんだ、キャミー」ギャレットは明るい口調のまま言ったが、目はまだイヴに向けられていた。

キャミーは興味を引かれ、親指をくわえながら恥ずかしそうにほほ笑んだ。少し指を出して、先端だけを唇に当てたまましゃべった。「なあに？」

ギャレットはドノヴァンが持っている焼き型を受け取り、アルミホイルを取った。

「キャラメル・ナムナムだ。正式な呼び方は知らないけど、おれはそう呼んでるんだ。食べたら、すごくうまくて『う〜ん《ナムナム》』としか言えなくなる」

キャミーはくすくすと笑い、ためらいがちにひとつ手に取ろうとした。ギャレットは焼き型をさげて、キャミーの手が簡単に届くようにしてから、トラヴィスに勧め、そのあとでイヴの前に置いた。

「きみにも会えてすごくうれしいよ、イヴ」ギャレットは静かに言った。「聞いてくれ。もうドノヴァンに言われたと思うが、おれからも言わせてほしい。第一に、おれも、兄弟たちも、組織の全員も、おれたちの家族も、全力できみの力になる。きみにも弟にも妹にも二度と危害が加えられないようにする。第二に、ケリー家にようこそ」

イヴは涙をこらえきれなくなった。ぼろぼろと顔に流れ落ち、恥ずかしそうに涙をぬぐう。トラヴィスがキャミーに手を伸ばしたが、ドノヴァンはそれをさえぎった。そして、トラヴィスがキャミーを持ちあげて痛い思いをする前に、キャミーを抱きあげた。

するとギャレットが体をかがめてイヴをきつく抱きしめた。イヴは最初ためらっていたが、やがて立ちあがってギャレットを抱きしめ返した。ギャレットはにやりと笑って体を引くと、ドノヴァンの背中を叩いた。

「おまえはラッキーな男だな、ヴァン。みんなはおまえみたいなオタクに引っかかっちまって気の毒だが、おまえはまちがいなくラッキーだ」

ドノヴァンはあきれて目を上に向けた。「何度言ったらわかるんだ？　オタクはセクシーだって」

イヴが笑い声をあげたが、元気よくうなずいた。「知的な男性はとても魅力的よ」

ギャレットも一緒になって笑い、それから親しみをこめてイヴの髪をくしゃくしゃにした。まるで兄のように。イヴはそれにひたり、一分一秒を楽しんでいた。目は幸せそうに輝いている。

「長居はしない。立ちよって、自己紹介をしたかっただけだ。気をつけろ、弟。言っておくが、一族のほかのやつらも同じように訪ねてくるぞ。妻たちはおまえをつかまえた女を見たくてうずうずしてる。もちろん、みんな太鼓判を押してくれるはずだけどな。彼女たちがどれだけおまえとジョーを心配してるか知ってるだろう。兄弟で独身なのはおまえたちふたりだけだ。だが、これで残るはジョーだけだな」

ドノヴァンはイヴをちらりと見やり、反応をうかがった。ギャレットはドノヴァンとイヴがもうできあがっているとばかりにしゃべっている。すでに結ばれていると。イヴは頬を染めたが、気まずそうではなかった。なんだか……幸せそうだ。そのことにドノヴァンも同じくらい幸せな気持ちになった。

イヴが受け入れてくれるかどうかが、ふたりの関係において唯一の障害だった。そう考えるのはばかげているかもしれない。イヴは指名手配中の犯罪者だし、彼女と弟妹はサディスティックなろくでなしから逃げているのだ。だが、それは解決できる。しかしイヴに無理やり受け入れてもらうことはできない。ドノヴァンがそれをどれだけ望んでいようと、イヴにみずからの意思で進んで受け入れてもらわなくては。

「ほら。外まで送るよ」ドノヴァンはギャレットに言った。もう一度自分の家族をひとり占めしたくてたまらなかった。ほかの家族と分かち合うつもりはない。いまはまだ。いつかはそうなるだろう。もちろん、騒々しくて愛にあふれた大家族にイヴたちを紹介したい。だがいまは、イヴたちを隠して、このはじめてのとても貴重な輝かしい時間を堪能したかった。

ギャレットは別れを告げてドアに向かい、ドノヴァンもあとに続いた。外に出ると、ギャレットが真剣な表情でドノヴァンのほうを向いた。

「イヴは美人だな。それに、とてもはかない。くそ、彼女の姿を見て、どこかのろくでなしが彼女に手を出してたんだと思ったら、腹が立った」

「もっと悪い」ドノヴァンの胸の中で怒りが煮えたぎっていた。「そいつはキャ、キャ、ミ、ー、に手を出してたんだ。それでイヴがふたりを連れ出した」

「なんだと?」ギャレットはどなった。「くそったれ、まだあんなに小さい子どもだぞ！　実の父親があの子にいたずらをしようとしてた？　実際にされたのか？　おれがそのくそ野郎を叩きのめしてやる。おれが生きてるかぎり、二度とイヴにもキャミーにも近づけさせない」

ドノヴァンは首を横に振った。「わからない。イヴはちがうと思ってる。あいまいに、とてもやさしくキャミーに聞いたそうだ。キャミーを動揺させたり、思い出させたりしたくないんだ。だが、イヴに電話をしたのはトラヴィスだ。話せば長くなるから、機会があったら兄貴たちに話す。とにかく、そいつは支配的な野郎で、まわりの全員を意のままに操ってた。そしてイヴが反抗すると、彼女を罰した。イヴの人生をめちゃくちゃにしたんだ。その後、イヴの母親を殺して、母親の代わりに自分とベッドをともにするように迫ったんだ」

「くそ野郎」ギャレットはうなるように言った。「二分だけそいつとふたりきりになれれば、タマを切り取って、それを喉につめて窒息させてやる」

「ああ、そうだな」ドノヴァンは言った。「だけど、順番だ。おれがまずそいつを痛めつけてやる」

「家族について言ったことはほんとうだぞ、ヴァン。みな、イヴとトラヴィスとキャミーに会いたがってる。それに、おまえを心配してる。だが、イヴに会えば、すぐに不安は消えるはずだ。おれのときもそうだったからな。いまはおまえを非難する気持ちはこれっぽっちもない。イヴたちを見たら、だれだっておまえと同じ反応を示すだろう。いい子たちだ。とくにトラヴィスは。十五歳じゃなく、もっとずっと年上みたいな物腰だ」

「少し時間を稼いでくれ。いいな？　少なくとも今日一日くれ。じきにマレンが来る。キャミーにもっと点滴用の薬を持ってきて、みんなを診てくれる。どのみち今日はあわただしくなるし、家族が押しかけてくる前に、しばらくみんなと過ごして、くつろがせてやりたい」

ギャレットはうなずいた。「みなに電話して、説明しておく。おれがイヴと子どもたちに会ったと言えば、いくらか納得して、自分たちが会いにいくのは我慢してくれるだろう」

「もうひとつあるんだ」ドノヴァンは言った。「イヴの義父がもう金物店に現れたんだ。今朝ラスティが来て、そいつが近所を嗅ぎまわってると言ってた。トラヴィスが店にいたのはばれてたから、ラスティは嘘をつこうとはしなかった。うまく立ちまわって、やるべきことをした。トラヴィスが数日店で働いてたことを認めたんだ。いま三人がどこにいるかということをのぞいて、全部正直に話したから、ラスティが嘘をついてるとか、隠し事をしてるとは疑われていないはずだ。だけど、兄貴からみんなに伝えてくれ。もうラスティをひとりで店にいさせたくない。親父にもひとりでいてもらいたくない。ショーンも事情を知ってるから、車で近くを通って、ときどき様子を見てくれる。だが、すべて解決するまでは、サムと協力して、兄弟のだれかか、ネイサンとジョーのチームのだれかがつねに金物店にいるように手配してもらったほうがいいだろう」

ギャレットは憤怒の表情になった。「クズ野郎がもうここにいるのか？　どうやってこんなに早く突き止めたんだ？」

「金と人手をたっぷり使えるんだ。もちろんコネも。ショーンが調べてくれた。イヴは誘拐犯として指名手配されてる。義父は医療記録を捏造して、イヴに精神疾患の病歴があることにしたんだ。抜け目のないやつだ。それは認める。そうすることで、イヴが精神的に不安定で、自分だけじゃなく彼女と接触した人間にとっても危険だとまわりに信じこませてるんだ」

「くそったれ。最悪だな。もうどうするか考えたか？」

ドノヴァンはかぶりを振った。「いや、まだだ。まずは目の前のことに集中したい。ひどい話かもしれないが、いまはイヴをおれのベッドに連れこんで、おれの気持ちが本物だとわかってもらいたいんだ。イヴを助けるための行動を起こす前に、まずは信用してもらわなきゃならない。イヴが逃げるんじゃないかと不安なんだ。だから、おれが彼女を受け入れてるのと同じくらい深く受け入れてもらいたい」

ギャレットはうなずいた。「そうだな。おれも同じことをしただろう」

ドノヴァンはくすくすと笑った。「そうだろうな。いや、同じことをしたじゃないか」

「まあな。だが、まったく後悔はしてないぞ。おかげで欲しいものが手に入った。サラだ。ひとつだけ悔やんでるのは、もっと早く正直に打ち明けなかったせいで、サラがあんなふうに事実を知るはめになっちまったことだ」

「だけど、うまくいっただろう。大切なのはそれだけだ。いまは結婚して、これから子どもだって生まれるじゃないか」

ギャレットはまぬけみたいに大きなにやにや笑いをうかべた。顔全体が輝き、青い目には喜びがあふれている。クリスマスに欲しかったものをもらった子どもみたいだ。

「いまなら、おれが兄貴たちの手に入れたものを欲しがってた理由がわかるだろう？」ドノヴァンは穏やかに聞いた。「愛する女が自分の子どもを妊娠してて、毎晩同じベッドにいて、任務から帰ってくると毎回待っててくれるんだぞ」

「ああ、わかってる。ただ、おまえには……妥協してほしくなかったんだ。この先ぜったいに結婚できないんじゃないかと不安だからといって、最初のチャンスに飛びつかれるのはいやだった。おれは――おれたちみんな――おまえに幸せになってもらいたいだけだ」

「わかってる。だけど、ギャレット、おれは妥協なんかしてない。イヴは運命の相手だ。いままで結婚しなかったのは、彼女を待ってたからだ。イヴこそ運命の相手だ。それ以上は説明できない。兄貴だって、どうしてサラをひと目見て運命の相手だとわかったのか、どうしてネイサンが最初からシェイが運命の相手だとわかったか、説明できないだろう。サムもソフィが自分のものだとわかってた。おれたちが彼女を湖から引きあげるまで、あのばかな兄貴は何カ月もソフィを恋い焦がれてた。それなのに、ほかの兄弟よりずっと頑固で、自分の気持ちを認めようとしなかった。ソフィが助けてくれとすがりついてきたとき、彼女を信じようとさえしなかった。おれはそんなまわり道はしない。イヴはおれの運命の相手だ。それにあらがったりしない。めちゃくちゃ望んでるんだ。彼女が……欲しい」

ギャレットはほほ笑み、ドノヴァンとこぶしを突き合わせた。「ウーラァだな。ウーラァ」

ドノヴァンはにやりと笑った。「ああ、ウーラァ！ フーヤァなんかじゃない」

「オーケー、おまえの家族のところに戻ってやれ。おれはもう行くが、心配するな。みなには、襲撃はやめて、おまえに少し時間をくれてやれと言っておく。いま聞いたわずかな情報をできるだけ伝えておくが、おふくろはおまえがイヴに本気だと聞いたとたん、ますますイヴと新しい孫たちに会いたがるぞ」

ドノヴァンはばかげた興奮を覚えながら手を振った。ギャレットはさっき『おまえの家族のところに戻ってやれ』と言った。ああ、そうとも、彼の家族だ。彼の。とことん戦わずして、イヴたちをあきらめたりしない。戦ってみせる。自分が生きているうちは、彼女たちを奪われたりしない。

23

ドノヴァンは静かにトラヴィスとキャミーの様子をのぞいてみた。ふたりともぐっすり眠っている。よりそうふたりの姿にドノヴァンは心を奪われた。キャミーはトラヴィスの横にすりよって、信じきったように彼の腹の上に腕を投げ出している。トラヴィスのわきに横たわったキャミーは彼の腕に頭をのせ、トラヴィスは顔を横に向けており、キャミーのもつれた巻き毛のすぐ上にあごがあった。

今日、またマレンとスティールが来て、マレンがトラヴィスとキャミーとイヴを診てくれた。キャミーの点滴用の薬を調整し、キャミーが順調に回復していて、もう熱が出ていないことに満足していた。トラヴィスはまだ痛みに苦しんでいたものの、それを隠そうとした。マレンはトラヴィスにもう一度注射を打つと言い張り、それからドノヴァンに、痛みが治まるまでは経口の鎮痛剤に代えてもいいと言った。

イヴは頭を診てもらい、症状について延々と質問をされてから、問題はないと判断してもらった。

その後、マレンとスティールが帰ってから、イヴとトラヴィスとキャミーはリビングで映画を観ながらのんびりと過ごした。やがてトラヴィスとキャミーは明らかに眠そうな様子になった。どうやらギャレットがほかの家族を来させないという約束を守ってくれたらしく、だれも立ちよったりせず、そのことにドノヴァンは感謝していた。イヴと彼女の弟妹と水入らずで過ごす時間を堪能した。こんな夜をこれからもっと過ごすのが楽しみだった。

ドノヴァンは寝室のドアのところに立ってしばらくふたりを眺めていた。その光景が誇らしかった。彼の家族。彼の子どもたち。たしかに、多くの男はこんなふうに関係を築きはじめたがらない。すでにできあがっている家族。四歳児と十代の少年を引き受けるのは簡単ではないだろう。だが、ドノヴァンは三人に恋をしていた。正式に彼の名前を与えて、みなを自分のものだと公言できる日が待ち遠しかった。

トラヴィス・ケリーとキャミー・ケリー。いい響きだ。ためしに小声で口にしてみる。イヴ・ケリーのほうがずっといい。すっかり先走ってしまっている。結婚を考える前に、まだ長い道のりがある。しかしだからといって、正式に家族になる日のことを考えていないわけではなかった。

ドノヴァンにとって、イヴたちはすでに自分のものだった。そして彼の家族にとっては、ケリー家の一員である。だが、世界じゅうに知らせたかった。そのためには、イヴたちに迫っている脅威をすべて排除しなければならない。

ドノヴァンはしぶしぶドアから離れ、静かに閉めてから、廊下を歩いてイヴがいる部屋に向かった。今夜、イヴを抱く。彼女を自分のものにしたくてしかたがなかった。愛し合うあいだ、彼女を腕に抱いていたい。彼の下で乱れる姿を見たい。彼女に見つめられながら、もっとも親密な方法でしっかりと結ばれたい。

まだイヴの心の準備ができていないのなら、無理強いしたりしないが、ドノヴァンが彼女を求める気持ちの半分でもイヴが彼を求めていることを願った。必要ならいつまでも待つが、イヴの心の準備ができているようにと魂の底から祈った。

ドアの前に着くと、静かにノックして耳をすませた。イヴの返事が聞こえると、中に入り、無意識に彼女の姿を捜した。

イヴはベッドの上に座っていた。ドノヴァンの義理の姉妹たちがほかの服と一緒に用意してくれたパジャマを着ている。義理の姉妹たちには、寛大な気持ちで赤の他人のために進んで力を貸してくれたことに直接礼を言おう。だがいまは、イヴのことしか考えられなかった。邪魔をされずにふたりきりで過ごしたい。

ドノヴァンと目が合うと、イヴは頬を染めた。そんなにあからさまだったか？　イヴはかわいらしく枕にもたれ、ひざをかかえている。しかし、ドノヴァンがしようとしていることを受け入れる準備ができていないようには見えなかった。

ドノヴァンはベッドまで歩いていくと、イヴの横に腰をおろし、少し身をよせてベッドの上に乗った。それからイヴの手を取り、口まで持っていって指に一本ずつキスをした。

「きみを抱きたい、イヴ」と率直に言った。

女を誘惑するならもっといい方法があるだろうが、ドノヴァンは単刀直入で率直な男であり、それを変えるつもりはなかった。それに、イヴは彼の望みを知っている。自分の考えをはっきりと伝えてあるのだから、恥ずかしがってくだらない駆け引きをする必要はない。

「いいか？」ドノヴァンはやさしくたずねた。

イヴの瞳孔が拡張し、ますます顔が赤くなる。そわそわと唇を舐めるのを見て、ドノヴァンは大きな声でうめきそうになった。

「わたし、あまり……経験がないの」イヴはささやいた。「あなたをがっかりさせたくない」

イヴの不安そうな表情に、ドノヴァンの心臓が飛び出しそうになった。

「ハニー、おれがきみにがっかりするなんてありえない。ひとつだけ教えてくれ。おれがきみを求めてるのと同じくらい、きみもおれを求めてるか？　今夜おれに抱かれたいか？」

イヴは繊細な顔にかわいらしくはにかむ表情をうかべ、ゆっくりとうなずいた。簡単に言うと、イヴは美人だ。そして彼のものだ。イヴを腕に抱きよせて押し倒し、彼女の中にできるだけ深く身をうずめたいという衝動をこらえなければならなかった。内なる原始人を抑えこみ、なんとか自制心を働かせる。

ひざをかかえているイヴの腕をそっとほどき、腕の中に引きよせて抱きしめた。ふたりは互いに向かい合っており、唇がほんの二センチほど離れているだけだった。イヴの吐く息がはっきりと感じられる。短く、ぎこちない呼吸。脈は速く、首の血管が蝶のようにはためいていた。その場所にキスをしたい衝動にかられ、そうした。

イヴは鋭くあえぎ声をあげると、ドノヴァンの腕の中に溶けこみ、ぐったりともたれた。胸に心臓の鼓動が伝わってくる。彼女の体のあらゆる曲線が感じられ、乳首が押しつけられているのがわかった。

甘い。信じられないくらい甘い。やわらかく、女らしく、まさに完璧だ。自分は腕の中に完璧なもの――これまで描いてきたあらゆる夢――を抱いている。今夜以上に完璧なことはないだろう。はじめて愛を交わし、はじめてふたりのあいだで育まれている愛が表現される。自分にとってイヴがどんな存在か、これからどんな存在になるかを、言葉を使わずに――どんな言葉でも伝えられない――示すのだ。

脈打っている箇所を舐め、ふたたびキスをしながら耳へと口を近づけていく。耳たぶをやさしく歯にはさんで引っ張り、そっとかじり、痛みをやわらげるように舌をはわせる。それから耳の縁と感じやすい内側を舌でちろちろと舐めると、イヴが身もだえた。

「きみの服を脱がせたい、ハニー。きみのきれいな体を見たい。今夜はじっくり楽しむ。きみにとって――おれたちにとって――完璧にしたい。今夜のことはぜったいに忘れない。きみが思うより、理解するより、これはおれにとってすごく意味があることなんだ。きみがおれに身をゆだねてくれることが。きみがおれを信じて、自分だけじゃなく、トラヴィスとキャミーのことも任せてくれることが」

「わたしも忘れないわ」イヴのハスキーな声は欲望を帯びていた。

イヴは体を引くと、ドノヴァンの顔に手をやってあごを包み、彼の目を見つめた。そのまなざしはあまりにあたたかく、ドノヴァンの内臓がよじれてひっくり返った。

「わたしもあなたの服を脱がせたい」イヴは恥ずかしそうに言った。「あなたを見て、あなたに触れたい」

今度はドノヴァンは実際にうめいた。「きみのせいで死んでしまいそうだ、ハニー。おれも同じことを望んでる。ほんとうだ、空気を求める以上にきみに触れたい」

イヴはほほ笑むと、唇を近づけてドノヴァンにキスをした。イヴから行動を起こしたのははじめてだった。ドノヴァンは口を探られる感覚にひたった。イヴが主導権を握っている。ドノヴァンは喜んで彼女のしたいようにさせた。

「お互いに服を脱がせるのはどうだ？」ようやくイヴが口をはなすと、ドノヴァンはささやいた。「だけど、おれが先だ。きみがおれの服を脱がせるとき、きみには裸でいてほしい。そうすれば、服を脱がしてもらってるあいだ、きみの裸を堪能できる」

イヴは笑い声をあげた。その声はドノヴァンの耳にあたたかく鮮やかに響いた。ああ、笑うと美しい。イヴが顔を輝かせるたび、内臓を殴られたような気分になる。彼女がこれからずっと笑っていられるように全力を尽くそう。つねに笑う理由を与えてやろう。

ドノヴァンはベッドからおり、イヴの手を引いて横に立たせた。それから、ゆっくりと、うやうやしい手つきで、彼女の服を脱がせはじめた。時間をかけて一枚ずつ脱がせていく。乳房があらわになると、ドノヴァンは息をのみ、丸々したふくらみを見つめた。乳首が硬く突き出て、彼に触れてもらいたいと懇願しているかのようだった。彼の口で触れてほしいと。ああ、彼女を味わいたくてしかたがない。

イヴはためらい、腕をあげて胸を隠そうとしたが、ドノヴァンはその手をつかんでそっと戻した。

「隠さないでくれ、ハニー。すごくきれいだ。思わず息をのんだ。ぜったいに隠すな。こんなにきれいなのに、隠すなんてもったいない」

イヴはほほ笑み、両腕を横にだらりとおろした。ドノヴァンはパジャマのズボンのウエストバンドに手をかけて押しさげ、床に落とした。イヴはズボンを脱いで蹴飛ばし、パンティーだけで彼の前に立った。

その姿はすばらしかった。そうあるべきところはすべてとても優美で丸みを帯びている。やせているけれど――この何カ月か、つらい生活を送らなければならなかったせいだろう――ヒップと乳房はきれいな曲線を描いている。

ドノヴァンはイヴを横に向かせ、下着をおろした。尻のふたつのふくらみがあらわになり、彼の手で包んでくれと懇願していた。そうしよう。中に身をうずめるとき、もっと楽に入るように手のひらで包んで持ちあげよう。イヴの繊細なさやの中に挿入することを想像すると、額に汗の玉が噴き出した。

もはやイヴに触れたい衝動にあらがえず、彼女の体に両手をはわせ、なでたり愛撫したりしながらじっくりと堪能した。

乳房を包んで押しあげ、むさぼるように眺めると、イヴは鳥肌を立てて身震いした。

「きみを味わいたくてたまらない」そうつぶやくと同時にドノヴァンは顔を近づけ、片方の硬くなった先端を口にふくんだ。

イヴはドノヴァンの肩をつかんで皮膚に爪を食いこませながら、背中をそらせ、ドノヴァンの口に押しつけるようにした。全身が硬直し、唇からやさしいうめき声がもれる。ドノヴァンは満足げにほほ笑むと、もういっぽうの乳首に移動し、何度もそっと舐めてから唇のあいだにくわえ、さっきより強く吸った。

イヴはまたあえぎ、いっそう強く爪を食いこませた。

「気持ちいいか、ハニー？」

「ええ」イヴはささやいた。「とてもいいわ、ドノヴァン。ずっとあなたを待ってたみたい」

ドノヴァンは顔をあげ、イヴの目を見つめた。自分がどれだけ真剣かわかってもらいたかった。

「おれは生まれてからずっときみを待ってた、イヴ。これを。きみを。この瞬間を待ってた。きみはおれのものだ。ぜったいにはなさない。それを覚悟してくれ」

イヴはやさしい目つきになった。彼の愛に……応えてくれている？　こんなに早く期待していいのか？　予想していなかった。こんなに早いなんて。だが、イヴに愛されたい。心の底からそう望んでいた。イヴがその言葉を口にしてくれたら、その日のことはけっして忘れないだろう。イヴが口にしてくれるまで、ふたりの関係は確立しない。永遠には続かない。イヴがその言葉を口にしてくれたとき、あらゆる意味において完全に彼のものになったとわかるだろう。

「したいわ」イヴは静かに言った。その声には感情があふれていた。「これをしたい。あなたが欲しい。すべてが……欲しい」

「きみが欲しいものや望むものはなんでもあげるさ、ハニー。それ以上のものも。信じてくれ。毎晩、おれがつねにそこにいると思ってベッドに入ってほしい。朝もおれがいると思って目覚めてほしい。きみがおれにとってどんな存在であるか、つねにわかっていてほしい」

「抱いて」イヴはささやいた。「お願い、ドノヴァン。ものすごくあなたが欲しい。あなたの服を脱がせたい。そして愛し合いましょう。これ以上なにかを求めたことはないわ」

胸の中で心臓が爆発しそうだった。ジーンズの下でペニスがとてつもなく硬くなっている。一週間と言わないまでも、何日かチャックの跡が残るにちがいない！ ごわごわしたデニムのズボンの中にとらわれているより、イヴのビロードのようなやわらかさに包まれたい。

「おれの服を脱がせたいって言ったけど、ハニー、おれが自分で脱ぐ。そうすればもっと大切なことに取りかかれる。きみの体じゅうに触れるとか。体じゅうにキスをするとか。おれはきみの奥深くに身をうずめて、きみは体の中でおれを感じるんだ」

イヴの呼吸がぎこちなくなり、瞳孔が拡張する。全身が震え、乳首がますますビーズのように硬くなった。その反応を承諾ととらえ、ドノヴァンは手早くシャツとジーンズと下着を脱いだ。イヴに注意を戻すと、勃起したものをむさぼるように見つめていた。

ドノヴァンはイヴの視線を追って下を向き、顔をしかめた。イヴがこんなにうずうずしているのも無理はない。これ以上ないくらい勃起している。上に向かってぴんとそそり立ち、とても硬く、先端はほとんど紫色になっていた。すぐにでも果ててしまいそうだ。まだイヴのヴァギナに近づいてもいないのに。

視線を戻すと、イヴが唇を舐めており、ドノヴァンはその場で自制心を失いそうになった。手を下にやって指で亀頭をはさみ、いまにも放ちそうになっているのをかろうじて食い止める。くそ、あちこちに放出する前にイヴの中に入れたら奇跡だ。

「ちょっと待ってくれ、ハニー」ドノヴァンはしゃがれ声で言った。「きみがすごくセクシーだから、もういっちまいそうだ。まだ中に入ってもいないのに。きみを気持ちよくしてやりたい。挿入した瞬間に終わらせたくない」

イヴはほほ笑み、きれいな琥珀色の瞳に喜びをうかべた。性的興奮で金色の斑点がより明るく輝き、ベッドわきのランプの淡い光を受けてきらめいていた。

「あなたがそんなふうに反応してると、自分がセクシーだって感じる」イヴは恥ずかしそうに言った。「いままであなたみたいにわたしを見てくれる男はいなかった。うれしいわ」

「おれみたいにきみを見る男がいたら、そいつのタマをちょん切ってやる」ドノヴァンはうなるように言った。

イヴはまたほほ笑むと、ベッドによじのぼり、あおむけになった。無言で目で誘っている。ドノヴァンにとってそれ以上の激励は必要なかった。

これまで寝たことのある女たちを思い返すと、正直なところ、彼女たちとはただセックスをしただけだった。尊敬や好意をまったく抱いていなかったわけではないが、なんの感情も抱いていないのはわかっていた。イヴに抱いているような気持ちは感じなかった。これが、実質的に、はじめて女と愛を交わすことになるのだ。

すべての女に対して最大限の敬意を払って接してきた。セックスをするとき、安っぽく感じさせたり、利用されていると思わせたりするようなことはぜったいにしない。しかし、彼と同じように、彼女たちも最初からわかっていた。同じ女と一定期間つきあったこともあるが、それはつねに楽しみだけの関係だった。真剣なつきあいではない。イヴに対するほど心をささげたことはなかった。

恋愛に、あるいは結婚に、反感を持っていたわけではない。そういうものを望んでいい。いやだと思ったことは一度もない。むしろ、運命の相手を積極的に探していたと言ってもいい。だが、どの女も心に響いてこなかった。魂を揺さぶられなかった。そして、兄弟たちが妻といる姿を見たことで、自分がつきあってきた女たちは運命の相手ではなかったのだとわかった。そこで、魂の伴侶はいると信じて、辛抱強く待った。どこかで、自分と同じように待っていると。ただ、彼女を見つけなければならなかった。そしてとうとう見つけた。ここにいる。彼の家に、ベッドに、腕の中に。はじめて彼女と愛を交わそうとしている。

「どうして見てるの？」イヴが不安そうな目でささやいた。

ドノヴァンはしばらく考えごとをしていたのを悔やんだ。たとえ頭の中で今夜の重要性をたしかめるためだとしても。

「この瞬間にひたりたかったんだ」ドノヴァンは正直に言った。「これはおれにとって特別なことだ、イヴ。きみがおれにとって特別なんだ。正しくやりたい。いそいで終わらせたくない。すべてを記憶にとどめて、いつまでも覚えていたい。いまから四十年経っても、今夜のきみがどう見えたか忘れたりしない。きみがどれだけ美しいか。きみのすべてがどれだけやわらかくてあたたかくて、どれだけ甘いか」

イヴは涙で目をきらめかせ、ごくりと唾をのんで、自信がなさそうにドノヴァンを見つめた。

「どうしてそんなすてきなことを言ってくれるの？　四十年経っても、わたしがどう見えたか、どんな感じだったか覚えていてくれるなんて。でも、わたしも忘れないわ。あなたがわたしに言ってくれたことを覚えていて、いつまでも大切に心にしまっておくわ」

ドノヴァンはほほ笑み、ベッドにはいあがってイヴの上におおいかぶさった。顔を近づけていき、キスをする。体が完璧にぴったりと重なり合っていた。

「おれもきみも、今夜のことをずっと忘れないだろうな」ドノヴァンは言った。

「ええ」イヴはささやいた。「さあ、抱いてちょうだい、ドノヴァン。待たせないで。ものすごくあなたが欲しい。欲望で燃えてるの。うずいてるの」

ドノヴァンはイヴのあごから乳房へとキスをしていった。硬い先端を舐めたり吸ったりしながら、イヴを激しく興奮させる。次いで胸の谷間にやさしく口づけをしながらさらに下へと移動し、平らな腹からへそへとキスをしていく。

敏感な浅いくぼみをじらすように舐め、イヴの体が震えるのを楽しんだ。

「脚を広げてくれ、ハニー。きみを味わいたい」

イヴが震えながら腿を大きく広げると、ドノヴァンは彼女の脚のあいだに身を置いた。顔のちょうど下に、女性器をおおう綿毛のような毛がある。

指を使ってひだを広げると、すでに興奮で濡れていた。深く息を吸いこみ、彼女の香りを堪能する。それからさらに広げ、よりいっそう顔を近づけてクリトリスに舌をはわせた。

イヴの体が跳ねあがる。硬い蕾を舌で円を描くように舐めると、イヴは両手でさっとドノヴァンの頭をつかんで短い髪に指を食いこませた。ドノヴァンは舌の先で何度もクリトリスを舐めてから、やさしく口にふくみ、しっかりと吸った。

体の下でイヴが身もだえ、あえぐように彼の名前を呼んだ。ドノヴァンはイヴを絶頂へとかり立てていった。舌で触れる彼女は濡れて、なめらかで、熱い。ドノヴァンは彼女をむさぼり、女性特有のエキスに夢中になった。これは彼のものだ。イヴは彼のものだ。

しばらく舐めたり吸ったりしてから、舌で入口を探った。イヴを夢中にさせたい。欲求と欲望を極限まで高め、簡単に彼の大きさを受け入れられるようにしたい。イヴは小柄で、きゃしゃで、体つきも骨格も繊細だ。ぜったいに彼女を傷つけたくない。

「ドノヴァン、お願い！」イヴは懇願した。「続けたいのはわかるわ。すばらしいものにしたいのもわかってる。でも、中に入ってほしい。中に入って、一緒にいってほしい。いまあなたが欲しいの。もういきそう。感じるの！　もう我慢できない。爆発して粉々になってしまいそう」

イヴの声はほとんどむせび泣きだった。もっとも敏感な箇所をたっぷりと刺激すると、ヴァギナがきつく締まって、ますます濡れていった。イヴに懇願されたことでふたたび激しく興奮が高まり、ペニスからはすでにしずくがもれていた。

たしかに続けたいものの、これ以上は無理だというのもわかっていた。このはじめての営みは完璧にはならないだろうが、これからまだ時間はたっぷりあるし、好きなだけゆっくりとできる。いまはイヴを抱きたかった。中に入りたい。さもなければ、その前にふたりとも達してしまうだろう。

「ちょっと待ってくれ、ハニー」ドノヴァンはしゃがれ声で言った。「コンドームを取ってこないと」

「いそいで」イヴはせき立てた。

ドノヴァンはイヴの上からごろりと転がってベッドをおりると、ナイトテーブルの引き出しを探った。コンドームをひとつつかみ、破って開ける。つけるとき、自分の手の力で果てそうになってしまった。

「おい、落ち着けよ」とペニスに向かってつぶやく。「おれの手より、彼女のほうがずっと気持ちいいはずだぞ」

イヴが笑い声をあげ、ドノヴァンは目をあげた。彼のつぶやきを聞いていたのだ。愉快そうに目を輝かせながら手を伸ばし、戻ってきてと誘う。そんなことをする必要はないのに。

「ほんとうにいいのか？」ドノヴァンはイヴの腿を広げ、楽な姿勢で脚のあいだに身を置いた。

イヴは彼に向かって腰を突きあげた。「ええ！」

ドノヴァンはさらに体を近づけながら、手を伸ばし、やさしく入口を広げた。ペニスの先端が当たると、手をはなし、両手をイヴの体の横についた。目を閉じ、少しずつ中に入れていく。額に汗が噴き出し、歯を食いしばった。ゆっくりやさしくできるはずがない。死ぬほど中に入りたかった。

そこで腰を突き出し、ひと息で中に押し入った。するとイヴが叫び声をあげ、その声にドノヴァンは凍りついた。一度にいくつものことを理解した。イヴの叫び声は快感の声ではない。痛みの声だ。そして、彼女の中はとてつもなくきつい。きつすぎる。彼女の体はありったけの力でドノヴァンの挿入に抵抗している。さらに、挿入したときに彼女の一部が破れるのを感じていた。

ドノヴァンはショックを受けてイヴを見おろし、彼女の表情をうかがった。イヴは驚いたような目をしており、そこにつかの間だけ苦しみがよぎった。ドノヴァンは下を向き、ゆっくりと体を引いた。コンドームに血がついている。

イヴは処女だったのだ。それなのに、発情期の雄ウシ並みの勢いで襲いかかってしまった。

24

イヴに視線を戻すと、おびえた大きな目でこちらを見あげていた。彼の名を呼ぶ声は震え、不安に満ちていた。自信をなくしたようなイヴの様子に、ドノヴァンは衝撃を受けた。完全にしくじったのは彼だというのに、イヴは自分がまちがったことをしたのではと心配している。

ぴたりと動きを止めたまま、それ以上中に入らないように気をつけながら、ドノヴァンはイヴの髪に手をすべらせ、それからやさしく頬をなでた。

「くそ、ハニー、どうして言わなかった？」とやさしくたずねる。

「わ、わたし、か、考えてなかったの」イヴは口ごもりながら言った。「ほんとうよ、ドノヴァン。すっかり夢中になっていて、あなたに伝えるなんて思いつかなかった。というか、最初はそのつもりだったけど、緊張してたし、どうやって伝えればいいかわからなかった。話したら、わたしを欲しくなくなるんじゃないかって心配だった。でも、ほんとうに伝えるつもりだったのよ。そしたら、すっかり夢中になっちゃった。あなたが欲しくてたまらなかった。抱いてほしかった。あなたをだまそうとしたわけじゃないわ。ほんとうよ！　信じてちょうだい」

「ドノヴァン？」

不安そうなイヴの様子に、まだ彼女を貫いている部分をのぞいて全身の力が抜けたが、ドノヴァンは彼女にそれ以上痛い思いをさせないようにきわめて気をつけた。そしていそいでイヴを安心させようとした。こんなことになったからといって、イヴに責任を感じてほしくない。ドノヴァンも彼女と同じくらい夢中になっていた。それに、イヴが目に不安をうかべているせいで取り乱しそうだった。もう一秒たりとも、どんな形であれ彼がイヴに腹を立てていると思わせるわけにはいかない。くそ、腹を立てている？　計り知れないほど貴重なものを彼にささげてくれたのに、どうして腹を立てられる？

ドノヴァンはそっと唇を重ねてイヴを黙らせた。やさしくキスをしながら、この瞬間にひたった。自分はイヴの最初の恋人なのだ。胸がいっぱいだった。バージンであることを重視したことはない。そんなに原始人ではないし、処女とつきあったことはなかった。女に信用してもらって純潔をささげられるのが、これほど謙虚な気持ちになることだとは思いもしなかった。自分がイヴのはじめての相手だと思うと心が乱れたし、言葉では表せない多くの感情を抱いていた。だが、腹を立てているか？　それはぜったいにない。

「きみに腹を立ててはいない、イヴ。その反対だ。きみがおれに与えてくれた贈り物に胸がいっぱいになってる。最初は信頼を与えてくれて、今度はきみの純潔をささげてくれた。知っていたら、もっとうまくやってやれたのに。きみに少しでも痛い思いをさせるなら、死んだほうがましだ。もっとゆっくりできたはずだ。もっとやさしくできたはずだ。キスをして、触れて、ひと晩じゅう抱きしめていたはずだ。きみにとって完璧にしてやれたはずなんだ」

イヴは小さな手でドノヴァンの顔を包みこんだ。彼の肌に触れる手はビロードのようだった。ドノヴァンは彼女の手のひらに鼻をこすりつけた。後悔が魂の奥まで染みわたっていく。

「ドノヴァン、わからない？　これは完璧よ。あなたは完璧にしてくれたわ。完璧にしてくれてる」イヴはやさしくほほ笑んで言い直した。「これ以上完璧にはならないわ。はじめてのときって痛いんでしょう。だけど、それほどでもなかったわ。痛いというよりも驚いたの。さっきも言ったけど、すっかり夢中になってたし、すごく気持ちよかったから、そうなったときに驚いちゃったの。思いがけないことだったんだもの。自分がバージンで、痛みがあるなんて考えてもなかった。わたしが考えてたのは、あなたが中に入ってくれなきゃ死んじゃうってことだけよ」

「いとしいイヴ。とても心が広くてやさしいんだな」

ドノヴァンはもう一度イヴにキスをした。情熱的にふくれあがった唇の誘惑にあらがえなかった。口をはなしたときには、呼吸が速くぎこちなくなっていた。イヴの中でペニスが脈打っている。ふたたび突きあげて、熱いサテンのようなヴァギナに没頭しないようにするには、ありったけの自制心が必要だった。

「もっとうまくやってやれたんだ」ドノヴァンはやさしくたしなめた。「痛かったかもしれないが、最初にあんなに思いきり挿入しなければ、痛みは小さかったはずだ。すっかり夢中になってて、きみが欲しくてたまらなかったんだ。だけど、いまからはもっとうまくできる。そうしてやる、イヴ。正しくやるから、信じてくれ」

「信じてるわ」イヴはささやいた。「やめないで。こんなことでわたしたちの夜を台なしにしないで。あなたが欲しい。あなたを求めてる。もう痛くないわ、ドノヴァン。やめないでちょうだい」

ドノヴァンは苦しげにうめいた。「やめるつもりはない、ハニー。やめられるはずがない。だけど、すごくゆっくりやって、もう一度きみを興奮させる。いいな？」

体の下でイヴがそわそわと身じろぎ、ドノヴァンは歯を食いしばった。痛いくらい固くあごをこわばらせ、果ててしまわないように我慢する。

「わたしは平気よ、ドノヴァン」イヴはやさしく言った。「大丈夫よ。ほんとうに」

それでもドノヴァンは慎重にペニスを引き抜き、イヴが苦しそうな顔をしていないかたしかめた。それからふたりのあいだに手をすべらせ、クリトリスをなでた。快感に襲われてイヴが全身をこわばらせる。

ドノヴァンは体の位置をずらして、顔を乳房に近づけた。空いているほうの手で片方の乳房を愛撫したりもんだりする。乳首をいじるとふたたび硬くなった。そのあとで片方ずつ順番にやさしく口にふくんでさらに硬くしながら、脚のあいだのサテンのような肉唇を愛撫し続けた。

「ドノヴァン！」イヴが叫び、ベッドの上で体をのけぞらせた。

「いきそうか、ハニー？　もういくか？」

「ええ！」

ドノヴァンは慎重にペニスを入口に当て、やさしく探るように先端だけを中に入れた。イヴは目を見開いたが、つらそうな表情ではなかった。精一杯自制心を働かせて少しずつ挿入していくと、イヴは夢見るようなぼうっとした目つきになり、ほほ笑みをうかべた。それから目を閉じ、ふたたび背中をそらせた。

「おれの体に脚をまわしてくれ」ドノヴァンは指示した。「抱きついて。肩をつかむんだ、ハニー。長くは持たない。きみは平気か？」

「ええ」イヴは息を切らして言った。「もういきそう」

ドノヴァンに言われたとおり、イヴは彼の腰に脚をまわし、尻の上で足首を交差させた。ドノヴァンは前に想像していたようにイヴの尻を手で包み、もっと簡単に挿入できるように持ちあげた。

そして中まで入り、根もとまでうずめた。睾丸がイヴの尻に押しつけられている。イヴはあえいだ。ドノヴァンもあえいだ。どちらの声のほうが大きいかわからなかった。イヴは目を見開き、ドノヴァンの肩に指を食いこませ、脚でわき腹をはさんで万力のように締めつけた。

ドノヴァンは腰を引き、つかの間だけ動きを止めてからふたたび奥まで突きあげた。イヴが苦しんでいたらわかるように、目をはなさなかった。

だが、イヴはこのうえなく甘い快感を味わっているようにしか見えなかった。何度も突きあげられながら、やさしく女らしい喜びの声をあげている。イヴは彼のリズムに合わせており、ふたりの動きはとても古い歌のように調和していた。

ドノヴァンはイヴの体に両手をすべらせ、腕の中にきつく抱きしめた。腰だけを上下に動かしてイヴを突きあげる。イヴの乳房はドノヴァンの胸に押しつぶされ、ふたりの呼吸は混じり合っていた。ドノヴァンはイヴの唇を焦がすようなキスをし、彼女の口をむさぼった。絶頂感が高まり、欲望で目が見えなくなりそうだった。

「ああ！」イヴが叫ぶ。ヴァギナが熱く濡れていき、ペニスが甘い熱に包まれる。

「そうだ、ハニー。いってくれ。おれがいく前にいってくれ」

「一緒にいって」イヴが息を切らしながら言う。「一緒にいきたい」

「もういくか？」

「あなたがやめなければ、いくわ！」

ドノヴァンはイヴの口をふさぎ、舌を奥まで入れると同時に、同じくらい奥まで身をうずめた。ペニスが硬直し、あらゆる感覚がなくなっていく。時間の感覚も。場所の感覚も。感じられるのはイヴだけだった。美しく、純粋なイヴ。

彼女を愛している。愛しているとわかっていた。否定はしない。彼女が運命の相手であることに議論の余地はない。イヴは彼のものだ。完全に彼のもの。ぜったいに手放したりしない。

イヴがどうしようもないくらい震えはじめた。腰にまわした脚も震え、肩に食いこませた指も震えている。呼吸が速くなり、突きあげられるたびにあえいだ。次の瞬間、イヴは長い叫び声をあげ、ドノヴァンはそれをのみこみ、ふたりで同じ空気を分かち合った。

そのあとでドノヴァンも続いた。たがが外れ、激しく速く落ちていき、たちまち抑制がきかなくなっていく。まわりのすべてがぼやけていく。肌がぶつかり合う音がぼんやりと聞こえ、股間で絶頂感が沸騰してペニスへと伝わっていき、コンドームの中に猛烈に放出した。

しばらくしてから、イヴにキスをされているのに気がついた。あご、首、それから耳。甘い言葉を耳もとでささやいている。さっきまで爪を食いこませていた肩の肌をなでまわしている。

脚はマットレスの上でだらりと広げており、ドノヴァンはそのあいだに横たわって、彼女の体の奥深くに身をうずめていた。完全にイヴにおおいかぶさり、全体重をかけていた。しかし、イヴはその状態に満足しているようだった。夢見るような表情でやさしく愛撫を続けている。

片方の手を伸ばしてドノヴァンの髪をなでてから、やわらかい手のひらであごを包む。ドノヴァンはまたイヴを味わいたくなり、唇を重ねた。

ふたりとも激しく息を切らしていた。これ以上イヴに体重をかけないように、ドノヴァンは体を起こした。ごろりと横に転がり、コンドームを捨てるあいだだけイヴから離れた。それからまたごろりと戻って、イヴを腕に抱きよせた。できるかぎりきつく抱きしめながら、頭のてっぺんにキスをする。

「大丈夫か？」

イヴはうなずき、その拍子にドノヴァンのあごに頭頂部がぶつかった。「まったく大丈夫よ」

ドノヴァンはほほ笑んだ。「すぐに戻る。いいか？　いそいでバスルームに行って、きみの体を拭くタオルを取ってくる」

イヴの顔が赤くなるのがわかり、ドノヴァンの笑みが大きくなる。かわいいくらいシャイだ。

ドノヴァンはしぶしぶイヴから離れ、あたたかいタオルを取りにいそいでバスルームに行った。しばらくしてから戻り、イヴの腿のあいだの血をやさしく拭き取った。それからタオルを少し離れた床の上に投げ捨て、ベッドに戻ると、すぐにまたイヴを腕に抱きしめた。

イヴは腕の中にすりよって満ち足りたようなため息をつき、その声がドノヴァンのつま先まで伝わっていった。だが、満ち足りているのは彼のほうだ。いまこの瞬間ほど満ち足りた気持ちになったことはない。腕の中に彼の女がいる。あたたかく、やわらかく、彼のセックスに満足している。これ以上の喜びはないだろう。

ふと、十年後の自分たちを思いうかべた。彼とイヴの子どもたち。大勢の家族に囲まれている。甥と姪が増えている。愛、楽しい時間。笑い声。いまから二十年後も、その先もずっと。ああ、どんどんすばらしくなっていくだろう。イヴと過ごす毎日は、日々すばらしいものになっていくにちがいない。

ドノヴァンはイヴの髪をなで、顔から巻き毛をそっと払った。それからあごを包み、彼の顔が見えるように上に向けた。いつまでもイヴを見つめていられる。どれだけ時間が経っても、彼のベッドにいるイヴの姿を見飽きることはけっしてないだろう。愛の営みのあとで髪が乱れ、美しい目は眠たげで、満ち足りた表情をうかべている。

「おれが与えて、きみが受け取るだけで、おれになにも与えられないなんて、二度と言わないでくれ。きみがおれに与えてくれたものは、いままでおれが受け取ったどんなものよりも価値がある。おれはきみの最初の恋人になった。それがどんな意味を持つのか、言葉では表すこともできない。これはとても重要なことだ、イヴ。すべてを意味する。きみが純潔という贈り物をささげてくれたことをいつまでも忘れないし、いつまでもきみを大切にする」

イヴの目が涙できらめき、明かりを受けて琥珀色の輝きが電気を帯びたように鮮やかに光っていた。

「それと、イヴ？　わかってくれ。おれはきみのはじめての男かもしれないが、必ずきみの最後の男にもなる」

イヴの目が見開かれると同時に、ドノヴァンはまた彼女にキスをした。しばらくのあいだイヴの口を奪い、味わい、この瞬間を堪能した。口をはなしたとき、イヴの目は欲望で――それと欲求で――ぼうっとしていた。

イヴは彼の胸に手を置き、心臓のあたりに指先を当てた。「本気じゃないでしょう、ドノヴァン」

ドノヴァンは片方の眉をあげ、挑戦的にイヴを見つめた。「本気じゃない？　きみは気づいてないだろうが、おれに信頼をささげてくれた瞬間に、きみの運命は決まったんだ。そしていまは、きみ自身を、きみのバージンをささげてくれた……そのことをいつまでも大切に心にしまっておく。きみのはじめての男になったこと。それと、きみを抱く最後の男になると言ったのは本気だ」

「どうしてわかるの？」イヴはささやいた。

ドノヴァンはイヴの鼻にキスをし、ほほ笑みかけた。「きみはおれものだからだ。おれは自分のものに対しては独占欲が強い。きみはおれのものだ、イヴ。きみとキャミーとトラヴィスはみんなおれのものだ。おれたちは家族だ。おれはきみをはなさない。きみもいまおれが感じてる気持ちの半分でも同じように感じてくれていればいいんだが」

イヴは息を吸った。頭がくらくらしはじめ、息を止めていたことに気がついた。深く息を吸いこむ。ドノヴァンの言葉に圧倒されていた。彼はすごく……真剣だ。本気。彼を信じられる？　彼を信じたいなんて、どうかしている？　自分もようやくこの関係を受け入れはじめていると伝えるべき？

ドノヴァンは正直に言ってくれた。率直に。ためらったりしなかった。駆け引きをしたりしなかった。自分も同じようにしなければ。

「あなたに恋をしそうだわ、ドノヴァン」ささやき声で言ったので、ドノヴァンは身をよせなければならなかった。「どうかしてるわよね。こんな話はするべきじゃない。考えるべきでもない。人生がめちゃくちゃになってるときに、愛とか、恋愛とか、未来とかを受け入れるわけにはいかないでしょう」

　ドノヴァンが彼女のあごを突いて上を向かせ、イヴは彼の確固とした目を見つめた。

「未来を考えるべきだ――おれとの未来を。おれはもう、おれたちの子どもがいる未来まで考えてる。そういう人生を送るつもりだ。きみと。トラヴィスとキャミーはずっとおれたちの心の中にいるし、おれたちの家族だ。ふたりのことはもう自分の子どもだと思ってる。だけど、おれたちの家を子どもたちで――おれときみの子どもたちで――いっぱいにしたい。たくさんの子どもたち、愛、笑い声。きみにはおれの子を産んでもらいたい。トラヴィスとキャミーが高校と大学を卒業して、結婚して、自分たちの家庭を持つのを見たい。きみと一緒に年をとって、孫たちが成長して、愛されて、守られているのを見たい。おれがきみと、トラヴィスと、キャミーと、おれたちのあいだに生まれる子どもを守ってみせる。おれたちの家族だ、イヴ。おれたちの家族」

　イヴはそれ以上涙をこらえきれなかった。目の端からあふれ、音を立てずに頬を伝い落ち、彼女の顔をなでるドノヴァンの指に当たった。

「あなたがそう言うなら、信じるわ。あなたを信じたい。でも、怖いの。なにもかも奪われるんじゃないかって、すごく怖いの。幸せになるのが怖い。それを奪われたら耐えられないもの。あなたを失いたくない」

　ドノヴァンはイヴの頬にキスをして涙をぬぐい、濡れた跡をやさしく消し去った。イヴの髪と顔をなでながら、やさしくほほ笑みかける。

「おれはどこにも行かないし、きみもどこにも行かないって納得させてみせる。時間はたっぷりある。きみの——おれたちの——問題に正面から立ち向かおう。ふたりで一緒に。おれはずっときみのそばにいるし、ずっとトラヴィスとキャミーのそばにいる」

25

イヴはドノヴァンの腕の中にすりより、満足げにため息をついた。ソファに座り、トラヴィスとキャミーと一緒に映画を観ながら、完璧にふつうの夜を過ごしていた。

その日の午前中、マレンがいつものように診察に来てくれ、キャミーの点滴はやめてもいいことになった。トラヴィスはもう痛み止めをのんでおらず、それまでの苦痛はだいぶやわらいでいた。

ドノヴァンが早めのディナーを作ってくれ、みなでテーブルについて、笑って過ごした。まるで……家族のように。

イヴは長いあいだウォルトにおびえていたが、その気持ちは弱まっていた。危険があることを忘れるのは簡単だった。外に危険がひそんでいて、攻撃のチャンスを待っていることを。ここで、居住地の壁の中でドノヴァンの家に引きこもっていると、安心だった。トラヴィスとキャミーも安心している。ほほ笑みをうかべ、父親のもとを逃げ出して以来はじめてリラックスしていた。

これからのこと、自分が望んでいることを考えると、イヴの心がうずいた。いま手の中にあるものが手に入るなんて想像もしていなかった。昨夜はおじけづいてしまった。ドノヴァンに対する気持ちの深さに圧倒されてしまい、安易な道を選んで、彼に恋をしそうだと言った。

それは嘘だ。ドノヴァンを愛している。けれど、それはあまりに早すぎる気がした。ドノヴァンは彼女を気にかけてくれているかのようにふるまっている。彼女を愛してくれているとさえ思ってしまいそうだ。だけど口にしてはいない。イヴも。あっさりと口にするのが怖かった。信じてもらえないのではと、とても不安だった。自分がその場の雰囲気に流されて、本心ではないのに口にしてしまうのではと。

ほんとうにそうだろうか？　自分の感情を、ふたりの愛の営みを考え直してみたが、頭がぐるぐるまわってしまう。ドノヴァンを愛してしまっているなんてあまりに早すぎるとどれだけ自分に言い聞かせようとしても、イヴの心は受け入れず、彼を愛しているとはっきりと告げていた。それでもイヴはためらっていた。自分の気持ちを口にするのが怖かった。ドノヴァンが彼女を愛していないのではと不安だった。彼もその場の勢いに流されているのではないか。まわりのすべての状況に流されているのではないか。

なにもかもがうまくできすぎている。気がつくとイヴはこれから起こることを覚悟していた。絶望的な状況になって、またたく間にすべてが奪われるのを待っていた。

ドノヴァンがきつく腕をまわし、イヴの頭のてっぺんにキスをした。ドノヴァンはしょっちゅう彼女に触れたり、キスをしたりする。誠実さとやさしさを見せ、彼女を安心させてくれる。すべてが消えてしまうのではないかという彼女の不安に気づいているかのように。

「今夜は無口だな」耳もとでドノヴァンがささやく。

イヴはちらりと床を見おろした。トラヴィスが絨毯の上に寝そべり、キャミーが彼によりそって、ふたりで映画に夢中になっている。

「楽しんでるだけよ」イヴは簡単に答えた。

「なにを?」ドノヴァンがたずねる。

イヴは顔をあげ、ドノヴァンと目を合わせた。「あなたとわたし。わたしたちのこと。慣れるには時間がかかるの、ドノヴァン。いまにもすべてが消えてしまうんじゃないかって、すごく怖いの」

ドノヴァンはやさしくほほ笑みかけてから、イヴの唇にそっとキスをした。「おれはどこにも行かない、イヴ。ずっとここにいる。きみの不安はわかるけど、いずれ消えるはずだ。そのうち、おれがきみとトラヴィスとキャミーを手放したりしないとわかるだろう。きみたちはみんな、おれのものだ。だけど、おれはきみのものでもある。きみ以外の人間がこんなふうにおれの心をとらえることはない。おれの家族も。KGIも。きみがいちばんだ」

心があたたかくなり、彼を失うかもしれない、なにもかもがうまくできすぎていると考えたときの苦しみがやわらいだ。

「どんな運命のいたずらであなたと出会えたのかしら」イヴはささやいた。「でも、あなたがわたしを――わたしたちを――見つけてくれたこと、毎日神さまに感謝するわ」

ドノヴァンはくすくすと笑った。「おれだって、どんな運命のいたずらできみとトラヴィスとキャミーに出会えたのかわからないさ。ふたりで感謝しようか」

トラヴィスの隣で横になっていたキャミーが起きあがり、ソファによじのぼってドノヴァンとイヴのあいだに割りこんだ。眠そうにあくびをして、すぐにドノヴァンの横にすりよった。

ドノヴァンは表情をやわらげ、腕の中の小さな女の子を見おろし、巻き毛をなでた。どれだけ違和感がないか、ドノヴァンは気づいているのだろうか。彼のまなざしには愛情があふれている。自分の子ではない子どもたちにこれほど快く心を開いているのが驚きだった。とはいえ、すでにふたりを自分のものだと考えているとはっきり言っていた。

ちらりとトラヴィスを見ると、手のひらで頭を支えていた。もう映画を観ていない。イヴとキャミーとドノヴァンを眺めている。弟の目には大きな希望が――それと満足感が――うかんでいて、イヴは全員にとって正しい決断をしたのだとわかった。

「具合はどうだ、トラヴィス？」ティーンエイジャーがこちらを見ているのに気づいてドノヴァンが聞いた。

その口調は父親として心配しているかのようで、イヴの喉がつまった。トラヴィスも感激していた。

「大丈夫です、サー。心配してくれてありがとう。ぼくに――ぼくたちにしてくれたこと。ぜったいに忘れません」

ドノヴァンはティーンエイジャーにほほ笑みかけた。「サーと呼ぶのはやめてくれ。おれたちは家族だ。ドノヴァンかヴァンと呼んでくれ」

「パパって呼んでもいい？」キャミーがかん高い声で言った。

イヴは下を向き、キャミーが起きているのを見て驚いた。ドノヴァンにぴったりとくっついて、寝てしまいそうになっていたのに。いまは照れくさそうに――切望するように――ドノヴァンを見あげている。

ドノヴァンはキャミーの頭のてっぺんにそっとキスをした。「うれしいよ、パンプキン」

キャミーは鼻にしわをよせた。「あたしのこと、いろんなふうに呼ぶのね。なんで？」

ドノヴァンは笑い声をあげた。「きみがとってもかわいいからだよ。それに、これは愛称だ。おれの家族は、大好きな女の人たちを特別な愛称で呼ぶんだ。きみも慣れるよ。おれたちがきみを愛してるってことなんだ」

「ふうん」キャミーはうれしそうに言った。

明らかに喜んでいるキャミーを見て、イヴはかすかにいやな予感を覚えた。この関係がうまくいかなかったら、キャミーは――トラヴィスも――打ちのめされてしまうだろう。ドノヴァンに気持ちを伝えなかったのは正しいことだったのだ。雰囲気に流されて、うっかり口にしなくてよかった。いまは自分のことを考えている場合ではない。トラヴィスとキャミーのことを考えなければ。まだ現実に義父の脅威が残っているのだ。

ドノヴァンが対処すると約束してくれたものの、法には従わなければならない。イヴはまちがいなく法を犯してしまった。弟妹を誘拐したのだ。いいえ、誘拐ではない。ふたりを救ったのだ。しかし、それを証明することはできず、ウォルトはイヴが精神的に不安定であることを示すたしかな証拠を持っている。イヴは罪を犯したことになり、罪を犯したら罰を受けなければならない。

そして、イヴが罰を受けることになったら、トラヴィスとキャミーはもっとつらい罰を与えられてしまう。父親のもとに帰され、ひどい目にあわされるにちがいない。

愛らしく無垢な幼い子が、倒錯したよこしまなモンスターの手にかかると思っただけで、寒けに襲われた。

「イヴ？」

ドノヴァンの心配そうな声が暗い考えをさえぎった。彼を見ると、緑色の目で不安そうにこちらをじっと見つめていた。

「どうした、ハニー？」

イヴは首を横に振った。「ちょっと考えてただけ……あいつのことを。わたしがしたことを。法的にはわたしは犯罪者よ。あなたとわたしは、それはちがうってわかってる――考えてる――かもしれないけど、事実は変わらない。わたしは刑務所に入るかもしれない。もしくは、精神科病院に入れられて、この子たちはあいつの意のままに支配されてしまう」

声が小さくなっていく。いくつもある不安を口にしたくなかった。トラヴィスとキャミーまで不安にさせたくない。自分たちは安全で、世の中のどんな悪からも守られていると信じてもらいたい。

「おいで」ドノヴァンがやさしい声で言い、イヴを引きよせた。イヴはキャミーにもくっつく形になり、キャミーはふたりのあいだにしっかりとはさまれた。

ドノヴァンはイヴに腕をまわし、安心させるように力をこめた。こめかみにキスをし、長いあいだ口をつけたままでいた。

「その男のことは考えるな。きみに考えてほしいのは、おれのことだけだ。おれたちの人生のこと。子どもは何人欲しいかということ。ほかは全部おれに任せておけ。二度とそいつにきみを傷つけさせたりしない、イヴ。キャミーをそいつに近づけさせたりしない」

「約束してほしいことがあるの、ドノヴァン」イヴは真剣な目でドノヴァンを見あげた。自分がどれだけ真剣かわかってもらいたかった。

「なんだ、ハニー?」

不安そうな口調だったが、また映画に集中しているトラヴィスとキャミーに聞こえないように声をひそめていた。

「わたしになにかあったら……」

とたんにドノヴァンが反論しようとしたが、イヴは首を横に振った。一本の指をドノヴァンの唇に当て、断固とした視線を向けた。

彼女の指の下でドノヴァンは唇を結んだが、黙ったまま、イヴが続きを話すのを待った。

「わたしが警察に逮捕されたら。ウォルトがなんとかしてわたしを見つけて、わたしたちを、わたしたちみんなを連れ去ったら。わたしの身になにがあっても、キャミーとトラヴィスのために戦うって誓ってちょうだい。なんとしてでももう一度ウォルトの手からふたりを取り戻してちょうだい。わたしを刑務所に入れたり、終身刑にしたりできなくても、ウォルトはわたしを施設に入れるはずよ。わたしのいわゆる精神疾患を裏づける証拠がたくさんあるんだもの。可能だわ。彼の世界ではどんなことも可能なの。それでも、ふたりを守るって誓ってちょうだい。ふたりにはあなたが必要よ、ドノヴァン。わたしがいなくなったら、あなたが必要になる――あなたの家族の保護が」

ドノヴァンは不満そうだった。というより……腹を立てているようだ。目に怒りをうかべ、短くかぶりを振った。

「わからないのか？　きみの身になにかあったら、おれはあきらめたりしない。命をかけて戦う。キャミーとトラヴィスのためだけじゃなく、きみのためにも、イヴ。ぜったいにきみをそいつの思いどおりにはさせしない。ぜったいに」

「ありがとう」イヴはささやいた。

「今度はおれを怒らせるのか」ドノヴァンは暗い口調で言った。「礼なんか言うな。おれは正しいことをしてるだけだ。自分のものを守ってるんだ。きみはおれのものだ。この先もずっと」

イヴは目を閉じ、ドノヴァンの肩に頭をもたせた。ああ、この男を愛している。早すぎてもかまわない。殺人者から逃げているときに恋愛をするなんて軽率だけどかまわない。

これを求めている。心の底から求めている。まちがっていると言われても、思われても、知ったことか。

そのとき、玄関のチャイムが鳴った。キャミーが体をこわばらせ、トラヴィスがぱっと起きあがって用心深く目を見開いた。

「おい」ドノヴァンがやさしくたしなめた。「大丈夫だよ。ここは厳重なセキュリティーが敷かれてるって忘れたのか？　だれかがゲートを通ったことを知らせるアラームが鳴らずに、玄関のチャイムが鳴ったのなら、この居住地に住んでるだれかが来たってことだ。ほかの人間がこの場所に近づいたら、必ずわかるようになってる」

「だれが来たの？」キャミーが不安そうに聞く。

ドノヴァンはほほ笑んだ。「おれの兄弟のだれかだろう。それか奥さんかな。そうだとしたら、ひとりじゃなくて何人かいるかもしれない。すごくきみに会いたがってたからな」

「わかった」キャミーは言った。

トラヴィスがいそいで起きあがり、不安そうに立ちあがった。ドノヴァンも立ちあがって玄関に向かう。ドアが開いたとき、イヴのところからはだれがいるのか見えなかった。ドノヴァンはしばらく話してから、リビングに戻ってきた。すぐうしろに集団を引き連れながら。

四人の女性だ。ふたりは赤ん坊を抱いていて、ひとりはキャミーと同じ年ごろのブロンドの小さな女の子の手を引いている。みな、あたたかく歓迎するようなほほ笑みをうかべていた。

イヴはいそいで立ちあがり、ドノヴァンが紹介するのを待った。ドノヴァンの表情から、この女性たちに愛情を抱いているのがはっきりと伝わってきた。

キャミーでさえソファから立ちあがり、もうひとりの女の子をもの珍しそうに見つめた。トラヴィスは落ち着かない様子でわきに立っていた。両手をズボンで拭いたことから、ドノヴァンの家族に会うことにイヴと同じくらい緊張しているのがうかがえた。

ギャレットが言っていた義理の姉妹たちだろう。会いに来たがっていると言っていた。自分たちの目でイヴを品定めするために。太鼓判を押すために。ギャレットはなんて言っていた？　みな、ケリー兄弟の未婚のふたりを心配していて、イヴがドノヴァンにふさわしいか直接たしかめたがっていると言っていなかった？

うーっ。プレッシャーなんてもんじゃない！　ほんとうに。リビングから逃げ出して寝室に閉じこもらずにいるので精一杯だった。

イヴに用意してくれた部屋——最初はキャミーと使っていた部屋——で、イヴはドノヴァンと愛し合った。だが今朝、ドノヴァンははっきりと言っていた。今後は彼のベッドで、彼の寝室で寝てほしいと。

今夜、ドノヴァンの寝室をふたりで使うことになる。はじめてふたりで彼のベッドで寝るのだ。彼の家で、この家で、彼のベッドを使った女はいないとドノヴァンはさらりと言っていた。この家を建てたとき、ここに女を連れこむつもりはまったくなかったと。運命の相手だと確信していないかぎりは。

イヴと二回だけ会ったあとで、彼女と弟妹にここで過ごすように言ったのは、どういうつもりだったのだろう？

たしかに、彼の家族は事を早く進めると言っていた。結婚したい女と出会ったら、自分は――兄弟みな――時間を無駄にしないと。だけど、抽象的に話すのと、実際にドノヴァンとの関係が電光石火のスピードで進んでいくのは、まったくべつだ。

「イヴ？」

またしてもドノヴァンの声がイヴのとりとめのない考えをさえぎった。大事なときに考えごとをする癖をやめなければ。イヴはぎくっとして、すぐにドノヴァンと女性たちに意識を集中した。みな、期待をこめてこちらを見つめている。

「どうも」イヴはかすれた声で言った。緊張しているのがばれなければいいのだけれど。

「みんな、とても特別な女性を紹介する。イヴだ。それと、イヴの弟のトラヴィスと、妹のキャミーだ」

それからドノヴァンはブロンドの小さな女の子を見おろした。手をつないでいるのは母親だろう。とてもよく似ている。

「シャーロット、キャミーはきみと同じくらいの年だ。新しいお友だちと遊びたいんじゃないかな。一緒におもちゃで遊んでくれるかい？」

シャーロットはまったく臆することなく顔を輝かせた。小さな女の子は自信にあふれている。自分がとても愛されて甘やかされていると知っていて、安心している。ぜったいに悪いことが起きないように家族が守ってくれると。

イヴの心がうずいた。キャミーにもそうなってほしい。いまようやく、シャーロットと同じように安全と純真さを得られるかもしれない。いや、キャミーはシャーロットのような純真さを取り戻すことはできないだろう。願わくは、過去を乗り越えて、大人になってから影響が出なければいいのだけれど。イヴになんとかできるなら、生まれてから四年間味わっていた恐怖と不安を二度とキャミーに経験させたりしない。

シャーロットはすぐに、ドノヴァンのうしろに立っているキャミーに近づいた。ドノヴァンがイヴたちを紹介しているあいだに、キャミーは少しずつ少しずつドノヴァンに近づいてきて、ついには彼の大きな手に自分の手をすべらせていた。

キャミーは無意識に親指を口に入れ、恥ずかしそうにシャーロットを見つめ返した。

「ハイ、キャミー」シャーロットが元気よく声をかけた。「親友になろう。ママが言ってたけど、あたしたち、いとこになるんだって！」

キャミーはほほ笑み、たちまちシャーロットを好きになっていた。好きにならないはずがない。だれだってシャーロットを見たら、たちまちとりこになってしまうはずだ。

ドノヴァンがイヴに注意を戻し、前に出て自分の横に立つように合図した。彼女の腰に腕をまわし、義理の姉妹たちを見つめる。

「イヴ、おれの義理の姉妹たちだ。ソフィ――シャーロットの母親だ――と、レイチェル。レイチェルはイーサンの奥さんで、双子の男の子の母親なんだ。ギャレットには会ったよな。彼女が奥さんのサラだ。八カ月後くらいに最初の子どもが生まれる。ソフィもふたり目を妊娠してて、サラの少し前に出産する予定だ。そして、最後になったけど、ネイサンの奥さんのシェイだ。ネイサンはいちばん下の弟だ」

イヴはシェイと紹介された小柄な女性をちらりと見やった。

「みなさんに会えてうれしいわ」イヴは心をこめて言った。「ドノヴァンからあなたたちの話はよく聞いてるから、はじめて会う気がしないけど」

「わたしたちもようやくあなたに会えてうれしいわ、イヴ」レイチェルが静かに言った。

女性たちの中で、レイチェルがいちばんもの静かに見えた。とはいえ、サラもシャイなようだ。ソフィとシェイは社交的に見える。だが、レイチェルの身に起きたことを考えると、もの静かなのは当然だろう。一年間監禁されていて、家族のことも夫のことも覚えていないなんて、地獄にちがいない。

ドノヴァンから兄弟たちと妻たちの出会いを——理想的とは言えない状況での出会いを——聞いていたイヴは、女性たちをしげしげと眺めながら、頭の中で描いていた姿と、目の前に立っている現実の女性たちを比べた。

なにを期待していたのかわからないが、みなまったくふつうの女性に見えた。とんでもない目にあったのだとしても、平均的で平凡な女性たちだ。そう思うと、自分の人生に希望を持てた。自分と弟妹に迫っている脅威が消えたら、当たり前の人生を送れるかもしれない。ドノヴァンは自分と兄弟たちならどんな状況にも対処できると自信を持って言っていた。それが事実ならいいのだけれど。

「ドノヴァンはわたしたちみんなにとって、とても大切な存在なの」ソフィが口をはさんだ。

「彼が結婚して、ずっと望んでいた大勢の子どもたちに囲まれることはないのかもしれないって、みんなあきらめてたのよ。だから、彼を射止めた女性に会えてとてもうれしいの。マレンの次に、あなたにはわたしたちから最大の称賛を送るわ」

イヴは小首をかしげた。最後の言葉はどういう意味だろう。

サラがくすくすと笑い、はじめて口を開いた。「マレンは氷の男のスティールを射止めたの。ＫＧＩのチームリーダーのひとりよ。いかにも荒くれ者って感じなの。彼が女性にメロメロになる日が来るなんて、だれも思ってなかったわ。まして、赤ちゃんを連れ歩く姿を見られるなんて！」

「まあ」イヴは少し眉をひそめ、マレンとスティールと会ったときのことを思い返した。

スティールにはあまり注目していなかったけれど、彼女たちの言っていることが理解できる気がした。スティールはたしかに威圧的で怖そうだった。彼のやさしい面を引き出せるのは特別な女性だけだろう。そして彼はその相手と出会ったようだ。ひょっとしたら、マレンも荒くれ者で、スティールに立ち向かえるのかもしれない。

「それと、ほかに必要なものがないか確認したかったの」ソフィが言った。「何着か服を集めたけど、あまり時間がなかったし、あなたやトラヴィスやキャミーになにが必要か教えてもらおうと思って。キャミーはシャーロットと同じくらいのサイズだけど、おさがりなんて着てもらいたくないわ。ドノヴァンが数時間あなたを自由にしてくれるなら、みんなの服を買うためにショッピングに連れていってあげる」

それを聞いてドノヴァンは顔をしかめた。「それはだめだ、スイートハート。よかれと思って提案してくれてるのはわかるけど、おれはイヴから目をはなしたり、守ってやれない場所に行かせたりしない。それにもちろん、イヴと一緒に外出することで、きみたち自身に危険が及ぶかもしれない。兄弟たちにケツを蹴飛ばされちまうし、あいつらが許可しないはずだ」

女性たちがしょんぼりすると、ドノヴァンはすぐに首を横に振った。

「子犬みたいな目をするな。とくにきみだ、レイチェル。そういうかわいい目でおれを見れば、機嫌をとるためにおれがなんでもするってことに慣れてるんだろうけど、今回は深刻な事態なんだ。危険が大きすぎる」

「でも、イヴにはいろいろと必要よ、ヴァン」ソフィが反論する。「ずっと閉じこめておくわけにはいかないわ！」

イヴはほほ笑みをこらえた。女性たちは必死で彼女を擁護してくれている。けれどイヴはドノヴァンに賛成だった。それに、安全な居住地から出たくなかった。ここなら外の世界は彼女に手を出せない。それがうれしかった。

「だからネットショッピングが発明されたんだ」ドノヴァンがにやりと笑って言う。「おれのクレジットカードを自由に使わせてやるから、好きなだけ楽しむといい」

それを聞いてシェイが顔を輝かせた。「あら、わたしはネットショッピングの女王なのよ。ショッピングモールに行くのはいやなの。お店に行くのもね。いつ他人の考えが聞こえてくるかわからないんだもの。買い物をしようとしているときに、ほかの人に知られたくない考えを聞いてしまうなんて、耐えられない」

シェイは静かに身震いし、ほかの女性たちは同情するようにシェイを見つめた。イヴはすっかり当惑してシェイを見つめた。するとシェイは目を見開いてイヴを見つめ返した。

「知らないのね？」シェイは聞いた。

「なにを？」イヴは聞き返した。ほかの全員がすでに完成させているパズルの大きなピースを見落としている気がした。

「まだ話してないんだ」ドノヴァンが口を開いた。

シェイはかまわないというように手を振った。「明日、ネットショッピングするときに話すわ。わたしがいつも使ってるサイトを教えてあげる。わたしと服のサイズが同じだから、きっと気に入るはずよ。ひとこと言ってくれれば、たくさんあるヴァンのコンピューターの一台を奪ってあげる」

コンピューターの話が出ると女性たちはくすくすと笑い、ドノヴァンはあきれたように目を上に向けた。

「ありがとう」イヴは心をこめて言った。「あなたたちにはほんとうに感謝してる。トラヴィスもキャミーもわたしも……なんて言ったらいいのかしら」

「トラヴィスは学校に通ってるの？」レイチェルがためらいがちに聞いた。

イヴが答える前に、レイチェルはあわてて続けた。

「その、何度も引っ越して大変だったでしょう。トラヴィスの学校をどうするつもりだったのかわからないけど、わたしでよければ勉強を見てあげるわ。遅れを取り戻しておけば、落ち着いたときに、ここの学校に入学できるでしょう」

トラヴィスは目を輝かせたが、黙っていた。自分の意見を口にするのが不安みたいだった。

「ありがとう」イヴはもう一度言った。感極まって喉がつまっていた。「たしかに遅れを取り戻しておかないと。この子は学校が大好きなの。優秀なのよ。いつもいい成績を収めてた。それに、運動も得意なの」

イヴは下を向いた。目にはっきりと苦しみがうかんでいるにちがいない。それを見られたくなかった。

「スポーツができる学校に通って、同じ年の子どもたちと遊ぶべきよ。友だちを作って、ふつうの人生を送ってほしい」

「ぼくはなにも後悔してないよ、イヴィ」トラヴィスが静かに言った。「姉さんはやるべきことをしたんだ。危険をおかして、ぼくのために多くを犠牲にしてくれた。その恩はいつまでも忘れないよ」

「どうだ、トラヴィス?」ドノヴァンが口を開いた。「レイチェルに勉強を見てもらって、遅れを取り戻したいか？　今年の秋にはここの学校に入学できるかもしれない。レイチェルは中学校の先生だし、高校の先生たちとも仲がいいんだ。みんな、喜んできみの勉強を見てくれるはずだ」

「すごくうれしいよ」トラヴィスは心のこもった声で言った。

レイチェルがほほ笑む。「じゃあ、決まりね。でも、あせらなくていいわよ。まだ夏だし、いまは体を治すことに集中して。もっと落ち着いて、まわりの環境に慣れたら、わたしが週に数日ここに来てもいいし、もちろんわたしの家に来てくれてもいいわ。すぐ向かいだから」

「ありがとう」トラヴィスは言った。

「もう家族なのよ」ソフィがきっぱりと言った。「あなたたちみんなね。ドノヴァンがもう何度も言ったはずだけど、わたしたちは家族をとても大切にするの。みんなで協力し合う。みんなで力を合わせれば、この世のどんなものもケリー家とKGIにかなわないわ」

イヴは涙をこらえた。ことあるごとに泣くのはやめなければ。だがしばらく声が出なかった。トラヴィスも同じように感動しており、感極まって目が明るくきらめいているのをだれにも見られないように下を向いていた。

「明日の午後、来てちょうだい、イヴ」シェイが招待した。「ソフィの家で集まりましょう。彼女の家がいちばん大きいの。当然よね。サムがもっとたくさんの子どもを欲しがってるんだもの」

女性たちはくすくすと笑い、ソフィはあきれたように目を上に向けた。

「ネイサンとわたしの家はもう少し小さいの」シェイが説明した。「でもすごく開放的なのよ。寝室以外は、全体でひとつの大きな部屋みたいになってるの。ネイサンは捕虜になって監禁されてたから、閉ざされた空間が苦手なのよ」

シェイの声は小さくなっていて、つかの間だけ目に苦しみがあふれた。そしてしばらく黙りこみ、それからほほ笑んだ。

ソフィがあきれたように目を上に向けた。「ネイサンと交信してるのね。シェイの苦しみを感じ取ったんだわ。どうしたんだ、そばにいたほうがいいかって聞いてるのよ」

シェイは顔を赤らめたが、ソフィの言葉を否定しなかった。イヴはすっかり困惑していた。交信している？

「とにかく」サラが口をはさみ、シェイのあとを継いだ。「あなたも来て、みんなでワインでも飲みながら過ごしましょう。ええと、あなたとレイチェルとシェイはワインね。ソフィとわたしは紅茶にしておくわ。キャミーも連れてきて――トラヴィスも、女性と過ごすのがいやじゃなければね――シャーロットとキャミーは一緒に遊ばせておけばいいわ。シャーロットはたくさんおもちゃを持ってるから、喜んでキャミーと遊んでくれるはずよ」

「バービーちゃんがあるよ」シャーロットが言った。

そして、キャミーが口に入れていたほうの手を取って引っ張り出し、しっかりと指をからませた。

「バービーちゃんで遊んでいいよ」シャーロットは真面目な口調で言った。「お人形がたくさんあるの。兵隊さんのお人形もあるんだよ！　ギャレットおじちゃんが買ってくれたの」

サラが目を閉じて頭を左右に振った。「迷彩服を着てアサルトライフルを持ったアクションフィギュアを姪っ子に買うなんて、ギャレットだけよ」

全員が声をあげて笑い、ドノヴァンはくすくすと笑った。

「なあ、早めに慣れさせておいて損はないぞ。シシーが大きくなったら、サムが引退したあとでKGIを引き継ぐかもしれない」ドノヴァンは愉快そうに言った。

ソフィがドノヴァンをにらみつけた。「黙りなさい、ヴァン。シャーロットにそんな考えを吹きこまないで。この子はもう射撃練習場で銃を撃たせてって、ギャレットおじちゃんに頼んでるのよ。勘弁してほしいわ。この子が変な気を起こさないように、ダイヤル錠つきのガンキャビネットをサムに用意させたんだから」

「あなたたちみんな平気なのね。その、ご主人たちの仕事のこと」イヴは思わず口走った。

女性たちは表情をやわらげた。ドノヴァンは黙ったままイヴを見ていた。

レイチェルがイヴの手を握りしめる。「イーサンが任務に出てるとき、毎日不安じゃないとは言わないわ。双子が生まれてからはだいぶ仕事を減らしてくれてるけどね。でも、遅かれ早かれ、もっと働くようになるはずよ。それでも、彼らの仕事は……それだけの価値がある。わたしは身をもって知ってる。みんながいなかったら、彼らの能力や人材がなかったら、わたしは今日ここにいなかったわ。生きていなかった」

レイチェルは感極まったように喉をつまらせた。ドノヴァンが彼女を自分の横に抱きよせ、こめかみにキスをしてから短く抱きしめた。

「みんな、夫の身になにか起こるかもしれないって不安を抱いてるわ」サラが正直に言う。「だけど、レイチェルが言うように、彼らがしているのは立派なことよ。大勢の人たちを救ってる。多くの悪人を倒してる。悪人たちの活動を阻止してる。みんなのおかげで、この仕事のおかげで、世界はよりよい場所になってる。だから、わたしは平気よ。夫が命をかけていても耐えられる。それが彼だし、変えようとは思わない。どこかでありきたりな九時五時のデスクワークをしてたら、わたしが知ってる、愛してるギャレットではなくなってしまうもの」

ソフィとシェイが同意してうなずいた。

「みんなはわたしたちを助けてくれたの」ソフィが静かに言った。「わたしたちひとりひとりを。そうやって出会って、恋に落ちたの。みんな、ケリー兄弟だけじゃなくて、ＫＧＩのチームのリーダーもメンバーたちも、わたしたちのために命をかけてくれるわ。なにも聞かず、ためらわずに。そういう献身や、愛や忠誠は、なにものにも代えがたいのよ」

イヴはうなずいた。女性たちの熱のこもった言葉に勇気づけられていた。まだドノヴァンの仕事の全貌は理解していない。けれど、ドノヴァンはそれとなく話していたし、彼らの現実の生活をこの目で見た。それなりの理由がなければ、実際に危険が迫っていなければ、だれもハイテクなセキュリティーシステムをそなえた場所で暮らしたりしない。

イヴとドノヴァンの関係はまだはじまったばかりだ。これから育まれて深まっていく。まだ長い道のりが待っている。互いに知るべきことがたくさんある。これほどの奇跡を見つけたあとで、ドノヴァンを失うと想像すると、不安になった。

「みんながいないときは、わたしたちがいるわ」シェイがレイチェルの手からイヴの手を取って握りしめた。「男性陣が任務に出てるときは、みんなで結束するの。全員が同時に出かけることはめったにないのよ。兄弟全員がひとつの任務に就くことについてはサムがルールを決めてるの。もちろん、何年ものあいだには例外もあったわ。だけど、可能なときは、わたしたちだけにならないように何人か残ってくれる。それに、女同士で協力し合ってる。わたしたちはただの義理の姉妹じゃない。友人でもあるの。あなたとも友だちになりたいわ、イヴ。ドノヴァンはわたしたちみんなにとってすごく大切な存在なの。彼を幸せにしてくれる女性が見つかって、わたしたちはとても喜んでるのよ」

シェイの声にかすかな警告がこめられていることも、ほかの女性たちが同意の表情をうかべていることも、イヴは気づいていた。みな、イヴを受け入れてくれているけれど、ドノヴァンの心を傷つけるなと忠告もしている。

「ありがとう」イヴはあらためて言った。「わたしはすごく幸運だわ。ドノヴァンと出会えたし、あなたたちみんなと出会えた。こうしてトラヴィスとキャミーを受け入れてもらってる。わたしにとってはすごく意味があることよ。ふたりはわたしの家族なの。いままでは、この子たちだけがわたしの家族だった。ふたりにはわたしが与えていたよりももっといい人生を送ってもらいたい。わたしが与えられる以上にもっといい人生を送るべきよ」

「それはちがうよ」トラヴィスがきっぱりと言った。

イヴはやさしくほほ笑んで彼を黙らせた。「事実よ、トラヴ。永遠に逃げているわけにはいかなかった。わたしたちには……助けが必要だった。そしていま、それが手に入った」

ドノヴァンが片方の腕をイヴにまわして抱きよせ、額に軽く口づけをした。「ああ、そうだ、ハニー。きみにはおれたち全員がついてる。怖くなったときや、不安になったときは、そのことを思い出してくれ。ここにいる大勢の人たちが、きみのために力になってくれる。なにも聞かずに、無条件で」

「それで、明日のデートはどうする？」サラがたずねる。「女同士で過ごして、キャミーはシャーロットと遊ぶってことでいい？」それからトラヴィスのほうを向く。「あなたは？来る？」

トラヴィスは決めかねているようだった。イヴを見てから、ドノヴァンを見て助けを求める。

ドノヴァンは笑い声をあげた。「トラヴィスはおれと男同士の絆を深めるから、きみたちは女同士で好きに過ごすといい」

トラヴィスはほっとした顔をしてうなずいた。

レイチェルがあきれたように目を上に向けた。「男同士ってことは、夫たちも加わるんでしょうね。わたしたちがいないと、なにを企むかわかったもんじゃないわ」

「おれたちが？」ドノヴァンがなにくわぬ顔で聞いた。「おれたちはそんなことしないぞ」

ソフィが鼻を鳴らした。「それはどうかしらね、ヴァン。それじゃ、わたしたちは帰るわ。イヴにあいさつして自己紹介をしたかっただけだから。ギャレットに自慢させておくわけにはいかないもの。ジョーとスワニー以外でイヴたちに会ったのは自分だけだって」

「会えてよかったわ」イヴは心から気持ちをこめて言った。「明日会えるのを楽しみにしてる」

女性たちは別れを告げ、シャーロットはキャミーに大きなハグをしてから母親のもとに駆け戻って手をつないだ。

「みんな、気をつけて帰れよ」ドノヴァンが警告する。

「もう、ヴァン。芝生を歩くだけだし、それも二分だけよ」とサラ。「何事もなく帰れるわ」

「おれの女たちを大事にしたいのさ」ドノヴァンはにやりと笑って言った。

女性たちはドノヴァンに投げキスをして、最後にもう一度イヴとトラヴィスとキャミーにさよならを言ってから、玄関を出ていった。

ドノヴァンは見送りから戻ってくると、イヴを抱きよせて一緒にソファに座った。すぐにキャミーがふたりのあいだによじのぼってもとの位置に戻り、ドノヴァンにすりよった。

「それで？　妻たちはどうだった？」ドノヴァンは聞いた。

「気に入ったわ」イヴは答えた。「いい人たちね」

ドノヴァンはうなずいた。「最高さ。彼女たち以上の女はどこにもいない。芯が強くて、闘志にあふれていて、骨の奥まで誠実。きみのいい友人になるはずだ、イヴ」

「そうなったらすてきね」イヴは切望をこめて言った。「でもドノヴァン、シェイの話はどういうこと？　さっきのはなんなの？　ネイサンと交信してるって」困惑して頭を振る。

ドノヴァンはくすくすと笑った。「長い話なんだ。いつか話してやる。手短に言うと、シェイはテレパシー能力があって、他人の考えがわかるんだ。シェイとネイサンはテレパシーで交信できる。ふざけた話だと思うかもしれないが、シェイは――それと彼女の姉のグレースは――超能力があるんだ」

「わお」イヴはつぶやいた。「あなたたちってまちがいなく刺激的な人生を送ってるのね」

キャミーがあくびをし、トラヴィスがソファに歩いてきてキャミーに腕を伸ばした。

「もう寝るか？」とキャミーに聞く。「おまえをベッドに入れて、ぼくも寝るよ。かなり疲れちゃった」

キャミーはトラヴィスに抱っこしてもらおうと腕をあげたが、ドノヴァンが立ちあがってキャミーを腕に抱いた。

「まだキャミーを抱っこしないほうがいい」とトラヴィスに忠告する。「おれがきみの部屋まで運んで、ベッドに入れよう。そのあとで、一緒に寝てあげるといい」

イヴはドノヴァンたちが出ていくのを眺めていた。ドノヴァンがトラヴィスとキャミーをベッドに連れていくのを見て、胸がうずきだす。子どもを寝かしつける父親みたい。目の前に未来がうかぶ。自分の子どもたちをベッドに入れるドノヴァン。ソファでよりそって映画を観ながら過ごす夜……ただ一緒に過ごす夜。

未来の希望がわいてきて、イヴは目を閉じ、そのすばらしい感覚にひたった。そんな未来を楽しむことはありえないかもしれない。それでも、たちまち血管に希望が巻きついてきてあたたかくなった。しかし、つかの間だけこんな思いがよぎった。自分は――キャミーもトラヴィスも――義父に傷つけられるよりもっとつらい目にあうことになるかもしれない。

26

イヴはドノヴァンがわざと大までリビングに戻ってくるのを眺めていた。キャミーをトラヴィスと一緒にベッドに入れるという単純な仕事が楽しかったかのように、満ち足りた顔をしている。イヴの心の奥に、長いあいだ光が当たらなかった場所に、切望の波が激しく押しよせてくる。ドノヴァンが与えてくれた。事態はよくなるという希望。未来への希望。ふたりの未来。

ドノヴァンが近づいてきたが、イヴの予想に反して、彼女がいるソファに深く腰をおろさなかった。代わりに、くつろいでいるイヴの前に立ち、ただ手を伸ばした。手のひらを上に向け、その手を取るようにうながす。ドノヴァンの目はやさしくあたたかかった。それが愛だと思いたかった。けれど、自分が完全にドノヴァンを愛していると気づいていても、彼がイヴを愛しているなんて早すぎるとわかっていた。それでも、ドノヴァンが彼女を気にかけてくれているのはたしかだ。というより、そうであればいいと願っていた。ドノヴァンはそんなことを言っていた。空想ではない。ただ、こうだと思いこむと、必ず失望することになる。

「きみはどうかわからないけど」イヴが手を取ると、ドノヴァンが言った。「おれはベッドに行きたい」

イヴは彼を見あげてほほ笑みかけた。「疲れたの？　残念だわ」

ドノヴァンのまなざしに、イヴの腹に震えが走り、乳房まで伝わっていって乳首の先端が硬くなった。だがまた、ドノヴァンはイヴの冗談を喜んでいるようだった。きっと喜んでいるにちがいない。ふたりが出会ってから、イヴはユーモアを見せてはいなかった。しかし、ドノヴァンのおかげで変わっている。彼女を変えてくれている。一日ずつ。一時間ずつ。ドノヴァンと過ごす時間は一分でもイヴにとって非常に大切なものだった。

「疲れたなんてひとことも言ってない。ベッドに行きたいと言っただけだ。きみと。ただし、眠るつもりはない。少なくともいまは。だが、あとで」ドノヴァンはのんびりとした笑みを向けた。目には決意がきらめいている。「寝よう」

肌にかすかな震えがかけめぐるのを感じながら、イヴはドノヴァンに手を引かれて立ちあがった。彼の体にすりより、腕の下に身をうずめる。ドノヴァンの力強さが振動するように伝わってくる。あたたかく、安心する。満足げにため息をつくと、ドノヴァンが彼女を寝室へと連れていった。

「緊張してないか？」部屋に入ると、ドノヴァンが聞いた。彼女のためらいを感じ取ったのだろうか？　ほんの少し緊張して震えていることに？

ドノヴァンは静かにドアを閉めた。自分たちと外の世界とを隔てるバリアを。

イヴは首を横に振り、うなずき、それからまたかぶりを振った。

ドノヴァンがくすくすと笑う。「今夜は優柔不断だな」

「こういうのってはじめてなんだもの」イヴは思わず口走った。

ドノヴァンはまなざしと同じくらいあたたかい笑みをうかべ、イヴを引きよせて向かい合った。顔を近づけ、指であごをあげさせて目を合わせる。

「わかってる、ハニー。昨夜きみがおれにささげてくれたものを忘れるはずがない。おれはきみのはじめての恋人だ。その贈り物をいつまでも大切にする」

イヴは顔を赤らめた。ドノヴァンに見つめられて頬がほてっていく。

「体はつらくないか？」ドノヴァンはやさしく聞いた。

ますます頬がほてり、イヴは下を向いてドノヴァンの手から顔をそむけた。

ドノヴァンはやさしく笑うと、そっとあごを突いてもう一度上を向かせた。

「きみを困らせるために聞いてるんじゃない。おれがこれからしたいと思ってることをしても平気かたしかめたいだけだ」

イヴはほほ笑んだ。ドノヴァンのまなざしから彼の考えがはっきりと伝わってきて、急に恥ずかしくなった。

「苦難は乗り越えられるわ」

「ああ、なんとも大きな自己犠牲だな」ドノヴァンの緑色の目は愉快そうにきらきら輝いていた。「あまり苦しい思いをさせないように努力しよう」

「あら、わかってるわ」イヴは息を切らして言った。

するとドノヴァンは真面目な目つきになった。「すごく体がつらいのか、スイートハート？

挿入しなくてもきみを喜ばせる方法はいくらでもあるんだぞ」

もう、性的な話をされるたびに赤面するのをやめなければ。だが、ドノヴァンは彼女の内気さを喜んでいるようだ。言葉と同じくらいやさしい笑みをうかべている。

「大丈夫よ、ドノヴァン。ほんとうに。すごく痛かったら、やめられるでしょう？」

「もちろんだ。きみを傷つけるようなことはしない、イヴ。ぜったいに」

そう言いながらドノヴァンは近づいてきた。彼の体の熱がやわらかい繭《まゆ》のようにイヴを包みこむ。一本の指で頬をなぞられ、愛撫されると、背筋に震えが走った。触れられただけで。ただ指先でちょっと触れられただけで、体が欲望で震えている。これからずっとこうなのだろうか？　いまこの瞬間のように、つねに彼を求め、欲するのだろうか？

時間とともにどんどん高まっていくのかもしれない。もしそうなら、まちがいなく楽しみなことがたくさんある。ふと、はじめて楽観的に将来を考えていることに気がついた。ウォルトや警察に対する実際の恐怖も、自分が指名手配犯であるという現実も存在していないかのように。

ドノヴァンのおかげだ。彼が希望を与えてくれた。未来は定まっていないという確信を与えてくれた。実際に未来は決まっていない。自分の望みどおりになるかもしれない。そして彼女が望んでいるのはドノヴァンとの未来だった。

ため息をもらすと、ドノヴァンが体を引いてイヴの目をじっと見つめた。

「なにを考えてるんだ、ハニー？」

イヴはほほ笑み、幸せな表情をうかべた。「未来よ」

「ああ、幸せな未来を考えてたんだろうな?」

「最高の未来よ」イヴはささやいた。

ドノヴァンの目が満足げにきらめく。「じゃあ、ふたりでその考えをもっと幸せにしてみないか? きみの服を脱がせたい。もう一度きみを抱きたい、イヴ。今夜はゆっくりと進めたい。昨夜そうするべきだったんだ。埋め合わせをさせてくれ、ハニー。昨夜きみに経験させてやるべきだったことを経験させてやる」

「ああ、ドノヴァン」イヴはささやいた。「わからない? 昨夜は完璧だったわ。人生でいちばん完璧な夜だった。あれを超えることはできないわ。不可能よ。初体験は一度きりしかないし、わたしのは想像よりずっとすばらしかったわ」

イヴは目を細め、問いかけるようにドノヴァンを見あげた。

「まさか一日じゅうそのことを心配してたわけじゃないでしょう」

驚いたことに、ドノヴァンは少しばつが悪いような顔をして、気まずそうな目になった。

「何度か頭をよぎったかもしれない」ドノヴァンはぼそぼそと言った。

イヴは声をあげて笑った。「もう、ドノヴァン。バージンを奪ったからって罪悪感を抱くのはやめて。あなたはわたしを傷つけてない。あなたとのセックスは楽しかった。今夜それを避けられると思ってるなら、大まちがいよ」

ドノヴァンは力を抜き、口角をあげて魅力的な笑みを見せた。「おれの女の頼みを拒む気はない」

「よかった」イヴはかすれた声で言った。「じゃあ、この問題が解決したところで、ふたりともまだ服を着てるっていう問題が残ってるわ。なんとかしてくれる？」

「先に裸になったほうが勝ちだ」ドノヴァンが挑戦するように言った。

「ずるいわ」ドノヴァンがシャツを脱ぎはじめると、イヴは早口に言った。「女は男より身につけてるものが多いのよ！」

「しゃべってないで服を脱いで」ドノヴァンはジーンズをおろし、太い脚をあらわにした。

イヴはいそいでシャツを脱ぎ、ブラジャーのストラップをぎこちなく肩から外しながら、ジーンズのチャックに手を伸ばした。デニムを脱ぐ前に、ドノヴァンが裸で彼女の前に立っていた。胸もとで腕を組み、いらいらしたふりをしている。

イヴは頭を左右に振った。「手伝ってちょうだい」

ドノヴァンは大げさにため息をついた。「しょうがないな」

イヴがあきれて目を上に向けると、ドノヴァンは彼女の向きを変えてブラジャーのホックを外した。だが、じれったそうな動きではなかった。ゆっくりと指を動かしながら、ストラップを腕から外してブラジャーを取った。それから自分のほうを向かせて手をつかんでくれたので、イヴはまだ片方の足首に引っかかっていたジーンズを脱いだ。そのあとでドノヴァンはうやうやしくパンティーをおろした。小さな布が床に落ちる。

「このほうがいい」ドノヴァンはイヴの裸体を眺めまわした。「ずっといい」とささやきながら、顔を近づけてキスをする。

イヴはドノヴァンの首に両腕をまわして抱きよせ、唇を溶け合わせた。どちらがため息をついたのかわからなかった。ふたりともため息をついたのかもしれない。だが、激しく呼吸が交わされていた。舌に彼の味が感じられる。彼の香りを吸いこみ、体内に収め、味わい、それからようやくつかの間だけ吐き出し、ふたたび吸いこんだ。

ドノヴァンがゆっくりとイヴをベッドのほうに押していく。彼女と同じくらいしっかりと両腕をまわしている。まるでダンスをしているみたいだ。ゆっくりとした、退廃的で誘惑的な興奮。時間はたっぷりあるとばかりに、あせることなく官能的に動いている。

あせらずにゆっくりと進めたくはない。獰猛なまでにドノヴァンが欲しかった。いままでこれほどの獰猛さを感じたことはなかった。これほど猛烈な欲望を覚えたことは一度もない。いままでは性欲が目覚めていた。それがどれだけすばらしいか教えてもらった。ウォルトの邪悪な行為の記憶によって損なわれることもない。全身にそっと巻きついている欲望を堪能しながら、イヴは一秒ごとにますますドノヴァンが欲しくなっていった。

ドノヴァンが彼女をベッドに横たえようとしたが、イヴは彼を一緒に引きよせた。その強さにドノヴァンは驚き、彼女の上に崩れ落ちた。

ふたりで静かにバウンドしながら倒れこむ。ドノヴァンが上になり、体がからまり合い、肌が重なり合っていた。ふたりの対比がたまらなかった。彼のたくましい曲線と、それよりはるかにやさしい彼女の曲線。彼の体で筋肉がついている部分は、彼女の体ではやわらかい。

イヴはドノヴァンにぴったりとくっつき、全身で彼を包みこんだ。ずっと前から互いのものであったかのように。とうとう組み合わさったふたつのパズルのピース。

イヴはドノヴァンの腿に脚をこすりつけ、ただ彼に触れるという退廃的な快感に喉を鳴らしそうになった。戦士のような体をまさぐることができるなんて。

「ゆっくりとやさしく進めるつもりだったのに」ドノヴァンがしゃがれた声で言った。「イヴ、きみのせいでおかしくなりそうだ」

「おかしくなって」イヴはそうささやくと同時に、ドノヴァンの耳たぶに歯を立て、じらすように噛んだ。「わたしに夢中になってほしい。ゆっくり進めるってことは忘れて。速く激しくしてほしいの、ドノヴァン。あなたが欲しい」

ドノヴァンはうめき声をあげ、イヴの首筋にそってキスをしながら、彼女がさっきしたように軽く噛んだ。歯がかすめるたびにイヴはあえぎ声をもらした。ドノヴァンはさらに下へと向かい、乳房までキスをしていった。乳首が痛いくらい硬くなっている。触れてほしいと訴えかけている。彼の口で、舌で、それに、そう、歯で。

「ドノヴァン、お願い！」イヴは懇願した。「どうにかなりそう！　中に入ってくれないと、いますぐいっちゃうわ」

ドノヴァンはイヴの脚のあいだに指をすべらせ、彼女の言葉がほんとうかたしかめるようにやさしくまさぐった。ドノヴァンの指が濡れ、いとも簡単に中にすべりこんでまた出ていった。彼を受け入れる準備はできている――できているどころではない。すぐに入ってもらえなければ、自分でなんとかすることになる。ドノヴァンがやめてくれと懇願するまで、自分から彼を抱くのだ。

悪い考えではないものの、もうひと晩待とう。明日でもいいかもしれない。ちょっと触れられただけでも達してしまいそうなほど興奮していないときがいい。いまはただ激しく速く抱いてほしかった。それしか受け入れるつもりはない。

「わかってる、ハニー」ドノヴァンがなだめるように言う。「おれに任せろ」

イヴはうなずき、きつく歯を食いしばって、体の中で高まっているオーガズムを懸命に抑えつけた。そっと腿を広げられると、いら立ちにうめきそうになった。催促するために脚を広げてドノヴァンの背中にまわし、体を近づけさせた。

「もう無理だ」ドノヴァンがつぶやく。「おれもこれ以上我慢できない」

「やっとね」イヴはささやいた。

ドノヴァンはほほ笑むと、イヴの広げた脚のあいだで体の位置を定め、勃起したものを入口に導いた。そこでうめき声をあげ、イヴと額をこつんと合わせた。

「くそ」明らかにむかついている口調だった。

イヴは驚いてぱっと目を開けた。「どうしたの？」

「コンドームを忘れてた」ドノヴァンはぼやいた。「くそ。ちょっと待っててくれ、ハニー。一ミリも動くんじゃないぞ」

イヴがほほ笑むと、ドノヴァンはいそいでベッドからおりてナイトテーブルの引き出しを勢いよく開け、コンドームを取り出した。きっかり二秒で、硬く勃起したペニスにコンドームをつけ、イヴの上に戻ってきた。

「またおれの体に脚を巻きつけてくれ」ドノヴァンは言った。「さっきみたいに」

イヴははやる思いで言われたとおりにした。それからドノヴァンの首に両腕をまわし、しっかりと抱きしめると、ドノヴァンは慎重に中に入ってきた。

なんという極上の苦しみだろう。少しずつ、心地よく、ドノヴァンはイヴを焼きつくしていく。腰を突き出し、押し広げながら、奥まで入ってぴったりと体を重ね合わせた。

イヴは片方の腕を引いて、手のひらでドノヴァンのあごを包んだ。こわばっている。歯を食いしばり、額には汗の玉がにじんでいた。

「どうして自分のこともわたしのことも苦しめるの、ドノヴァン？」イヴはやさしく聞いた。「つらいんでしょう。わたしも同じよ。痛い思いをさせるんじゃないかって心配しなくていいわ。してほしいの。あなたが欲しい」

ドノヴァンは苦しそうにうめくと、腰を引き、ふたたび突き出して奥深くまで思いきり身をうずめた。満たされる感覚が衝撃的で圧倒され、イヴは息をのんだ。全身で快感が炸裂する。粗削りで、鋭く、それでいてとても美しい。

ドノヴァンがふたたび突きあげる。より激しく、より深く。腰を引き、もう一度突きあげる。するりと中に入ると同時に、イヴは貪欲なこぶしのように彼を締めつけた。

恍惚感が業火のごとく燃えあがり、目がぼうっとして視界がかすんでいく。下腹部が凶暴なまでに緊張する。けれど、心地よい刺激だった。痛みを感じる手前で、これまで経験したことがないくらい強烈な快感へとつながっていく。

「痛くないか？」ドノヴァンが強い口調でたずねる。彼も欲情していて、声がしゃがれて弱々しかった。

「ええ、いいえ。ああもう、わからない。でも、やめないで。もういきそう、ドノヴァン。もういくわ！」

「おれもいく、ハニー」ドノヴァンはそう言いながらまたイヴを突きあげた。ふたりの体が揺れ、ベッドも揺れた。「一緒にいこう」

「ええ」イヴはささやいた。「一緒に」

目を閉じ、もっと彼に近づこうと体をのけぞらせた。体を重ね合わせると同時にドノヴァンにしがみつく。突然の猛烈な嵐の中の錨《いかり》。彼女が乗り越えた竜巻も、これにはかなわない。あらゆる感覚が失われていた。まわりのすべても、いまいる場所さえもわからない。感じることしかできなかった。この瞬間を失いたくない。この興奮を。いまとまったく同じ気持ちを感じることはけっしてないだろう。感じ方は変わるはずだ。将来、もっとよくなるかもしれない。だけど、ぜったいに今回と同じことはない。

次の瞬間、抑制から解放された。無重力状態でただよいながら、夢を見ているようにぼうっとなった。中毒になりそうだ。ドラッグを打たれたみたい。あらゆるドラッグをひとつにまとめたみたい。だが、こんなドラッグがあったら、あらがえるはずがない。だれもが病みつきになって、また打ってもらうためになんでもするだろう。まさにそんな気持ちだった。

しばらくして、一分後か一時間後かわからないが、気がつくとドノヴァンの体重でマットレスに押しつけられていた。荒い息遣いが首に感じられる。イヴの手足は力が入らなかったが、満ち足りた気分で、頭の中は真っ白だった。これは正しいのだという感覚にのみこまれそうだった。

平穏。

ほんとうに平穏を感じたのはいつ以来だろう？　眉間にしわをよせ、精神力を駆使して思い出そうとした。こんなに……安全だと感じたのはいつだっただろうか。大切にされていると感じたのは。いままでにあっただろうか？

「なにを考えてるんだ、いとしい人？」

ドノヴァンにやさしく聞かれ、イヴは現実に意識を戻した。いつの間にか、ドノヴァンが彼女の目をのぞきこみ、考えこむような目でまじまじと眺めていた。

イヴはほほ笑んだ。「なんでもないわ。ほんとうに。ちょっとばかみたいに空想にふけってただけ。当然でしょう……こういうことのあとでは。なんて表現すればいいかもわからない。いまわたしたちがしたことを適切に表す言葉はないわ——どの世界の言葉にも」

自分でも哀切な口調になっているのがわかった。ドノヴァンの表情がやわらぎ、目つきがあたたかく、とてもやさしくなり、一本の指で彼女の頬をなでた。イヴはまだ彼の重みに包まれていた。あたたかく、とても安心する。

「すばらしいって言葉につきるな」ドノヴァンがさらりと言った。

イヴが同意してうなずくと、ドノヴァンは体を起こして彼女から離れた。ドノヴァンがコンドームを捨てにいった瞬間、イヴは震えた。すでに彼のぬくもりが恋しかった。触れていてほしい。少し離れただけなのに、空虚感で胸が痛んだ。

ドノヴァンがベッドに戻ってきて隣にすべりこむと、イヴははっきりと聞こえるくらい大きなため息をついた。ドノヴァンは自分たちに掛け布団をかけ、イヴを腕の中に抱きよせた。イヴは彼にすりより、肩に頭をのせた。

頭のてっぺんにキスをされる。愛情のこもった口づけに、イヴはくらくらした。ふたりでいるのは……心地いい。何年も恋人だったかのようだ。自分たちは……ぴったりだ。とにかくぴったり。

ドノヴァンに腕をなでられながら、イヴは大きなあくびをした。まぶたが震えながら閉じていく。

「眠れ、ハニー」ドノヴァンが言う。「おれの腕の中なら安全だ。今夜夢を見るなら、おれの夢だけを見てくれ」

イヴはそうした。長年のあいだではじめて、絶え間ない不安と悪夢から解放されて眠った。そしてここで、ドノヴァンの腕の中で、もっともすばらしい夢を見た。

愛の夢を。

27

ドノヴァンは昨夜、ものすごく満ち足りた気分だったにもかかわらず、眠らなかった。イヴを抱いたことで、かつて経験したことがないくらい精神的な満足感を覚えていた。それでも、ずっと起きていた。不安を抱きながら、もの思いに沈んでいた。夜明け前の数時間、体を丸めたイヴを腕に抱いてとうとう眠りに落ちる前に、計画を思いついた。

あとはそれを実行に移すだけだ。そのためには兄弟たちが必要だ。ネイサンとジョーのチームも。スティールのチームを呼び出そうかとちらりと考えたが、スティールにはまだ新妻と子どもの心配がある。それに、いまは定期的にネイサンとジョーのチームを任務に就かせることが決まっていた。応援という立場ではなく、リオとスティールのチームと一緒に第一線で働かせてもいいかもしれない。

どちらのチームリーダーもこの判断を喜ばないはずだが、反論はしないだろう。いま彼らは妻と子どもたちのことを大切に考えるべきだ。チームのメンバーたちは？　チームリーダーと同様、身を引いてほかのチームに代わりを務めてもらうことをよく思わないだろう。

また、べつのチームを呼び出すには時間がかかる。時間の余裕はない。イヴの義父はすでに近くにいる。ネイサンとジョーのチームのことは信頼しているし、兄弟たちのことも信頼している。彼らなら余裕でドノヴァンの計画を実行できるだろう。

ドノヴァンは朝早く起きたが、イヴを起こしたくなかった。そこでイヴたちに聞こえないように、キッチンで静かに電話をかけた。

28

イヴが起きたとき、ドノヴァンはすでにいなかったが、それは予期していたことだった。ドノヴァンは早起きだし、午前中ずっとベッドでごろごろしているタイプには見えない。とはいえ、その考えはとても魅力的だった。ドノヴァンの腕の中にすりよって朝を過ごす？天国だ。

伸びをしたとき、体にかすかな痛みを感じてほほ笑んだ。ドノヴァンと二度愛し合った。二度目は彼女が主導権を握った。いえ、一度目もそうだった。我慢できなかったし、ドノヴァンの思いどおりに、快楽によってゆっくりと苦しめられるのはいやだった。二度目は一度目より落ち着いていた。あるいは、一度目よりは我慢できた。今朝、その影響を感じていた。ドノヴァンに正直に打ち明けるつもりはない。体が痛いなんてほのめかしでもしたら、彼が言っていたように、今夜は触れてもらえないだろう。そんなのはいやだ。

大きくあくびをして、もうしばらくベッドに横たわっていたあとで、シャワーを浴びるためにとうとうベッドから出た。ベッドわきの時計をちらりと見て、足早にバスルームに向かう。今日はキャミーと一緒にドノヴァンの義理の姉妹たちと会って、買い物をすることになっている。

完全に当たり前のこと。興奮するようなことではないけれど、いつの間にかそれを楽しみにしていた。自由の証し。ふつうのこと。ほかのなによりもイヴはそれを望んでいた。また、大勢いるケリー家の一員に加わりたかった。ケリー家の妻たちが手に入れたものが心からうらやましかった。イヴも手に入れたかった。

こういう家族の一員になるのは、ものすごくすばらしいにちがいない。忠誠。固い絆。みな、互いに好意をよせ合っているように見える。喧嘩をすることがあるのだろうか？　口論をする？　カッとなって腹を立てたりする？

イヴは頭を左右に振りながらシャワー室に入った。湯に打たれると魔法にかけられた気分になった。

数分後、濡れた髪をとかして服を着た。化粧品は持っておらず、それを悔やんだことはなかった。これまでは。けれどいまは最高の姿でほかの女性たちに会いたかった。女なのだから。だれだって、自分よりはるかにきれいな女と比べられたくはない。だが、ほかの女性たちも厚化粧をしていたわけではなかった。サラは軽く化粧をしていた。ソフィはマスカラを塗って、薄くリップグロスをつけていたようだった。シエイとレイチェルが化粧をしていたかどうかは思い出せない。

ふいにイヴは声をあげて笑った。ドノヴァンの義理の姉妹たちがイヴに会うために化粧をしていたかどうか考えこむなんて、まったくばかげている。

それに、必要なものは今日注文すればいい。自分やキャミーやトラヴィスに必要なものをドノヴァンに買ってもらうのは気が引ける。けれど、現実的なイヴは、自分には支払う方法がないとわかっていた。ドノヴァンは彼のクレジットカードでなんでも欲しいものを買えと言っていた。たくさん買うつもりはない。必需品だけ。あとで時間はたっぷりあるだろう。自分たちの関係がなんなのか、どうなるのか、もっとしっかりと把握する時間が。

いまは？　幸せだ。それだけでいい。キャミーとトラヴィスも幸せだ。安全。守られている。保護されている。イヴが望むのはそれだけだった。それで十分だ。

廊下をぶらぶらと歩いていき、キャミーとトラヴィスが寝ている部屋をのぞいたが、ベッドはからっぽだった。どうやら今朝寝坊したのはイヴだけらしい。ほかのみんなは起きて、キッチンにいるのだろう。

みなを捜しにいくと、やはりダイニングルームにいた。キャミーとトラヴィスはテーブルで笑っている。ふたりとも満面の笑みで、幸せそうに目を輝かせている。その光景にイヴは息をのんだ。

ドノヴァンはキッチンにいた。エプロンをつけており、彼のような男にしては驚くほど家庭的に見えた。イヴが知っている彼には、エプロンはまったく似合わない。完全にすご腕の男には。

「ああ、眠り姫のお目覚めだ」ドノヴァンが顔をあげ、ドアのところに立っているイヴを見てほほ笑んだ。

イヴもほほ笑み返したが、キャミーの「イヴィ！」という金切り声に注意を引かれた。

イヴはテーブルの妹のところに歩いていった。キャミーは興奮してほとんど跳びはねている。数日ですっかり体調がよくなっていた。正常な状態に戻っている。もう病気のせいで顔が引きつってもいない。目も苦しそうではない。いかにも四歳児らしい見た目と様子だった。幸せで、屈託がない。

涙で目の端がひりひりし、イヴはいそいでまばたきをしてこらえた。キャミーやトラヴィスを動揺させたくない。なにも問題はないのだから。むしろ、すべてがまさに……正しいのだから。

視線をあげてドノヴァンを見ると、こっちに来るようにと控えめに合図をされた。イヴはキャミーの額にそっとキスをし、トラヴィスの横を通るときに彼の髪をくしゃくしゃにして、キッチンに入っていった。ドノヴァンがパンケーキとベーコンを皿によそっていた。

「あの子たちがわがままに育っちゃうわ」イヴは愉快そうに言った。

「それはないさ」ドノヴァンは異を唱えた。「それに、あの子たちを甘やかしたいんだ」

イヴはほほ笑んだ。彼の言葉が――行為が――うれしかった。

ドノヴァンはキャミーとトラヴィスに聞こえないように横を向いて声をひそめた。

「今日、きみとキャミーがおれの義理の姉妹たちのところに行ってるあいだ、おれがトラヴィスと一緒に過ごすって言ったけど、やっぱり彼も連れていってほしいんだ」

ドノヴァンの真剣な口調に、イヴは不安になって眉間にしわをよせた。「なにか問題があるの？」

ドノヴァンはイヴの腕に触れ、安心させるように軽く力をこめた。「問題はない。ただ、今日ここに兄弟たちとチームに集まってもらって、きみの状況について話し合うんだ。トラヴィスには聞かせないほうがいいだろう。動揺させたくない」

イヴは眉をひそめて弟妹のほうを見てから、ドノヴァンに視線を戻した。「キャミーとトラヴィスを動揺させたくないのはわかるけど、あなたたちが計画を話し合うときに、わたしはここにいちゃいけない？　わたしに――あの子たちに――直接かかわることよ。あなたがどんな計画を立ててるのか知りたいの」

ドノヴァンはイヴを腕の中に引きよせ、自分のほうを見るように彼女の顔を上に向かせた。彼女の腰にきつく両腕をまわし、自分の体にしっかりと抱きよせる。

「きみは気にしないでくれ。なにも心配しなくていい。義理の姉妹たちと楽しく過ごして、自分とキャミーとトラヴィスに必要なものを手に入れることだけに集中してくれ。この件はおれに任せておけ、イヴ。きみは考えることさえしなくていい、わかったか？」

イヴは反論したかったが、ドノヴァンの言葉は的を射ているとわかっていた。考えるなと言う指示は意味がないけれど。どうしてほかのことを考えられる？　トラヴィスとキャミーのためにしっかりしなければ。恐怖は見せず、自分がドノヴァンを信じているということを示すのだ。彼がウォルトやほかの問題に対処してくれると。しかし同時に、そんなふうに盲信するのは不安だった。ドノヴァンのことは信用できるとわかっている。実際に信用している。けれど、義父とその支配力が怖かった。彼の勢力範囲が。彼の影響力と権力が。それに、ドノヴァンが立てた計画にどんな形でも加われないのはいらいらした。知は力だ。なにも知らずにいたら恐怖が増すだけだ。あまりに長いあいだ、イヴは恐怖をかかえて生きてきた。ドノヴァンがイヴの額に口づけをした。「信じてくれ、イヴ。おれに任せておけ。きみもキャミーもトラヴィスも彼に傷つけさせはしない。とくにキャミーだ」

イヴは気が進まずにため息をついたが、うなずいて同意した。

「あとで教えてくれる？」イヴは低い声で聞いた。

ドノヴァンはイヴの目をじっと見つめた。彼の目には誠意が燃えていた。「もちろんだ、イヴ。きみにはなんでも話す。隠し事はしない。おれを信じてくれ。できるか？」

イヴがもう一度うなずくと、ドノヴァンは表情をやわらげた。

「さあ、テーブルに戻って、弟と妹に笑顔を見せてやれ。きみに――おれに――疑いを抱かせないようにするんだ。きみたちには楽しい一日を過ごしてほしい。きみもあの子たちも、おれの家族が気に入るはずだ。みんながもうきみたちを心から気に入ってるように」

「わかったわ」イヴはささやき、体を引いた。

「イヴ」彼女がテーブルに戻ろうと歩きだすと、ドノヴァンがやさしく呼びかけた。

イヴは足を止めて振り返り、ドノヴァンを見た。

「きっと大丈夫だ。きみには要求してばかりだが、おれを信じてくれ」

イヴはまたうなずくと、前を向いて弟と妹のところに戻った。

朝食は楽しかった。キャミーはずっと、シャーロットの家に行っておもちゃで遊ぶんだと興奮しながらしゃべっていた。

トラヴィスは姉妹と一緒に出かけることになったと言われても、落胆した様子は見せなかった。キャミーの熱狂ぶりが伝染しており、トラヴィスはキャミーが興奮しているのを喜んでいるようだった。みな、三人だけでいること、互いしか頼れないことに慣れてしまっており、いまでは信用できて友だちづきあいができる人がいるということに当惑しつつも喜んでいた。

トラヴィスも同じくらい女性たちを訪問したくてしかたがないようだった。男は彼しかいないのに。もしかしたら、彼しかいないから、、かもしれない。そう考えてイヴはほほ笑んだ。もし問題がうまく解決すれば、トラヴィスは十代の男の子らしいことができる。学校に通う。女の子に欲情する。その考えにたじろいだが、弟はとてもハンサムな少年だ。この数カ月で落ちた体重が戻ってまた体ががっしりしたら、もっとハンサムに見えるにちがいない。

朝食のあと、ドノヴァンが三人をソフィの家まで連れていった。広々としたログハウスで、ほかの兄弟や妻たちが暮らす家と同様、湖に面している。外はすでに暑かったが、湖からそよ風が吹いていて心地よかった。美しい夏の日になりそうだ。ほんの何日か前に竜巻がこの一帯で猛威を振るったことは簡単に頭から消えていた。

ケリー家が造ったこの孤立した居住地内では、外部はまるで別世界だった。

ソフィの家にはすでに女性たちが集まっていた。レイチェルの姿だけがなく、双子のおむつを替えなければならないから遅れると電話があったらしい。レイチェルの息子たちはなにもかもすべて同じタイミングでするのだと、ソフィが笑いながらイヴに話してくれた。そのせいで、レイチェルもイーサンもくたくたになっていると。

ドノヴァンにキスをされ、イヴは恥ずかしくなって赤面した。彼の義理の姉妹たちの前でキスをされたのだ。それからドノヴァンはキャミーを抱きしめ、トラヴィスに厳かな口調で彼の女たちを頼むと言った。

ドノヴァンがイヴにキスをしても、義理の姉妹たちはまったく気にしていないようだった。それどころか、わざとらしく楽しそうににやにやと笑っている。

女性たちと広々した開放的なリビングに腰をおろし、ノートパソコンを開いてしばらくしてから、レイチェルが駆けこんできた。くねくねと身をくねらせる幼児をひとりずつ体のわきに抱いた姿は大変そうだった。赤ん坊たちに当たらないようにぱんぱんにふくれたマザーズバッグを体の前で斜めがけにしているが、ひとりを、あるいはふたりとも落としてしまいそうだった。

トラヴィスが走りよって双子のひとりに手を伸ばした。レイチェルは喜んでトラヴィスに渡し、イヴはトラヴィスが腕に赤ん坊を抱いている姿に魅了されていた。だが、赤ん坊――メイソン?――はそうではなかった。トラヴィスの腕の中でもがきながら体を起こすと、彼の顔に手を伸ばし、笑っているトラヴィスの口を汚れた指でべたべたとさわった。

「ごめんなさい」レイチェルが困ったように言った。「人の口が大好きなのよ」

トラヴィスはくすくすと笑った。「かまわないよ。子どもには慣れてるから」

たしかにそのとおりだ。長いあいだ、幼いキャミーの面倒を見てきたのだ。イヴの母が生きていたときも、トラヴィスがしょっちゅう妹の世話をしていた。母のことが心配なあまり、キャミーの育児で負担をかけさせたくなかったのだ。そうしてできるかぎりふたりを守っていた。年端もいかないうちから、あまりに大きな責任を背負っていた。そう思うとイヴは悲しくなったが、いまはどうすることもできない。過去は過去だ。だけど、未来は……。

イヴはとりとめのない考えを抑えつけた。口に出したりはしないけれど、トラヴィスがよりよい未来を送れるかもしれないという圧倒されんばかりの希望がふつふつとわいてきた。ありのままの彼でいられるかもしれない。なんの責任も負っていないティーンエイジャーに。学校でいい成績を収めて、問題を起こさなければいい。それに関してはなんの心配もしていない。トラヴィスはとても堅実で、とても責任感がある。

トラヴィスはいい子だ――いや、大人の男だ。早く大人になってしまったが、イヴの望みどおりになるなら、これから子ども時代を取り戻せるだろう。

「ぼんやりしてるわね、イヴ」シェイが穏やかな声で言った。

トラヴィスのほうにちらりと目を向けると、いままでは部屋の奥でレイチェルが荷物をおろすのを手伝ったり、母親から逃れたふたりの男の子と遊んだりしていた。

「ごめんなさい」イヴは低い声で言った。「考えごとをしてたの」

トラヴィスからキャミーに視線を移すと、部屋のすみに座っていた。どうやらそこが子どもの遊び場になっているらしい。シャーロットとぺちゃくちゃおしゃべりしており、まるで長いあいだ音信不通だった友人同士みたいだ。イヴの心があたたかくなる。弟も妹も、この愛情にあふれた大きな家族に受け入れられている。

「なにを考えていたかわからないけど、楽しいことじゃなかったんでしょうね」サラが大胆にも声をあげた。

ソフィが心配そうな表情で身を乗り出した。「なにか気になることがあるの、イヴ？　わたしたちに話してちょうだい。あなたの信頼を裏切ったりしないわ」

イヴはほほ笑んだ。みんな、誠実だ。それに、信頼というものを心から大切にしている。実際、イヴは彼女たちを信頼できると完全に信じていた。家族全員の様子から、彼女たちを、彼女たちの意図を信じようという気にさせられた。

「ドノヴァンがトラヴィスをキャミーとわたしと一緒に来させたでしょう。兄弟たちとチームを集めて話し合うんですって……わたしのことを。つまり、わたしの状況を。赤の他人が力になろうとしてくれてるのはありがたいけど、知りたいの――知らなきゃならないの。ドノヴァンたちがどんな計画を立ててるのか。なにを決めてるのか」

サラが理解できるというふうにうなずいた。シェイがイヴの手を握りしめる。

「よくわかるわ」とシェイ。「わたしだって、自分の未来について話し合うのなら、参加したいもの！」

ソフィがうんざりしたような声をもらした。「男ってそうなのよ。というか、ケリー家の男たちってね。よかれと思ってるんだけど、自分の女たちを気泡緩衝材でくるんで、代わりにどんな脅威もすべて引き受けるっていうのが彼らのモットーなのよ。思いどおりにできるなら、わたしたちに危害が加わりそうなことが起きてても、ぜったいに気づかせないようにするでしょうね。そんな彼らを愛してるけど、それでもしゃくにさわるわ」

サラがくすくすと笑う。「ギャレットはまさにそんな感じだわ」

シェイがあきれて目を上に向けた。「だったら、ドノヴァンのところに戻って、話を聞かせてって言えばいいじゃない？」

イヴは目を丸くした。「あら、それはできないわ」

「どうして？」ソフィが挑発するように言った。目が獰猛なまでに決然ときらめいている。

「キャミーとトラヴィスはわたしたちが見てるわ。ふたりを不安にさせたくないでしょうけど、なにが起きているかわかるまでは、自分が不安で気が重いままよ。ドノヴァンがあなたを守ろうとしてるのはわかるわ。それにしても、なにも知らされないほうが、彼の計画を聞かされるよりもつらいってことをドノヴァンはわかってない」

イヴはゆっくりとうなずいた。「ええ。そのとおりよ」

「じゃあ、行って」サラが静かにうながした。「わたしたちはここでキャミーとトラヴィスと一緒に過ごしてるわ。ふたりを連れていってもよくなったら、知らせてちょうだい」

「でも、わたしのために――わたしたちのために――こうして集まってくれたんでしょう」イヴは言った。「ありがたいことだし、キャミーとトラヴィスにはいろいろと必要だわ。服とか」

「あなたもね」ソフィがやさしく指摘する。「だけど、それはわたしたちに任せて。わたしたちはネットショッピングの女王なのよ、忘れた？」

シェイがソフィを鋭くひじで突いた。「ちょっと、それはわたしの称号よ」

サラが笑い声をあげる。「とにかく、必要なものについてはわたしたちに任せて。あなたの服のサイズもわかったし。シェイとソフィは服の趣味がすごくいいの。キャミーとトラヴィスに必要なものもちゃんと注文しておくわ」

イヴは迷っていた。だが、女性たちの目に励ましが――それと賛同が――うかんでいるのを見て、勇気づけられた。

「わかったわ」イヴは小声で言うと、ソファから立ちあがった。「行ってくる。ドノヴァンが怒らなければいいんだけど」

サラがイヴの腕に手を置き、軽く力をこめた。「イヴ、あなたがあまり男を信用してこなかったのはわかるわ。でも、信じて。ドノヴァンはいま起きていることをあなたに知られたくないかもしれないけど、理解してくれるはずよ。たとえ原始的な本能が、あなたの髪をつかんで洞窟に引きずり戻して、胸を叩きながら『おれの女だ』ってうなって、ソフィが言っていたように気泡緩衝材でくるんでおけって叫んでいてもね」

シェイとソフィが噴き出した。イヴでさえ、シェイが言ったことを思いうかべてくすくすと笑った。

「でも、わたしが言いたいのは、ドノヴァンはあなたの髪の毛一本でも傷つけたりしないし、あなたの心を傷つけたりもしないってこと。それだけはたしかよ。ケリー家の男たちの中で、ドノヴァンは女性と子どもに対していちばん寛大でやさしい心を持ってるの。あなたを故意に傷つけるくらいなら、自分の右腕を切り落とすわ」

イヴはほほ笑んだ。「ありがとう。その言葉を聞きたかったのかも。とんでもないまぬけみたいね。いつもはちがうのよ。義父に立ち向かったんだから。けっきょく意味がなかったとしてもね。わたしは簡単に負けるような女じゃないけど、この数カ月で自衛本能がしっかりと身についたみたい」

「じゃあ、行って」ソフィがうながす。「わたしたちはここで留守番をして、レイチェルに事情を説明しておくわ。あそこの双子の悪魔たちから解放されたらだけど。どうしてあんなにやさしい女性からサタンの子が生まれたのかしら。きっとイーサンのせいね」

全員が笑い声をあげると、部屋の奥からレイチェルが冷ややかに言い返した。

「聞こえたわよ」

イヴは小声で女性たちに礼を言ってから、ドアへと向かった。ちらりと振り返り、トラヴィスとキャミーが気づいていないことを確認する。ソフィがイヴに行くようにと手を振り、トラヴィスとキャミーのほうをあごで示して、ちゃんと面倒を見ると伝えた。

イヴは深呼吸をして背筋を伸ばし、居住地内の広々とした敷地を歩いていった。日射しのあたたかさを感じながら、空中にただよう甘いスイカズラの香りを吸いこむ。ケリー家の人たちは自分たちの小さな天国を築きあげていた。厳重にセキュリティーが敷かれた居住地であることは関係ない。ここは家になっている。家庭的に見える。

訓練施設や射撃練習場、滑走路、ヘリポート、作戦室と呼ばれている無機質な石造りの建物をのぞけば、家が建てられたばかりの閑静な住宅地みたいだ。どの家も、それぞれの住人の特徴が表れている。

二軒はログハウスだが、ネイサンとシェイが住んでいるほうは小さく風変わりな小屋みたいだ。ほかの家から離れていて、厚く生い茂った木々と、花が咲き誇る茂みに囲まれている。ほかの家族から距離を置いているかのようだが、それでも外の世界からしっかりと守られている。

運命のいたずらか、もしイヴが自分の夢の家を建てられるとしたら、ドノヴァンの家を選んでいただろう。兄弟のふたりが暮らしているログハウスのように素朴な感じはない。とても南部っぽい。窓には雨戸がついていて、フロントポーチは家の正面全体と両側を囲んでいる。右側のポーチの天井からはブランコが吊され、植木鉢やハンギングバスケットには色鮮やかな花が咲き乱れていた。

家庭的で、魅力的だ。ただの家ではない。家庭。内部はまだがらんとしていて、ふつうの家に置かれているものが欠けている。小物。額縁に入った写真。記念品。使い心地がよさそうな家具。しかし、この家は完成したばかりだとドノヴァンは言っていた。家をじっくりと家庭にするための時間がなかっただけだろう。もしくは、ふさわしい女性が彼の家を好きに装飾してくれるのを待っているのかもしれない。

イヴはまた心の中で自分をたしなめた。こんなことを考えているなんて。いつになったら、先走らないようになるのだろう？　ドノヴァンとは知り合ったばかりだというのに、もう自分たちの家を――彼の家を――どうやって装飾するか計画している。

頭を左右に振りながら、ぶらぶらと勝手口にまわった。ドノヴァンと兄弟たちはリビングにいるのだろう。いきなり飛びこんでいきたくはない。正面に止まっている車の数から判断するかぎり、全員がそろっているにちがいない。

キッチンを通って、そっとリビングに入っていこう。そして、ドノヴァンが立てている計画に参加するのだ。

勝手口のドアを静かに開けて中に入り、音を立てないように気をつけながら閉める。遠くからかすかに会話が聞こえると、しばし立ち止まり、ずうずうしく作戦会議に割りこむ勇気を振りしぼった。

「まぬけね」とつぶやく。

警察署に乗りこむのは平気だった。一度ならず二度も、母親のために行動を起こしてくれと要求した。また、何回もウォルトに立ち向かった。すぐに罰を受けたけれど。それでも、くじけることはなかった。いまはどうしてこんなに意気地なしになっているのだろう？

なぜなら、ドノヴァンを愛しているから。彼に怒られるようなことはしたくない。

ばかげた理由だ。これからふたりの関係がこんなふうに続いていくのだとしたら、本気で考え直さなければ。なにかするたびにドノヴァンが腹を立てるのではないかと心配しながらびくびく人生を送るつもりはない。

ばかな自分をたしなめ、リビングに向かう。近づくにつれて、話し声が大きくなった。

だが、次に聞こえてきた言葉に、ぴたりと足を止めた。

「ウォルトに電話をして、会う手はずを整えよう」ドノヴァンが言った。おそらく部屋にいる人たちに向かって。「イヴを渡すと伝えるんだ。復讐したい気持ちのほうが大きければ、イヴを手に入れたら、キャミーとトラヴィスのことは気にしないかもしれない。おれはあの子たちを愛してる。二度とくそ野郎に手出しはさせない」

イヴは口をあんぐりと開け、頭を左右に振った。聞きまちがえたにちがいない。心臓が早鐘を打ちはじめるのを感じつつ、すぐに結論に飛びついた自分をたしなめた。きっと聞きまちがいだ。いますぐ中に入っていって、真相をたしかめよう。そうすれば、こんなばかみたいな動揺も収まるだろう。

しかし、心臓が氷の手で握りつぶされているみたいだったし、ドノヴァンの次の言葉がぬるぬると気味悪く血管に広がっていった。

「イヴはきわめて精神的に不安定だ。自分にも子どもたちにも危険な存在だ。ウォルトはイヴを手に入れれば満足するだろう。それはたしかだ。まぎれもなく支配的で、テキサス並みに大きなエゴの持ち主だからな。自分を拒んで計画をひっくり返したイヴに罰を与えたいにちがいない」

「キャミーとトラヴィスにはなんて説明するんだ？」だれかがたずねた。イヴの知らない声だ。まだ会っていない人だろう。

「ふたりには知らせない」ドノヴァンははっきりと言った。「ふたりが知ることはない。その必要はない。あの子たちのことはおれに任せろ。いまはおれのものだ。おれが生きてるあいだは、あの子たちに危害を加えさせはしない。身体的にも精神的にも」

イヴはすぐ近くで交わされている会話に愕然となり、その場に立ちつくした。そんな。いや！　ありえない。鋭くあらがいがたい吐き気が胃にわきあがる。喉に苦いものがこみあげるのを感じ、いそいであとずさった。こんなにつらい思いをする場所から離れたかった。ひとことひとことが鈍いナイフとなってイヴをばらばらに切り刻み、いまやなにも残っていなかった。心も。魂も。なにも。

両手が震えているのを感じながら、なんとか足早に勝手口から出て、外の空気を胸いっぱいに吸いこんだ。窒息しそうだった。ドノヴァンの冷たく非情な言葉を聞いた瞬間にイヴは呼吸を止めていた。

本気じゃないはずだ。本気のはずがない！　イヴからすべてを聞いたあとで、彼女を義父に引き渡す？　彼女がすべてを打ち明けたあとで？

けれど、この耳で聞いた。最初は勘ちがいだと否定したものの、そのあとでたしかに聞いた。これ以上ないくらいはっきりと言葉を耳にした。ドノヴァンが話し合いの場にイヴにもトラヴィスにもキャミーにもいてほしくないと言ったのもうなずける。いま兄弟たちとチームと計画していることを彼女たちに聞かれたくなかったのだろう。みんな、とても親切で寛大な人たちだと思っていたのに。彼らと未来を、家庭を築けると思っていたのに。

イヴはソフィの家へと駆け戻った。ドノヴァンの家の正面を通らないように、大きく遠まわりをした。中にいる人たちに姿を見られたくない。

涙は流れなかった。まだ。あまりに呆然としていた。あまりに打ちのめされていた。だがすぐに涙が出るはずだ。わかっている。出ないはずがない。ああ、どうしよう。どうすればいい？　疑惑を無視したなんて、最低の愚か者ではないか。一目散に逃げて、逃げ続けろと直感が叫んでいたのに、本能に従わなかったなんて。すぐに人を信じる世間知らずの愚か者。ほんとうはもっと分別があるのに。あるはずなのに！

それなのに、正しいと思う選択肢をことごとく無視してきた。本能に従わず、ドノヴァンを信じてしまった。信用する相手をまちがえないと誓ったのに。そうでなければ大惨事になるだけだとわかっていた。やっぱり思ったとおりだった！

彼の義理の姉妹たちの言葉が頭によみがえってくる。ここに来てから、ほかの人からも聞いた言葉。ドノヴァンは女性と子どもに弱い。だけどとくに子どもに。必ずそうつけ加えられていた。

とくに子ども。

ドノヴァンはイヴを愛していたのではなかった。彼女を気にかけてくれていたのではなかった。キャミーとトラヴィスを愛しているのだ。ふたりを気にかけている。ふたりを守りたいのだ。イヴはただのよけいなお荷物でしかない。

ドノヴァンは家族を欲しがっている。子どもを。だけど、イヴを求めてはいない。自分で認める以上に、それがつらかった。

涙があふれる。さっきは呆然としていて、ドノヴァンが冷静に彼女の破滅を計画していたのを知った瞬間に押しよせてきた強烈な苦しみと挫折を感じることも、受け入れることもできなかった。なんて簡単にドノヴァンの手に落ちてしまったのだろう。簡単に。いとも簡単に。彼にすべてを与えた。彼女自身を。信頼を。純潔を。

愛を。

だが、ドノヴァンがイヴから欲しかったのは子どもたちだけなのだ。

ソフィの家のドアに着くと、目を閉じた。気が動転しているせいで、ふつうに入っていって、なにも起きなかったというふりはできなかった。彼女の世界が傾いて破滅したわけではないなんて。

ドノヴァンとのやりとりをすべて思い返してみる。つねに子どもたちのことだった。なによりもまず子どもたちを心配していた。イヴはただ巻きぞえを食っただけだ。ドノヴァンにとって、キャミーとトラヴィスの未来を手に入れるために対処しなければならない存在だっただけ。

どうすればいい?

最初に考えたのは逃げることだった。キャミーとトラヴィスを連れて、できるだけ早く逃げて、二度と立ち止まらない。けっして他人を信用しない。だけど……。

イヴはうなだれ、荒れ狂う感情を制御しようとした。こんな姿を見せるわけにはいかない。気づかれてしまう。キャミーとトラヴィスに気づかれてしまう。いま耳にしたことをふたりに知られるわけにはいかない。

だけど、キャミーとトラヴィスはドノヴァンとここにいたほうがいい。イヴを夢中にさせておいて、弟妹のために彼女を犠牲にするなんて、とんでもないろくでなしだとしても。イヴはずっと自分を犠牲にしようとしてきた。ふたりの未来を手に入れるために、なんでもしてきた。たとえ自分が犠牲になろうとも。

だが、おとなしくウォルトのもとに戻るわけにはいかない――戻ったりしない。生け贄の子ヒツジみたいに引き渡されたりしない。ドノヴァンがキャミーとトラヴィスを守ってくれるだろう。イヴの信頼は裏切ったかもしれないけれど、あの子たちの信頼を裏切ることはないはずだ。兄弟たちに話すときの声には説得力があった。イヴが聞いていないときに嘘をつく理由はない。本音でしゃべっているようだった。ドノヴァンはキャミーとトラヴィスを愛している。彼がついていれば、ウォルトに奪われたりしないだろう。彼にいいところがあると信じるなんて愚かかもしれないが、ウォルトとドノヴァンのどちらかを選ぶなら、ドノヴァンのほうが弟と妹にとってよりよい選択だと心から信じていた。

けれど、イヴはドノヴァンに選んでもらえなかった。

心に悲しみがあふれ、喉のつかえが大きくなって息がつまりそうだった。

ここにはいられない。出ていかなければ。だけど、どうやって？　ドノヴァンはどのくらいすぐにイヴを冷静に義父に引き渡すつもりなのだろう？　彼女が計画を立てる時間はどれだけある？

それに、ああ、どうやって弟と妹に別れを告げればいい？　イヴにとって家族はあのふたりだけ。世界でいちばん愛しているふたり。あの子たちだけが彼女を愛してくれている。どうしてドノヴァンのところに残していける？　とても冷淡に嘘をついて、もっとも無防備な状態でいる女を懐柔するような男のところに？

ましなほうを選ぶのだ。そうやって考えなければ。ウォルトが子どもたちを虐待するのはわかっている。ドノヴァンがイヴになにをしたとしても、どれだけひどくもてあそんだとしても、彼がキャミーやトラヴィスを傷つけられないことは心の奥でわかっている。

彼が傷つけるのはイヴだけ。

それがつらかった。ああ、自分で認める以上につらかった。ドノヴァンを愛している。その愛は完全に踏みにじられた。彼女のバージンという贈り物を大切に心にしまっておくなんて、きれいごとを言って。彼女の純朴さをばかにして笑っていたにちがいない。けれど、そう、怒りと挫折を覚えつつも、ドノヴァンがほんとうに楽しんで彼女を裏切ったとは信じられなかった。たしかに冷酷で、目的を果たすためならなんでもする。イヴは任務であり、ドノヴァンは任務を引き受けたら必ず成功させると明言していた。

たしかに成功させた。望みのものを手に入れた。子どもたち。自分の家族。その家族にイヴを加えたくなかっただけ。

いま、この家に入っていって、彼の家族、愚かにも自分もその一員だと思いこんでいた家族の前で、心が粉々に砕け散っていないというふりをしなければならない。

29

「イヴ！　どうしてこんなに早く戻ってきたの？」イヴがリビングに入っていくと、ソフィが驚いた声で聞いた。

心をしずめて、ソフィの家のリビングに冷静に入っていって、なにも問題はないというふりをするには、ありったけの力が必要だった。

足から力が抜けたり、手に負えないほど震えたりする前に、イヴはソファにぐったりと座りこんだ。そしてなんとか笑みをうかべた。気まずそうで、少し残念そうに見えるような笑みを。

「無理だったの」イヴは嘘をついた。「ドノヴァンを信じるって約束したんだもの。ふたりきりになったときに計画を教えてくれるって言ってた。あとで話してくれるって。そのチャンスをあげたいの」

ふと、ドノヴァンはほんとうに計画を彼女に伝えるつもりなのだろうかと考えた。それとも嘘だったのだろうか？　もしかしたら、これは自分の勘ちがいで、あとですべて説明してもらえるのかもしれない。

ばかなことは考えないの。

もうドノヴァンの言葉を正当化しようとしている。そんな考えは捨てて、すぐに決断しなければ。早く。

「どこに行ってたの、イヴィ?」トラヴィスが眉をひそめて聞いた。「ふっと見たら、いなくなってるんだもん」

「外の空気を吸いたかっただけよ」イヴは二度目の嘘をついた。「頭が痛かったの。無理をしすぎたのかも。それか、思ってたより頭のこぶがよくなってないのかも」

嘘をつくのはいやだったが、今夜ドノヴァンとベッドをともにしない口実を作っておかなければ。彼と寝るわけにはいかない。彼がしたこと——これからすること——を知りながら、愛を交わすわけにはいかない。

それに、まったくの嘘ではなかった。たしかに頭がずきずきしている。怪我のせいではないけれど。

「わかるわ」サラがトラヴィスに聞こえないように小声で言う。「きっと話してもらえるわよ、イヴ。ドノヴァンは率直な男だもの」

女性たちがうなずく。イヴは彼女たちに向かってどなり散らさずにいるので精一杯だった。すべて嘘だったのだと。全員が嘘だったのだと。彼女が求めるすべてだと思っていた家族は、嘘でしかなかった。

「ほんとうに頭が痛いのね」レイチェルが鋭く見抜いて言った。「目つきが険しいわ」

「ええ」イヴは認めた。

シェイがイヴの隣に座り、彼女の手をしっかりと握りしめた。「心配なのはわかるわ、イヴ。でも心配しないで。なにもかもうまくいくわ。信じるのよ。この家族は、想像しうる最悪の状況に直面してきた。そしていつも打ち勝ってきたわ」

ええ、それは信じられる。冷酷さ。狡猾さ。ドノヴァンはまちがいなく、目標を定めたらそれを成し遂げる男だ。どれだけ簡単にイヴを懐柔したことか。

「もう戻るわ……」家にと言いそうになったが、ドノヴァンの家は彼女の家ではない。「ドノヴァンのところに戻って、頭痛薬をのむわ。その前にドノヴァンに電話してくれる、ソフィ？　邪魔をしたくないの。いまはもう話し合いは終わったんじゃないかしら。気分がよくないから、キャミーとトラヴィスと一緒に戻るって伝えてちょうだい」

「ふたりはここに残ったほうがいいんじゃないかしら」レイチェルがささやいた。「わたしたちが見てるわ。ドノヴァンと話す時間が必要でしょう。そうすれば不安が軽くなるわ」

さっきドノヴァンの家で耳にしたことのせいで気持ちが乱れており、たちまちイヴの想像力が暴走しはじめた。罠だろうか？　義理の姉妹たちもグルなのだろうか？　イヴをもっと簡単にだますために、子どもたちと引き離そうとしている？

額に汗の玉が噴き出し、頭がいっそう激しくずきずきと痛みはじめた。

「いいえ」イヴはきつく言ってすぐに、思わず荒々しい口調になったのを後悔した。

女性たちは心配そうにイヴを見つめた。ふりだろうか？　それとも、ほんとうに心配している？　なにがほんとうなのか、もはやわからなかった。これ以上考えることもできなかった。

「いいえ」さっきよりもやさしく、とげのない口調で言った。「一緒に連れていくわ。今日はもう十分つきあってもらったもの。またべつの日にしましょう。この件が……すべて……言葉につまりそうになる。「……片づいたら、また集まりましょう」

「楽しみにしてるわ」ソフィがきっぱりと言った。「それと、イヴ、問題が片づくのにそんなに時間はかからないわよ。みんなが計画を立てたら、すぐに実行するわ。ドノヴァンの望みは、あなたたちを不安と恐怖から解放することだけよ。あなたとの人生を望んでるの」

イヴはやめてくれと懇願しそうになった。いま耐えているこの苦しみを終わらせてくれと。彼女たちの口から言葉が、嘘がこぼれるたび、ナイフがますます深く心臓にねじこまれるみたいだった。

代わりにイヴは立ちあがった。しっかりと立っているのが誇らしかった。まだシャーロットと遊んでいるキャミーのところに行き、手を差し出す。

「帰るわよ、ダーリン。シャーロットと一緒におもちゃを片づけてくれる?」

キャミーはがっかりしたような顔になったが、文句は言わなかった。トラヴィスが来て、女の子たちが部屋のすみにある木のおもちゃ箱から出してきたおもちゃを片づけるのを手伝った。

「ドノヴァンに電話するわ」ソフィが言った。

イヴはソフィに向かって無理やりほほ笑みをうかべた。「ありがとう。また会いましょう」みなでいっせいにさよならと言葉を交わし、キャミーが女性たちひとりひとりとシャーロットにハグをしてから――シャーロットには二度ハグをした――イヴはトラヴィスとキャミーを連れて外に出た。

「大丈夫、イヴィ？」トラヴィスが不安そうに聞いた。「ひどい頭痛なの？」

今回は本物の笑みをうかべ、イヴは弟を見あげた。この子と引き離されると思うと、胸に鋭い痛みを覚えた。

「ちょっと痛いだけよ」イヴは言った。「でも、家に――ドノヴァンのところに戻れば、よくなるわ」

キャミーがイヴの手を取り、三人で小道を歩いてドノヴァンの家へと戻っていく。

「あたし、シシーが好き」キャミーが跳びはねながら言った。動きに合わせてポニーテールが揺れている。

イヴはキャミーを見おろしてほほ笑みかけた。「よかったわね」

「また一緒に遊べる？」

イヴを見あげるキャミーの目には不安があふれていた。

今回は嘘をつく必要はなかった。

「ええ、ダーリン。もっとたくさんシャーロットに会えるわよ」

「あたしたち、いとこになるの」キャミーは得意げに言った。「イヴィがいなかったときに、キャミーのママがそう言ってた」

またしても胸が苦しくなり、息ができなくなった。

三人がドノヴァンの家に近づいたとき、私道にあった数台の車はなくなっていた。話がすんだのか、あるいはソフィからの電話でそれ以上話し合うのをやめたのだろう。彼らがイヴを消す計画を企てているときに、イヴがいてはどうにもならない。

ドノヴァンが玄関から出てきて、不安そうに眉間にしわをよせながら、イヴたちが歩いてくるのを眺めた。当然ながら、ソフィが伝えたのだろう。イヴが頭の痛みを訴えていて、〝調子が悪い〟ようだと。

イヴはため息をつき、これからの数時間にそなえて気を引き締めた。なにも問題はないというふりをしなければならない。ただの頭痛だと。心の痛みは薬では治らない。

「イヴ、どうした、ハニー？」ドノヴァンがステップをおりて三人を出迎えながら聞いた。すぐにキャミーが抱っこを求めて腕を伸ばすと、ドノヴァンは抱きあげたが、わきでかかえ、視線はまっすぐイヴに向けたままでいた。彼女の頭の中の考えをのぞきこもうとするかのように。

「ただの頭痛よ」イヴは言った。「よくなったと思ったんだけど。無理をしすぎちゃったのかも」

ドノヴァンの目に罪悪感がうかぶ。彼女が怪我をしたあとでこんなにすぐにふた晩続けてセックスをした自分を責めているのだろう。

「中に入って、くつろいで」ドノヴァンはそう言って、キャミーをわきに抱いたまま、イヴをドアのほうに進ませた。「頭痛薬を持ってくる。どのくらいひどいんだ？　視界がぼやけてるか？　吐き気やめまいは？」

質問攻めをするドノヴァンのせいでめまいがした。それに、心が痛かった。彼があれほど入念に人をだませるなんて。

「いいえ。大丈夫よ。ほんとうに」みなで中に入りながらイヴはぼそぼそと言った。

家の中の空気は冷たく、反応を抑えきれずにしばし足がふらついた。

隣でドノヴァンが悪態をつき、キャミーをおろして横に立たせた。

「先にトラヴィスと行ってろ、スイートハート」とキャミーに指示を出す。「イヴの看病をしないと」

キャミーは心配そうな目でイヴを見たが、トラヴィスが割りこんでキャミーの手を取った。

「おやつを食べるか？」明るい声で聞く。「キッチンでなにかさっと作ろう」

キャミーはすぐにイヴのことを忘れ、〝おやつ〟という言葉を聞いて色めき立った。

ドノヴァンはイヴをソファに連れていって座らせた。彼女の足を持ちあげ、彼の義理の姉妹のひとりが用意してくれたスニーカーを脱がせる。それから足のせ台を引きよせてイヴの足を置くと、彼女と並んでソファに座った。指でイヴのあごをあげ、彼女の目をのぞきこむ。

「疲れてるみたいだな。どれくらいひどい頭痛なんだ、イヴ？」

どんどんひどくなっている。痛いふりをする必要はなかった。

「なにか食べたらよくなるか？」ドノヴァンがたずねる。「朝食をあまり食べなかっただろう」

暴れている胃になにかを入れると思うと、ますます激しく暴れだした。イヴはかぶりを振った。「しばらくこうしてソファに座らせてちょうだい。よくなるわ」

ドノヴァンは納得していないらしく、顔をしかめて迷っていた。だが、とうとう折れた。イヴをソファに寝かせ、頭の下に枕を置き、クロゼットから毛布を持ってきて彼女をくるんだ。

「少し休め」そうささやいてから、彼女の額にキスをした。「眠ってるあいだ、トラヴィスとキャミーのことは任せろ」

イヴは目を閉じたが、眠れないとわかっていた。眠りたくない。考えなければならないことがたくさんある。ひとりになって、行動計画を立てたかった。ドノヴァンは今日イヴを捨てるつもりはないかもしれない。でも、明日は？　わからない。

30

ドノヴァンは心配しながら待っていた。イヴはなにか悩んでいる。それはまちがいない。ソフィの家から戻ってきたとき、ぼんやりしていたし、苦しそうに顔にしわをよせていた。マレンに電話をかけたかったが、イヴは必要ないと言い張った。注射を打とうとしても、イヴはそれも拒んだ。

ドノヴァンはソフィに電話をかけ、イヴがそっちにいるときになにが起きたのかと問いつめたが、ソフィは最初に電話をかけてきたときに言っていたことをくり返しただけだった。イヴは気分がすぐれなくて、ドノヴァンの家に帰りたがったと。

その日の午後、イヴは夜までほとんどソファで横になっていた。だが、ほんとうに眠っていたのだろうか。顔がひどく緊張していて、眠りこんでいるとは思えなかった。それか、眠っていたけれど悪夢を見ていたのか。

ドノヴァンはイヴを起こし、自分とキャミーとトラヴィスと一緒に夕食をとってもらおうとしたが、イヴはそれも拒んだ。そうしてイヴはソファに残り、ドノヴァンはほかのふたりと静かな夕食をとることになった。キャミーにイヴはどうしたのか聞かれたときは、なだめた。

しかし、自分をなだめることはできなかった。

夕食のあと、キャミーとトラヴィスをベッドに入れてから、イヴのいるリビングに戻った。「寝る時間だ」やさしい声で言い、ソファのイヴの頭の近くに浅く腰をおろした。「眠れそうか？」

イヴは……不満そうだった。それが気になった。だがイヴはうなずき、ドノヴァンに立たせてもらった。ドノヴァンは彼女を自分の寝室に連れていった。そしてベッドに向かうと、イヴは体をこわばらせた。彼女を抱きたがっているとでも思ったのだろうか？　彼女の欲求や要望より自分の気持ちを優先させるくらい無神経だと？

「イヴ、具合が悪いんだろう」ドノヴァンはやさしく言った。「きみの気分がよくなるように、抱きしめていたいだけだ」

イヴは少しリラックスしたが、ドノヴァンが彼女をベッドに入れるとき、まだ体がこわばっていた。ドノヴァンはシャツとジーンズを脱いですぐにベッドのイヴの横に入り、無意識に彼女を抱きしめた。

長いあいだイヴは静かに横たわっていたが、眠っていないとわかっていた。ドノヴァンの腕の中に横たわり、肩に頭をのせている。しかし、天井を見るともなく見つめ、リラックスしていなかった。

ふたりとも眠らないまま、二時間経ってからドノヴァンはとうとうイヴのほうを向いた。「眠ってないな」と静かに言う。「寝てないじゃないか。注射を打ってやる、イヴ。苦しんだって意味はない。薬を打てば眠れるし、痛みもなくなるだろう」

イヴの目が涙できらめいた気がしたが、バスルームからもれるかすかな光では確信できなかった。

返事を待たずにドノヴァンは起きあがり、医療キットが置いてあるバスルームに行った。注射器を準備して寝室に戻ると、イヴは彼が離れたときと同じ場所にいた。

イヴはおとなしくごろりと横を向いて尻を出し、ドノヴァンが薬を注射するとまたごろりともとに戻り、まるで身を守るかのように掛け布団を引きあげた。ドノヴァンは注射器を捨ててからベッドに戻った。いつまでもイヴの態度がおかしいのが心配だった。

薬が効いてイヴがいくらかリラックスすると、ドノヴァンは彼女を抱きよせ、汗ばんだ額に口づけをした。

イヴがなにを心配しているにしろ、明日突き止めよう。だがまた、明日はイヴの義父と会うことにもなっていた。彼と会って、片をつけなければ。そうしてはじめて、イヴと一緒に前に進める。彼女が安全だということを証明してやれる。だれにもイヴや彼女の弟妹に危害を加えさせたりはしないと。だれにも子どもたちを奪わせはしないと。

そこでふとドノヴァンは気がついた。イヴは彼が兄弟やKGIのメンバーと計画を話し合うことをしぶしぶ認め、心配していたはずなのに、なにも聞いてこなかった。すべてを話すと彼女に約束したというのに、イヴは一度もその話題を出さなかった。

暗闇でドノヴァンは眉をひそめた。それで気をもんでいるのか？　あるいは、頭痛のせいでただ忘れているだけか？　あるいは、頭痛はストレスと不安のせいだろうか？

明日。明日、すべてを話そう。彼女の義父を永久に追い払ったあとで。

31

ドノヴァンにやさしく揺さぶられ、寝ていたイヴは目を覚ました。まぶたを震わせながら開けると、薬の名残で視界がかすんでおり、まばたきをした。注射を打ってもらいたくなかったが、あれほど苦悩をかかえているときに眠ろうとしても無駄だとわかっていた。それに、今日のために頭をはっきりさせておきたかった。

「気分はどうだ?」ドノヴァンが心配そうに聞いた。

イヴは弱々しくほほ笑んだ。「よくなったわ」

ドノヴァンが信じていないのはわかっていた。自分はすぐれた女優ではない。ドノヴァンは不本意そうな顔をしていたが、それでいて険しく決然とした表情だった。その決意が怖かった。不安があるとしても、計画を遂行すると決めているかのようだ。彼の目にちらりと見えたのは、良心だろうか?　だとしても、考え直すほどではないようだ。

「しばらく出かけてくる」ドノヴァンは言った。「だけど、すぐに戻る。そのあいだ、ラスティがきみについててくれる。おれが戻るまで」

イヴはどこに行くのかと聞かなかった。その必要はない。胸の中で恐怖がたしかなリズムを刻んでいる。こめかみが激しく脈打ち、頭痛が戻ってきた。それと、心の痛みも。昨日とうとう爆発して、夜までずっと彼女を苦しめていた痛み。

「わかったわ」イヴは静かに答えた。息をするたびに心が張り裂けそうだった。

ドノヴァンは体をかがめてイヴの額にキスをし、しばらく口をつけたままでいた。

「じきにすべて片づく、ハニー。約束する」

そう言うとドノヴァンは口をはなしてベッドから立ちあがり、ドアへと歩いていった。

イヴは少しだけ待ってから起きあがると自分の寝室に行き、いそいで荷物をまとめた。バックパックに入る分だけ荷造りした。何枚かの着がえ。前から持っていた少額の現金。母親の宝石。

それから紙とペンを見つけ、トラヴィスとキャミー宛てにいそいで手紙を書いた。それがすむと、目に涙をうかべながら折りたたみ、まだ眠っているふたりの寝室に行った。

ふたりを眺めたが、長くはとどまらなかった。別れはあまりにつらすぎたし、イヴが出ていくまでは目を覚ましてほしくなかった。胸から心臓がもぎ取られそうな思いで、無言でさよならを告げてから、トラヴィスに見つけてもらえるように彼のドレッサーの上に手紙を置いた。そのあとで、ドノヴァンがベッドわきの引き出しに入れているだろう銃を捜しにいった。

32

ラスティはドノヴァンの家の私道に入り、彼のピックアップトラックの隣にジープを止めた。と同時にドノヴァンが玄関ドアから出てきた。険しく決然とした顔をしている。ラスティのうなじがちくちくした。この顔は知っている。今日これから起こるのは重大なことなのだ。

ドノヴァンから話を聞いたわけではない。家に来て、自分が〝仕事を片づける〟あいだイヴについていていてほしいと言われただけだ。

ドノヴァンが片づけるつもりでいる不幸なまぬけがラスティは気の毒になった。兄たちはみな、任務についてあまり口にしないが、任務中のケリー家の男は見るもおそろしいというのはよく知っていた——それに、目にしてきた。

「来てくれてありがとう、ラスティ」ドノヴァンは言った。「数時間だけだと思うが、また連絡する。イヴを心配させたくないから、なにかで気をまぎらわせてもらえたらありがたい。昨日は具合がよくなかったんだ。ストレスのせいだろう。頭痛がすると言うから、昨夜は眠れるように注射を打ってやった。ベッドに残してきたから、起こさないでくれ。イヴには……休んでもらいたい」

ドノヴァンの目からほんとうに心配しているのがわかった。ラスティは彼の肩に手を置いて力をこめた。自分が彼を励ますなんて奇妙な気がした。いつもケリー家で励ましたり安心させたりするのはドノヴァンだった。けれど、ドノヴァンには励ましが必要だという気がした。イヴに注射を打って眠れるようにしたと言っていたが、ドノヴァンは一睡もしていないようだ。

「ここはあたしに任せて」ラスティは安心させるように言った。「ほら、仕事を片づけてきて。イヴと彼女の弟と妹が人生を前に進められるように」

たしかにドノヴァンは今日の任務の対象がだれか、どんなことをするかは話してくれなかったが、ラスティはばかではない。すべてイヴの義父に関することだとわかっていた。ドノヴァンは迅速に行動を起こすつもりなのだろう。自分もその場にいて、片がつくところを見たかった。

ドノヴァンは片方の口角をあげた。ほほ笑みのようだが、表情は真剣で、目は集中していた。決然としている。これからイヴの義父を片づけるのだろうというラスティの意見を認めてはいないが、否定もしなかった。

ドノヴァンはラスティの髪をくしゃくしゃにしてから、それ以上なにも言わずにピックアップトラックまで大またで歩いていった。中に乗りこみ、轟音を立てて居住地の正面入口へと道路を走っていく。もうもうと砂ぼこりを立てながら、やがて車は見えなくなった。

ラスティは顔の前で手を振り、家のほうまで流れてきた砂ぼこりを払ってから、うしろを向いて正面玄関に行き、静かに中に入った。

しかし、リビングに入るとぴたりと足を止め、目の前の光景にショックを受けて目を丸くした。

イヴがドノヴァンと同じくらい険しく決然とした表情ですぐ近くに立っていた。手にはドノヴァンの拳銃を握っている。しかもラスティに銃口を向けて。

「なんなの？」ラスティは問いつめた。怒りがわきあがり、彼女の言葉は静寂の中で鋭く響いた。

「この居住地から出してちょうだい」イヴは冷静に言った。

「どうして？」

ラスティは本気で困惑して聞いた。いったいなにが起きているのだろう？　なんだか異世界に足を踏み入れてしまったみたいだ。まわりの世界全体がおかしくなったのだろうか？

「理由はどうでもいい」イヴの声は氷のようだった。

目つきは冷たく、よくわからない表情をうかべている。だが、銃を持った手が震えることはなく、ラスティはひどく不安になった。

「ええと、イヴ？　いちおう言っておくけど、その拳銃は安全装置がついてないのよ」

緊張した口調に聞こえたなら、そのとおりだ。実際に緊張していた。とんでもなく怖かった。自分は簡単におびえたりしない。だけど、弾が入った銃を向けられていたら？　ええ、おびえるに決まっている。

「じゃあ、わたしの指がうっかり引き金を引いてしまわないようにしたほうがいいわよ」イヴはいっそう冷たい声で言った。

なんてこと。世界がおかしくなっている。ラスティは頭を左右に振った。奇怪な夢に入りこんでしまったにちがいない。

「わけがわからないわ」ラスティは静かに言って時間稼ぎをしようとした。でも、どうやって？　ドノヴァンが帰ってくるのは何時間もあとだろう。ほかの兄たちはみなドノヴァンと一緒にいるはずだし、十中八九ネイサンとジョーのチームも同じだろう。だれにも助けてもらえない。だれにもこの状況を解決してもらえない。自分でなんとかするしかない。いそいでイヴに頭を冷やしてもらわなければ、手に負えない状況になってしまう。

言うまでもなく、イヴを居住地から出したら、ドノヴァンにこっぴどく叱られるだろう。イヴの義父がまだなにをしてくるかわからないのだから、厳重に警備の敷かれた居住地から出るのは安全ではない。イヴだって気づいているはずだ。

「言うとおりにしないと引き金を引くということだけわかっていればいいの」イヴは彼女のものとは思えない冷たい声で言った。

イヴはラスティがいままで出会った中でもっともやさしくて、穏やかな女性だ。こんなのはまったくイヴらしくなく、どこから対処すればいいかもわからなかった。だが、どうするにせよ、早くしなければ。死ぬ前に。自分が死ぬ前に。

「わたしは精神的に不安定なのよ、忘れた？」イヴがあざけるように言った。「自分にとっても他人にとっても危険なの。知ってるはずよね。報道されてるんだから」

「ふざけないで」ラスティはぴしゃりと言った。「トラヴィスとキャミーはどこ?」

ラスティの反応にイヴは驚いたようだった。

「あの子たちはここに残るわ」イヴは言った。ラスティが玄関を入ってきてから、はじめて声がうわずって感情があらわになっていた。

この弱点を利用できるかもしれない。

「あの子たちを置いてくの?」ラスティはいぶかしげに聞いた。「もしそうなら、あなたはあたしが思ってたような人間じゃなかったってことね、イヴ」

イヴの目に苦しみがうかぶ。それと悲しみが。正真正銘の挫折。額に看板が出ているかのごとく明白だった。

「力になるわ」ラスティは低い声で言った。なだめるような、説得力のある声になっていればいいのだけれど。「どういうことか教えてちょうだい。あたしにできることならなんだって力になる。ドノヴァンに電話してあげる。彼が解決してくれるわ。どんなことでもね、イヴ。きっと解決できる。それが兄たちの仕事なんだから」

「嘘をつかないで!」イヴは急に感情を爆発させて強い口調で言った。そこには怒りがにじんでいた。「ほかのみんなと同じように嘘をつかないで。せめてごまかさないで。でも、きっとそれって珍しいことなんでしょうね」

ラスティは本気で困惑したまなざしを向けた。どうしてイヴがこんなばかげた考えを抱くことになったのか見当もつかないが、どんな理由であれ、よくないことがあったにちがいない。イヴを見れば、限界に達しかけているのがわかる。キレるのは時間の問題だ。すぐになにか手を考えなければ、たちまち事態が悪化してしまう。いいえ、もう悪化している。

「ほんとうにキャミーとトラヴィスを置いていくの？」ラスティはもう一度聞いた。あえてやさしい口調で、非難していると思われないように。

イヴの目に苦しみが炸裂する。本気で苦悩している表情を見るのはつらかった。

「あなただったら、あの子たちの父親と、ドノヴァンと、どっちにキャミーとトラヴィスのそばにいてもらいたい？　ウォルトがあの子たちを傷つけるのはわかってる。ドノヴァンはわたしを裏切ったけど、あの子たちを傷つけることができるとは思えない。ふたりを心から大切に思ってる。でも、わたしのことはそんなに大切じゃないのよ。わたしを義父に引き渡すつもりなんだから。いわば生け贄の子ヒツジよ。そうすればキャミーとトラヴィスを守れるから」

いまイヴが引き金を引いてラスティを撃ったとしても、これほどショックを受けなかっただろう。ラスティは口をぽかんと開け、イヴを見つめ返した。そのとき、イヴが本気でいまの言葉を口にしたのだと気がついた。なぜかわからないが、ドノヴァンが彼女を裏切ったと――あるいは裏切ると――信じきっている。そうではないと、どうやって説得すればいい？それを言うなら、自分はどれだけ事態を把握している？

ドノヴァンはイヴのことをあまり話さなかった。ついでに言えば、自分の気持ちも。キャミーとトラヴィスに対してはきわめて独占欲が強く、イヴに対しても同じだとラスティは思っていた。兄と呼んでいる男について、ひどい勘ちがいをしていたのだろうか？　ありえない。つまり、イヴはでたらめな情報を与えられたのだろう。問題は、どうしてこんなばかげた結論を導き出したのかということだ。

イヴはふたたび決意で目をきらめかせながら、一歩前に出た。銃をさらに上に向けて、まっすぐラスティの胸を狙う。ラスティの背筋に寒けがヘビのようにはいおりてくる。人の心を読むのは得意だ。その才能はおおいに役立ってきたし、おかげで一度ならず命拾いした。いま、イヴの言葉はすべて本気なのだとラスティは確信していた。やけくそになって、捨て身の選択をした女。銃がその証拠だ。

くそ、くそ、くそ。どうすればいい？

選択肢はない。イヴの頼みどおりにするしかない。というより、イヴの要求どおりに。この状況はあまりに危険すぎる。本気だということをラスティにわからせようとして、イヴが少し強く引き金に力をこめたら？　ラスティを撃つ気がなくても、たまたま発砲してしまうかもしれない。

「どこに連れていってほしいの？」ラスティはあきらめて聞いた。

イヴの目に歓喜の色はなかった。勝ち誇った様子もない。ただ……悲しそうだった。

「金物店よ。あなたをそこに残して、ジープはもらうわ。ごめんなさい。選択肢はないの」

イヴは低い声で言った。

まったく、銃を向けて、協力しないと撃つと脅しているくせに、次の瞬間にはラスティの車を奪うつもりでいることを謝罪するなんて。

イヴは銃を持っている手にシャツをかけてから、ラスティに家から出てジープに戻るように合図した。

外に出ると、イヴはラスティに運転席に乗るように指示して、自分は後部座席に乗りこみ、外から見えないように横たわった。だが、銃はラスティの頭の横に向けていた。運転中に車が揺れないように、とくに注意しなければならないだろう。イヴがうっかり発砲してしまうのはぜったいにごめんだ。

「ゲートを出るとき、だれかに気づかれるようなまねはしないで」イヴが確固とした低い声で言った。「中に入るときは網膜スキャンを受けるけど、外に出るときは車の中でキーコードを打ちこめばいいんでしょう。だから、窓を開けなくていいし、止まる必要もない。そういうことをしたら、撃つわよ。簡単なことでしょう」

簡単？　もう。報道が事実で、イヴはほんとうに精神的に不安定なのだろうかと、ラスティは思いはじめていた。ふつうの人間は銃を振りまわして脅したりしない。

だけど、やけくそになった人間はべつだ。

イヴがこんなにやけくそになった理由はわからないが、よくないことがあったにちがいない。ラスティはばかではない。イヴがドノヴァンに強く惹かれているのはわかっている。しかしまた、ケリー家に受け入れられていることはまだそれほど確信していないともわかっていた。イヴを責めることはできない。イヴの人生は最悪だった。キャミーとトラヴィスの人生も最悪だった。イヴが弟妹を見捨てようとしていると思うと、たちまち非難の気持ちを覚えたが、実際にはイヴは自分をかえりみずに行動している。ふたりを置いていくのかと聞いたときに、イヴの目に苦しみがあふれた。あの悲しみは偽りではない。それでもふたりを置いていくつもりなのだ。ドノヴァンのもとに。ドノヴァンならふたりを義父から守ってくれると信じているから。

問題は、どうして彼女のことも守ってくれると信じていないのかだ。イヴはなんて言っていた？　ドノヴァンが彼女を裏切った？

わからないことがあまりに多すぎて、頭の中がぐるぐるまわっていた。やけくそになってラスティの頭に銃を向けている女からどうやって答えを聞き出せばいいか、見当もつかなかった。

今回ばかりは、ショーンがいつもみたいに近くをうろついていてくれればいいと願った。あのおまわりのことも、彼の意図もよくわからない。あのキスのせいでまちがいなく状況が変わっていた。けれど、ショーンが思いやりの心を持った優秀なおまわりだということは知っている。何度ケリー家のために尽くしてくれた？　何度、法執行機関での評判とキャリアを危険にさらしてまで、正しいことをしてくれた？

ええ、いまはショーンにいてほしい。分別があるし、骨の髄まで誠実だ。彼ならイヴを説得できるだろう。それはまちがいない。レイチェルがもっとも傷つきやすい状態で、ノイローゼになりそうだったとき、一度ならず話をして落ち着けていた。

この場合、イヴは現実逃避しているのだ。イヴがイカれているとか、精神的に不安定だなんて、これっぽっちも信じられない。だけど、いま感情的に不安定になっているのはたしかだ。明らかに思いがけない出来事のせいで動揺している。あの家でなにがあって、こんなにもやけくそになったのだろうか。

ラスティはイヴの言うとおりにした。コードを打ちこみ、速度をあげてゲートを通り抜けた。カメラにはジープに乗ったラスティだけが映るだろう。できるだけ体を低くしているようにとイヴに小声で忠告さえした。まったく、これではイヴの逃亡に手を貸しているも同然だ。頭がおかしくなっているのは自分のほうかもしれない。

けれど、いまいましいことに、力になりたかった。そして、イヴがなにを考えているのか突き止めるために時間を稼ぎたかった。

金物店にはすぐに着いた。まだ開店時間ではないし、それが有利に働くかもしれない。第一に、ラスティはイヴとドノヴァンの家にいることになっているから。第二に、だれかがこんなに早い時間にラスティの姿を見たら、疑問に思うはずだから。小さな町に住む特権のひとつだ。だれもが他人事に首を突っこむ。心配した住民がショーンかケリー家の人間に電話をかけて、開店前にだれかが金物店にいたと知らせたとしても、少しも驚きではない。

そうなるように願うしかなかった。

「裏に止めて」イヴが指示した。朝早くに自分たちが店にいることをだれかに気づいてもらえないだろうかというラスティの考えを読んだかのように。「ジープを見られたくないし、わたしが店に入っていくところも見られたくない」

ラスティは指示どおりに店の裏にまわった。そこは荷物の積みおろしをする場所で、配送トラックが何台か戸口の前に止まっていた。

「どんな計画を立ててるの、イヴ？」ラスティは興味ありげに聞いた。「つまり、ただあたしをここに置いていくの？」

ふたりは車をおりたが、その前にイヴが顔をしかめて後悔の表情をうかべたのにラスティは気がついた。イヴは申しわけなさそうに――銃を向けたまま――ラスティを店の中に連れていき、ロープを見つけるように指示した。

「あなたを縛って、レジカウンターのうしろに置いていくわ。すぐにだれかが見つけてくれるはずよ。そんなに時間はかからないわ。でも、わたしができるだけここから離れるまで、だれかに気づかれるわけにはいかないの」

ラスティはとぐろ状に巻かれたロープを棚からおろした。やわらかく、あまりざらざらしていないロープを選んだ。しばらくレジカウンターのうしろで縛られるのなら、せめてできるかぎり痛くならないようにしたかった。

イヴのほうを向き、用心深く手の中の銃を見やる。いまいましいことに、防犯カメラがすべてを録画している。すでに指名手配犯になっているイヴにとってますます厄介なことになるだけだ。気に入らないが、今回はできることがほとんどない。すべてがはっきりと録画されている。

どうして銃を向けている女に同情しているのだろう？　頭を検査してもらわなければ。

「レジの中身を全部出して、金庫から現金袋を出して」イヴが静かに言った。「お父さんに謝っておいてちょうだい。ほんとうにごめんなさい。会ったことはないけど、きっといい人なんでしょうね。こんなことすべきじゃないけど、ほかにどうしようもないの。生き延びないと。義父のところには戻らないわ。キャミーとトラヴィスを守るためならなんでもするけど、あの子たちのことはドノヴァンが守ってくれる。わたしは生け贄の子ヒツジにはならない。ウォルトの支配下に戻ったら、一日だって生き延びられないわ」

ラスティはゆっくりとレジカウンターに近づき、レジを開けながら、手を下にやって現金袋が入っている金庫の鍵を開けた。店の金をイヴにあげても良心の呵責はまったくない。イヴが静かにやけくそになっていること、つねに謝っていることがこたえた。

兄たちには、情にもろすぎる、自衛本能がないと言われそうだ。それはちがう。目の前の女は完全に徹底的に打ちひしがれていて、懸命に正気を保とうとしている。そして生き延びようとしている。なにを考えているにせよ、義父に引き渡されると思いこんでいる。

まだ全貌がはっきりしないが、いままでの話から推測すると、イヴはこう信じきっているようだ。ドノヴァンが彼女を義父に突き出すつもりだと。けれどキャミーとトラヴィスは彼の手もとに置いておくつもりだと。まったくもう、ややこしい。

ラスティは現金の入った袋にレジの金もつめてから、カウンターに置いてそっとイヴのほうにすべらせた。イヴは目にあふれんばかりの後悔をうかべ、縛るから座るようにとラスティに合図した。

「イヴ？　なにがあったのか聞いてもいい？　どういうことなの？　抵抗はしないわ。縛りながら話してちょうだい。それくらい当然じゃない？　あたしはトラヴィスを助けたのよ。あの子のことがすごく好きなの。同じ年だったころのあたしと似てる。あの子のことが心配なの——あなたのことも」

イヴの表情がこわばり、後悔がいくらか消えて怒りに取って代わる。「ドノヴァンは女性と子どもに弱いけど、とくに子どもに弱い」それは何年ものあいだにラスティが何度も耳にした言葉だった。ドノヴァンについてしょっちゅう言われていること。「今回の場合は、キャミーとトラヴィスよ。ドノヴァンはふたりを愛してる。それは信じてる。そうじゃなきゃ、彼のところに置いていったりしないわ。あそこにいたほうが安全だってわかってる。ドノヴァンがふたりを守ってくれる」

つまり、ドノヴァンにとって大切なのはイヴの弟妹だけで、イヴではないと言いたいのだ。ぜったいにそんなはずがないとラスティにはわかっていた。だけど、どうやってイヴに理解してもらえばいい？　いったいなにをまちがったのだろう？　どうしてイヴはラスティの兄をひどく勘ちがいしているのだろう？　彼がキャミーとトラヴィスだけでなくイヴのことも愛しているのがわからないのか？

「みんなが言ってる——みんなが知ってることよ」ラスティが反論する前にイヴが続けた。

「子どもたちは彼の弱点。アキレス腱。わたしは、彼が欲しいものを手に入れるための手段にすぎなかった——巻きぞえを食っただけ。彼がほんとうに欲しかったのは、子どもたちなのよ。家族。そこにわたしはふくまれていない」

イヴは悲しみに声をつまらせ、言葉を切った。全力で涙をこらえているのが見て取れた。

「そんなのばかげてる！　ドノヴァンはあなたのことだって守ってくれるわ！」ラスティはきっぱりと言った。「彼にチャンスをあげればわかるわ。ドノヴァンが手に入れたいのはあの子たちだけじゃない、イヴ。あなたのことだって手に入れたいのよ！」

イヴはラスティの足首をしっかりと縛ってから片方の手をあげた。「やめて！　やめてちょうだい。あなたはドノヴァンの肩を持つでしょうけど、彼の行動に弁解の余地はないわ。あなたは彼の味方をする。当然よ。あなたの家族——お兄さん——なんだから。わたしはちがう。あなたがだれに忠誠をささげてるかわかってる。それはわたしじゃない——そんなはずがない」

「ばか言わないで！」ラスティは噛みつくように言った。「あたしが力になる。なんでも協力するわ、イヴ。一緒に解決しましょう。ドノヴァンがだめでも、あたしに協力させて。こんなふうに出ていっても問題は解決しないって、わかってるでしょう！　あなたはすごくおびえてる。あたしを傷つけたくないと思ってる。まちがいなくあたしを撃ちたくないと思ってる。まったくもう、ずっと謝ってるじゃないの。あなたは札つきの犯罪者じゃないし、まちがいなく精神的に不安定でもない。そんな報道は大嘘よ。あたしはこれっぽっちも信じてない」

イヴの顔から怒りが消えて悲しそうな表情になり、考えこむようにラスティを見つめた。

「あなたを信用できるとしても、あなたを危険にさらすことはできない――そんなことはしない。あなたの言うとおりよ、ラスティ。あなたはトラヴィスに親切にしてくれた。その恩はいつまでも忘れないわ。あなたはやさしい心を持ってる。だけど、あなたに協力してもらうわけにはいかない。危険すぎるもの。わたしの義父は考えるより先にあなたを殺すわ。それに、さっきも言ったけど、あなたは家族に忠誠をささげてる。わたしじゃない」

「ばか言わないで！」ラスティはくり返した。いらいらと歯を食いしばると、あごが痛くなった。「どう思っていようと、あなたが言うようにドノヴァンがあなたを犠牲にするはずがない。ありえない！　どうすれば信じてもらえるの？　ドノヴァンを信じないのなら、せめてあたしを信じてくれない？　だれかを信用しなきゃ、イヴ。だれもひとりじゃ生きてけないのよ。どこかの時点で助けが必要になる。あたしは身をもって知ってる。ケリー家の人たちはすごく頑固で、自分たちの親切を受けないなんて許さなかった。あたしはそのことを神に感謝してる」

イヴはラスティの手首にロープを巻き、背後にまわして縛りながら、かすかにほほ笑んだ。ラスティは首を伸ばしてイヴを見あげた。彼女の言葉が伝わっているだろうか。ああ、イヴをこの店のドアから出ていかせるわけにはいかない。どんな地獄が待っているかわからないのだから。

「ドノヴァンがあなたと同じくらい立派な誠意を持っていればいいのに」イヴは悲しそうに

言った。「ドノヴァンは自分の目的と自分の関心だけに忠実なのよ。今回の場合、彼の関心はわたしの弟と妹よ。彼は冷酷だわ。ええ、自分のものを守るためなら完全に冷酷になる。そこにわたしがふくまれていなくて、わたしを犠牲にするとしても、それは評価する。キャミーとトラヴィスを彼のところに残していく理由はそれだけよ。わたしじゃあの子たちを守れない。ああ、守ってやりたいわ。あの子たちの安全と幸福のためならなんだってする。でも、無理なの。だれしも助けが必要だっていうあなたの言葉は正しいわ。トラヴィスとキャミーにはドノヴァンが必要よ。彼があの子たちを大切にして、ウォルトから守ってくれるってわかってる。その過程でわたしを犠牲にするとしてもね。それがつらいの。だけど、わたしには無理でも、ドノヴァンがあの子たちの面倒を見てくれる――彼なら面倒を見られる――ってわかっていれば、少なくとも安心だわ」

イヴは長いあいだ黙りこみ、ラスティの手と足を縛り終えた。それから立ちあがり、カウンターの上の現金袋に手を伸ばした。

ラスティはイヴの熱のこもったスピーチを理解しようとしていた。イヴの言葉には確信が――そしてあきらめが――あった。イヴがこれほど捨て身の――自分をかえりみない――行動に出るなんて、ドノヴァンはなにをしたのだろうか。イヴは自分が心を許して信頼した唯一の人間の手で義父に引き渡されると完全に思いこんでいる。イヴが感じている苦しみは想像もできなかった。事実かどうかはべつとして、イヴは心の底から信じている。ラスティの胸が張り裂けそうだった。このか弱い女性は、すでにあまりにつらい人生を送ってきた。そして、これが決定打になったにちがいない。イヴは完全に打ちのめされている。希望を失っている。そして不確実な運命に身をゆだねている。

「ひとつお願いがあるの、ラスティ」イヴが感極まって言葉につまりながら、しゃがれた涙声で言った。そしてしばし黙りこんだ。言いたいことをなんとか口にしようとしているのだろう。「わたしがどれだけキャミーとトラヴィスを愛しているか、あの子たちに覚えていてほしいの。わたしが喜んでふたりから離れたと思わせないで。ふたりを幸せにして、愛してあげて。そうすることでわたしの力になってちょうだい」

イヴは店の奥へと歩いていってしまい、ラスティの目が涙でひりひりと痛んだ。これほど無力さを感じたことはなかった。自力で生きなければならず、食べ物を手に入れるのに必死で、生き延びるためにどこまですることになるのかと不安だった、無愛想なティーンエイジャーのときでさえ。

イヴはすっかり打ちのめされていた。意気消沈し、挫折し、重荷をすべて背負って出ていった。ドノヴァンに裏切られたと信じて――完全に信じきって。

ほんとうにドノヴァンが裏切ったのだろうか？　ラスティの背筋に不安がはいのぼってくる。イヴが言っていたように、ドノヴァンが冷酷になれるのはよく知っている。けれど、どれだけ冷酷になれる？　キャミーとトラヴィスを守るために、ほんとうにイヴを犠牲にするつもりなのだろうか？

ラスティはもの思いから我に返り、背中をそらして縛られた足を上に伸ばし、無音警報装《サイレントアラ》置《ーム》のボタンを押した。いまはあれこれ考えこんでいる場合ではない。ドノヴァンがなにをしたにしろ――あるいは、イヴが彼になにをされたと思っているにしろ――いそいで助けを呼ばなければ。イヴをむざむざモンスターの手に渡すわけにはいかない。

ドノヴァンがすでに問題を解決していて、イヴの義父がもう脅威でなくなっていればいいのだけれど。いまやイヴはひとりきりで、無防備で、もっと悪いことに、心から信頼していた男に裏切られたと思っている。

33

イヴが金物店の裏から出てきて、もうひとりの女と乗ってきたジープの運転席に乗りこむのを、ウォルト・ブリッケンリッジは自己満足を覚えつつ眺めていた。

あの金物店の小娘が彼の子どもたちやイヴとかかわりはないと言ったのは嘘だとわかっていた。トラヴィスが数日働いてから姿を消したといううたわごとをうのみにはしなかった。そしていま、ドノヴァン・ケリーが傲慢にもウォルトと会いたいと要求してきた。イヴを渡すから、代わりにトラヴィスとキャミーから手を引くように話をつけたいという。

ケリーは、トラヴィスとキャミーの安全をとても心配しているとたわごとを述べていた。イヴの精神疾患の病歴は知っている、さらに悪化しているから、彼女が自分だけでなく他人にとって危険なのではと――ウォルトと同じように――不安なのだと。

ケリーは同情心に訴える作戦に出た。イヴの問題を哀れみ、ウォルトが妻を亡くしたことに哀悼の意を述べた。イヴが我を忘れて子どもたちを誘拐したことでますます悲しみが増しただろう、ウォルトがどれだけ必死にふたりを取り戻そうとしているかよくわかると。

そして、イヴを差し出すと言ってきた。面倒見のいい義父から必要な助けを与えてやってほしいと。イヴの問題が片づき、子どもたちが家に戻っても大丈夫だと判断したら、トラヴィスとキャミーがウォルトの家に戻ることについて話し合おうと。

まったくくだらない。

彼をばかだと思っているのか？　ケリー家とその独善的なＫＧＩという組織のことは調べてある。

これは罠だ。きっとイヴの嘘と言いがかりに感化されたのだろう。だまされたりはしない。いまイヴが、ばかなくそ女が、彼のもとに転がりこんでこようとしている。おかげで、想像していた以上に簡単に片づきそうだ。とはいえ、イヴはもともと頭のいい人間ではない。まぬけで、頑固。それに、賢くはない。はるかにすぐれた彼の知性にかなうはずがない。だからこうしてイヴは見つかった。

これで、もっとも望んでいたものが手に入る。復讐。イヴには自分がしたことの報いを受けさせてやる。だれも彼女の理不尽な言いがかりを信じないように、施設に収容する。そのあとで、ケリーから子どもたちを取り戻そう。自分には彼らの想像をはるかに超える力がある。金があれば多くの特権を買える。それに、必ず守ってもらえる。

イヴにはどれも無理だろう。罰を受ければ、二度と彼に歯向かおうとは思わないはずだ。そして彼女の口から謝罪を聞くことになるだろう。それからその口に彼のペニスをくわえさせてやる。

とりあえず、キャミーとトラヴィスのことはあとまわしでいい。満足感を覚えつつ、ウォルトは車に乗りこんだ。当面の目標に意識を集中させる。イヴ。彼女を好きにできると思うと、血管に恍惚感が広がっていく。一秒一秒を堪能してやる。イヴは？　彼ほど楽しむことはないだろう。だが、彼女の気持ちはどうでもいい。ずっとそうだった。

イヴを苦しめてやりたい。

哀れなほど弱かった母親とはちがって、イヴには手加減したりしない。母親を殺すのはあまりに簡単だった。まったく挑戦のしがいがなかった。片やイヴは、彼が想像していた以上に挑戦のしがいがあるとわかっている。かつては甘く見ていた。同じ過ちは二度とくり返さない。

イヴを殺したりはしない。母親みたいに殺してしまっては簡単すぎる。イヴには報いを受けさせたい。受けさせてやる。イヴが目を閉じるときに見るのが彼であってほしい。夢で見てほしい。逃げられないとわからせたい。彼女の運命は彼の手でがっちりと握られているのだと。

満足げに薄ら笑いをうかべながら、店から見えない場所に止めていた車を出し、ジープのあとを追った。

イヴは慎重に車を走らせている。スピードは出していない。当然ながら、不必要な注意を引いたり、警察に呼び止められる危険をおかしたりしたくはないのだろう。そうなったらこちらの計画まで台なしだ。警察とかかわりたくはない。ここでは影響力も権力もないのだ。

衝突。乗り捨てられた車。イヴが衝突事故を起こして逃げたように見せよう。それから、ドノヴァン・ケリーと会って、ドノヴァンのルールに従おう。とりあえずは。イヴを片づけ、けっして見つからず記録にも残らない場所に収容してから、子どもたちを取り戻そう。

イヴは単に姿を消したことになる。世の中に大勢いる失踪者のひとり。行方不明になっても、彼女が逃亡者で精神を病んでいるせいだと片づけられる。ケリーたちは調査するだろうが、彼らでさえイヴの居場所を突き止められないはずだ。

イヴを永久に追い払ってしまえば、どんなものもウォルトが子どもたちを取り戻すのを止められない。

イヴに協力したトラヴィスにも報いを受けさせるが、キャミーをネタに脅せば、服従するだろう。キャミーに危害を加えさせるようなまねはしないはずだ。その点ではイヴと似ている。やはりあの弱くて愚かな母親の子だ。だが、キャミーはまだ幼く、簡単に望みどおりに育てられる。トラヴィスが大人になって、言うことを聞かなくなったときには、そう、ブリッケンリッジ家はふたたび悲劇に見舞われる。トラヴィスはイヴが診断されたのと同じ精神疾患を発症することになる。母親から受け継がれた不幸な遺伝的性質。そして、キャミーとふたりだけになったら、彼女を完璧な娘に仕立てあげよう。

34

店の裏からがやがやと騒ぎが聞こえると、ラスティはほっと大きなため息をついた。彼女が作動させた警報で警察が駆けつけてくれたのだろう。だが、状況もわからないまま店の正面から堂々と入ってくるはずがない。

「こっちよ！」ラスティは叫んだ。「大丈夫。ラスティ・ケリーよ。父のフランク・ケリーがこの店のオーナーなの。レジカウンターのうしろで縛られてるんだけど。ここにいるのはあたしだけよ」

その言葉を素直に受け取ってもらえることはないだろう。おそらく、頭に銃を突きつけられて、そう言えと強制されていると思われるにちがいない。だけど、少なくとも彼女の居場所がわかれば、少し早く事態が進展するかもしれない。

なんとか体を起こし、せめて立ちあがろうとした。そうすれば、警察が店内に入ってきたときに彼女がひとりだとわかるだろう。カウンターによりかかればいい。立てればだけど！

そのためには何度も身をよじったり脚を曲げたりしなければならなかったが、とうとう立ちあがった。しかしすぐにすぐに倒れそうになり、体を横に傾けてカウンターで支えようとした。あばらがカウンターの縁に直撃し、顔をしかめる。

息を吸って気をしずめながら、もう一度呼びかけた。「ここよ。あたしひとりだけ。レジカウンターのうしろに立ってる」

しばらくして、裏からショーンが現れた。銃をかまえ、きびきびと最短の道を通って進んでくる。すばやくラスティのほうを見やり、目に安堵がよぎったかと思うと、銃をしっかりと握ってかまえたまま、すぐにあたりに目を走らせた。

どうやら危険はないと判断して満足したらしく、大またでカウンターのうしろにやってきた。ラスティが手足を縛られているのを見て、目に怒りがうかぶ。

「なんなんだ？」ショーンはうなった。「いったいなにがあった、ラスティ？　怪我をしたのか？　あのくそ野郎に傷つけられたのか？」

「大丈夫よ」ラスティは落ち着いた声で言った。「でも、ショーン、いそいでイヴを見つけて。すごく危険なの」

ショーンは眉をひそめながら、ラスティの手首を縛っているロープを引っ張ってほどきはじめた。彼女の両手が自由になると、すぐにショーンはひざをつき、脚のロープをほどいた。そのあいだ、ラスティはしびれた指をこすって感覚を戻そうとした。

ロープをほどき終えると、ショーンはラスティの肩をつかみ、まっすぐ自分のほうを向かせた。

「なにがあった？　全部話せ。一語だって省略したりするな」

そこで少し言葉を切り、ますます鋭い目でラスティを見つめる。

「ほんとうに大丈夫なのか？　ちくしょう、ラスティ。めちゃくちゃ怖かったぞ。てっきり

「……」

言葉が途切れ、頭を左右に振る。言いすぎたか、あるいはよけいなことを言おうとしていたのか。

「話すと長くなるし、手短に説明する時間しかないけど、ええ、あたしは大丈夫よ。彼女に傷つけられてないわ」

「彼女？」ショーンはいぶかしげに聞いた。

「イヴよ」ラスティはぼそぼそと言った。ショーンは激怒するにちがいない。

ショーンの目が怒りで険しくなる。「イヴがおまえを縛って、店に置いていったっていうのか？　どうやって？　それに、なぜ？」

ふとショーンはまだ開いたままのレジに目をとめ、それから大きく開け放たれた金庫を見おろした。

「まさか」と首を横に振りながら言う。「ありえない。イヴが金を盗んだ？」

「銃を突きつけてね」ラスティはぼそぼそと言った。

ショーンは真っ青になった。床に倒れるとか、ばかなことをするのではとラスティは一瞬だけ不安になった。ショーンのひざが折れ、ふたたびラスティに触れようと手を伸ばしてきた。手でそっと彼女の顔に触れ、指先が頬骨のあたりをやさしくかすめる。

それから目を閉じ、ふたたび開けたとき、そのまなざしは不安そうで、後悔に満ちていた。

「ヴァンがショックを受けるぞ」と静かに言う。

ラスティは息を吐いた。「あんたが知らないことがたくさんあるの。ていうか、あたしにもわからない。だけど、すぐにドノヴァンに知らせないと。このことを聞いたら、正気を失っちゃう。今日、イヴの義父のことをどうにかするつもりだったみたい。どんな計画だったにしろ、もう片づいていればいいんだけど。さもなきゃ、イヴの身が危ないわ」

ショーンは目を細めた。「おまえに銃を突きつけて、店から現金をすべて奪った女のことをすごく心配してるみたいだな」

「複雑な話なの」ラスティはため息をついた。

「じゃあ、わかるように全部話してくれ」

ラスティは今朝の出来事を短く要約して説明した。ドノヴァンの家に入っていって、気がつくとイヴに銃を向けられていたところから話した。だが、終わりにさしかかると、言葉を切ってショーンの腕をつかんだ。

「イヴはドノヴァンに裏切られたと思ってるわ、ショーン。なんでそんなふうに考えたのか見当もつかない。でも、あんたは彼女を見てないし、彼女の言葉を聞いてない。イヴはずっと謝ってたのよ。あたしのジープを奪うこと。会ったこともない男性からお金を盗むこと」

「おい、待て。ちょっと話を戻してくれ。イヴはドノヴァンが彼女を義父に渡すつもりだと思ってるのか？」

ショーンは仰天していた。ラスティも、イヴの非難の言葉を聞いたとき同じ気持ちだった。

「イヴはそう信じきってる」ラスティは静かに言った。「ああ、ショーン。イヴが気の毒だわ。打ちのめされてた。すっかり意気消沈してた。ドノヴァンを愛してるのに、彼に裏切られたと思ってる──そう信じてる」

「そんなのありえない」ショーンは異を唱えた。

「あんたとあたしは、そうじゃないってわかってる。だけど、ショーン、イヴは本気でそう信じてる。なんでそんなふうに思ったのかわからないけど、イヴの目はそう信じこんでた。声からもわかった。打ちひしがれてたし、トラヴィスとキャミーを置いていくことにもっと打ちひしがれてた。それなのに、ドノヴァンがあの子たちを守ってくれるって信じてた。自分はドノヴァンが欲しいものを手に入れるための手段にすぎなかったって考えてる。彼がほんとうに欲しいもの。子どもたち。家族。そこに自分はふくまれてないって。あのね、ショーン、あのときのイヴを見て話を聞いてたら、彼女がしたことに腹を立てられないはずよ。イヴはあたしを撃つつもりなんてなかった。うっかり撃っちゃうんじゃないかって、あたしはそっちのほうが心配だった。あたしが力になるって言ったの。力になりたかった。あんなに苦しみに満ちた目を見ていられなかった。息が止まりそうだったわ。そしたら、イヴはなんて言ったと思う？」

「なんて言ったんだ？」ショーンはやさしく聞いた。

ラスティはショーンに抱きよせられていたことに気づいていなかった。いまでは安心させるように背中をさすっている。腕の中に抱きしめてくれたらいいのにと、ばかげたことを考えた。だが、そのつかの間の愚かな考えを追い払い、目の前の問題にふたたび集中した。

「協力してもらうわけにはいかないって言ったの。あたしを巻きこんだりしないって。危険すぎるから。あたしの身になにが起こるかわからないから。どうして弟と妹を置いてくのかってたずねたら、義父とドノヴァンのどっちと一緒にいてもらいたいかって聞かれたわ。義父がふたりを傷つけるのはわかってるけど、ドノヴァンはふたりを愛して守ってくれる、それ以外のことをするなんてこれっぽっちも思ってないって。たとえ彼が思い描いている家族に自分がふくまれてなくても。もう、ショーン。イヴが出てったのは、ドノヴァンが取引をするつもりだと思ったからよ。子どもたちの代わりにイヴを渡すと。ドノヴァンが手に入れたいのは子どもたちで、イヴは巻きぞえを食っただけだって、心から信じてる。そう思うと胸が張り裂けそう」

今回はショーンはラスティを腕の中に引きよせ、やさしく抱きしめた。髪に息がかかるのを感じ、ラスティは目を閉じてショーンの体のぬくもりに——心地よさに——ひたった。

「ドノヴァンが打ちのめされちまう」ショーンが厳しい口調で言った。「どのくらい前にイヴは出ていったんだ、ラスティ？　どれだけ経ってる？」

「イヴが出てってすぐに警報ボタンを押したの。五分くらいであんたが来たから、そんなに遠くには行ってないはずよ」

「わかった。おれはおまえのジープとイヴの捜索指令を出して、可能なかぎり人手を集めて、なるべく早くイヴを見つける」

「ありがとう、ショーン」ラスティはやさしく言った。

彼女が体を引いたとき、ショーンは困惑して眉をひそめていた。

「なんで礼なんて言うんだ？　おれは自分の仕事をしているだけだぞ」

ラスティはかぶりを振った。「イヴがしたことを知っても、すぐに結論に飛びつかなかったでしょう。逮捕状を出さずに、イヴを捜してくれる」

ショーンは目を細めた。「おれがそんなに器の小さな男だと思うのか、ラスティ？」

ラスティはいっそうきっぱりとかぶりを振った。「そうじゃない。だけど、あんたはおまわりでしょう、ショーン。イヴを逮捕するのが務めじゃない。イヴは悪いことをした、とうか、罪を犯した。誘拐。武装強盗。ほかにも、考えたくもないけど、いくつも容疑がかけられる。ほかの人だったら、あたしの話なんか聞かなかったでしょうし、信じてくれなかったはずよ。法律に従って、イヴが見つかりしだい逮捕してたわ。でも、あんたはそんなことしない。事実がすべてわかるまでは」

35

「気に入らないな」ドノヴァンはウォルト・ブリッケンリッジが車で走り去るのを眺めながら、厳しい口調で言った。意見を求めて兄弟たちのほうを向く。みな、ドノヴァンと同じく納得していないようだった。

あまりに簡単すぎた。ウォルトは見くだすように気取った笑みをうかべており、まちがいなくドノヴァンたち全員をあざ笑っていた。傲慢なのか、それとも、ドノヴァンはパズルの大きなピースを見逃しているのだろうか？

「家に帰る。心配だ。イヴとキャミーとトラヴィスが無事だとたしかめたい。家を出たとき、イヴは具合がよくなかった。今日いい知らせを持って帰れば、心配させずにすむと思ったんだが、いまじゃなんて伝えればいいかわからない」

「おれたちが必ずやつを倒す」ギャレットが断言した。「やつがボロを出したら、おれたちがぶっつぶす」

「それまでは、イヴと彼女の弟妹を慎重に見守っていないと。あいつがイヴたちを捕らえようとしないはずがない。傲慢すぎる。自信がありすぎる。どんなものも自分には手出しできないと思ってる。おれたちも。法も。だれも。それに、あのクズ野郎が動かせる警察官は何人もいるはずだ。それも階級が上のやつらだろう。だから、イヴが警察に助けを求めても、どうにもならなかったんだ」

「なにもかも最悪だな」ジョーが顔をしかめて言う。

チームのだれもがジョーと同じように感じているみたいだった。

「女嫌いなのよ」スカイラーが意見を述べた。

全員が驚いて彼女のほうを向く。

「おまえがまちがってるって言うつもりはないが、なんでそう思うんだ？」ジョーがチームメイトにたずねた。

「わかりきったことだ」エッジがうなるように言った。「スカイラーがいることに腹を立ててた。彼女が力を持っていることに。彼女があいつのケツを蹴飛ばそうと思えばそうできることが気に入らないようだった」

スカイラーはかすかに口角をあげてほほ笑みをうかべた。「そういうこと。さげすむような目でわたしを見てたし、わたしが平然としてると、むかついてた。わたしがあいつにおびえたりしないってわかると、ますます腹を立てた。女は下等だと思ってるのよ。奥さんも。イヴも。たぶんキャミーも。だけど、奥さんやイヴとはちがってキャミーには執着してる」

「精神科医みたいな口ぶりだな」ネイサンがつぶやいた。

ドノヴァンはほほ笑んだ。ああ、ネイサンは精神科医が苦手なのだろう。何カ月も捕らわれて拷問されたあとで、家に戻ってきてから、大勢の人間がネイサンの心を分析したがったのだ。

「心理学を専攻してたの」スカイラーが楽しそうに言った。「サムは知ってるわ」

ネイサンは兄をにらみつけた。心理学の学位を持つ女をネイサンのチームに雇ったのは裏切りだと言わんばかりに。

サムはくすくすと笑った。「心理学の学位があるから彼女を雇ったわけじゃない。腕が立つから雇ったんだ」

「そのとおりだ」エッジが擁護した。

スカイラーはエッジに鋭い視線を向けた。そのまなざしは彼の擁護は必要ないと言っていた。ふたりはいまではルームシェアをしており、仲のいい友人になっていた。でこぼこコンビの典型だ。エッジは山のような大男で、筋骨隆々で、タトゥーをしていて、もの静かだが、スワニーと同様、口を開けばみな注目する。

スカイラーはエッジとは正反対だ。明るくて活発。陽気な性格。自分の二倍の大きさの男でも倒せることを実際に知らなかったら、ドノヴァンは彼女を生意気だと思っていただろう。だがどういうわけか、きっかり二秒で男を倒して命乞いをさせるような女は生意気とは言えなかった。

チアリーダーが女ランボーになれるのか？　もしそうなら、スカイラーはそのあだ名にふさわしい。チアリーダーに例えられていることを知ったら、屈辱かもしれないが。侮辱しているわけではない。だが、そう受け取る女もいる。チアリーダーはすばらしいアスリートだ。みごとに技を決めなければならないのだから。

「それで、ウォルトはどうする?」サムがもっとも重要な話に戻って聞いた。ドノヴァンの家族の安全について。

「取引だと認められるような行動に対してはいまいましいくらい慎重だった。子どもたちの代わりにイヴを差し出すという話に対してな」イーサンが言った。「おれたちがやつをはめようとしてるって気づいてるはずだ。おれたちが心配してるなんて信じてなかった。だがいっぽうで、ふつうの父親だったら、子どもたちを家に帰す前にイヴに治療を受けさせるべきだと言われて、あんなに冷静に同意するはずがない。あっさり同意する親がいるか? 本気で返してほしかったら、警察をおれたちにぴったりと張りつかせているはずだ。一週間バッジの跡が残るくらいに」

「そのとおりだ」ドノヴァンはきっぱりと言った。「やつは警察にかかわってほしくないんだ。だが、自分の罪を認めるようなことをしたり言ったりはしなかった。おれたちの気遣いに感謝して、イヴに必要な助けを与えることが最優先だと同意した。ふざけてる。父親なら、真っ先に自分の子どもたちの無事をたしかめるはずだ。ふたりに会わせろと要求するのが当然だ。それから、ふたりを取り戻すためにおれたちの要求に同意するものだろう。それなのに、『また連絡する』なんてたわごとを残して帰っていった? 考える時間が必要だとでもいうのか?」

「それどころか、計画を立てる時間が必要だという様子だった。イヴと子どもたちを手に入れる計画。イヴを罰する。子どもたちを自分の支配下に取り戻す。ついでに言うなら、イヴも」ギャレットがぶつぶつと言った。

「そんなことはさせない」ドノヴァンはうなるように言った。

「それで、計画は？」スカイラーがたずねる。

ドノヴァンはネイサンとジョーを見てから、チームメイトのスワニーとエッジとスカイラーに目を向けた。「つねにやつを見張っていたい。小便をするときもな。電話を盗聴して、ほかにも盗聴器と追跡装置を仕込む。とにかくなんでもやるべきことをやるんだ。いますぐに。あいつを見つけて、おれたちがぴったりとやつに張りつくんだ。やつにもおれが朝食に食べたものの味がわかるくらいに」

「おふくろの家に集まろう」サムが言った。

「なんでだ？」イーサンが強い口調で聞いた。

「居住地は安全だ。だが、おふくろと親父はまだ外に住んでる。事情を説明して、きちんと守れるようにしておきたい。居住地に引っ越してくるまでは、おれたちに攻撃を仕掛けたがっている連中の標的になってしまう。向こうで落ち合って、次の計画を立てよう。ウォルトのような傲慢なやつでも、KGIメンバーでいっぱいの家に攻撃しようとは思わないだろう。だが、やつはすでにおれたちの弱点を突き止めようとしているはずだ。おふくろと親父はおれたちの大きな弱点だ。ふたりが狙われたら、危害を加えさせないためにおれたちはどんな要求ものんで言いなりになるだろう。そういうわけで、向こうで落ち合おう。ちゃんと守れるようにしておくんだ。ウォルトはネイサンとジョーのチームに見張らせればいい」

「サムに賛成だ」ドノヴァンは言った。「おれはイヴとキャミーとトラヴィスのところに戻る。サム、キャミーをソフィのところに預けてもいいか？　トラヴィスはもう大きいし、なにが起きてるか、おれたちがどんな状況に対処してるか、知っておくべきだ。だが、キャミーは理解するには幼すぎるし、怖がらせたくない。イヴには――トラヴィスにも――すべてを説明しなきゃならない。昨日、話し合いで決めたことをイヴに話すと約束したんだ。だが、イヴは気分がよくなく、話せなかった。精神的にまいりかけてる。ストレスと恐怖のせいだろう。イヴが苦しんでるのが腹立たしい」

サムが顔をしかめた。居住地には妻たちしかいないことを思い出したのだろう。たとえ厳重な警備が敷かれていても、妻だけにしておきたくはないはずだし、兄弟たちの表情から、同じことに気づいたのがうかがえた。

「スティールとコールとP・Jに電話する。居住地に来て、妻たちについていてもらうように頼もう」とサム。「ドルフィンとベイカーとレンショーが近くにいるなら、あいつらにも来てもらえばいいが、コールとP・Jは遅くても三十分で来られる」

「名案だ」ギャレットが厳しい口調で言う。「妻たちだけにしておきたくはないが、彼女たちをこのごたごたに巻きこみたくない。おふくろと親父を巻きこむことになるだけでも厄介なのに」

「ふたりが居住地に引っ越してくれれば、すぐに安心できるさ」イーサンが言う。

ほかの者たちも同意してうなずいた。

「ラスティも来させたほうがいいだろうな」ネイサンが愉快そうに言った。「今回の件には私情をはさんでるし、おれたちがだめだと言っても、首を突っこんでくるぞ。おとなしく妻たちと閉じこめられたりしないだろう」

ドノヴァンはくすくすと笑った。「ああ、ラスティも呼ぼう。あいつはイヴとトラヴィスを気に入ってる。イヴたちもラスティを気に入ってる。今日はストレスが多くなりそうだし、少なくともラスティがイヴたちの気をまぎらわせてくれるだろう」

ジョーが鼻を鳴らした。「そうするしかないな」

「行くぞ」ネイサンが命令口調で言った。

大きな成長を遂げたネイサンがドノヴァンは誇らしかった。弟はいそいで大人にならざるをえなかった。まだ陸軍にいたとき、ネイサンもジョーもいろいろな意味で横柄な子どもだった。だが、ネイサンは捕虜になって行方不明兵士のリストに入れられ、ジョーは被弾して脚の骨が粉々になった。

ちょうど海外勤務が終わるころで、ふたりは退役して兄たちとＫＧＩで働くことになっていた。ネイサンを取り戻せるだろうかと、ドノヴァンは何度も不安になった。ほんとうの意味で取り戻せるかと。

だが、こうしてここにいる。ネイサンもジョーも。自分たちのチームの指揮を執っており、その様子はまさに立派なリーダーだった。リオとスティールのあとに続くのは楽ではないが、じきにネイサンとジョーはふたりと肩を並べるようになるだろう。

「なんでだれも電話に出ないんだ？」

声にくるりと振り返ると、ドノヴァンたちがウォルトと会っていたレストランにショーン・キャメロンが大またで入ってくるのが見えた。ショーンの表情を見て、ドノヴァンの血が冷たくなり、兄弟たちは背筋を伸ばした。ひとり残らず緊張して、すぐに動けるように身がまえた。

「大問題が起きた」ショーンが簡潔に言った。「ウォルトは片づいたのか？　追っ払ったのか？」

「いや」ドノヴァンは用心深く答えた。恐怖で内臓が殴られる気がした。「片づいてない。どうしたんだ？」

「イヴだ」ショーンは吐き出すように言った。「おまえの家に行ったラスティに銃を突きつけた。無理やり車で居住地から金物店まで連れていかせて、金庫とレジの金を全部出させた。それからラスティを縛って、レジカウンターのうしろに残して、ラスティのジープを奪った。ああ、そうそう、トラヴィスとキャミーはおまえの家に置き去りにしてな」

36

トラヴィスはイヴがドレッサーの上に残していった手紙をまったく信じられない気持ちで読んでいた。両手がわなわなと震えている。キャミーがまだ眠っていてよかった。どうすればいい？　イヴはふたりを置いていった。イヴが平気でふたりを見捨てたとはこれっぽっちも信じていない。手紙に書いてある嘘も信じていない。ドノヴァンといたほうがいいとか、自分のことは心配しないでくれとか。

別れの手紙。言葉の端々からもう会えないことが——悲しみが——伝わってきて、胸が痛くなった。イヴが心配だった。父親に見つかったら？　すでに見つかっていたら？　そう思うと体じゅうがとてつもなく冷たくなった。

ここなら守ってもらえる。ドノヴァンがイヴの身になにも起きないようにしてくれる。ひとりで出ていくなんて、なにがあったのだろう？

イヴがトラヴィスとキャミーを守ろうとしているのはわかっている——ずっとそうだった。だけど、どうして出ていったのだろう？　意味がわからない。どうしてこんな捨て身の行動に出たのだろう？　彼が知らない事情がある？　なにを秘密にしている？

そのとき、ラスティが彼の部屋に飛びこんできて、ベッドをさっと見やった。それから、トラヴィスの表情と彼の手の中の手紙に気づき、顔をしかめた。

ラスティ？」

「あなたはなにを知ってるの？」トラヴィスは問いつめた。「イヴの居場所を知ってるの、ラスティ？」

ラスティはため息をついた。「いいえ、ごめんなさい、知らないの。でも、見つけるわ、トラヴィス。ぜったいに見つけてみせる。いまショーンがドノヴァンに知らせてる。言っておくけど、任務中の兄たちは見るもおそろしいんだから」

「どういうことなんだ？」トラヴィスは声にいら立ちをにじませて言った。ほとんど抑えきれなかった。不安だった。三人だけで、つねにびくびくしながら、いまにも見つかるのではと不安をかかえて逃げていたときよりも怖かった。

ずっと三人一緒だった。それがいまやイヴは行方がわからず、トラヴィスとキャミーはドノヴァンとここに残って、イヴがいないのに幸せな人生を送れだなんて。

そんなのくそくらえだ。これで安全だというのなら、安全なんていらない。家族そろって――イヴと――危険をおかしたほうがましだ。たとえそれが一生逃げ続けることだとしても。

トラヴィスの動揺を感じ取ったのか、ラスティが肩に手を置いた。「必ずイヴを見つけるわ、トラヴィス」

意気消沈してラスティを見たとき、キャミーがもぞもぞと動いて静かに声をあげた。

「トラヴ？」

トラヴィスはラスティに厳しい視線を向け、キャミーにはなにも言わないでくれと無言で伝えた。できるなら、キャミーにはぜったいに知らせたくない。イヴは見つかるはずだ。彼女がいない口実を考えよう。姉が自分たちをドノヴァンに預けて出ていったことをキャミーは知らなくていい。

いまだにまったく信じられなかった。胸がむかむかし、全身全霊でウォルト・ブリッケンリッジを呪った。あの父親の血を引いていると思うと吐き気がした。血のつながりがあるなんて。どうしてあんなモンスターから生まれたのだろう？　自分はどんな人間になってしまうのか？

いや、ぜったいに彼みたいにはならない。その前に死んでやる。父親みたいにほかの人を傷つけたりしない。

トラヴィスがベッドに歩いていくと同時に、ラスティの携帯電話が鳴った。電話に出たラスティの目が驚きで見開かれる。それからただ「わかった、準備してここで待ってる」と言った。

トラヴィスはキャミーを抱きあげると、ラスティを見て無言で問いかけた。

「ネイサンとスワニーとスカイラーがあたしたちを迎えに来るって」ラスティは静かに説明した。「スワニーのことは覚えてるでしょう？」そこでキャミーのほうを見てから、トラヴィスに視線を戻し、無言で意図を伝えようとした。

情報を聞き出せないこと、なにが起きているのか、姉が見つかったのか聞けないことがいら立たしかったが、そんなことをしてキャミーの心を傷つけるわけにはいかなかった。

ラスティが歩いてきてキャミーにほほ笑みかけた。「あたしが着がえを手伝ってあげる。三人があたしたちを迎えに来て、あたしの両親のところに連れてってくれるって。あなたのおじいちゃんとおばあちゃんよ」ラスティはトラヴィスとキャミーの祖父母だということを強調して言った。

トラヴィスの目が涙でひりひりした。彼らは家族じゃない。家族はイヴだ。イヴがいなければ、なんのつながりもない。彼のことを無条件で愛してくれる人、すべてを犠牲にしてくれた人はほかにだれもいない。

キャミーはラスティの言葉に喜んでいるようだった。そして急にあることを思いついたのか、顔を輝かせた。

「シシーも来る？」

ラスティはほほ笑みながら肩をすくめた。「わからないけど、家族全員が来るんじゃないかしら」

そこで、イヴの話が出ていないことに気づいたのか、キャミーの興奮が小さくなった。

「イヴィはどこ？　イヴィは行かないの？」

キャミーは無意識に親指を口に入れ、不安そうにトラヴィスとラスティを交互に見た。

「ドノヴァンが連れてくるよ」トラヴィスはきっぱりと言った。「さあ、ラスティに着がえを手伝ってもらって、おじいちゃんとおばあちゃんに会いにいこう」

「もう一度言ってくれるか？」ドノヴァンは有無を言わせない口調で聞いた。

そして若い保安官代理を穴が開くほどにらみつけた。こんな知らせは聞きたくなかったが、それと同じくらいショーンも説明したくないようだった。

兄弟たちとチームのメンバーたちはみな、本気でわけがわからないという表情をうかべていた。それから、同情の表情に変わった。みな、まんまとしてやられた人間を見るような目でドノヴァンを見ている。

知るか。ありえない。ショーンが言っていたようなことをイヴがするはずがない。

「聞こえただろう」ショーンは疲れた口調で言った。「困ったことに、イヴはおまえに裏切られたと信じこんでたってラスティは断言してる。あいつは本気で怒って、いら立ってた。力になりたかったのに、イヴではなく家族に忠誠をささげていると言われたんだ。それと、イヴはラスティを危険な目にあわせたくないと言ってたそうだ。しかも、ラスティのジープを奪うこと、あいつを縛ること、面識のない男から金を盗むことを謝ってたと。札つきの犯罪者のすることじゃないだろう？」

ドノヴァンは首のうしろに手を置き、目を閉じた。「なんてこった。イヴはおれに裏切られたと思ってるのか？　いまイヴはどこなんだ、ショーン？　手がかりはあるんだろう。なんでもいいから」

「どのくらい前のことだ？」ギャレットが噛みつくように言う。「いつ起きたことなんだ、ショーン？」

ドノヴァンは驚いてぱっと顔を向けた。たしかにギャレットは怒っているが、イヴに腹を立てているわけではないようだ。実際、ほかの兄弟たちも、ネイサンとジョーのチームメンバーも、ただ……不安そうな顔をしている。

「一時間以上前だ」ショーンは暗い表情で言った。「ラスティが作動させた警報で駆けつけて、あいつの無事を確認してから、ドノヴァンの家に向かわせた。トラヴィスとキャミーだけにしておきたくなかったからな。それから、すぐにラスティのジープとイヴの捜索指令を出した。イヴが指名手配されていることは知らせてない。ただ行方不明者として報告した」

ドノヴァンにはギャレットの質問の意図がわかっていた。部屋にいる全員の目に同じ考えが反映されていた。

あのうぬぼれたくそ野郎はすでにイヴを捕らえているのだ。だから、ドノヴァンと兄弟たちと会ったとき、好きにしろという態度だったのだ。すでにイヴをさらって、自分がすべての切り札を持っていると思っている。なにも知らないふりをして、つまるところ、固いアリバイを作ったのだ。ドノヴァンと一緒にいて、〝家族〟のことをいちばんに考えて行動していたと。実際にはずっとイヴを捕らえていながら。

「しっかりしろ」サムがささやき、ドノヴァンに手を差し出した。

ドノヴァンはふらついたことに気づいてもいなかった。ひざに力が入らず、その場で倒れないように、サムが差し出した手をつかまなければならなかった。

「やつはイヴを捕らえたんだ」ドノヴァンはしゃがれ声でわかりきったことを口にした。

「トラヴィスとキャミーのところに行かないと。ふたりはショックを受けているはずだ。なんてこった。おれのせいか？　どうしておれに裏切られたなんて思うんだ？」

すっかり困惑した声になっていたが、どうすることもできなかった。心のどこかでは、激怒するべきだとわかっていた。イヴはラスティを脅したのだ。ラスティと父親から盗みを働いた。そして自分の身をこれほど大きな危険にさらしたのだ。だが、胸が痛むほどのおそろしい恐怖しか感じられなかった。それと、イヴを失うのではないかという不安。

「家族を全員呼び集めて、一時間以内に親父とおふくろの家で会おう」サムが言った。「ショーン、できるだけ人手を集めて捜索に当たってくれるか？　ウォルト・ブリッケンリッジにも捜索指令を出してくれ。この州から出ていかせるわけにはいかない。カリフォルニア州警察と、やつが住んでる街と郡の警察にも知らせろ。どんな話をでっちあげてもいい。とにかく出動させろ」

ドノヴァンはうなずいた。まだ理路整然と話せなかった。ただなにも理解できなかった。イヴは彼に裏切られたと思っている。それなのに、キャミーとトラヴィスを彼のもとに置いていった。弟妹を守るためにイヴがどこまでやるか、わかりすぎるほどわかっている。ドノヴァンを悪人だと思っても、彼を信頼して世界でいちばん愛するふたりを託した。

理解できない。

「行くぞ。兄貴は運転するな。おふくろの家に行って、事情を説明して、全員が集まるのを待ってろ。おれがラスティと子どもたちを迎えにいく」ネイサンが言った。

それから弟はスカイラーのほうを向いた。「一緒に来てくれ。スワニー、おまえもだ。キャミーはスワニーになついてるし、スカイラーのことは怖がらないだろう。エッジ、おまえを見たらキャミーはめちゃくちゃおびえちまう。おまえとジョーは妻たちを迎えにいってくれ。必要以上に不安がらせないようにして、おふくろの家に全員集まってからすべて説明すると伝えろ。何度も説明する必要はない」

「行くぞ、ヴァン」イーサンが静かに言った。「おふくろの家に行って、なにが起きてるのかみんなで考えるんだ。少なくともトラヴィスとキャミーが無事だとわかれば、少しは気が楽になるはずだ」

37

フランクとマーリーンの家には厳しく張りつめた雰囲気がただよっていた。ネイサンとスワニーとスカイラーがラスティとトラヴィスとキャミーを連れて到着したとたん、マーリーンがすぐに子どもたちをキッチンに連れていって座らせ、少し前に到着していたシャーロットと一緒に食事をさせた。

最後にショーンが到着して大またで入ってきた。ドノヴァンは保安官代理の顔を見た瞬間、よくない知らせだとわかった。

「ラスティのジープを見つけた」ショーンは厳しい口調で言った。「町外れの国道79号線でぶつけられてた。見たかぎり、うしろから追突されて、溝にはまったみたいだ。助手席のドアが開いてたが、エアバッグは作動してない。バッグは残ってて、金物店の金と、宝石と、ほかに少し荷物が入ってた」

「イヴになにを言ったの、ドノヴァン？」ラスティがほとんど叫ぶように聞いた。

みな驚いてラスティを見つめる。怒りと悲しみのこもったラスティの声にドノヴァンは面食らった。もっともだが、なぜ彼に感情をぶつけるのだろうか。きっとイヴと同様、ドノヴァンがなんらかの形でイヴを裏切ったと思っているのだろう。

「あんたはイヴを見てないし、彼女から話を聞いてない。でも、あたしはちがう」ラスティは憤然として言った。「イヴはあんたが彼女を義父に引き渡すつもりでいるって考えてた。ううん、信じてた。取引みたいなものだって。自分はあんたがほんとうに欲しいものを手に入れるための手段にすぎないって言ってた。子どもたち。イヴのいない家族。それから、あたしたちが何年も口にしてきたことを言ってた。あんたは女性と子どもに弱いけど、とくに子どもに弱いって。あんたが欲しいのはイヴじゃなくて子どもたちで、彼女を義父に引き渡すつもりだったって信じきってる。それでも、トラヴィスとキャミーをあんたに託した。あんたが彼女にどんなことをしたとしても、ふたりを心から愛して大切にしてる、命をかけて守ってくれるって信じてたから」

「なんでイヴはそんなふうに考えたんだ？」ドノヴァンは感情を爆発させた。「ちくしょう！おれがそんなことをするはずがないだろう。おまえは信じてないみたいだけどな」

「なにを信じればいいのかわからない」ラスティは涙で声をつまらせて言った。「わかるのは、あたしが見たのはやけくそになって、おびえてて、打ちのめされた女だったってことだけ。信頼してたたったひとりの人間に裏切られたって心の底から信じきってた。あんたよ」

ドノヴァンは答えることもできなかった。すっかりあっけにとられていた。第一に、イヴがそんなふうに考えていること、第二に、ドノヴァンがそんな卑劣なことをすると、家族の一員が一瞬でも考えていること。

「ドノヴァン」

わけがわからず爆発しそうになりながら、ドノヴァンはソフィのやさしい声に振り向いた。

ソフィの目は赤く、涙がにじんでいた。妻たちも全員集まっていて、今回のことで深く動揺していた。だが少なくとも、ソフィの目に非難はない。ただ悲しみと不安だけ。

「わたし、なにが起きたのかわかるかも」ソフィはつらそうな声で言った。「昨日、イヴと子どもたちをわたしの家に連れてきたでしょう。わたしたちは買い物をして、あなたは兄弟たちと自宅でイヴの状況について話し合うことになってた」

「ああ、覚えてる」ドノヴァンは言った。早く要点を話してもらいたかった。

「イヴは話し合いに加わっちゃいけないって言われたことを気にしてて、不安になってた。彼女の未来を決めるんだから、自分も参加するべきだって考えてた。わたし――わたしたち――彼女の気持ちがよくわかったわ。同じ状況だったら、ただ傍観して自分の運命を他人に決めさせたりしない――そんなことはできない。せめて、直接かかわらなくても、なにが起きてるのか知りたいと思ったはずよ。なにもわからないのは怖いわ。イヴも怖かったのよ。長いあいだ、自分の人生をコントロールできなかった。せめてコントロールしている――選択している――と思いたかったのよ。とくに自分の弟と妹にかかわる場合は。ふたりのためならイヴはなんだってするわ。たとえみずからを犠牲にしても。わたしたち、イヴに行くように勧めたの。あなたに自分の気持ちを話すようにって。最初は行きたがらなかったわ。あなたを信じていないと思われたくなかったのよ。きっとわかってもらえるわってわたしたちは言ったの。あなたはよく思わないかもしれないけど、怒られることはないって」

ドノヴァンの胸が締めつけられ、恐怖が増していく。

「それでイヴは心を決めてあなたのところに帰ったんだけど、すぐに戻ってきたわ。戻ってきたとき、明らかに動揺してた。なにかをごまかそうとしてたし、なんでこんなに早く戻ってきたのかって聞いたら、気が変わったんだって言ってた。あなたを信じていないと思われたくない、どのみちあとで話すと約束してもらってるんだからって」

「なんてこった」ドノヴァンはしゃがれ声でつぶやいた。「立ち聞きしたんだ。それしか説明がつかない。キッチンから入ってきて、おれたちの会話の一部を立ち聞きしたんだ。全体を聞かずに一部だけ耳にしたら、ひどい話に聞こえたはずだ。だけど、あれは計画だったんだ、ちくしょう。罠を仕掛けるつもりだった。イヴをあのろくでなしに渡すつもりなんてまったくなかった」

「くそ」ギャレットが言う。

汚い言葉を使ってもすぐに妻から叱責されなかったことが、今回の状況の深刻さを示していた。

ドノヴァンはぐったりとソファに座りこみ、両手に顔をうずめた。あのろくでなしにイヴがつかまってしまった。しかもイヴはドノヴァンが彼女を引き渡すつもりでいたと思っている。ドノヴァンは彼女を欲していないと。愛していないと。イヴではなくトラヴィスとキャミーを手に入れたいのだと。そして、そう思っている——考えている——にもかかわらず、ふたりをドノヴァンに託した。義父がふたりをどんな目にあわせるかわかっていたから。つかまれば自分がどんな目にあうかもわかっていたはずなのに。

いまやイヴはウォルトの手に落ちてしまった。悲しみで喉が締めつけられて息がつまり、不安を口にしようとしてもできなかった。怒りも無力さも。そこで両手を震わせながらその場に座っていた。憤怒と悲しみにのみこまれそうだった。

「イヴはどうして信じたりしたんだ？」とうとう言葉が出てきた。「なにを聞いたにせよ、どうしてそんなことを考えられる？　彼女を愛してるんだ、ちくしょう。どうしてわからない？」

「イヴに伝えたの？」レイチェルがやさしくたずねた。「ドノヴァン、彼女の状況を理解して。怒りと悲しみはちょっとわきに置いて、イヴの立場で考えてみて。彼女はいままでだれも信用できなかった。信用するわけにいかなかった。イヴと心を通わせるのは大変だったでしょう。細心の注意を払って接しなきゃならなかったでしょう。自分と弟と妹をあなたの手にゆだねて、あなたの家に移ってくるようにと説得するのは大変だったでしょう。イヴがどれだけ悩んだかは想像するしかない。自分が正しい選択をしてるのか心配だったでしょうね。そしていま、最悪の事態が起きたと思ってる。まちがった選択をしたと。裏切られたと思った彼女がどんな気持ちを抱いてるか想像もできない。イヴはあなたを愛してるわ、ヴァン。わたしにはわかる。みんな、わかってる。イヴを見れば、恐怖や不安にかかわらず、あなたを愛してるってわかるわ。愛は人をとてもおびえさせるの。愛のせいで事態が悪化することもあるって、わたしは経験から知ってる。それに加えて裏切られたと思ったら、もっと傷つくわ」

一瞬、ドノヴァンは当惑した。未来について何度も交わした会話を思い出す。ふたりの未来。レイチェルが言ったことはよくわかる。レイチェルが熱心にイヴを擁護しているとき、イーサンの目につかの間だけ苦しみと悲しみがよぎった。そう、イーサンとレイチェルは実際に体験して知っている。愛がときにゆがんで醜く邪悪なものになることもあると。

イヴがいま、レイチェルの言葉の十分の一でも苦しんでいると思うと、魂まで打ちひしがれた。イヴの立場になり、彼女が聞いたこと、いま感じている気持ちを考え、心がずたずたになった。イヴにそんな思いはさせたくない。苦しみを経験させたくない。まだ若いのに、こういう苦しみを人生ですでに味わってきたのだ。いまイヴが彼のせいで苦しんでいると思うと、平常心ではいられなかった。完全に、徹底的に、取り乱していた。

「言葉では伝えてない——あまりに早く強引に関係を進めるのが心配だったんだ——けど、イヴはわかってたはずだ。そうだろう？　ほかの女にこんなふうに接したことはない。それに、あのふざけた言葉。女性と子どもに弱いって言葉。そうだからといって、イヴに同情してるわけじゃない。一生イヴと人生をともにしたいと思ってた！　二度とその言葉は聞きたくない。イヴは任務じゃない。絶望的な状況にいる女を助けたい、助けなきゃならないっていう気持ちと、彼女が運命の相手だって魂の奥で感じることのちがいはよくわかってる」

「ドノヴァン、イヴの立場になって」シェイがレイチェルの言葉をくり返した。「いままでの彼女の人生を思い出して。だれも信用できなかった。彼女を守ってくれるはずの人たちに何度も裏切られてきた。想像してみて。あなたの話を耳にして、あなたに無情に捨てられると思って、どれだけ打ちのめされているか」

「あたしはイヴを見た」ラスティがきっぱりと言った。「みんなはイヴがどんな気持ちだったか推測するしかないけど、だれもあたしが見たものを見てない。あたしが聞いたことを聞いてない。イヴは打ちひしがれて、意気消沈して、すっかり希望を失ってた。目を見たら、イヴは悟ってた。運命を受け入れてた。でも、相手はイヴよ。戦わずに負けるつもりはなかった。母親のため、トラヴィスとキャミーのために助けを求めるたびに、ことあるごとにはねつけられても、何度も何度も立ちあがった。あきらめなかった。だけどいまは？　あたしの目の前にいたイヴはあきらめてた。それでも、彼女の言葉を使うなら、生け贄の子ヒツジにはならないって心に決めてた。トラヴィスとキャミーの面倒を見てもらえるかぎり、自分がどうなってもかまわない、だけど、おとなしくドノヴァンの計画には従わないって」

「くそ」ドノヴァンは言った。内臓が激しくよじれて苦しかった。「イヴはつかまっちまった。以前、あいつはイヴを傷つけた。彼女に……」最後まで言えず、黙りこんで平静を保とうとした。

「あいつの望みは復讐だろう。イヴを苦しめたいはずだ。ちくしょう、いまイヴはあいつの手の中だ。おれたちがここに座ってあれこれ話してるあいだに、どんな地獄を味わってるか。こんなのふざけてる。分析はやめて、あのくそ野郎をぶっつぶしにいくぞ」

「イヴを見つけよう」サムがきっぱりと言う。

「ああ、おまえの女を取り戻すぞ、ヴァン」ギャレットが賛同した。

部屋じゅうに同意の声があがる。

視線をあげると、全員の顔に決意が刻まれていた。ほかの選択肢は受け入れない。なにがあろうとイヴを取り戻さなければ。たしかに子どもを、家族を望んでいるが、それはイヴがいてこそだ。彼女がいなければ、なにもないも同然だ。イヴが家族にふくまれていないのにトラヴィスとキャミーを手に入れても幸せになれるはずがない。イヴはあの家族の、彼の家族の心臓であり魂だ。イヴがいなければ、だれも、ドノヴァンもトラヴィスもキャミーも、完全ではない。

「ああ、イヴを取り戻そう」ドノヴァンの口調に兄弟たちが驚いたのはわかっていた。どの任務もドノヴァンにとっては意味がある。たしかに女性と子どもに弱いが、それを面と向かって言われるのも、愛する女を傷つけるために利用されるのもうんざりだ。まるで、彼女がただの困っている女性と変わらないみたいではないか。特別ではないみたいではないか。彼女がいなければ息もできないというのに。

「取り戻したら、二度と手放さない。一日も欠かさず、彼女はおれのすべてだと伝える。イヴはおれのすべてだ、ちくしょう！」

「ヴァン、大変よ、ヴァン！」

リビングのドアのほうから声が聞こえ、全員でそちらを向くと、マーリーンが両手をもみ合わせながら立っていた。遠くからキャミーの泣き声が聞こえ、シャーロットが心配そうにかん高い声でキャミーをなぐさめようとしていた。

「どうしたんだ、母さん？」イーサンが鋭くたずねる。

「トラヴィスがいなくなったの」マーリーンはつらそうに言った。「トイレに行くって言ったの。長いあいだ戻ってこなかったけど、あの子、動揺してたから。戸惑っていて、気持ちを落ち着ける時間が必要なんだろうって思ったの。気がついたらだいぶ時間が経ってて、心配になって見にいったら、いなくなってた。裏口か窓からこっそり出ていったんだと思うけど、わからない！　女の子たちの相手をして、気をまぎらわせてあげようとしてたから」

ドノヴァンは目を閉じた。一秒ごとに悪夢のような状況がますますひどくなっていく。目の前で彼の家族が壊れていくのに、それを見ていることしかできないなんて無力だった。

知るか。イヴとトラヴィスとキャミーは彼のものだ。彼女たちを手放したりしない。ウォルト・ブリッケンリッジを追って、ぶちのめしてやる。合法だろうと非合法だろうと。目的を果たせるのであれば、どちらでもかまわない。

非公式におこなわれる作戦もある。それがドノヴァンたちの現実だ。善でも悪でもなく、そのあいだのあいまいな立場。だがけっきょく、みずから選んだ人生であり、仕事を続けていく。

ウォルト・ブリッケンリッジのようなモンスターから大切な家族を守るためなら、卑劣な手を使う。汚い手で戦う。必要ならばどんな手段を使ってでも倒してみせる。自分の家族を取り戻すためなら、嘘もつくし、だますし、盗みだって働く。

38

「一分ごとに厄介な状況になってくみたいだ」ショーンが言った。

「今度はなんだ？」ドノヴァンは問いつめた。

みな、すぐにでも行動するつもりで計画を立てていた。しかし、どうしても必要な情報がなかなか手に入らず、ドノヴァンはとてつもなくいら立っていた。コンピューターオタクの才能さえいまは役に立たなかったが、これは通常の任務ではないのだ。頭がまともに働かず、動くたびに体が震えていた。

ネイサンとジョーのチームがスタンバイしており、ゴーサインを待っていた。ドノヴァンと兄弟たちは、スティールのチームに家族を任せたあとで、すぐに行動するつもりでいた。だが、正確な情報がなければ実行できなかった。

いまのところ、ショーンがおおいに役立つ情報を入手してくれていた。ドノヴァンたちがどうしても必要としている情報を。

ドノヴァンたちは作戦室にいた。司令部であり、政府機関に匹敵するテクノロジーがそなわっている。そこでウォルト・ブリッケンリッジの全人生を調べていた。財政、住宅。イヴを捕らえたいま、ウォルトが行きそうな場所を突き止めるための手がかりを。

「ウォルトは一時間前にカムデンからリアジェットで飛び立った。つまり、おれたちよりずっと先を行ってる。ＫＧＩのジェット機を使っても追いつけない」

「くそ！」ドノヴァンは感情を爆発させた。「フライトプランは？　目的地は？」

「まだあるんだ」ショーンは厳しい口調で言った。ドノヴァンは保安官代理の目つきが気に入らなかった。

「やれやれ」サムがつぶやく。

「ついさっきヘンリー郡警察から情報が入った。イヴとトラヴィスの捜索指令を出しておいたんだが、トラヴィスがヘンリー郡で飛行機をハイジャックしたらしい。すぐにケリー家のジェット機に乗れば、先まわりできるかもしれない。だが、ここからが興味深いんだ」

「さっさと言え」ドノヴァンは憤然と言った。「時間が無駄に過ぎてるんだ！」

「パイロットはオレゴンに行くと報告してきた」

ドノヴァンは顔をしかめた。ああ、心臓がめちゃくちゃ痛い。オレゴン？　オレゴンになにがあるというんだ？　ひょっとすると……。

「トラヴィスはおれたちが知らないことを知ってる」ドノヴァンは言った。「ウォルトの隠れ家があるんだ。十中八九、あいつはオレゴンに行くはずだ。イヴがつかまったいま、トラヴィスはやつがどこに行くつもりか知ってる、あるいは少なくとも見当がついてるんだろう」

「オレゴンのどこかわかるか？」ギャレットが聞く。「それとも、当てずっぽうに向かうのか？」

ショーンは顔をしかめた。「どっちとも言える。おれがわかってるのは、飛行機はオレゴンのワスコに向かってることだけだ。小さな飛行場がいくつもあるから、どこに到着するかわからないし、言うまでもなくケリー家のジェット機みたいな大型のものは着陸できない。ポートランドに近いから、まずそっちに行けばいい。だが、そこからは自分たちで手分けして、できるだけ広範囲を調べるしかない」

「いちばんいいのは、ジェット機で飛び立ってから、ウォルトのくそ野郎がどこに隠れ家を持ってるか突き止めることだ」ドノヴァンは噛みつくように言った。「時間が無駄に過ぎてる。イヴには時間がない。手をこまねいてぐだぐだ考えてる場合じゃない。飛び立ってから調査しよう。ちくしょう、レズニックに頼むしかなさそうだ。ウォルトの素性を完全に把握したい。レズニックならおれたちより情報を得られるだろう」

「そうだな」サムがきっぱりと言った。「さっさと出発するぞ。ネイサン、飛ばせるか?」

ネイサンはくだらない質問だと言わんばかりの視線を向けた。

「じゃあ、さっさと飛び立つぞ」ドノヴァンは言った。「移動しながら考えるんだ。イヴがあのろくでなしの手の中にいる時間が長くなるほど、状況は悪くなるいっぽうだ。おれたちが駆けつける前に、あのくそ野郎がイヴを傷つけない――殺さない――ように祈るしかない」

「そんな考えは捨てろ」イーサンが静かに言った。「あれこれ可能性を考えて自分を苦しめても、自分にもイヴにもなんの役にも立たないぞ。彼女をいるべき場所に連れ戻すことに集中するんだ。最悪のシナリオを考えはじめたら、正気を失っちまう。イヴのために落ち着いて冷静になるんだ。子どもたちには兄貴が必要だ。イヴには兄貴が必要だ。ほら、しっかりしろ。さっさと飛び立つぞ」

「もうひとつ、伝えておくことがある」ショーンが静かにつけ加えた。「フランクのガンケースから銃が一丁なくなってる。トラヴィスが持っていって、それでハイジャックしたんだろう。ほかにどうやってパイロットにオレゴンまで飛行機を飛ばせられる？　この件がすべて片づいたら、法的問題を山ほどかかえることになるぞ。イヴは武装強盗の罪に問われるし、トラヴィスは拉致に加えて連邦レベルでいくつもの容疑をかけられる。とんでもなく厄介なことになる」

ドノヴァンは目を閉じ、疲れたように額をこすった。自暴自棄。すべて自暴自棄になってしたことだ。あくまで推測だが、イヴと同じように、トラヴィスも会話の一部を立ち聞きしたのだろう。くそ、ラスティは大声でドノヴァンに食ってかかっていた。イヴと同じように、ドノヴァンが彼女を裏切ったと信じているにちがいない。あるいは、父親がイヴを捕らえたことを知って、なにがなんでも彼女を助けるつもりなのかもしれない。父親がどんなことをするか、トラヴィス以上にわかっている人間がいるだろうか？

「ちくしょう。これが片づくまでに、何人も電話をかけて頼み事をすることになりそうだ。おれは腎臓を差し出すはめになるな。みんなもだ。眼球も売り渡すことになって、おれたちに便宜を図ってくれた連中全員がそれを回収に来るぞ」

「かまわないさ」サムが言った。言葉全体に決意がにじんでいた。「おまえの家族を救うためなら、どんなに高い代償だって払うさ、ヴァン。おれたちの家族のためなら、どんな代償も高くはない。解決できるさ。いつもそうだろう。ほら、おまえの家族を連れ戻しにいくぞ」

「くそ、もう何時間も後れを取ってる」ドノヴァンはむかむかしながら言った。「ウォルトもトラヴィスもずっと先を行ってるのに、おれたちは当てずっぽうに飛ぶしかない」

「だから、もう一分だって無駄にはできないだろう」ジョーがかん高い声で言った。

ドノヴァンは弟とそのチームを見やった。みな、準備万端だ。それまでは無言だった。だが、ひとりひとりの顔に決意がうかんでいる。まだ現場に出る準備ができていないのではとドノヴァンは心配していたが、彼らは自分たちの力を証明してきた。

「これ以上重要な任務はこの先もない」ドノヴァンはスワニーとスカイラーとエッジとネイサンとジョーに言った。「この先どんな仕事をすることになっても、今回以上に重要なものはない。そのことをわかってくれ。それと、おまえたちを信用している――おれの人生でもっとも重要なものをおまえたちに任せる。イヴとトラヴィスだ」

チームの全員がすぐさま警戒態勢になった。これがKGIでの重要な一歩になると気づいている。どんな任務ともちがう。重要な任務だ。彼らならやれるとドノヴァンは信じていた。決意が見て取れる。ああ、彼を失望させはしないだろう。

この何時間か喉を締めつけていたおそろしい恐怖がいくらかやわらいだ。クライアントがほかの人間だったら、KGIは最高で、必ず仕事をやり遂げるとドノヴァンが真っ先に断言するだろう。けれどいま、自分自身にそう言い聞かせなければならなかった。結成当時から訓練にかかわってきたチームを信用するのだ。そろそろ彼らに任せるべきだ。ドノヴァンが信じているとおり、やり遂げてくれればいいのだが。

「あなたを失望させたりしないわ」スカイラーがやさしく言う。「やり遂げてみせるわ、ドノヴァン。たしかにこれは任務だけど、それ以上の意味があるものだってみんなわかってる。わたしたち全員にとって個人的な任務よ。ぜったいにあなたの家族を連れ戻してみせる」

そういうことだ。チームの全員の顔に同じように決意が刻まれている。みな、ドノヴァンのために命をかけてくれるだろう。イヴとトラヴィスのために。

「どれだけありがたいか伝えきれない」ドノヴァンは静かに言った。

「ぶっつぶしにいくぞ」エッジがうなるように言った。

「フーヤァだな」イーサンが言う。

今回は、海軍ではない兄弟やチームメイトから楽しい冷やかしはなかった。みなで荷物とライフルをまとめる。ドノヴァンは〝ホス2〟と名づけたノートパソコンをつかんだ。ＫＧＩを支えている汎用コンピューター〝ホス〟の携帯版だ。それから全員で作戦室を出て、駆け足で滑走路に向かった。すでに燃料補給を終えたジェット機が飛び立つのを待っていた。

39

敗北感が容赦なくイヴに襲いかかってくる。もうどうすることもできない。終わりだ。おしまい。イヴは義父を見あげ、こちらに向けられた抜け目のないまなざしに身震いした。その目にはまちがいなく肉欲がうかんでいる。それと歓喜。自分が勝利を収めたと思って、イヴの無力さをとことん楽しんでいる。

「負けを認める気になったか、イヴ?」ウォルトはあざけるように聞いた。「おれの望みを叶える気になったか?」

「地獄に落ちなさい」イヴは嚙みつくように言った。

手の甲で殴られ、イヴはその場にくずおれた。床に倒れ、全身に痛みが押しよせる。それから蹴られ、息が止まった。ふたたび蹴られると、あばらに激痛が炸裂した。ああ、殺される。それはわかっていた。受け入れてさえいた。

トラヴィスとキャミーが彼の手に落ちてしまうかもしれないという考えだけが、耐える勇気を与えてくれた。生きて、ふたりを守ってやりたい。

「哀れなイヴ」ウォルトはささやきながら体をかがめ、乱暴にイヴを立たせた。「おれがキャミーとトラヴィスから手を引く代わりに、おまえの恋人がおまえをおれに引き渡すつもりだったと知ってたか?」

イヴは目を閉じた。魂に苦しみがわきあがってくる。ウォルトに加えられている身体的苦痛よりもはるかにつらい苦しみだった。魂の奥まで苦しい。心が痛い。たしかにドノヴァンの計画を知っていたけれど、義父の口から聞かされ、すでに知っていたことが事実だとわかると、魂のもっとも奥深くに痛みを覚えた。

「あんなにあっさりとおまえを手放そうとしてたなんて、おまえはベッドでつまらなかったんだろうな」ウォルトがあざける。

イヴは小屋に連れてこられており、リビングでウォルトが彼女のまわりを小さくぐるぐると歩きまわっていた。イヴのひざは震えていたが、なんとか立ち続けられたのは純然たる根性のおかげだった。反抗心。

ウォルトは足を止め、イヴの頬に一本の指をはわせた。触れられるのが我慢ならず、イヴが顔をそむけると、またひっぱたかれた。

さっきより強くはなかった。イヴはうしろによろめいたが、また床に倒れる前にどうにか踏ん張った。

顔じゅうがずきずきと痛かった。何度も殴られたせいで熱を持ち、燃えているようだった。けれど、これは耐えられる。ただの痛みだ。耐えられないのは、触れられること。なれなれしくされること。胃の下部で吐き気が渦巻き、口に唾がたまったが、それを吐きかけないようにのみこんでこらえた。

ウォルトに負けたりしない。ぜったいに！

「おれの望みを叶える気になったか？」ウォルトがたずねる。

イヴは思いきりウォルトをにらみつけた。「地獄に落ちなさい」

ウォルトの目に怒りが燃えあがり、それから冷たい目つきになった。

「経験から学ばない女だな」とやさしく言う。「だが、そのうちわかるさ、イヴ。おれに逆らった報いを受けるんだ。おれは辛抱強い男だ。おまえはおれの望みを叶えることになる」

「ならないわ！」

するとウォルトはほほ笑み、それを見たイヴの血が冷たくなった。「おまえを植物状態にすれば、あっという間に気が変わるさ。施設に入って数日もすれば、自分の過ちに気づくだろう。おまえに敬意を示してやってるんだ。こんなふうに抵抗を続けるなんて愚かだぞ。おまえに勝ち目はない。おまえはおれのものになるんだ、イヴ。トラヴィスもキャミーもな」

「あなたはあの子たちには近づけないわ」イヴは嫌悪をこめてささやいた。「彼がぜったいに許さない。あなたを殺すわ」

ウォルトは眉をあげた。「おまえを裏切った恋人か？　あいつを信用してるなんて驚きだ」

「地獄に落ちなさい」

ウォルトは目を細め、怒りで顔を真っ赤にした。「いや、イヴ、それはおまえだ。真っ逆さまに地獄に落ちるんだ。おれが手をくだす前に、おれに気にかけてもらっていることに感謝しろ。おれのベッドに入れてくれと懇願しろ」

「ありえない」

静かな誓いがふたりのあいだに響く。イヴは顔をあげ、腫れて痛む目でウォルトをにらみつけた。

ウォルトは唇をきつく結び、それから手をあげてイヴのうしろにいる人間に手招きした。男が手に注射器を持って近づいてくると、血管の中で恐怖とパニックが爆発した。イヴはあたりを見まわして逃げ道を探した。この状況から逃げる方法を。

ウォルトがイヴの髪をつかみ、ぐいと引っ張りあげる。顔に荒々しく息が吹きかけられる。ウォルトの目は倒錯した性的興奮できらめいていた。これからすることにわくわくしている。

イヴははっと気がついた。息がつまって意識が遠のきそうだった。薬を打たれたら、どうすることもできなくなってしまう。ウォルトはなんでも好きなことができる。レイプも。そして自分はそれを防ぐことができない。

イヴはウォルトが驚くほどの強さで激しく抵抗した。無我夢中になるあまり、持っている以上の力が出せた。ウォルトの手を振りほどき、ドアへと駆けだす。そこに着く直前、床に倒れ、痛みを覚えた。

ウォルトが重い体でのしかかり、疲れたように胸を上下させていた。それから笑い声をあげた。

「取っ組み合うのは好きだ」と小声で言う。「おまえの母親は抵抗しなかった。あまりに弱くて、あまりに意気地がなかった。だがおまえはどうだ、イヴ？　ああ、おまえをベッドに連れこむのが楽しみだ。おまえとは格闘になりそうだ」

針を刺されるのがわかった。体内に薬が勢いよく注入される。涙でまぶたがひりひりと痛んだ。逃げられない。ウォルトは彼女を好きにできる。

「こいつをここから連れていけ」ウォルトの鋭い声は一キロ先から聞こえるようだった。

「じきにわかるだろう。おれの望みどおりにしなければ、報いを受けることになると」

40

トラヴィスは父親の小屋の中でうろうろと歩いていた。自分はまちがっていたのだろうか。そう考えたのはこれが百回目だった。父親がここに来なかったら？　何百キロも離れたところにいたら？　すごくうぬぼれていて、すごく自信があって、イヴを連れてカリフォルニアに戻ったのだとしたら？

父親はトラヴィスがこの場所を知っていることを知らない。ゲートを開けるための暗証番号とセキュリティーシステムを解除するための暗証番号を知っていることも。そう、父親はトラヴィスを無能な愚か者だと思っている。以前はそのことにがっかりした。最初は打ちのめされ、それからがっかりした。そしてとうとうあきらめた。いつの間にか、もうどうでもよくなっていた。成長し、父がどんな怪物か知ったときに、父からの承認を切望するのをやめた。

父親がどんなふうにイヴを扱っているか知っている。イヴほどやさしい人間はいない。小さな体にウォルトが想像もつかないほどの高潔さをそなえている。ドノヴァンもそれに気づいていた。

心に悲しみがこみあげて広がっていき、胸全体がずきずきと痛んだ。どうしてドノヴァンのことをこんなに勘ちがいしていたのだろう？　どうしてドノヴァンはイヴにあんなひどいまねができたのだろう？　どうして嘘をついて、家族になりたいなどと言えたのだろう？　最初から、イヴを愛して大切にする気がなかったくせに。トラヴィスとキャミーを大切に思ってくれていても関係ない。イヴがいない家族の中で、どうして幸せになれる？　だれよりもトラヴィスを愛してくれて、これからも愛してくれる人。トラヴィスとキャミーのために多くを犠牲にしてくれた人。

ラスティがドノヴァンに浴びせていた非難の言葉がまだ耳に響いていた。何度も思い返してはたじろぎ、ショックでまだ感覚が麻痺していた。深く息を吸って、悲しみをわきに押しやる。

イヴを失望させたりしない。何度も彼のためにすべてを犠牲にしてくれたのだ。

ドアが開く音が聞こえ、トラヴィスは凍りついた。銃をしっかりと握りしめ、腿に押しつける。身を守るために必要なことはなんでもするつもりでいたが、もっと重要なのはイヴを父親の手から取り戻すことだ。

父親が大またで部屋に入ってきて、トラヴィスを見ると驚いて目をぱちくりさせた。それから目を輝かせた。頭の中で計算しているのだろう。口実を、作り話を考えているのだ。話をでっちあげるのは得意だった。そのことはとても幼いときから知っており、父親の嘘は一キロ離れたところでも見抜けた。

「おやおやおや」父親はのんびりとした口調で言った。「これは驚いた。どうやってここに来たのか、どうしてここを知ってるのかと聞きたいところだが、それはどうでもいい。おまえとキャミーを取り戻す手間が省けただけだ」

「イヴになにをしたの？」トラヴィスは問いつめた。「イヴはどこ？　姉さんを傷つけたの？　母さんのときみたいに殺したの？」

父親は眉をあげた。いや、父親ではない。父親と呼ぶことはできない。ウォルト・ブリッケンリッジだ。第一級のろくでなし。

「おれは母さんを殺してはいない。イヴが勝手にそう思いこんでるんだ。イヴの居場所だが、助けを得られるところにいる。彼女には明らかに助けが必要だ。あいつはおまえとキャミーを洗脳したんだ。なにをされた？　おれが母さんを虐待して、しかも殺したとかいう、涙を誘うような話を聞かされたのか？」

トラヴィスは歯を食いしばり、父親に銃を向けた。銃を持つ手が震えており、落ち着こうとしても止められなかった。ウォルトがそれに気づいて目に勝利をうかべたのが腹立たしかった。トラヴィスには引き金を引く度胸はないと思っている。

「おまえは母さんを殺した。母さんを虐待した。キャミーを虐待した。このむかつくろくでなし。おまえはイヴを虐待しようとした。イヴに聞かなくてもわかる。ぼくには目があるんだ。耳がある。同じ家で暮らしてたんだ。ぼくをばかだと思ってるのか？　あのあざに気づかなかったとでも？　下手な言いわけが聞こえなかったと？　今度はイヴになにをした？　言わないと、神に誓っておまえを撃ってやる」

ウォルトは口にのんびりと笑みをうかべた。「おれを撃ったら、イヴの情報が手に入らないだろう？　どうやら行きづまったみたいだな。おまえが欲しがってる情報を教えるつもりはないが、おれを撃てば、けっして手に入らなくなるぞ」

「なにが気に入らないんだ？」トラヴィスは叫んだ。「おまえは父親だろう！　それなのに、ぼくはおまえにとってなんの意味もない！　どうしてこんなひどいまねをする？　どうしてそんなにぼくとキャミーを手に入れたいんだ？　どうしてイヴを手に入れたい？」

そこで言葉を切った。銃を持つ手がひどく震えてしまい、落としそうになる。

「おまえがキャミーになにをしたいのか知ってるんだぞ、このむかつくろくでなし。どうしてそんなことを考えられる？　まだ幼い子どもだぞ！　それにイヴのことも！　イヴは母親とぼくたちを気にかけてくれただけじゃないか」

「おまえたちは全員おれのものだ」ウォルトは冷たく言った。「おまえはおれのものだ。自分のものは支配する」

「けっきょくそれがすべてなんだな。サイコパスめ。支配することしか考えてない。ぼくのこともイヴたちのこともどうでもいいんだ。大事なのは自分自身と、自分が支配できるものだけ。おまえの世界ではおまえは神で、ほかの全員は自分の好きなときに思いどおりにできるコマなんだ」

ウォルトは肩をすくめた。「好きに考えればいい。おれがすべての切り札を持ってることに変わりはない。さて、じゃあこうしよう。姉と妹のどっちを助けたいか決めろ。大好きなドノヴァン・ケリーに連絡して、なんとしてもキャミーをここに連れてこさせろ。そうすれば、イヴの居場所を教えてやる。さもなければ？　大好きな異父姉とはおさらばだ。けっして見つけられない。生きてるか死んでるかもわからない。キャミーは完全に血のつながった本物の妹だ。そしておまえが言ったとおり、まだ幼い。さあ、決めろ、トラヴィス。ただし、これは最後通告だ。早く決めたほうがいいぞ。だが、いいか。どのみちおれはキャミーを手に入れる。さっさと言うとおりにすれば、おまえが心から大切にしてるあの弱くて意気地がなくてまったく価値のない異父姉の情報を素直に教えてやる」

「弱い？　意気地がない？」トラヴィスは口をあんぐりと開けた。あまりに激怒していて、視点が定まらなかった。目の前でウォルトの顔がぼやけ、ひざが折れそうになる。

「このくそったれ。おまえの手から母親を救い出すためにあれほどの危険をおかしたりしないだろう。おまえの手から母親を救い出すためにあれほどの危険をおかしたりしない。弱い人間だったら、簡単な道を選んで、支配したがるおまえに人生をゆだねてた。口出しはせず、おまえの虐待を阻止しようとしたりしなかった。だけどイヴはすべてを失った。すべてを。ぼくとキャミーを守るために、危険をおかして連れ出してくれた。この場合、弱くて意気地がなくて価値がないくそ人間はおまえだ。おまえと血がつながってるなんてぞっとする。おまえからなにひとつ受け継いでいないことを神に祈るしかない」

ウォルトの目に怒りが火花のようにきらめいた。それまでは冷静で気取っていたが、はじめて感情をあらわにしていた。

「父親に向かってそんな口をきくな」と激昂して言う。「おまえはおれのものだ、小僧。神に誓って、おまえの哀れな母親と同じように消してやる」

その告白にトラヴィスは凍りつき、父親だと名乗る男をおそろしい思いで見つめた。たしかにウォルトが自分の妻を殺したのは知っていたけれど、これほど平然と認めるなんて愕然とした。

それに気を取られたすきに、少し離れたところにいたウォルトが飛びかかってきた。ウォルトが襲いかかってきたとき、銃を握り直す時間はなかった。

ふたりは床に倒れ、ウォルトが馬乗りになってトラヴィスの手首をつかみ、骨が折れそうなほど強く握りしめた。父親は強かった。トラヴィスが想像していたよりもはるかに強かった。その瞬間、手から銃をもぎ取られたら殺されると気がついた。

ふたりは転がり、トラヴィスは空いているほうの手を突き出してウォルトを押し返そうとした。ウォルトはその手をつかんで頭上にねじりあげた。ウォルトのもういっぽうの手はトラヴィスの手首をしっかりとつかんでおり、銃を持っている手の感覚がなくなっていった。

ウォルトはトラヴィスの上にのしかかって床に押さえつけ、勝利で目を輝かせた。

「なんとも悲しい話になりそうだ」ウォルトは言った。「母親の死と異父姉の精神疾患にショックを受け、息子がみずから命を絶つ。母親と異父姉と同じく精神を病んでいたのはまちがいない。遺伝さ。もっといい妻を選ばなかったのは残念だ。これでおれとキャミーだけになり、家族が悲劇に見舞われたおれには同情が集まる」

いまや命がかかっていると悟ったトラヴィスは、ウォルトの脚のあいだにひざをめりこませた。ウォルトの顔じゅうに苦悶の表情がうかび、手の力がゆるんだ。ふたりのあいだに銃を押しこむには十分だった。

それに気づき、ウォルトは痛みから回復すると、ふたたびトラヴィスの手から銃をもぎ取ろうと手を伸ばした。だが、トラヴィスの指は引き金にかかっており、ウォルトが銃をつかむと同時に弾が飛び出した。

ウォルトの体がびくりと痙攣する。トラヴィスは衝撃を感じていたが、撃たれたのが自分かウォルトかしばらくわからなかった。ものすごく呆然として、ものすごく動揺していた。だけど、撃たれたら痛いはずでは？

あたたかくべたべたした血が感じられた。においもする。下を見ると、自分とウォルトの服に血が広がっていた。しかし、ふたたび顔をあげたとき、ウォルトの愕然とした目が見えた。その目は痛みとショックでどんよりしていた。そしてそこには死があった。

トラヴィスはウォルトを突き飛ばし、無我夢中で離れようとした。重い体をわきに押しやり、いそいで立ちあがると、服が血まみれになっていてパニックになった。床にも血が広がっている。そんな。ウォルトの胸も血まみれだった。

そんな。どうしよう。どうすればいい？　殺すつもりはなかった！　脅したかっただけだ。イヴになにをしたのか聞き出したかった。トラヴィスは手をシャツでこすったが、ますます血がついただけだった。

どうしよう。どうすればいい？　すでに問題を起こしているというのに、実の父親を殺してしまった！　イヴはどうなる？　キャミーは？　ふたりには自分が必要だ。それなのにいまはどっちもひとりでいる。イヴが生きているかもわからない！　生きているとしても、もう見つけられない。

　そのとき玄関ドアが勢いよく開く音がして、トラヴィスの心臓が沈みこんだ。警察だろう。銃声を聞いたにちがいない。弁解の余地はない。父親の血にまみれ、銃には指紋がついている。

　だが、ドノヴァン・ケリーが兄弟たちと、トラヴィスの知らない人たちを従えてリビングに飛びこんでくるのを見て、トラヴィスはわっと泣きだした。


　ドノヴァンと兄弟たちとネイサンとジョーのチームは、ワスコ郊外の小屋へと轟音を響かせて車を走らせていた。そこが最後の頼みの綱だった。ウォルトを捜していないのはそこだけだ。レズニックからの情報がなければ、いまだに無駄に捜しまわっていただろう。

　小屋の正面には車が一台止まっており、ドノヴァンの脈が速くなった。

　いまいましいことに二日が経っていた。人生でもっとも長いこの二日間、ドノヴァンたちはウォルト・ブリッケンリッジの人生のすべてを調べまわった。ドノヴァンは貸しがある全員に電話をかけて協力してもらった。レズニックは昼夜を通してあらゆるコネを当たり、さらにそれ以上の力を尽くしてくれた。一時間過ぎるごとにあきらめの気持ちが大きくなっていき、ついにはイヴを、そしておそらくトラヴィスも失ってしまったのだと観念していた。

全員で銃をかまえて車をおりたとき、銃声が聞こえた。

恐怖に襲われ、ドノヴァンは用心しなければならないこともすっかり忘れて走りだした。周囲を確認するまで待てと兄弟たちが怒って叫んだが、それを無視して玄関ドアから突入した。ところが、まったく予想外の光景が目に飛びこんできた。トラヴィスが青白い顔で、血まみれで、明らかにショックを受けた様子で立っていた。床にはウォルト・ブリッケンリッジが血の海の中に横たわっている。

トラヴィスはドノヴァンと目が合うとわっと泣きだした。まだ銃を持っており、がたがたと震えている。

「なんてこった」サムがドノヴァンに追いついて小声で言った。

「トラヴィス」ドノヴァンはなだめるような口調で言った。「大丈夫だ。怪我をする前に銃をおろしてくれ。できるか？」

トラヴィスはまだ銃を持っていたことにたったいま気づいたかのように下を向いた。銃が床に落ち、その衝撃で弾が出るのをおそれてドノヴァンの兄弟たちとチームメイトが身を低くした。なにも起こらなかったので、みなゆっくりと起きあがり、ドノヴァンは慎重にトラヴィスに近づいた。

「なにがあったんだ？」とやさしくたずねる。

「ぼ、ぼくが、う、撃ったんだ」トラヴィスは言葉につまりながら言った。「撃つつもりはなかったんだ、ドノヴァン。どうしよう、殺しちゃった。でも、殺すつもりはなかった！

脅したかっただけだ。イヴになにをしたか聞き出したかったんだ。殺すつもりなんてなかった！　ぼくに襲いかかってきて、床の上でもみ合いになった。そしたら、ぼくが自分を撃ったように見せかけるって言ったんだ。イヴと同じく精神を病んでいて、母さんを亡くしたうえにイヴを失ったせいで悲嘆に暮れて自殺したことにするって」

『イヴを失った』という言葉を聞いてドノヴァンの血が冷たくなった。だがいまは、そのことは置いておこう。この状況をいそいで解決しなければ。

「聞くんだ」ドノヴァンは厳しい声で言った。

ドノヴァンの獰猛な声にトラヴィスは跳びあがったが、きちんと注意を向けてもらわなければならない。

「きみはお父さんを撃ってない。わかったか？　きみはなにもしてない。お父さんがきみを殺そうとしているところにおれたちが駆けこんできて、おれたちのひとりが彼を撃った。おれが言ってることがわかるか？」

トラヴィスは目をしばたたかせ、かぶりを振った。「だめだよ。そんなことはさせられない。ぼくが殺したんだ、ドノヴァン。ぼくが殺したんだ」

「わかってないな」ギャレットがドノヴァンの隣に来て言った。「落ち着くんだ。気が動転してるのはわかる。ショックだよな。だが大切なことなんだ。おれの言っていることがわかるか？」

ゆっくりとトラヴィスはうなずいた。

「じゃあ、おれが言ったとおりのことが起こったんだ」ドノヴァンはトラヴィスを落ち着けようとやさしい口調で言った。「彼が撃たれたこととキみはなんの関係もない。この銃を見たこともない。きみは銃を持っていなかった。この銃にさわったこともない」

「でも、指紋が」トラヴィスは力なく言った。「血も」

そう言いながら、トラヴィスは横目でスカイラーを見た。スカイラーは銃を拭いてからサムに渡し、サムはそれをホルスターにしまった。

「服を脱げ」ドノヴァンはトラヴィスに命じた。

するとジョーが近づいてきて、ファティーグパンツとTシャツをドノヴァンに差し出した。

「その場を動くな。一ミリもだぞ。そこで服を脱げ。きみの体を拭いてから、べつの服を着せる。ほら、いそげ。あまり時間がない」

トラヴィスを着がえさせ、倒れる前にソファに連れていって座らせてから、ドノヴァンは向かいに腰をおろし、トラヴィスがイヴを失ったと言ったときから知りたくてしかたがなかったことをたずねようとした。

舌が重く、口の中でふくれあがっているみたいだった。どんな答えが返ってくるか不安で、言葉が喉でつまっていた。取り乱さずに落ち着いて座っているにはありったけの自制心が必要だった。心も体も、イヴを永遠に失ってしまったと叫んでいた。

「イヴを失ったってどういう意味だ?」ドノヴァンは問いつめた。「イヴはどこだ? お父さんからなにか聞いてるか?」

トラヴィスの目にふたたび涙があふれ、非難するようにドノヴァンをにらみつけた。「どうしてあんなことができたの？　どうしてあんなふうにイヴを裏切れたの？　イヴはあなたを愛してた。みんなで家族になりたいって言ってたじゃない。それなのに、ぼくたちの代わりにイヴを渡したの？　それでキャミーとぼくが幸せになれるって本気で思ってるの？　ぼくたちが自由になれたのは、あなたがイヴをあのくそったれに引き渡したからだって知りながら？　あなたを信じてたのに。イヴはあなたを信じてたのに」

ドノヴァンは身を乗り出し、いらいらとトラヴィスの肩をつかんだ。それは問題の核心ではない。イヴ。イヴについて知りたかった。しかし同時に、自分がイヴを裏切っていないとトラヴィスを説得しなければならなかった。そうでなければ、トラヴィスは姉に関する情報を教えてくれないだろう。

「よく聞け。おれはきみのお姉さんを愛してる。おれの命だ。イヴは、おれが兄弟たちときみのお父さんを罠にはめる計画を話し合ってたときに、それを立ち聞きしたんだ」

「ぼくのお父さんなんて言わないで」トラヴィスは喉をつまらせて言った。「二度と言わないで」

ドノヴァンはうなずいた。

「おれたちはウォルトを罠にはめるつもりだった。やつに信じこませたかったんだ。イヴがほんとうに精神を病んでいるとおれたちが信じてると。イヴがきみとキャミーに危害を加えないか心配だと。やつをはめたかったんだ。有罪にできる証拠が必要だった。なにか手に入れたかった。それに、やつを追い払う方法を見つけなければならなかった。イヴはそのときの会話の一部を耳にして、おれが彼女を見捨てると思ったんだろう。おれが大切なのはきみとキャミーだけだと。だけど、そうじゃないんだ、トラヴィス。おれはきみたち三人が欲しい。イヴと結婚して、四人で家族になりたい。本物の家族に」

トラヴィスの目にかすかに希望の光がよぎったが、すぐにまた曇った。「でも、ラスティが――」

ドノヴァンは顔をしかめた。「ラスティがおれに怒ってたのは、あいつもおれがイヴを裏切ったと思ったからだ。あいつはイヴに会ったんだ。それで、イヴの考えを知ってた。そのせいでイヴが打ちのめされてたことも。ラスティはきみのことをとても気にかけてるんだ、トラヴィス。イヴとキャミーのことも。あいつはすごく思いやりがある。イヴがおれに裏切られたと思ってるのを知って、それでおれを非難してたんだ。あいつが怒ってたのは、自分が無力で、イヴが危険だってわかってたからだ」

「ほんとうなの？」トラヴィスはささやいた。「イヴと結婚したいの？　ぼくとキャミーと家族になりたいの？」

希望に満ちたトラヴィスの声を聞いて、ドノヴァンの胸が張り裂けそうだった。

「きみにはおれの息子になって、キャミーにはおれの娘になってほしいと、心から望んでる。いつかイヴと子どもを作りたいけど、心の中ではきみとキャミーはずっとおれの最初の子どもだ」

トラヴィスは納得してゆっくりとうなずいた。

「じゃあ、トラヴィス、聞いてくれ。大切なことだ。これ以上時間を無駄にできない。ウォルトはイヴについてなにか言ってたか？」

トラヴィスは目を閉じた。ふたたび開けたとき、その目は悲しみで輝いており、ドノヴァンは正気を失いそうになった。

「聞き出せなかった。なにも教えてくれなかった。ここに連れてくるんじゃないかって思ったんだ。ぼくがこの場所を知ってることをあいつは知らなかった。ただ、自宅には帰らないと思ったんだ。あいつはぼくに取引を持ちかけてきた。本物の妹と異父姉のどちらかを選べって言われた。あなたに連絡して、キャミーを返すように説得できたら、イヴの情報を教える。だけど、言うとおりにしなくても、どのみちキャミーを手に入れるし、イヴになにがあったかはぜったいに教えないって」

「わたしがあいつを殺してやりたかったわ」ドノヴァンのうしろでスカイラーが暗い口調で言った。

「ウォルトはよくここに来るのか？」ドノヴァンは聞いた。「自宅をくまなく捜索したが、イヴを見つける手がかりになりそうなものはなにも見つからなかった。あらゆる点から調査したんだ。ただ、この場所のことは知らなかった。おれの友人から、国税庁がウォルトのペーパーカンパニーのひとつを追跡してこの家を突き止めたと情報が入って、ここがわかったんだ」

「どのくらいここに来てたのかはわからない」トラヴィスは正直に言った。「ぼくがこの場所を知ったのも、あいつの電話を立ち聞きしたからなんだ。ここの住所と、セキュリティーシステムを解除するキーコードを伝えてた」

「こんな辺鄙な場所にある小屋にそこまで厳重なセキュリティーを敷くなんて奇妙だな」ジョーがつぶやいた。

「イヴの話では、ウォルトは彼女の幼いころからの精神疾患の病歴が記された医療記録を捏造したらしい。医者の報告書まで持っていたそうだ。前回イヴが警察に通報してきみたちの家に行ったときに、それを見せたとか。あれから、その書類を見たか？」ドノヴァンは聞いた。

トラヴィスは目を見開いた。「ううん。見てない。家を捜索したなら、見つかったはずだよね。でも、もしかしたら……」

「ここにあるかもしれない」ドノヴァンがあとを継いだ。

そしてぱっと立ちあがった。

「エッジ、おまえとスワニーはここの後始末をしろ。おれが言ってたとおりの状況にするんだ。サム、さっきの銃を持ってたよな？　おれの指紋をつけるから貸してくれ。記録では、あのろくでなしを撃ったのはおれだということにする」

「ぜったいにだめだ」サムが断固として言った。「撃ったのはおれだ。おまえは個人的にかかわりすぎてる」

「兄貴にそんなことはさせない」ドノヴァンも同じくらい断固とした口調で言った。「兄貴には妻と娘がいるし、これからもうひとり生まれてくる。面倒なことになった場合に、兄貴に罪をかぶせるわけにはいかない」

「おまえにだって家族がいるだろう」サムは指摘した。「レズニックに電話して、魔法の杖を振ってもらう。あいつはおれたちに大きな借りがある。あいつだってわかってるはずだ。それに、おれが説明すれば、あいつが対処してくれる。役所で面倒な手続きが山ほど待ってるが、おれがせっつけば、コネを使って正当な殺人ということにしてもらえるだろう」

議論している時間はないので、ドノヴァンはうなずいた。

「ほかはおれと来てくれ。この家をくまなく調べるんだ。なにかあるはずだ。おれたちに残されてるのはそれしかない。まだ時間切れになっていないとしても、イヴに残された時間はどんどん過ぎていく。正しい道を示してくれるものを見つけてくれ」

41

「仕切りたがりのおまえたちには酷だろうが、おれのチームが指揮を執って、突入して制圧する」レズニックが言った。

いつものごとく口に煙草をくわえ、すぱすぱと煙を吸っては吐いていた。緊張の表れだ。ドノヴァンたちは、ワスコ郊外のウォルトの小屋からほんの五十キロほど離れたところにある、厳重に警備が敷かれた私有地の外に集まっていた。ウォルトの小屋を徹底的に捜索した成果はあった。あの傲慢な野郎は、小屋のオフィスの金庫にイヴの偽の医療記録をしまっておいただけでなく、日記も隠してあり、そこにはこの二十年間のありとあらゆることが細かく入念に記されていた。

ウォルトみたいに用心深くて悪賢い人間が、自分の犯罪の証拠を書きとめておくほど愚かだとは信じられなかった。だが、スカイラーが言っていたように、自分は無敵だと思っていたのだ。だれも手を出せないと。うぬぼれが強すぎて、記しておかずにはいられなかったのだろう。おのれの喜びのために隠しておいたのだ。記録された遺産。自慢にしていること。妻を殺したことと、それが悲しいくらい簡単だったこと。義理の娘を受け入れて同情と称賛を得たこと、家族全員を支配しているという自己満足。

ドノヴァンは嫌悪感を覚え、ウォルトがすでにイヴを殺して死体を処分したのではないかとますます不安になった。日記にはつじつまを合わせるための作り話について書かれていたが、そこで終わっていた。ドノヴァンは我を忘れて取り乱し、兄弟たちも彼を抑えられなかった。だがスカイラーが財政記録を見つけた。ペーパーカンパニーの裏帳簿。唯一の支払先はオレゴンのポートランド郊外の私有施設になっていた。

大当たり。

そこにイヴを隠しているにちがいない。また、これだけの金を払っていることを秘密にしているのなら、世間に知られたくないものがあるはずだ。

サムが乱暴に鼻を鳴らし、ドノヴァンはただ穴が開くほどレズニックをにらみつけた。

「イヴの運命をおまえとその子分たちにゆだねるわけにはいかない」ドノヴァンは噛みつくように言った。

レズニックは眉をあげたが、緊張ぎみに煙草を吸っていること――いつものことだ――以外には、この男はあまり感情的になったりしない。ただしシェイとグレースの件で大失態を演じたときはべつだ。この男が感情らしきものをあらわにしたのはあれがはじめてだった。うわべは国のことを考えていると見せかけているが、そのふざけた建前の裏には心があるらしく、それがいまだに驚きだった。

「よく聞け、ドノヴァン。おまえたちの後始末をするためにすでに面倒をかかえてるんだ。これ以上はごめんだ。おれのチームが突入すれば、連邦組織の強制捜査ということになる。おまえたちはたまたまおれたちのあとで到着しただけで、ここで起こることに責任を負わずにすむ。今回は規則に従わなきゃならない。おまえの言葉を使うなら、おれの〝子分たち〟は優秀だとわかっているはずだ。しくじったりしない」

「こいつの言うことももっともだ、ヴァン」ギャレットが観念したように言った。その口調から、ドノヴァンと同じくらいこの状況が気に入らないのがわかった。

「ちくしょう」ドノヴァンは悪態をついた。「わかった、だが早くしてくれ。時間が無駄に過ぎてる。イヴには時間がない。この地獄から連れ出してやらないと」

「よし、行くぞ」レズニックがチームのリーダーに合図した。

「中に入って、問題がないとわかったら知らせる」カイル・フィリップスがドノヴァンの横を通りすぎざまに言った。「だが、それまではおれの合図を待て。しくじるなよ、ケリー。頭で考えて、感情ははさむな。感情ははさむな。ルールに従って対処しなければならないんだ」

感情ははさむな？　彼の心であり魂であるイヴが地獄にいて、どんな目にあっているかわからないというのに。感情をはさむなだと？　無理に決まっている。

サムがドノヴァンを抑制するように腕に手を置いた。ドノヴァンがいまにも「くそったれ」と言ってカイル・フィリップスのチームより先に突入しそうになっているのに気づいたのだろう。ドノヴァンはサムの手を振り払った。

「おれは冷静だ。待てる」

そこで、ドノヴァンは爆発寸前になりながら待っていた。一秒一秒が苦痛だった。木々に囲まれて外部から孤立した建物のほうに耳をすませる。施設全体が高い石壁に囲まれており、壁の上には有刺鉄線が螺旋状にそなえつけられていた。刑務所だ。ここにイヴがいると思うと打ちひしがれた。動物のような扱いを受けているかもしれない。動物よりひどい扱いを。

一時間が過ぎた気がした。実際にそうなのかもしれない。いら立ちで沸騰しそうになっているのはドノヴァンだけではなかった。兄弟たちと、ネイサンとジョーのチーム全員が、緊張してそわそわしていた。

「あのまぬけから命令を受けなきゃならないなんて、むかつくわ」スカイラーがぶつぶつとぼやいた。「わたしのボスじゃないのに」

ドノヴァンの横でサムがにやりと笑った。「彼女はなかなかいいやつだよな。白状すると、最初に雇ったときは疑問もあったが、どれだけ腕が立つかたしかめてみたかったんだ。完璧だと認めるしかない。見た目は繊細で無邪気なチアリーダーっぽい。だが、敵のひざの皿を割って、そのあとで容赦なくタマを切り取って、喉につめるだろうな」

ジョーがサムの言葉を聞いて鼻を鳴らした。

「バーで喧嘩したら、どっちが勝つと思う？　スカイラーか、P・Jか、どっちに賭ける？」

その子どもじみた意見にドノヴァンはあきれて目を上に向けた。

サムは考えるふりをした。あるいは、実際にそのばかげたシナリオについて思案しているのかもしれない。ギャレットがくすくすと笑った。

「おれはやっぱりP・Jに賭けるぜ。あいつは冷酷だ。それに、ほら、あいつは個人的に鬱憤をかかえてる。いつにもましていまはな。それが悪いってわけじゃない。おれはあいつの味方だ。これからもずっと」ギャレットは真面目な口調でつけ加えた。「スカイは感情を切り離して、仕事をやり遂げられる」

「それに、卑劣な戦い方もできる」サムが続けた。「だから彼女が気に入っているんだ。チームに加わってくれてよかった。ちなみに、いまはこの話をするのにふさわしい時間でも場所でもないが、リオのチームに新しいメンバーを用意したんだ。いまは欠員が出ているし、人数が足りない状態で活動を続けるわけにはいかない。だが、最終的に決めるのはリオだ。推薦はするが、リオのチームだし、スティールのように、あいつらはあいつらのやり方でやる。給与小切手にサインしているのはおれだが、あいつらのボスだとは思われてない」

ギャレットが片方の眉をあげた。「どんな男だ？」

サムはほほ笑んだ。「男じゃない。女だ。P・Jとスカイラーはよく働いてくれている。お薦めの有能な候補者がいるんだ。リオのチームにぴったりだろう。あいつらと同じく人づきあいを好まない。無口だが、腕はたしかだ。射撃の名手だし、接近戦でおまえを倒せるぞ」とギャレットに言い、ギャレットが信じられないというように鼻を鳴らしても無視した。「それに、爆発物のプロでもある。とくに爆弾の処理だ。ニューヨーク市警の爆発物処理班で働いていたんだ。その前は陸軍にいた。ネイサンとジョーは喜ぶだろうな。優秀だし、リオにじっくり検討してもらいたい。あいつをあのいまいましい洞窟から少しでも引きずり出せたらだが」

「どれだけ経った？」ドノヴァンはおしゃべりに我慢できずに聞いた。兄弟たちはドノヴァンの気をまぎらわそうとしているだけだろう。すぐそこでイヴの運命がかかっているということを考えさせないように。それと、いまいましいカイル・フィリップスの秘密作戦チームの言いなりだということを。

たしかに、あの若い海兵隊員のことは評価している。彼なりに腕が立つ。だが、この件に個人的なかかわりはない。ドノヴァンはちがう。

ちょうどそのとき、イヤホンからカイルの声が聞こえ、ドノヴァンはひとことも聞きもらさないように手で耳をおおった。

「もういいぞ。ドノヴァン、こっちに来てくれ。東棟だ。いちばん奥の部屋。いそいでくれ」

心臓が止まりそうになり、ドノヴァンはよろめいた。カイルにしては珍しく不安そうな声だった。あの男はロボットだ。任務のために、任務のためだけにプログラムされている。感情はない。情もない。ただ目的を果たすだけ。

「そんな」ドノヴァンはささやくと同時に駆けだし、兄弟とチームがあとを追った。

ドアを通り抜けながら、従業員たちがみな両手を頭のうしろで組んで床にうつぶせになっているのにちらりと気がついた。ドノヴァンは彼らを無視し、方向を確認してから、東棟の廊下を全速力で駆けていった。

開いたドアから駆けこみ、目の前の光景にぴたりと足を止めた。目に涙があふれるのを感じながら、イヴを見つめた。というより、イヴだったものを。

部屋のすみに置かれた椅子に座り、裏庭を見渡せる小さな窓を見るともなく見つめている。

髪はぼさぼさになっている。口の端にはあざがあり、頬には乾いた血の線がついていた。目はうつろでどんよりしていて、真っ青な顔をしている。

「呼びかけても反応がないんだ」イヴから少し離れたところに立っているカイルが静かに言った。「なにもわかってない。正気を失ってるのか、薬のせいかはわからないが、ふつうじゃない。わずかな反応もないんだ。おれがここにいることさえわかってない。おれが目に入ってない」

なんてこった。イヴが生きているとわかっても、安堵することさえできなかった。息をしているかもしれないが、どれだけ正気が残っている？　助かるのか？　イヴを取り戻すことができるのか？

「なにをされたのか知りたい」ドノヴァンはどなった。「いそげ。この施設の責任者を連れてこい。どんなことをしても口を割らせろ」

ドノヴァンはイヴが座っているところまで静かに歩いていった。彫像のごとくじっとしていて、目はどこか遠くを見つめていた。それを言うなら、なにも見えてないようだ。自分の中に閉じこもり、現実を遮断している。

イヴの前にひざまずいたとき、拘束されていて動けなくなっているのに気がついた。激怒しつつナイフをつかんだが、そこにギャレットが現れ、ドノヴァンがナイフを使う前に手をつかんだ。

「落ち着け」ギャレットは静かに言った。「そんなふうに怒ってナイフを振りまわしたら、イヴがおびえるかもしれない。彼女に話しかけてろ。おれがうしろから切ってやる」

兄の言うとおりだと気づき、ドノヴァンはナイフをベルトのホルダーに戻してから、やさしくイヴの顔に触れた。彼がわからないだろうか。だが、ドノヴァンが触れてもイヴは無反応だった。身動きひとつしない。目はうつろなままだ。空虚。生気がない。

パニックに襲われ、どうしようもないほど体が震えはじめた。赤ん坊みたいに泣きたかったが、イヴのためにしっかりしなくては。取り乱している場合ではない。気を強く持たなければ。イヴの支えになるのだ。いまの彼女にとって唯一のたしかな存在に。

ギャレットが手早くイヴを解放してから、ふたりで拘束衣を脱がせ、とうとうイヴは自由になった。だが、腕は体の横でだらりと垂れている。自由になったのに、まったく気づいていないようだ。視線は窓の外のどこか遠くに向けられたままだった。

「イヴ」ドノヴァンはやさしく言った。「イヴ、ハニー、おれだ、ドノヴァンだ。もう安全だ。おれがついてる。トラヴィスとキャミーは無事だ。きみの義父は死んだ、ハニー。もうきみを傷つけられない。きみは自由だ」

イヴは反応せず、ドノヴァンの恐怖が増しただけだった。イヴに向かってどなりたかった。正気を取り戻すまで揺さぶりたかった。だがそんなことはできない。どんな形であれ乱暴なまねはぜったいにしない。必要なのはやさしさと思いやりだ。それを与えよう。それ以上のものも。愛をささげて、二度と疑いを抱かせたりしない。

ジョーが白衣を着た男を引きずるようにして戻ってきた。男は明らかにひどくおびえていた。ジョーが思いきりびびらせたにちがいない。それでは足りなかったとしても、すぐにスカイラーがとてつもなくおそろしい顔で男に近づいた。チアリーダーのジョークはべつにしても、無邪気な女には見えない。殺気立った目つきで、ぞっとするようなナイフを男の顔の前でちらつかせた。

「二秒やるから、彼女になにをしたのか答えなさい。さもないと、ばらばらに切り刻んでやる。ゆっくりと痛めつけながらね。血を流して苦しむことになる。でも、死ねない。死にたいと願うだけ」スカイラーは吐き出すように言った。

男は真っ青になった。ジョーの脅しよりも、いまのスカイラーの脅しのほうが効いたようだ。

凶暴なときのスカイラーはたしかにすごい。エッジが得意げににやにや笑いながら、活躍中のスカイラーを誇らしげなまなざしで眺めていた。うしろにさがっているスワニーは口もとに半笑いをうかべ、同じく興味深げに眺めていた。

「危害を加えてはいない。身体的には」男はいそいで言い直した。「到着してから、ずっと強い鎮静剤を投与してる。ここに来たときにはすでに薬を打たれてた。ここに来てからずっとこんな状態だ。厳重に監禁するようにと言われた。自殺のおそれがあるし、暴力的な傾向があって、過去に彼女を治療してた人たちを傷つけたから、拘束しておけと」

「なにを与えたんだ？　量は？」ドノヴァンはどなった。

「記録してある」男は口ごもりながら言った。「すべて記録に残ってる。最後に薬を打ったのは三十分前だ。彼女の主治医から、一日四回薬を投与するように指示された。戻ってきてからもう一度診察するから、それまで鎮静状態にしておくようにと」

「ふざけるな」ドノヴァンはうなった。「おまえに指示を出した医者はどこのどいつだ？　そのくそ野郎は戻ってくるつもりなんてなかったはずだ。彼女をずっとこのままにしておきたかったんだ」

「知ってることはすべて話す」男は言った。「従業員たちを傷つけないでくれ！　彼らに罪はない。患者たちを治療するためにここにいるだけだ」

「そのわりには患者が少ないわね」スカイラーがうなるように言った。「こんなにどでかい私有施設なのに、ここにいる患者は四人だけ？　どうせ金持ちの家族が大金を払って自分たちの〝問題〟を片づけてもらってるんでしょう？」

男の目に罪悪感がよぎる。図星だったようだ。

「ドノヴァン」レズニックが静かに口を開いた。「イヴをここから連れ出せ。ここはおれに任せろ。これは連邦レベルの管轄になる。現場を封鎖して、正当な手続きを踏むことになる。この場所は閉鎖され、関係者は全員逮捕されて、自分たちの行動の責任を負う。ここでおまえにできることはなにもない。手を出せば事態がややこしくなるだけだ。ウォルトの不幸な死にトラヴィスがけっして結びつかないようにする。おれを信じてくれ。後始末はおれに任せろ。おまえとイヴとトラヴィスとＫＧＩはまったく関係ない」

無理な要求ばかりだった。ドノヴァンは復讐心に燃えていた。血を流させたい。イヴをこんな目にあわせたやつら全員に罰を与えてやりたい。だが、レズニックの言うとおりだ。いちばん大切なのはイヴだ。唯一の優先事項。復讐はいまドノヴァンの優先順位にふくまれていない。

目を閉じ、同意してうなずいてから、慎重にイヴを腕にかかえた。胸が張り裂けそうだった。イヴの体はぐったりとしていて、目は動かず、相変わらず一点を見つめていた。

ドノヴァンはいそいで施設を出た。建物を全焼させて、ひとり残らず燃やしてやりたかった。いつの間にかイーサンも外に出ていて、正面のSUVの中で待っていた。

「飛行場に行って、さっさとここから離れるぞ」サムがドノヴァンの肩に手を置いて言った。「ジェット機の給油はすんでいるから、いつでも飛び立てる。ネイサンとジョーとスカイラーとイーサンと一緒に先に行け。おれたちもすぐあとを追う。イヴを飛行機に乗せて、家に帰るぞ」

42

一時間後、ジェット機が飛び立った。ドノヴァンはイヴを腕に抱いて座っていた。なだめるように話しかけ、愛を伝え、もう安全だと伝えた。家に帰るのだと。トラヴィスとキャミーは無事だと。

ドノヴァンたちが飛行場に着いたとき、すぐにトラヴィスがイヴを見て取り乱した。生きていることにほっとしていたが、どんな目にあわされたかを知ってたちまち打ちのめされていた。

トラヴィスの気をまぎらわせるために、ドノヴァンはネイサンにトラヴィスを一緒にコックピットに乗せるように指示した。イヴには親しい家族が必要かもしれないが、トラヴィスはひどく気が動転していて、イヴにとって事態が悪化するだけではと不安だった。とはいえ、イヴはまわりの状況がまったくわかっていないようだった。ドノヴァンはトラヴィスの心配をすることなく、イヴとふたりきりで過ごす時間が欲しかった——必要だった。トラヴィスはネイサンがなぐさめてくれるだろう。

ジョーがジェット機のラウンジエリアに入ってきた。ほかのチームメンバーはコックピットとラウンジエリアのあいだの座席に残っていた。ラウンジエリアにはソファと二脚のアームチェアがあり、ジョーはドノヴァンの向かいに腰をおろし、同情と理解にあふれた目で兄を見やった。

「なあ、兄貴の気持ちがわかるなんておれには言えない」ジョーは口を開いた。「おれは本気で女を愛したことがない。兄弟でおれだけがフリーだし、そんなおれが兄貴の気持ちがわかるとかふざけたことを言って侮辱するつもりはない。だけど、兄貴たちみんなのことを見てきた。イヴは乗り越えられるさ。彼女は強い。ファイターだ」

「だがおれに裏切られたと思ってる」ドノヴァンは苦しみを感じながら言った。「あっさり立ち直れると思うか？　イヴはおれが彼女を裏切って、利用して、嘘をついたと心の底から信じこんでる。その男の呼びかけに応えてくれるか？　イヴを見てみろ。これはイヴじゃない。なにもわかってない。正気を失ってる。薬のせいか、現実に耐えきれないせいか」

「おれたちがシェイを見つけたときのことを思い出してみろ」ジョーがやさしく言った。「正気じゃなくなってただろう。ネイサンは彼女を失ったんじゃないかってひどく不安になってた。二度と取り戻せないんじゃないかって。シェイに必要だったのは時間とネイサンの愛だ。おれたちの愛。彼女の家族の支え。おれたちの家族。イヴも同じさ。きっともとに戻るはずだ、ヴァン。兄貴の愛で包んでやれ。愛してる、けっして裏切ったりしないって伝えるんだ。きっと立ち直るさ。もうマレンに電話をして、待ってもらってる。どうすればいいか、もっとちゃんとした治療を受けさせたほうがいいか、教えてくれるはずだ。どんな治療が必要だろうと、必ず受けさせる。兄貴とおれたち家族がついてる。キャミーとトラヴィスもついてるし、ウォルトはこの世から消えたんだから、きっと乗り越えられるさ。時間が必要なだけだ。シェイに時間が必要だったようにな。でも、必ずもとに戻るさ。おれは心の底から信じてる。兄貴をなぐさめるためにこんなことを言ってるわけじゃないぞ」

「イヴはおれのせいでこんなことになったと思ってる――信じてる。そう思うと耐えられない」ドノヴァンはしゃがれ声で言った。「こんなふうにほかの女を愛することはぜったいにない。イヴは理想の女だ。運命の相手。はじめて会った日からわかってた。もっとはっきりと態度で示せばよかった。ちゃんと伝えるべきだった。だけど、これから時間はあると思ってたんだ。おれは傲慢だった。ウォルトを片づけるのは簡単だって信じこんでた。あいつにしっぽを出させるなんて朝飯前だって。おれは自分が欲しいものに夢中になっていて、思いどおりにいかない可能性なんて考えてなかった。そしてイヴがその代償を払うことになった。最初から率直に打ち明けていればよかった。おれは彼女を守ろうとしたんだ。だけどそのせいで、イヴはおれに裏切られたと信じてしまった。おれは女性と子ども、とくに子どもに弱いってさんざん言われてるしな。くそ、おれでさえ、それがどれだけひどいことに思えるか、どれだけひどい話に聞こえるかわかる。イヴがあんなふうに考えたのも当然だ。家族全員が世界じゅうに向かってそのいまいましい言葉を大声で口にしてるんだから。とくに子どもって言葉が続くたびに、イヴは自分はおまけなんだと感じてたにちがいない。あの子たちほど大切な存在じゃないって。イヴこそすべての心臓であり魂なのに」

「自分を苦しめるのはやめろよ」ジョーが言う。「そんなことをしたって、自分にもイヴにもなんの役にも立たないぞ。やめろ。愛と支えでイヴを包んでやれ。キャミーとトラヴィスのところに連れ帰ってやるんだ。イヴは乗り越えられるさ。それ以外の考えは受け入れない。ケリー家の人間が頑固で、不屈で、尊大だってことはよくわかってるだろう。こうと決めたら、なにがなんでもやり遂げる。イヴは家族だ。おれたちの一員だ。おれたちはイヴを見捨てたりしない」

ドノヴァンはほほ笑んだ。苦悩がいくらかやわらいでいく。少しだけ。

「弟に説教されるなんてまいったな」とつぶやく。

ジョーはにやりと笑った。「楽しいぜ。こんなこと二度とないかもしれないからな」

「ありがとう」ドノヴァンは心をこめて言った。「おまえとネイサンが陸軍を退役して、おれたちと働いてくれてよかった。おまえたちが加わるまで、おれたちは完璧じゃなかった。いまはみんながそろってる」

ジョーの目が翳る。ネイサンを失いかけたことを思い出しているのだろう。ジョーの双子の片割れの。

「おれはシェイの気持ちが感じ取れただろう。ネイサンと同じようにおれも交信できた。シェイが見たものを見て、感じたものを感じた。シェイは地獄を味わってた。拷問されて、おれたちが見つけたときは生気のない抜け殻だった。それでももとに戻った。イヴも同じさ。時間をやれ。薬を打たれてただけなら、きっと治るさ」

ドノヴァンはイヴの口もとの黒いあざと乾いた血に親指でやさしく触れた。「だれかに殴られたんだ。殴られたのだとしたら、ほかの方法でも傷つけられた可能性がある。どんな目にあったのか、けっしてわからないかもしれない。たとえもとに戻ったとしても、なにが起きたか思い出せないかもしれない」

「そのほうがいいのかもな」ジョーは静かに言った。「思い出せないほうがいいものもある。愛されていて安全だってことがわかっていればいい。もう過去は関係ない」

ドノヴァンはうなずいた。「そうだな。おまえの言うとおりだ。だけど、ちくしょう、イヴをこんな目にあわせたクズどもをひとり残らず殺してやりたい。それなのに、レズニックに任せておく？　こんなにつらいのは生まれてはじめてだ」

「こんなに献身的なこともな」ジョーが言う。「兄貴は現場から歩き去った。イヴに必要なことだったからだ。イヴには兄貴が必要だ。だから、復讐する代わりに歩き去った。イヴには兄貴が必要だったから。正しいことをしたんだ、ヴァン。そうじゃないなんて考えるな」

ドノヴァンはイヴを腕に抱きしめ、目を閉じて額に口づけをした。

「おれのところに戻ってきてくれ」とささやく。「おれのところに戻ってきてくれ。きみを愛してるって伝えるから。これから死ぬまでずっと毎日きみを愛してると伝えるから」

43

ドノヴァンはイヴを抱いて、飛行機をおりた瞬間からそばを離れないトラヴィスを横に従えて家に入っていった。そのとたん、ソファに座っていたソフィのひざの上からキャミーが飛び出し、ドノヴァンとトラヴィスに駆けよった。

トラヴィスはすぐさまキャミーを抱きあげて思いきり抱きしめたが、キャミーは恐怖で目を丸くしてイヴを見つめたままだった。

「イヴィ？」キャミーはささやいた。「イヴィ、どうしたの？」

涙があふれた大きな目でドノヴァンを見やる。

「大丈夫だよ、スイートハート」ドノヴァンは言った。嘘を許してもらえるように神に祈りながら。「眠ってるだけだ。とっても疲れてるから、休ませてあげないと」

マレンが心配そうに眉をよせて歩いてきた。

「ここではだめだ」ドノヴァンは声をひそめて言った。「寝室に連れていく」

そう言いながらソフィに視線を向け、キャミーの気をまぎらわしてくれと無言でメッセージを伝えた。

「キャミーと一緒にここにいてくれ」ドノヴァンはトラヴィスに言った。「安心させてやらないと。イヴが心配だろうが、マレンが診てくれるし、なにか変化があったらすぐに知らせる」

トラヴィスはその指示に不満そうだったが、反論しなかった。キャミーに明るい笑みを向ける。

「会いたかったよ、おチビちゃん。シシーとおもちゃで遊ばないか？」

キャミーはけげんそうな顔をしたが、ドノヴァンにうながされると言うとおりにした。トラヴィスの腕からおりて彼の手をつかみ、ソフィが少女たちのために一時的に設けた遊び場に引っ張っていく。

ドノヴァンはいそいでイヴを自分の寝室に運び、そっとベッドに横たえた。いまイヴは目を閉じている。さっきまでずっと開いたままで、うつろだった。生気がなかった。まったく。しかしいま、イヴは眠っており、そのことにドノヴァンは少しほっとしていた。起きているのに意識がなく、彼女にしかわからない地獄にいるより、少なくとも、しばらくは穏やかに眠っていられるだろう。

すぐに取りのぞいてやる。痛みも、苦しみも、悲しみも、怒りも。彼女を取り戻せるのであれば、すべてを引き受けよう。もとに戻ってほしい。彼が知っているイヴ、彼が愛するようになったイヴに。これほど熱烈に女を愛せるなんて想像もしていなかった。

愛が存在するのはわかっている。愛はたしかに貴重なものだ。兄弟やチームリーダーたちが妻といるときの様子を見てきた。けれど、それはこんなふうにすべてを燃やしつくすような感情だろうか？　彼が感じている気持ちは、兄弟と妻たちの絆とは比べものにならないのでは？　信じがたいことだし、兄弟たちは異を唱えるにちがいない。みな、妻の苦しみを引き受けようとするだろう。妻のためならためらうことなく命をささげるだろう。妻のためなら、どんなに大きく困難な犠牲も払うにちがいない。

愛とは多くの側面を持ち、苦しみをともない、喜びにあふれ、心を満たし、そしてとてつもなくおそろしい。

愛は男を脆弱にする。想像を絶する痛みと苦しみをもたらす。しかしまた、この世のどんなものより強力なものを与えてくれる。女の愛は、男が受け取るもっとも貴重な贈り物である。けっしてそれを当たり前だとは思ったりしない。イヴを取り戻せたら、彼女の信頼と愛を取り戻せたら、永遠に大切にしよう。二度と彼に対して疑いを抱かせたりしない。残りの人生をかけても、彼女を傷つけた償いをしてみせる。

ドノヴァンたちが施設から持ってきた医療ファイルをマレンが読んでいた。読み進めるにつれて、しかめ面になっていく。やがて嫌悪感もあらわにファイルを投げ捨て、イヴのベッドわきに行って詳しく診察した。やさしくイヴの目を開け、ペンライトで照らして瞳孔を確認する。次いでバイタルをチェックし、声を出さずに呼吸数を計った。唇が動いていることから、計測しているのだとわかった。

それがすむと、ため息をついてドノヴァンのほうを向いた。

「植物状態みたいになってる」マレンの目は涙できらめいていた。それと憎悪で。「スカイラーから、小屋で見つけた日記のことを聞いたわ。イヴが彼の誘いを拒んだら、彼の計画を拒んだら、罰を受けさせるって書かれてたそうね。奇妙だけど、無理やり犯すのはいやだったみたい。あのろくでなしは、自分が彼女を愛人としてベッドに連れこみたいと思ってるんだから、光栄に思うべきだって考えてた。だから、イヴが拒んだら、拒んだのは明らかだけど、しばらく彼女を施設に収容するつもりだった。強い鎮静剤を投与し続けたあとで、イヴが薬から目覚めて、少し意識がはっきりしたところで会いにいこうとしてた。拘束されて生気のない植物状態として生き続けるか、彼とベッドをともにするという要求をのんで人生のすべてを支配させるか、どちらか選ばせるために」

「あいつはイカれてた」ドノヴァンは吐き出すように言った。はらわたが煮えくり返りそうだったが、同時にイヴが性的虐待を受けていないことにほっとしていた。こんな状態にさせられたほうがましだったというわけではない。だが少なくとも、身体的に大きな危害は加えられていない。

「ある意味、レイプされるよりこっちのほうがひどいわ」マレンがドノヴァンの考えをはっきりと読み取って静かに言った。「彼女の体をレイプしてはいないけど、心をレイプしたも同然よ。彼女の選択肢を奪った。正気を。すべてを奪い取った。自尊心、彼女という存在そのもの。こういうレイプより、身体的なレイプのほうがもっと早く回復したかもしれない」

「回復するのか？」ドノヴァンはしゃがれ声で聞いた。「なにを投与されてたんだ、マレン？ほんとうのことを教えてくれ。率直に言ってくれてかまわない。知りたいんだ。心に永久的なダメージを負ったのか？　もとに戻るのか？」

「座って」マレンはやさしく言いながらドノヴァンの腕を引っ張り、ベッドわきの椅子に座らせた。

「わたしが調べたかぎりでは、強い薬を投与されてたわ。まちがいなく合法な医療機関じゃなかったから、記録は不十分で、漠然としてる。定期的に向精神薬を投与してたみたい。というより、頻繁に。一日に四回よ。しかも、施設に到着したときにはすでに強い薬を投与されてた。クロルプロマジンみたいな薬には半減期が長いものもあって、体から完全に影響が消えるまで何日もかかることがあるの。運よく半減期の短い薬を投与されてたのなら、もっと早くもとに戻るかもしれない。ただ、たしかめる方法はないの」

診断をドノヴァンに理解させるためにマレンは言葉を切った。それから、同情にあふれた目でドノヴァンを見つめながら話を続けた。手を伸ばし、なぐさめるように彼の手を握りしめる。

「それと、イヴが正気を取り戻したがっていないとも考えられるわ。苦しみも裏切りも感じない場所に引きこもってしまったのかも」

ドノヴァンはたじろいだ。顔から血の気が引いていく。

「あなたを苦しめるために言ってるんじゃないわ」マレンは言った。「でも、知っておいてちょうだい。イヴはあなたに裏切られたと思ってる。あなたが彼女を愛していなくて、トラヴィスとキャミーだけを大切に思ってると。ある意味、薬はイヴにとって天の恵みだったのかも。おかげで感覚が麻痺したんだもの。なにも感じていない。なにもわからない。まわりのことを認識していなくて、たぶんそれを喜んでる。心が彼女を守ってるのよ。傷つかないように。義父という現実におびえたり、彼になにをされるかと怖がったりしないように」

「おれにできることは？」ドノヴァンは力なく聞いた。

目の端に涙があふれる。まばたきをすると、目の中で砂がこすれるみたいだった。感情がむき出しになり、心が粉々になっていた。彼のせいでイヴはこんなふうになってしまったのだ。彼のせいでこんなことになったのだ。ほかのやり方をしていればよかった。彼女に話を聞かせないことにあれほど執着しなければよかった。イヴを信用せずに計画を打ち明けず、人生で最大の過ちを犯してしまった。自分はイヴの信用に値しない。彼女を信用しなかったのだから。計画を知らせたくなかった。愚かにも、なにも知らせずに問題を解決して、事後報告して、そしていつまでも幸せに暮らせると思っていた。

自分は賢くて、組織全体の頭脳であるはずなのに。

世界一の大まぬけだ。心で考え、いちばんの長所を使わなかった。身体的強さではない。訓練で鍛えたものでもない。知性。思考力。そしてドノヴァンは失敗し、イヴが大きな代償を払うことになってしまった。

「自分を苦しめないで、ヴァン」マレンが静かに言った。「そんなことをしても、自分にもイヴにもなんの役にも立たないわ。彼女のために気を強く持たなきゃ。戻ってきたいと思わせるのよ。彼女を愛してる、彼女を裏切ってないって説得するの。そして、辛抱強く待って。彼女がもぐりこんでる穴から出てきたいって思うまで。そこでの彼女は安全なのよ。どんなものにも傷つけられない。でも、現実の世界は？　彼女を破滅させるかもしれない。それをよくわかってるのよ」

「じゃあ、ただここに座ってなにもしないってことか」ドノヴァンは苦々しく言った。

「いいえ」マレンは反論した。「イヴに話しかけて。家族みんなでそばについていてあげて。あなたとトラヴィスとキャミーで。辛抱強く。薬の影響が消えはじめて、まわりのことがわかるようになったとき、もう殻に閉じこもらせないで。そしてそのときこそ、いっそう強く訴えかけて。それまで彼女にとってなぐさめだった薬の影響が消えたら、ほかの方法で引きこもってしまうわ。心っていうのはとても複雑で、なんとしても自分自身を守ろうとするの。それを許してしまったら、薬がなくても引きこもる方法を見つけるわ。だから、あなたの愛で包んであげて。キャミーとトラヴィスの愛で。みんなで力を合わせるの。家族だって伝えるの。四人で家族なんだって。それと、やさしくしちゃだめよ、ヴァン。本能ではイヴを赤ん坊みたいに甘やかしたいでしょう。どんな苦悩も与えたくない。彼女が動揺してると思ったらすぐに手をゆるめてしまう。だけど、それはだめよ。愛しているからこそ厳しい態度で接して、必要なら脅すの」

「で、いま以上にもっと憎まれることになる」ドノヴァンは陰鬱に言った。

「いいえ。イヴを引きこもらせないことで、どれだけ愛しているかを伝えるのよ」

ドノヴァンは頭をかき、マレンは彼をきつく抱きしめた。

「イヴは乗り越えられるわ、ヴァン。シェイがそうだったようにね。ネイサンはつらい思いをした。シェイが回復するまで、彼女を取り戻せるのかって百回は考えたでしょうね。でも、愛のおかげで戻ってきた。ネイサンの愛。彼はあきらめなかった。あなたもあきらめないでしょう。シェイがネイサンのところに帰ってきたように、イヴもあなたとトラヴィスとキャミーのところに戻ってくるわ。あなたたち三人のように心から彼女を愛してる人がいるんだから、戻ってこないはずがないでしょう？　もちろん、わたしたちもいるわ。シェイが証言してくれるでしょうけど、わたしたちは手ごわいんだから」マレンは笑いながらつけ加えた。それから少し真顔になった。「心からあなたを愛してるわ、ヴァン。あなたたちみんなを愛してる。スティールと結婚する前も、あなたはわたしの家族だった。もちろん、わたしには猛烈に愛してる自分の家族がいるけどね。わたしが必要なときにはそばにいるわ。電話してちょうだい。いつでも、昼でも夜でもかまわない。スティールとわたしがついてるわ。それを忘れないで」

ドノヴァンはマレンを抱きしめ返し、彼女の髪に顔をうずめながら、押しよせてくる悲しみに耐えた。マレンも強く抱きしめ返す。ドノヴァンがどれだけ自制心を失いそうになっているかわかっているかのように。

「おれも愛してるよ」ドノヴァンはしゃがれ声で言った。「ありがとう、マレン。いつもおれたちみんなを救ってくれてるよな。だけど今回はちがう。おれの人生がかかってる。これまで引き受けた任務より、これから引き受ける任務より、大切なことなんだ」

マレンはほほ笑み、体を引いてドノヴァンのあごを包んだ。「イヴのために気を強く持つのよ、ヴァン。そして厳しい態度で接して。甘やかしちゃだめよ。イヴを愛して、とうとう壊れてしまったらそばにいてあげて。きっと壊れるわ。一度悪化してから回復するものなの。薬が切れて、現実に戻って、すべてを思い出したら、壊れてしまう。そのときそばにいて、ばらばらになったかけらを拾い集めてあげて。そして、彼女を愛して、その愛を信じさせることで、苦しみを乗り越える力になってあげて」

「ありがとう」ドノヴァンはもう一度言った。

マレンは出ていき、ドノヴァンはベッドで寝ているイヴに注意を戻した。穏やかそうに見える。だが、その裏には悪夢がひそんでいるとわかっていた。眠ることで、地獄をよせつけないようにしているのだ。

44

重い霧が毛布のようにイヴを包みこんでいた。なんとかそれを追い払おうとする。奇妙だ。なんだか……どう表現すればいいのだろう。なんとなく、体が軽い気がする。それまでは血管に泥がつまっているみたいで動けず、感覚も意識もなかった。ここはどこだろう？なんとか記憶を呼び起こして、つなぎ合わせようとした。なんでもいいから……意味をなすように。

ビデオモニターに写真がランダムに映し出されるみたいに、記憶の断片がよみがえってきた。ウォルト。彼の脅し。そして無。小さな窓から荒れ果てた庭を見るともなく見つめていたのを覚えている。日射しで目が痛くなると、まぶたを閉じた。現実から逃げたかった。

でもいまは？　なかなか目が開かないことに当惑しつつまぶたを開けると、目の前が白かった。ややあって、あおむけで天井を見つめているのだとわかった。それから、低いささやき声に気がついた。

彼らだろうか？　彼女を霧の中に押し返すために戻ってきた？　イヴは抵抗しようとした。これ以上感覚を失っていたくない。最初はうれしかった。だけど、どうして？　なぜなにも感じないほうがいいと思っていたのだろうか。

「イヴィ？　イヴィ、起きたの？」

キャミー！　そんな、キャミーもつかまってしまったの？

そのとたん、記憶のなにもかもがよみがえって頭の中で爆発した。すべて。ドノヴァンの裏切り。ウォルトに追突されて車が道を外れたこと。飛行機に乗って、ウォルトの小屋に連れていかれたこと。彼の要求。脅し。なにがあっても、たとえイヴが協力しなくても、トラヴィスとキャミーを取り戻すと断言していたこと。イヴはトラヴィスとキャミーをドノヴァンのところに置いてきた。ドノヴァンがイヴをどう思っていようと——彼女のことは大切ではないとしても——少なくとも弟と妹の面倒を見て守ってくれるはずだと心から信じていた。ほかの多くのことと同じように、それもまちがっていたのだろうか？

ふたたび霧がゆっくりと彼女を包みこもうとしていた。そこから逃れなければ。キャミーを守らないと。守ってみせる。なんでもウォルトの望みどおりにしよう。キャミーに手を出さないと約束してくれるのであれば。

苦悶のうめき声をあげ、しゃがれ声になっていることに困惑しつつ、唇を舐めてしゃべろうとした。

「言うとおりにするわ」ようやくなんとか声が出た。「なんでも望みどおりにする。言うとおりにするわ。だけど、キャミーを帰すって約束して。なんでも望みどおりにするから」

言葉がつまり、気がつくと涙が絶え間なく頬に流れていた。自分がしてきたことはすべて無駄だったのだ。逃げたこと、つねにおびえていたこと、犠牲を払ったこと、払うつもりでいたこと。どれも意味がなかった。けっきょくウォルトが勝ったのだから。

そのとき、心底驚いたことに、目の前にドノヴァンの顔が現れ、さらに困惑したことに、彼の頬には涙が流れ、目に悲しみがあふれていた。

ドノヴァンはイヴの顔に触れ、果てしなく流れる涙をぬぐおうとした。イヴはどうしても涙を止められなかった。大切なものをすべて失った。だけど、どういうこと？　どうしてドノヴァンがここにいるのだろう？　ここはどこ？

「いとしいイヴ」ドノヴァンが喉をつまらせて言った。「よかった、イヴ。ハニー、もう安全だ。キャミーは無事だ。トラヴィスも無事だ。ふたりともここにいて、きみに会いたがってる。きみはどうだ？　ふたりともすごく心配してる。おれもすごく心配だった」

イヴはしきりにうなずいた。涙がとめどなくあふれて喉がつまっているせいで、まったくしゃべれなかった。

キャミーが慎重にベッドによじのぼり、それからトラヴィスがドノヴァンを押しのけるように前に進み出た。ドノヴァンはトラヴィスが近づけるようにうしろにさがった。イヴは弟と妹を見あげ、涙を流した。

キャミーが片側からイヴを抱きしめ、反対側からトラヴィスが抱きしめる。イヴも抱きしめようとしたが、腕が鉛におおわれているみたいだった。それでもなんとか腕をあげてしっかりとふたりを抱きしめ、その感触にひたった。とてもあたたかく、生きている。無事でいる。ドノヴァンが無事だと言っていた。みな無事だと。

「泣かないで、イヴィ」トラヴィスがつらそうな声で言った。彼も泣いているのだとわかった。「もう大丈夫だよ。戻ってきたんだ。大丈夫。泣かないで。ぼくたちはみんな無事だよ。ウォルトは死んだ。もうだれのことも傷つけられない。もう姉さんを傷つけられない」

イヴは無我夢中で弟と妹にしがみついた。はなしたくなかった。これは無理やり打たれた薬の影響なのではないだろうか。心の願望が奇妙な形で現れたものでは？　自分の妄想が生み出した幻覚なのでは？　薬による錯覚なのでは？

「本物なのね」イヴは喉をつまらせて言った。「ここにいるのね。ああ、すごく心配したわ。てっきり……あなたたちも彼につかまったかと思った」涙を流しながら言う。

キャミーがイヴの頬をぺちぺちと叩いてから、どうしても止まらない涙をぬぐってくれた。「泣かないで、イヴィ」とトラヴィスの言葉をくり返す。「もう家族になれるんだよ。ほんとうの家族に。ヴァンがそう言ってた。あ、パパって呼んでもいいって言われたんだ。そう呼びたいな。いい、イヴィ？　ヴァンをパパって呼んで、イヴィをママって呼んでもいい？」

「ああ、ダーリン」イヴはささやいた。「あなたのことはすごく愛してるわ。でも……」

頭に真っ先にうかんだことを口にできず、目を閉じた。キャミーの空想を壊すわけにはいかない。そんなのは残酷だ。

「キャミー、トラヴィス、ちょっとイヴとふたりにしてもらえるかな？　いろいろと説明しなきゃならないことがあるんだ。レイチェルとソフィと一緒にリビングにいてくれ。しばらくしたら戻ってきていい。約束する」

キャミーがイヴの頬にキスをしてから、かわいらしくほほ笑んだ。「なにもかもうまくいくって、ヴァンが約束してくれたんだよ」

それからキャミーはぴょんとベッドから飛びおり、トラヴィスがキャミーの手を取って部屋から出ていった。ここはドノヴァンの寝室だといまでは気づいていた。彼の家にいるのだ。テネシー。イヴがいたところから、遠く離れている……あそこにどれだけいたのだろうか。ついでに言うなら、どれだけここにいたのだろうか。

ドノヴァンがそっとベッドに腰をおろし、イヴの手を握りしめた。震えている。すっかり動揺しているみたいで、いつものような冷静で落ち着いた男には見えなかった。目は不安そうで、悲嘆に暮れているようだ。

しだいに霧が晴れていき、イヴはドノヴァンをもっとよく見てみた。そしてたじろいだ。やつれている。何日も眠っていないみたいだ。ひげは剃っておらず、服はしわくちゃだ。大酒を飲んで二日酔いになったかのようだった。

「なにがあったの？」イヴは困惑して聞いた。「わたし、どうやってここに来たの？　どうしてここにいるの？　ウォルトは死んだってトラヴィスが言ってたけど。どうして？」

ドノヴァンはイヴの頬をなでた。彼女がここにいて、目覚めていて、大丈夫そうだということをたしかめるかのように。彼女を大切に思っていないはずの男にしては、彼女を見てほっとして力が抜けているみたいだ。

「きみに話さなきゃならないことがたくさんある」ドノヴァンは喉をつまらせて言った。「だけど、きみに負担をかけたくない。戻ってきてからの三日間、きみは意識を失っていたんだ。おれの人生でいちばん長い三日だった。話す気分じゃなければ、休みたければ、またあとでいい。だがイヴ、もう一分たりとも誤解のせいできみを苦しめさせておくわけにはいかない」

イヴは眉をよせ、ドノヴァンの熱のこもった言葉をなんとか理解しようとした。体を起こそうとしたが、力が入らなかった。困惑して下を向く。まだ拘束されているのだろうか。だが、さっき腕は動かせた。とてつもなく骨が折れたものの、弟と妹をこの腕に抱きしめた。

虚空の中に戻りたかった。現実が侵入してこない無の海にただよっていたい。キャミーとトラヴィスが無事で、ウォルトがもはや脅威ではないとわかったいま、ただ真実から遠ざかりたかった。

でも、待って。ドノヴァンは誤解のせいで彼女を苦しめさせたくないと言っていた。どういう意味だろう？

「どうしたいんだ、イヴ？」ドノヴァンがとても心配そうな目で聞いてきた。

「体を起こしたいから手を貸してくれる？」イヴは聞いた。こんな簡単なこともできないのが恥ずかしかった。

「もちろんだ。だけど、気をつけろ。無理をするな」

ドノヴァンは片方の腕でやさしくイヴの体を起こしてから、彼女の背後に枕をいくつか置いて楽によりかかれるようにした。そっと枕にもたせかけてもらうと、イヴはほっと吐息をもらしそうになった。羽毛の枕が最高にやわらかい雲のように彼女を包みこんでいる。

「どういうことか、さっぱりわからないの」イヴは言った。まだ奇妙な別世界にいるような気がしていた。「さっきの言葉は……」胸が悲しみに襲われ、ふたたび涙がこみあげてきて言葉が途切れた。

ドノヴァンはイヴのほうに体をずらしてくっつくと、彼女の両手を握りしめ、前かがみになって額をぴったりと触れ合わせた。

「おれはきみを裏切ってはいない、イヴ。ほかのことよりまずそれをわかってくれ。きみを愛してる。全身全霊できみを愛してる。きみが会話の断片を立ち聞きして、身も心もすべてをこめて、完全に、おかしくなるくらい、きみを愛してる。そのせいでつらい目にあうはめになってしまったこと、おれは一生後悔し続ける」

イヴは当惑しつつドノヴァンを見つめた。希望を抱くまいとしても心に広がっていった。

「罠だったんだ」ドノヴァンは説明した。「きみの義父をおびき出す計画だったんだ。おれはひどく傲慢だった。すべて計画どおりにいくと思ってた。やつが転がりこんできたら倒して、きみとおれはトラヴィスとキャミーと一緒にいつまでも幸せに暮らせると」

「だけど、わたしのことを精神的に不安定だって言ってたでしょう。トラヴィスとキャミーにとって危険だ、トラヴィスとキャミーの代わりにわたしを差し出す、ウォルトは復讐を望んでるから、あなたがわたしを渡せばそれが叶うって」

イヴはやっとの思いで言葉を口にした。心の中に苦しみが生き生きと鮮明によみがえってくる。それに合わせて霧が晴れていき、現実に直面せざるをえなくなっていく。

ドノヴァンはイヴと額をくっつけたまま目を閉じた。ため息をつくのが感じられ、そのやさしい吐息が口にかかった。その音は悲しみと後悔に満ちていた。自分はまちがっていたのだろうか？　ドノヴァンをひどく誤解していた？　有罪判決を出すのは早すぎた？　きちんと話し合うべきだった？

あまりに多くの可能性が考えられ、頭の中がぐるぐるまわった。

「計画の一部だったんだ。詳細をつめてるところだった」ドノヴァンが苦しみに満ちた声で言った。「ウォルトにそう伝えるつもりだったんだ。きみがおれにとって大切な存在じゃないと信じこませるために。おれが心配してるのは子どもたちだけだと。きみには精神科医の治療を受けさせたほうがいいと思うと言った。やつがどんなクズ野郎か知らずに心配しているふりをした。きみが必要としている助けを受けられるように、やつに引き渡そうと伝えた。そして、きみがもう子どもたちにとって脅威じゃなくなったと確信できたら、トラヴィスとキャミーを送り返すと言った。やつを有罪にするために、しっぽを出させたかったんだ。おれが子どもたちを事実上の人質にすることに激怒するだろうと期待していた。だが、やつは先にきみを捕らえて、それからおれと会って、こっちの条件にひとつ残らず同意したんだ。そのとき、おれはなにかがおかしいと気づいた。やつはすごくとりすましてた。すごく自信満々だった。それに、おれが子どもたちを預かっておくこともまったく気にしていなかった。あとで、おれの疑惑は正しかったとわかった。やつはすでにきみを捕らえてて、おれたちと会ってすぐに、おれの手が届かない地獄に連れていったんだ」

そこでドノヴァンは黙りこんだ。果敢に気持ちを落ち着けようとしているのだとイヴは気がついた。ドノヴァンは喉をつまらせながら言葉をしぼり出していた。その声は震え、とても感情がこもっていて、まぎれもなく誠意が感じられた。

「あんなことをした自分をけっして許せない」ドノヴァンはささやいた。「きみをつらい目にあわせたこと。一瞬でもおれへの疑いを抱かせてしまったこと。きみを愛してると伝えるべきだった。家族になるとかいうあいまいな言葉じゃなくて、ずっときみと一緒にいたいと伝えるべきだった。きみがあんなにあっさりと最悪のシナリオを信じたのも当然だ。おれの態度からは、そうではないと思わせてやれなかったんだから。イヴ、きみはおれの命だ。おれの世界。たしかにトラヴィスとキャミーを愛してる。たしかに家族になりたい。だが、きみがいなきゃだめだ。きみはこの家族——おれたちの家族——の心臓であり魂なんだ。きみがいなければ、おれたちは不完全だ。おれも、トラヴィスも、キャミーも。おれはあの子たちにいてもらいたい、イヴ。それを疑うな。だけど、おれはきみが欲しい。心も魂も。体も精神も。きみと子どもを作りたい。トラヴィスとキャミーに弟や妹を作ってやりたい。みんなで家族になりたい」

「ああ、ドノヴァン」イヴはささやいた。あまりに胸がいっぱいで、彼の名前しか口にできなかった。

ドノヴァンはイヴと唇を重ね、このうえなく穏やかなキスをした。とてもやさしく、うやうやしく。とても愛情をこめて。どうして彼を疑えたのだろう？　どうしてわからなかったのだろう？　あまりに不安で、万策尽きて絶望的な状況になるのをただ待っていた？　こんなにいいことや愛が存在するなんてぜったいに信じたくなくて、これは現実じゃないとずっと思いこみながら、ただ時間が過ぎるのを待っていた？

どれもそのとおりだった。

「ほんとうにごめんなさい」イヴは喉をつまらせて言った。

ドノヴァンは顔をあげ、両手でイヴの顔を包みこんだ。その目は熱烈で、激しく燃えあがっていた。

「おれに謝ったりするな、イヴ。ぜったいに。謝罪は受け入れない。ひざまずいて許しを請うべきなのはおれだ。チャンスをくれるなら、一生かけて証明してみせる。おれ以上にきみを愛せる人間はいないと。おれ以上にきみを大事にできる人間はいないと。おれを信用したことをけっして後悔させたりしない」

イヴはきちんとした返事を口にすることさえできなかった。言いたいことがたくさんあったが、すべてを伝えられそうになかった。涙が頬を流れ落ち、ドノヴァンの手に当たる。

「これは喜びの涙だって言ってくれ。あるいは安堵か」ドノヴァンが訴えかけるように言った。「悲しみの涙だけは流さないでくれ、イヴ。きみの人生は悲しみばかりだった。これからは幸せになってもらいたい。おれがきみを幸せにしてやりたい。もう一度きみを笑顔にするためなら、なんだってする」

イヴはドノヴァンにほほ笑み返した。ぎこちない笑みだったが、魂にあふれる喜びをすべて注ぎこんだ。ドノヴァンがわかってくれるように。疑いを抱かないように。

ドノヴァンは両手でイヴの顔を愛撫しながら涙をぬぐい、いっそう真剣な表情になった。

「おれを愛せるか、イヴ？　おれがきみを愛する気持ちの半分でもきみに愛してもらえるチャンスはあるか？」

「ああ、ドノヴァン」イヴはしゃがれ声で言った。「愛してるわ。心から。ずっと愛してた。きっと最初から。愛し合った夜、あのはじめてのときに確信した。でも、希望を抱くのがすごく怖かった。あなたを愛するなんて早すぎるんじゃないか、その場の雰囲気に流されてるんじゃないかって不安だった。それに、あなたの気持ちがわからなかったし、自分の気持ちを伝えるのが怖かった。そんなとき、あなたの話を聞いて……」

「しーっ」ドノヴァンの目はあたたかく、イヴと同じように喜びで輝いていた。「きみが聞いたことに関してはもう話は終わった。そのことは忘れてくれ。簡単には忘れられないだろうし、考えるとやっぱりつらくなるはずだが、そんなときはひとつだけ思い出してくれ。おれがきみを愛していること、ふたりで愛と笑いと幸せにあふれた長い人生を送りたいと思ってること。トラヴィスとキャミーにも、いつか生まれるおれたちの子どもにも、そこに加わってもらいたい。だけどいまは、このままの家族で心から満足してる。子どもを増やすのは、トラヴィスとキャミーをおれたちの愛で支えて、お互いの愛で支え合って、安心させてからでいい」

「抱きしめてくれる？」イヴは聞いた。「すごく疲れてるけど、目が覚めたら全部夢だったことになるんじゃないかって不安なの。眠るのが怖い。あなたとトラヴィスとキャミーを失いたくない」

ドノヴァンは体を横に向け、ベッドの上でイヴと並んで横たわった。手を伸ばして掛け布団を引っ張りあげてから、腕の中にやさしくイヴを包みこんだ。額に口づけをし、なにかをささやいた。きっと祈りだろう。家族が戻ってきたことを神に感謝している。

「眠れ、おれのいとしいイヴ」ドノヴァンの声は愛にあふれていた。「目が覚めたときにはおれがここにいる。きみが目覚めるときはいつだっておれがそばにいる。二度とひとりぼっちにはさせない」

エピローグ

金曜日の夜、地元の高校のフットボール場にケリー家の全員が集まっていた。冷たいそよ風がスタンドを吹き抜ける。

　寒冷前線が押しよせており、あたたかい気候から季節外れの寒さに変わっていた。九月の第二週の末だというのに、すでに秋が押しかけてきて、夏の蒸し暑さを撃退していた。今年の夏は例年より暑かったので、うれしい救いだった。ドノヴァンの人生を永遠に変えた夏。

「トラヴだ！」

　キャミーの興奮した金切り声に、ケリー一族はフィールドに注意を向けた。ホームチームの選手たちがエンドゾーンに設けられたバルーン製の入場トンネルから飛び出してくる。トンネルの両側にはチアリーダーが並び、選手たちはサイドラインへと走っていく。

　ドノヴァンはほほ笑んだ。トラヴィスが——彼の息子が——軽やかにベンチに駆けていき、大勢の選手たちに囲まれた。みなで互いの背中に飛び乗ったり、歓声や叫び声をあげたりしている。イヴが手を伸ばしてきて、ドノヴァンの手をつかんで握りしめた。

　ドノヴァンは妻を見おろした。妻。その言葉に飽きることはけっしてないだろう。おれの妻。彼女を失いかけたことを思い出すと、いまだに打ちのめされる。考えたくもない。依然としてひざから崩れてしまいそうになる。

イヴの手を握り返し、彼女のうれしそうな顔をじっくりと眺めた。目は涙で濡れてきらめいているようだ。うれし涙。二度と悲しみの涙を流させたくはない。

「あの子、すごく成長したみたい」イヴは感激して声をつまらせながらささやいた。

ドノヴァンは喧騒の中でイヴの声が聞こえるように体をかがめた。

トラヴィスは選手たちを振りほどき、サイドラインをさらに進んでいった。それから振返り、スタンドに目を走らせる。ケリー家の全員が立ちあがって、声援を送ったりぶんぶんと手を振ったりしていた。トラヴィスは満面に笑みをうかべ、同じように熱心に手を振り返した。ケリー家の面々が試合を見に来ると知ったときは、おじけづいていた。ひとりひとりに歓迎されていることに戸惑い、圧倒されていた。だが、すべてを受け入れた。トラヴィスもキャミーも。

「トラヴに手を振りたい！」キャミーが不満げに言った。

ドノヴァンはキャミーを肩にかついでやり、キャミーは落ちそうになりながら兄に手を振った。

レイチェルとイーサンと双子はしっかりと固まっているが、子どもたちは男の子らしく興奮してくねくねと動いていた。キャミーとイヴのあいだにはシャーロットがはさまれていて、ドノヴァンはキャミーの反対側に座っていた。

ギャレットとサラ、サムとソフィもいる。妊婦のふたりは腹が少しふくらみ、まちがいなく夫に無上の喜びを与えていた。ネイサンとシェイはほほ笑みながら夜を楽しんでいる。スワニーとジョー、そしてショーンの姿もあった。いないのはラスティだけだ。ラスティもトラヴィスのはじめてのホームでの試合を見たがっていたが、ノックスヴィルから車で帰ってくるのは大変だし、月曜は朝から授業に出なければならないのだ。

スカイラーとエッジも、ドノヴァンの家族への応援を示すために来ていた。

人生はすばらしい。

国家斉唱と旗の掲揚がおこなわれ、全員が立ちあがった。今度はドノヴァンが手を伸ばしてイヴの手をつかんで握りしめた。胸から心臓が飛び出しそうだった。しばし静寂が訪れると、ドノヴァンは感謝の祈りをささやいた。家族が無事でいること。いるべき場所に戻ってきた。望むのはそれだけだった。こうして家族に囲まれている。家族の愛に。

ふたたび席に座ると、イヴが横を向き、喜びで目を輝かせながらドノヴァンにほほ笑みかけた。この何カ月かで多くのことが起きた。不確かな曲がりくねった道を経てイヴが家に戻ってきたこと。彼女を、心と精神を、完全に取り戻すことはできないのではと不安になったこと。だが、不安になる必要はなかった。妻は逆境に強く、タフで、けっしてあきらめない女だ。義理の姉妹たちと同じだ。また、彼女たちがそうだったように、イヴは自然と家族に溶けこんでいた。

「わたしの孫を見て！」フィールドでトラヴィスがポジションに就くと、マーリーンが明らかに誇らしげな声で言った。

マーリーンの言葉を聞いてイヴのほほ笑みが大きくなり、顔に喜びがよぎる。

これまで大変だった。全員にとって乗り越えなければならないことがたくさんあった。ウォルトは死んで当然だし、もっとひどい目にあわせてやってもよかったくらいだが、トラヴィスは父親を殺した罪悪感と——いまでも——向き合っている。イヴも自身の問題と向き合わなければならない。キャミーはいまだに父親の悪夢にうなされており、トラヴィスとイヴが明らかにそれぞれの悩みをかかえているせいでますますひどくなっていた。

それでも小さな女の子は今回の騒動をすべて受け入れ、自力で乗り越えた。

そんな中、ひとつだけ変わらないことがあった。ドノヴァンは毎日欠かさず、妻にどれだけ愛しているかを伝えた。一日も欠かさず、トラヴィスとキャミーに愛していると伝えて安心させた。いつまでも自分とイヴの家族でいてほしいと。

いまでは、ドノヴァンとイヴはふたりを法的に養子にする手続きを進めていた。子どもたちに彼の名前を——彼らの名前を——名乗ってもらいたい。ケリーという名前を。それには愛と支えがこめられている。裁判所に行く日が待ちきれなかった。子どもたちが法的に彼のものになったときには、裏庭で盛大なバーベキューをすることになっている。ケリー家の全員で祝うのだ。

トラヴィスとキャミーからはすでに『パパ』と呼ばれており、ドノヴァンはばかばかしいくらい幸せだった。いっぽう、キャミーはしょっちゅうイヴを『ママ』と呼んでいるが、トラヴィスは『イヴィ』と呼ぶのが癖になっていた。だがイヴにはどうでもいいことだった。家族が無事でいるだけで、みんなで一緒にいられるだけで幸せだった。

イヴはときどき悪夢を見ることがあったが、この数週間でそれは少なくなっていた。ドノヴァンはイヴを腕の中で眠らせ、悪夢に苦しんでいるときはやさしく起こしてつねにそばについていた。イヴを抱き、愛をささやき、いつまでもそばにいると伝えた。

イヴが戻ってきたとき、ドノヴァンはどうしてもKＧＩの仕事を休む必要があったため、そうした。ひと晩でもイヴから離れたくなかった。ネイサンとジョーのチームが以前より多く仕事を引き受けるようになり、ドノヴァンは——兄弟たちも——彼らの努力に感心していた。

リオとスティールさえ感心していたが、新しいチームの二の次でいることを喜んでいるわけではなかった。だが、KＧＩは能率のいいマシンのようなものだ。いまでは三つのチームが積極的に働き、KＧＩはより多くの任務——正当な任務——を引き受けるようになっていた。さらに、義理の姉妹たちも運営に加わりはじめていた。とはいえ、ドノヴァンも兄弟も危険な仕事を任せたりはしない。彼女たちは女性を助けるために何時間も協力してくれている。そんな彼女たち全員がとても誇らしかった。中でもイヴは困っている人たちを助けたがっていた。かつてはイヴも困っている立場だった。義理の姉妹たちも。

なにもかもが……完璧だった。もう悪いことが起きるのを心配しなくていい。すべてが崩壊するのではという不安もない。家族がそろっている。KＧＩは活躍している。たとえドノヴァンが最近は運営にまわっているとしても。

そのうち、またフルタイムで働くだろう。だが、あせってはいない。人生ではじめて、仕事よりも大切なものができたのだ。

とりあえずは、ほかの仲間たちに任せておけばいい。自分はいちばん大切なものに時間を費やす。イヴ。子どもたち。

ドノヴァンはイヴを抱きよせた。あいだにいるキャミーとシャーロットを押しつぶすようにしてイヴを抱きしめ、こめかみにキスをする。

「愛してる」とささやく。

イヴはほほ笑み、顔全体を輝かせた。

「わたしも愛してるわ、ドノヴァン」

「おれたちの息子を見てみろ」ドノヴァンは誇らしげに言った。

「ええ」イヴはドノヴァンと同じくらい大きな笑みをうかべた。「これこそあの子がいるべき場所よ。学校で、十代の男の子がすることをしてる。スポーツをしてる。いい成績をとることだけを心配すればいい。ずっとあの子に望んでたことよ」

イヴのうっとりとした口調にドノヴァンはほほ笑み、ふたたび抱きしめた。少女たちは「つぶれちゃう」と文句を言って、ふたりのあいだから抜け出した。

「あの子のいるべき場所は、おれたちのいるところだ、ハニー。もう家族なんだ。いつかきみとのあいだにもっと子どもを作りたいが、心の中ではトラヴィスとキャミーはいつまでもおれたちの最初の子どもだ」

「わたしも同じよ」そうささやいたイヴの目は愛で輝いていた。「たくさん子どもが欲しいわ、ドノヴァン。かまわないでしょう？　子どもたちで家をいっぱいにするの。わたしが得られなかったすべてを与えてあげたい。いままでトラヴィスとキャミーが得られなかったものを」

「かまわないさ」ドノヴァンは満足感を覚えながら言った。「好きなだけ産んでくれ。いまから警告しておくけど、おれの子を妊娠して腹が大きくなったきみの姿を想像しただけで興奮しちまう。できるなら、これからきみには十年くらい先までつねに裸足で、妊娠していてほしい」

イヴは笑い声をあげた。あたたかく生き生きとした声がスタンドに響きわたる。家族がうれしそうにほほ笑んでこちらに視線を向けた。そのまなざしは愛と理解にあふれていた。みな、イヴがここにいたるまで紆余曲折を経てきたことを知っている。そしてみな、ドノヴァンと同じくらい感激して大喜びしていた。イヴが幸せであること。無事でいること。愛されていることに。

マーリーンが涙で目をきらめかせてドノヴァンを見つめた。そこには母親の愛情があふれていた。言葉ではなく、ただまなざしで、彼が最愛の相手を見つけたことをどれだけ喜んでいるかを伝えていた。

「十年先まではどうかわからないけど」イヴが慎重に言った。まだ口角があがってにこにこと笑っている。「でも、少なくとも五年だったらかまわないわ。あなたのお父さんとお母さんと同じくらいたくさん子どもを作れるんじゃない？」

「女の子を産んでくれるって約束してもらえるなら」ドノヴァンは言った。家じゅうにイヴの美しさとほほ笑みを受け継いだ娘たちがいると想像すると、心が満たされた。

「あなたたちが居住地を造った理由がわかる気がするわ」イヴが愉快そうに言いながら、ふたたびフィールドに視線を向けた。

トラヴィスがエンドゾーンまでボールを運ぶと、観客から歓声があがった。まわりではケリー家の人間がハイタッチを交わし、イヴはドノヴァンの兄弟たちから背中を叩かれた。

「さすがおれの息子だ！」ドノヴァンは立ちあがって叫んだ。心の中が誇らしさでいっぱいだった。「おれたちの息子だ」と続け、体の横でイヴを抱きしめる。

イヴの目には涙があふれていた。幸せで胸がはち切れそうになっているみたいだった。

また席に座ってから、ドノヴァンはイヴを見やった。「居住地がなんだって？」

イヴはいたずらっぽく目を輝かせ、笑い声をあげた。「あなたと兄弟たちに女の子が生まれるなら、あるいは、生まれてほしいと思ってるなら、男子たちから守るために高度なセキュリティーが敷かれた居住地が必要になるでしょう！」

ドノヴァンは即座に顔をしかめた。「そのとおりだ」とうなるように言う。「はな垂れ小僧をおれの娘たちに近づけさせるものか」

イヴはにやにやと笑いながらドノヴァンにもたれ、彼が腕をまわすと満足げにため息をついた。

「すごく幸せだわ、ドノヴァン」イヴはほとんど聞こえないくらい低い声で言った。

ドノヴァンはイヴの頭のてっぺんにキスをし、少し強く抱きしめた。

「きみが幸せならおれも幸せだ、ハニー。言葉では伝えられないくらい幸せだ。きみはおれのすべてだ。きみもトラヴィスもキャミーも。それをわかってくれ」

イヴは横を向いて顔をあげ、ドノヴァンの目を見つめた。

「わかってるわ。心から愛してる。こんな幸せが手に入るなんて夢にも思ってなかった。こんな家庭が手に入るなんて」

イヴの哀切な声に、心が乱されそうだった。腕に抱きしめて、家に連れ帰って、ひと晩じゅう抱きたくてしかたがなかった。だがいまは、ここにいるだけで満足だった。家族みんなで、フットボール場で活躍している息子を見ている。

「この先もずっとおれと家庭を築いていくんだ。おれにとっての家庭は、きみがいる場所だ。これからどんな人生が待っていても、きみがそばにいてくれればそれだけでいい」

イヴは顔を近づけてドノヴァンにキスをした。彼女らしい愛らしさが感じられるやさしいキスだった。ドノヴァンは目を閉じ、この瞬間にひたった。これからふたりの人生でこういう時間が何度も訪れるだろう。

望んでいたすべて。夢見て、求めて、切望していたすべて。それが腕の中にある。

もう兄弟たちが手に入れたものをうらやましいとは思わない。望みうるすべてを手に入れたのだ。美しく愛にあふれた妻。子どもたち。将来はもっと増えるだろう。すべて彼のものだ。

ドノヴァンは観覧席に目を走らせた。トラヴィスを応援するために家族が集まっている。ジョーと目が合うと、ドノヴァンは意地悪くにやりと笑った。ジョーはうんざりした様子で目を上に向けた。ドノヴァンが言いたいことをよくわかっているのだ。ドノヴァンがとうとう身を固めたいま、ケリー兄弟でまだ独身なのはジョーだけだ。これでジョーは集中攻撃の的になる。母親はすでにジョーに狙いを定め、義理の娘と孫の顔を見せてくれない息子はおまえだけだと指摘していた。

「ぜったいにない」ジョーは声には出さず口だけを動かして言った。

ドノヴァンはほほ笑んだだけだった。未来がどうなるかはわからないのだ。

訳者あとがき

お待たせしました！　日本でも人気のマヤ・バンクスによる〈ＫＧＩシリーズ〉最新刊をお届けします。ケリー兄弟と特殊部隊ＫＧＩのメンバーが活躍する本シリーズも、とうとう八作目を迎えました。

今回は、満を持してケリー兄弟の三男ドノヴァンが主役です。コンピューターオタクでＫＧＩの頭脳であり、兄弟の中でもとくに女性と子どもに弱いといつもまわりから言われているドノヴァン。兄弟たちからまだ結婚していないことをからかわれても、つねに飄々としていますが、じつはだれよりも自分の家庭を築きたいと願っていました。そんなあるとき、ドノヴァンはイヴという女性に出会います。イヴは大きな問題をかかえているらしく、十代の弟とまだ幼い妹を連れて、なにかから逃げている様子です。そんなイヴをひと目見て運命を感じたドノヴァンは、彼女から事情を聞き出し、兄弟やＫＧＩのメンバーと協力してイヴと彼女の弟と妹をどうにかして助けようとします。

いっぽうのイヴは、長いあいだだれも信用できずに逃げ続けてきたため、最初はなかなかドノヴァンを信じることができません。しかし、ドノヴァンのやさしい人柄に触れ、弟と妹に対して思いやりを持って親身に接してくれる彼の姿を見るうちに、少しずつ心を開いていさます。

今回、ドノヴァンはイヴだけでなく彼女の弟と妹も守ることになり、女性と子どもにめっぽう弱いと言われているドノヴァンらしい物語になっているのではないでしょうか。

さて、兄弟のほとんどが結婚して、ますます大家族になっていくケリー家。とうとう兄弟で残るのはジョーだけになりましたが……気になる次回作の主役は、なんとスワニーです。陸軍でケリー兄弟の末っ子ネイサンと一緒に働き、ともにつらい経験を乗り越え、退役してからKGIの仲間に加わったスワニー。陸軍時代に捕虜になった際に顔に大きな傷を負い、その傷痕が残っているため、つねに一歩さがって背景に溶けこみ、目立たず控えめに活動しています。そんな心と体に傷を負ったスワニーがどんな女性と出会って恋に落ちるのか、どんなふうに心を開いていくのか、とても気になるところです。

ちなみにこのシリーズは本国アメリカでは二〇一八年十一月に最新刊（十二巻）が出版予定になっています。参考までに十巻以降を紹介しますと、十巻はこれまで何度か登場したリオの元同僚のハンコックが、十一巻はとうとうジョーが、そして十二巻では新たにKGIのメンバーに加わったスカイラーが主役になっています。ケリー兄弟が全員身を固めても、まだまだ続きそうなこのシリーズ。主役候補はたくさんいることですし、これから先もとても楽しみです。

最後になりましたが、今回もまたこのシリーズを翻訳させてもらう機会をいただき、訳出の際に多くのアドバイスをいただきました、株式会社オークラ出版と株式会社トランネットのかたがたに、それから、この本を手に取ってくださった読者のみなさまに、この場をお借りして心からお礼申しあげます。

KGIシリーズ／既刊本のお知らせ

復讐と愛のはざまで

マヤ・バンクス 著／市ノ瀬美麗 訳

おれたちは一緒になるべきだ！

KGIの女性メンバーであるP.Jは、束の間の休暇の際、チームメイトのコールと関係を持ってしまう。彼との関係を一夜かぎりと割り切れないが、ふたりのことを深く考えるよりも先に新たな任務を与えられた。児童売買をする悪徳商人をつかまえるために、彼女は潜入捜査をすることになったのだ。あまりにも危険な任務で、コールはP.Jの役割が気に入らない。チームでバックアップするとはいえ、彼女はひとりきりになるのだから。P.Jは悪徳商人の右腕と接触するが、それは恐ろしい事態の幕開けでしかなく——。シリーズ第6弾。

定価1,027円（税別）　マグノリアロマンス

KGIシリーズ／既刊本のお知らせ

運命の愛

マヤ・バンクス 著／市ノ瀬美麗 訳

きみはおれのために
作られたんだ。

かつてKGIによって救出された医師のマレンは、それ以来、彼らに必要とされたときには医師として助けていた。氷の男と呼ばれるKGIのスティールは顔を合わせるたびにマレンを無視するが、それは彼女が彼に惹かれているのを知られているからなのだろうか。だけど、今回の彼は違った。いきなりマレンにキスをしたのだ。全身が震え、ひざががくがくするようなキスを。困惑するマレンに向かい、最低の口説き文句で誘いかけるスティール。ふたりの関係が進展するかに思えたとき、マレンは拉致されて——。シリーズ第7弾。

定価991円（税別）　マグノリアロマンス

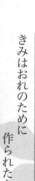

嵐のあとに

2018年08月16日　初版発行

著　者　マヤ・バンクス
訳　者　市ノ瀬美麗
（翻訳協力：株式会社トランネット）
発行人　長嶋うつぎ
発　行　株式会社オークラ出版
〒153-0051　東京都目黒区上目黒1-18-6　NMビル
営　業　TEL：03-3792-2411　FAX：03-3793-7048
編　集　TEL：03-3793-8012　FAX：03-5722-7626
郵便振替　00170-7-581612（加入者名：オークランド）
印　刷　中央精版印刷株式会社

定価はカバーに表示してあります。
乱丁・落丁はお取り替えいたします。当社営業部までお送りください。
©オークラ出版 2018／Printed in Japan

ISBN978-4-7755-2791-7